KB108345

일본 대중문학 형성기와 아쿠타가와문학

야스키치(保吉)시리즈 · 사소설(私小說) · 메타픽션(meta-fiction)

이민희 저

제이앤씨
Publishing Company

▌지은이의 말▌

일본 대중문학 형성기와 아쿠타가와문학

야스키치(保吉)시리즈 · 사소설(私小說) · 메타픽션(meta-fiction)

우리는 왜 소설을 읽는가. 지금과는 다른 시 · 공간의 세계를 상상하기 위하여? 그렇다면 작자는 왜 소설을 쓰는가. 마찬가지로 본인이 현재 처해 있는 시 · 공간의 세계를 재현하기 위하여? 글읽기와 글쓰기가 이런 것이라면, 아래의 글은 어떻게 이해해야 하는가?

> 요즘 일본 소설계 일부에서 이상한 현상이 발생하고 있다는 사실을 현명한 사람들은 알고 있을 터이다. 그것은 '나'라는 정체를 알 수 없는 인물이 무턱대고 나와 그 인간의 용모는 물론, 직업이나 성질에 관해서는 일체 쓰지 않고, 그렇다고 하여 다른 무언가가 있냐하면 이상한 감상 같은 것만 쓰여 있다. 주의해서 보면 아무래도 소설을 만든 작자 자신이 바로 그 '나'인 모양이다. 대체로 그렇다. 그러니까 '나'의 직업은 소설가인 셈이다. 그리고 '나'라고 쓰면 그것이 결국 소설의 서명인을 가리키게 된다는 이상한 현상을 독자와 작자 모두 조금도 기이하게 여기지 않는다.

> 그리고 내가 전당포에 가려고 한 것은 ― 이야기가 자주 샛길로 빠지는 것에 대하여 양해하시기 바랍니다. 아무쪼록 두서없는 나의 이야기를 여러분께서 잘 이해해주세요. 부탁드립니다.
>
> 그것은 올 여름 삼복기간에 처음으로 생각해낸 것입니다.
>
> ― 중략 ―
>
> 그리고 내가 지금 다시 전당포에 가려고 한 것은 ― 그게 그 삼복기간부터 생각했던 것은, 이야기가 엉뚱한 곳으로 튑니다만, 아무쪼록 편할 대로 취사, 안배하여 들어주세요.

일본의 독특한 문학 장르로 알려진 〈사소설私小說〉의 성격을 말하는 듯한 첫 번째 인용문은, 평론이 아닌 1920년대 소설 우노 고지(宇野浩二: 1891년~1961년)의 「어수룩한 세상甘き世の中」(『중앙공론中央公論』 1920년 9월)의 일부이다. 이어진 「곳간 속蔵の中」(『문장세계』 1919년 4월) 또한 우노 고지의 소설로, 텍스트에서 서술자가 직접 등장하여 독자에게 말을 걸고 있다. '소설에 관한 소설'로 요약되면서 포스트모더니즘의 한 형태로 20세기 후반에 등장한 새로운 소설 장르인 〈메타픽션meta-fiction〉을 연상케 하는 위의 픽션은, 글읽기와 글쓰기의 목적이 단순히 감상과 재현이 아닌, 독자와 작자 간의 커뮤니케이션 행위라는 측면에서 시사점을 제공한다.

흥미로운 사실은 1920년대 일본 문학계에서, 소설 속에 비평적 요소가 다분하거나 독자에게 말걸기식 서술방식을 보여주는 「어수룩한 세상」과 「곳간 속」뿐만 아니라, 텍스트 속에 그와 동일한 제목의 텍스트를 배태한 픽션 또한 나온다는 점이다.

> 아가씨는 열여섯, 일곱 살일 것이다. 언제나 은회색 양복에 은회색 모자를 쓰고 있다. 키는 어쩌면 생각보다 작을지도 모르겠다. 그러나 한눈으로 보아서는 훤칠하게 커보였다. 특히 다리는, ― 같은 은회색 양

말에 굽 높은 구두를 신은 다리는 사슴 다리처럼 가늘었다. 얼굴은 미인이라고 할 정도는 아니다. 그러나, — 야스키치는 아직껏 동서를 불문하고 근대소설의 여주인공에서 무조건적인 미인이 등장하는 것을 본 적이 없다. 작자는 여성을 묘사할 때, 대개 '그녀는 미인은 아니다. 그러나……' 라는 식으로 말해둔다. 짐작컨대 무조건적인 미인을 인정하는 것은 근대인의 체면과 관련된 것 같다. 그러니까 야스키치도 이 아가씨에게 '그러나' 라는 조건을 덧붙이는 것이다. — 확인 차 다시 한 번 일러두자면, 얼굴은 미인이라고 할 정도는 아니다. 그러나 살짝 코끝이 올라간, 애교 있어 보이는 둥근 얼굴이다.

— 중략 —

그로부터 7, 8년이 경과된 지금, 그때 바다의 고요함만은 묘하게 선명하게 기억하고 있다. 야스키치는 그런 바다를 앞에 두고 언제까지나 그냥 멍하니 불 꺼진 파이프를 물고 있었다. 물론 그가 생각하고 있는 것은 여성에 대한 것만은 아니다. 예를 들면 가까운 시일 내에 써야할 소설도 떠올랐다. 그 소설의 주인공은 혁명적 정신에 불타고 있는 어느 영어교사다. 기골이 이만저만이 아닌, 그의 목은 어떠한 위엄에도 굴하지 않는다. 그러나 단 한 번 어느 낯익은 아가씨에게 그만 인사를 해버린 일이 벌어졌다. 아가씨는 키가 작을 지도 모르겠다. 그러나 한 눈으로 보아서는 훤칠하게 커보였다. 특히 은회색 양말에 굽 높은 구두를 신은 다리는 — 그러나 어쩌면 아가씨 위주로 생각하고 있다는 것은 사실일지도 모르겠다.………

위의 인용문은 1923년 10월 여성지 『여성女性』에 발표된 아쿠타가와 류노스케(芥川龍之介:1892년~1927년, 이하 아쿠타가와라고 함)의 「인사お時儀」의 마지막 부분으로, '지금'의 야스키치가 구상 중인 '가까운 시일 내에 써야할 소설'이란 다름 아닌 「인사」 그 자체를 말한다. 과거 기억 속의 '아가씨'와 '현재'의 야스키치가 구상 중인 소설 속의 여주인공의 묘사가 정확히 일치하며, 과거 야스키치의 캐릭터와 '현재'의 야스키치가 구상 중인 소설 속에서의 '혁명적 정신에 불타고 있는 어느 영어교사'가 일치한다. 그리고 무엇보다 「인사」의 스토리가 '기골이 이만저만이 아닌 그의 목은 어떠한 위엄에도 굴하지 않는다. 그러나 단 한 번 어느 낯익은 아가씨에게 그만 인사를 해버린 일이 벌어졌다'는 야스키치가 구상 중인 소설의 주된 스토리와 일치한다. 독자가 읽고 있는 완성된 소설로서의 「인사」라는 텍스트는, 그 속에 같은 제목의 소설을 탄생시키고 있는 것이다.

독자로 하여금 사건과 그 사건을 둘러싼 등장인물의 사실성을 의심케 하는 「인사」에서와 같은 글쓰기가 출현한 배경에는, 작자의 의식이 전혀 반영되어 있지 않다고 할 수 없다. '정통적 리얼리즘 소설에 익숙한 독자층에게 신선한 충격을 던져 주었다'고 소개된 『경마장 가는 길』(1990)의 저자 하일지가, 소설에서 시점視点과 거리의 문제를 논한 『소설의 거리에 관한 하나의 이론』(1991)의 저자이기도 하다는 사실은 결코 우연이 아닐 것이다.

이러한 「인사」는 지금까지 〈사소설〉이라는 자기장 속에서 논해져왔는데, 소설이 소설의 창작과정 자체에 대하여 논한다는 점에서 〈메타픽션〉에 가깝고 할 수 있다. 그러나 사실 '작자 자신이 자기의 생활체험을 서술하면서 그간의 심경을 피력해가는 작품'이라는 사전적 의미를 갖고 있는 〈사소설〉이나, 정착된 개념이 아니며 그 정의 또한 모호한 〈메타픽션〉이라는 용어로, 위의 특정한 글쓰기 양상을 이해하기란 쉽지 않다. 멀리는 이상(李箱:1910년~1937년)의 자의식적 경향의 소설이나, 가깝게는 최수철의 『고래 뱃속에서』(1989), 이인성의 『한없이 낮은 숨결』(1989) 등을 머릿속에 떠올려도 좋겠지만, 우리 주변에서 이런 종류의 소설을 즐겨 읽는 독자는 그리 많지 않다. 이해를 돕기 위해 드라마나 영화로 눈을 돌려보면 어떨까 싶다.

2004년 박신양·김정은 주연으로 SBS에서 방영된 드라마 《파리의 연인》의 엔딩 장면을 기억하는 시청자라면, '그때 진짜 허무했었는데…본방, 재방도 부족해서 관련 창작물까지 만들어가며 즐겼던 모든 내용이 현실이 아닌 시나리오 내용이었다…'는 어느 네티즌의 반응에 공감할 것이다. 이정재·심은하 주연으로 2000년에 개봉한 《인터뷰》가 '색다르긴 하나 공감은 얻지 못한' 영화로 기억되는 것은, 《인터뷰》를 포함하여 《파리의 연인》, 「인사」와 같은 서술방식이 모두 지금까지 기껏 이야기해놓고 마지막 부분에서 이야기를 원점으로 돌려버려, 결국 이야기를 다시 시작하게 만들기 때문이다.

'난해하다', '허무하다' 이면에 '신선한 충격', '색다르다'는 이율배반적인 평가를 동반하는 — '메타드라마', '메타시네마', '메타픽션' 등 뭐라고 불러도 상관없지만, 자기 성찰적이랄까 '소설하면 현실을 재현한 것'이라는 고정관념을 보기 좋게 깨버린다고나 할까 — 아무튼 이런 종류의 서술방식에서 중요시 되는 것은 독자의 역할이다. 다시 말해서, 그것이 그것일 수 있는 연유는 오로지 독자에 달려있다. 《파리의 연인》, 《인터뷰》, 「인사」의 시청자·관객·독자(비평가)들이 어째서 유독 마지막 장면에 대하여 작품 해석을 놓고 엇갈린 의견을 분분하게 내놓는 것인지는, 드라마, 영화, 소설했을 때 떠오르는, 우리가 기존에 갖고 있는 상像을 그것들이 깨고 있는 데서 찾아야 하는 것이다.

그렇다면 「어수룩한 세상」, 「곳간 속」, 그리고 「인사」처럼 소설에서 메타픽션적 요소가 엿보이는 텍스트를 등장시킨 1920년대 문단시스템이 궁금하지 않을 수 없다.

일부 연구자들 사이에서 동인지의 활성화, 문단의 붕괴, 사소설의 등장, 프롤레타리아문학의 대두 등과 연동하여 파악되는 1920년대 일본 근대문학의 장場은, 이른바 대중문학의 형성기로 당시 미디어산업은

기업화·거대화되는 경향으로 나아갔다. 성별·지역·업종을 불문하고 폭넓은 독자를 확보한 『킹キング』이 100만 부의 발행부수에 이른 것이 1925년이며, 여성독자를 대상으로 하는 『주부의 친구主婦之友』와 『부인클럽婦人倶楽部』은 1930년의 일이다. 특히 여성독자층의 확대는 문학의 대중화 현상을 낳았는데, 이는 1920년대 일본 문학계서 지각변동이 있었음을 말하여 준다. 일본 근대문학의 장에서 비로소 독자의 존재가 가시권에 들어오기 시작한 것이다.

본서는 이러한 동시대적 문맥을 바탕으로, 일본 근대에 들어 문학텍스트에서 독자와 작자 간의 커뮤니케이션 행위가 시작된 지점, 엄밀히 말하면 근세로부터 부활된 지점을 포착하여, 그러한 글쓰기가 출현하게 된 배경에까지 이르고자 한 작업의 결과물이다. 이를 1920년대에 활동했던 아쿠타가와라는 작가의 소설 가운데 호리카와 야스키치堀川保吉가 공통적으로 등장하는 일련의 작품 군, 즉 야스키치保吉시리즈와 '문예의 형식과 내용이 불가분의 관계에 있다'는 문학관을 통하여 풀어보았다. 대중작가(통속작가)가 아닌, 예술지상주의 작가로 대표되는 아쿠타가와를 선택함으로써 1920년대 대중문학 형성기라는 시기가 더욱 분명해질 것으로 판단한 때문이다.

우선 본서는 하나의 의문과 작은 발견, 그리고 필자의 개인적인 독서체험이 어우러져서 작성된 것임을 밝혀둔다. 처음 필자에게 든 의문은, 일본에서 대중문학의 형성기를 맞이하면서 1910년대에 비하여 1920년대에 문학의 장이 확대되었다고 하는데, 그렇다면 그러한 변환이 문학개념 및 글쓰기 양상의 전환을 초래하지 않았을까 하는 점이다. 총 4장으로 구성된 가운데 〈제1장 대중문학 형성기에 있어서 아쿠타가와의 문학관〉은 이러한 의문에 대하여 스스로 묻고 답하는 작업이었다. 1920년대 대중작가들 사이에서 독자와의 공감대 형성의 요소에서 문학적 가치를 찾는 움직임이 나타나기 시작했던 것이다. 필자가 확인한 바로는 문학의 장의 변환은 대중작가들에게는 문학개념의 전환을, 아쿠타가와에게는 글쓰기 양상의 전환을 초래하였다. 본문 중 〈제2장 문학관의 구현의 장으로서의 야스키치시리즈〉와 〈제3장 문학관의 실천의 장으로서의 야스키치시리즈〉는 이러한 전환된 글쓰기 양상을 확인하는 작업에 다름 아니다.

그런데 본서의 주된 골자를 이루는 2장과 3장은 아주 작은 발견에서 시작되었다. 그것은 아쿠타가와가 1922년 학습원学習院에서 강연한 내용과 「야스키치의 수첩에서保吉の手帳から」(『개조改造』 1923년 5월)라는 소설에서 공통적으로 '괴테의 파우스트의 대사'가 나온다는 점이다. 이후 야스키치시리즈에 대한 텍스트 분석은, 그것이 하나의 구상안 속에서 형성되었다는 사실에 주목하여, 야스키치시리즈의 실질적 첫 텍스트인 「야스키치의 수첩에서」에 '문예의 형식과 내용이 불가분의 관계에 있다'는 문학관이 형상화되어 있다는 논의를 확대・적용한 것에 불과하다.

마지막 〈제4장 일본 근대문학에 있어서 야스키치시리즈〉는 필자의 독서 체험에 기반을 두어 일본 근대문학의 장이라는 거시적인 틀 속에서 야스키치시리즈의 좌표축을 그려본 것이다. 필자는 대작가 위주로 소설을 읽어나가는 과정에서 일본의 자연주의 작가로 대표되는 시마자키 도손(島崎藤村:1872년~1943년)이나 다야마 가타이(田山花袋:1872년~1930년) 등의 소설을 읽을 때에는 재미를 느끼지 못하고, 아쿠타가와의 중・후반부터 다자이 오사무(太宰治:1909년~1948년)의 소설을 읽으면서 반응한다는 사실을 깨닫고는 그것이 어디에서 기인하는 것일까? 하고 늘 고민해왔다. 본서를 작성하는 과정에서 깨달은 사실은 독자에게 말걸기식 서술방식 때문이었다. 이러한 서술은 야스키치시리즈에 산재해있는데, 그것이 차지하는 위치를 일본 근대문학의 지평을 열었다고 평가되는 쓰보우치 쇼요(坪内逍遥:1859년~1935년)의 「소설신수小説神髄」(『쇼게쓰도松月堂』 1885년 9월~1886년 4월)에 의하여 단절되었다가 1930년대 다자이 오사무로 대표되는 '무뢰파('신게사쿠파新戱作派'라고도 함)'에 의하여 부활된, 독자와의 직접적인 대화법이 살아나는 지점으로 설정한 것은, 이러한 필자의 독서체험의 결과라고 할 수 있다.

소제목 〈야스키치시리즈 · 사소설 · 메타픽션〉으로 짐작하겠지만, 본서는 야스키치시리즈를 비롯하여 사소설, 메타픽션, 수필뿐만 아니라, 아쿠타가와의 문학관 및 언어관, 가타가미 노부루(片上伸:1884년~1928년)의 독자론, 롤랑 바르트(Roland Barthes:1915년~1980년)의 텍스트론, 나아가 소쉬르(Ferdinand de Saussure:1857년~1913년)의 언어관에 이르기까지, 각기 이질적으로 보이는 장르 및 문학(언어)에 대한 인식 사이에서 유사점을 발견하고 있다. 다소 무리하게 보이는 하나로의 묶음은, 본서가 어떠한 현상現象이 나타나기 위해서는 어떠한 조건이 지워져야 한다는 사고에 기초한 까닭이다. 다시 말해서, 제반 조건이 같다면 유사한 패턴의 글쓰기 혹은 문학(언어)관이, 시 · 공간의 다름과 별개로, 나타날 수 있다는 사고에 기초했음을 밝혀둔다.

끝으로 본서가 일본 대중문학 형성기의 문단시스템과 문학개념, 그리고 글쓰기 양상에 관심 있는 독자에게 도움이 되기를 바라며, 지면으로나마 본서를 단행본으로 출간할 수 있도록 격려해주신 정병호 지도교수님과 여러 면에서 도움을 주신 근현대문학연구실 여러 학형에게 감사의 말씀을 전한다. 공부하는 엄마를 둔 까닭에 저절로 어른스러워진 정민, 정아, 정현과 늘 의지가 되는 남편에게도...

2014년 어느 여유로운 날

┃일러두기┃

1. 기호의 사용

①「 」: 단편소설, 평론, 잡문, 논문

②『 』: 단행본, 장편소설, 잡지

③〈 〉: 작품과 평론 내 소제목 및 도식적 이해를 필요로 하는 용어

④《 》 : 강연 및 문학논쟁

⑤ ( ) 및 ― ― : 보충기술

⑥ 강조점 : 강조 및 주의를 요하는 용어

2. 연도표기에 대하여

① 원칙적으로 연도는 서기로 표기한다.

② 연호가 특별한 의미를 지닐 때에는 연호연도로 표기한 후 ( ) 안에 서기로 표기한다.

3. 인용문 표기

① 인용은 원칙적으로 필자의 번역문을 주로 하고 ‘ ’로 표시한다.

② 장문인용인 경우에는 번역문 아래에 원문을 병기한다.

③ 인용문의 문장부호나 기호는 가능한 한 원문에 표기된 것을 그대로 사용하는 것을 원칙으로 하나, 단, 일문의「 」·『 』은 문맥에 따라 ‘ ’ 나 “ ”로 바꾸어 사용하도록 한다.

4. 일본어 표기 원칙

① 인명, 지명과 같은 일본어 고유명사는 원칙적으로 문교부 고시 외래어 표기법(제85-11호 1986년 1월 7일)에 맞추어 표기한다.

② 단, 장음은 따로 표기하지 않으나, ‘え段+い段’으로 된 장음은 일본어 표기대로 한글로 표기한다.

③ 연구서, 연구논문, 작품명 등은 일본음의 한글표기보다 의미적 번역 표기가 이해하기 쉬운 경우에 번역한 서명으로 표기하고 ( ) 안에 원문을 표기하는 것을 원칙으로 한다.

목 차

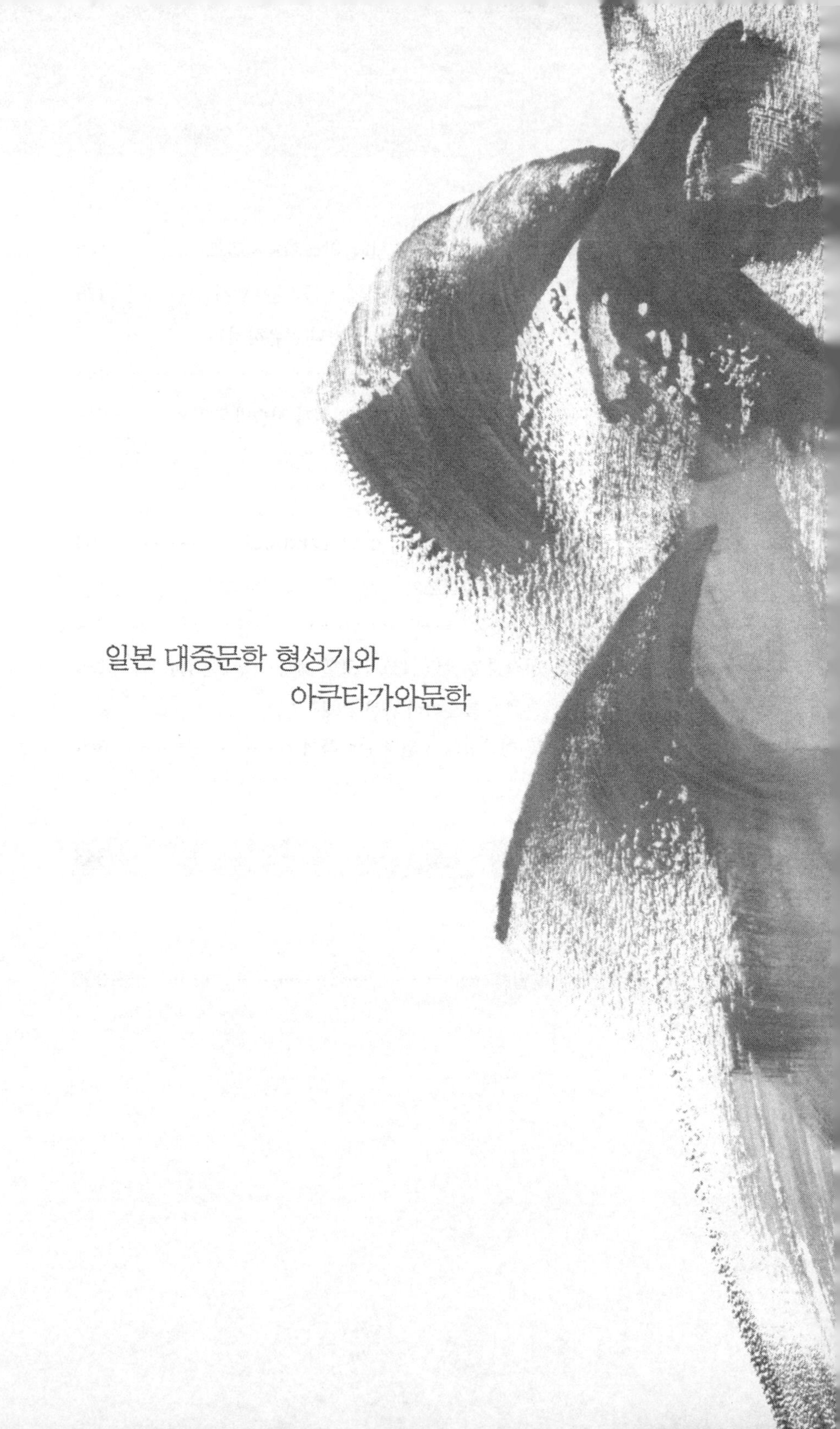

일본 대중문학 형성기와 아쿠타가와문학

제 I 부

서 론

일본 대중문학 형성기와 아쿠타가와문학

롤랑 바르트(Roland Barthes:1915년~1980년)가 1960년대에 '저자의 죽음'[1] 운운 하면서 텍스트에서 독자의 위상을 복권시킨 이래, 문학 텍스트에서 독자의 존재는 자명한 듯하다. 그러나 문학의 장에서 독자를 받아들인 역사는 그리 오래되지 않았다. 주지하다시피 문학은 혜택받은 극히 소수의 사람들만이 영위하던 것이었다. 그러던 것이 인쇄술의 발달로 인하여 대량으로 유통되면서 불특정다수의 대중이라는 독자를 갖게 된 것이다. 어찌 보면 문학에 있어서 독자의 위상을 논한다는 것도 문학이 독자 없이는 더 이상 존재할 수 없는 상황에 처해있기 때문에 비롯된 것이 아닐까.

〈텍스트—독자〉로 롤랑 바르트 이후의 시대를 이해할 수 있다면, 그 이전은 〈작자—작품〉의 시대로 볼 수 있을 것이다.[2] 그렇다면 〈작자—

1 포스트모더니즘의 이론가로 대표되는 프랑스의 롤랑 바르트는 「저자의 죽음」(『망테이아 *Mnateia*』 1968년)에서 '이제 우리는 글쓰기에 그 미래를 되돌려 주기 위해 글쓰기의 신화를 전복시켜야 한다는 것을 안다. 독자의 탄생은 **저자**의 죽음이라는 대가를 치러야 한다' 라고 밝히며 작품에서 텍스트로, 즉 작품의 소비에서 텍스트의 생산으로의 이행을 촉구했다(롤랑 바르트, 김희영 옮김 『텍스트의 즐거움(La Plaiser du texte/Leçon)』(東門選, 2002) p.35). 이는 기존의 고전적인 비평이 작자와 작품에 중점을 두고 독자를 텍스트의 범주에 포함시키지 않은 것에 대한 비판적 지적이라 하겠다.
이어서 「작품에서 텍스트로」(『미학 *Revue d'Esthétique*』 1971년)에서는 '**텍스트**가 글쓰기와 글읽기 사이에 존재하는 거리감을 파기할 것을 요구한다'면서 '쓰기와 읽기를 가르는 거리는 역사적'이라고 주장했다. 그에 따르면 사회적인 구별이 강력히 작용했던 시대에서(민주주의 문화구축 이전에) 읽기와 쓰기는 동등하게 계급의 특권이었다. 그 시대의 최대 약호였던 **수사학**은 **쓰기**를 가르쳤다. 의미심장하게도 민주주의의 도래가 그 강령을 전도시킨 것이다. 오늘날의 **학교**(중등교육)가 자만하는 것은 더 이상 쓰기가 아닌 **읽기**(잘 읽는 것)를 가르친다는 것이다(롤랑 바르트, 전게서 p.45).

2 롤랑 바르트 이후부터를 〈텍스트—독자〉의 시대라고 도식적으로 이해할 수 있다면, 그 이전의 시대, 즉 작자를 '천재'로 간주하면서 신적인 존재에 두었던 낭만주의가 팽배했던 때는 〈작자—작품〉의 시대로 볼 수 있을 것이다. 이처럼 텍스트를

작품〉에서 〈텍스트—독자〉로 넘어가는 과도기, 즉 대중문학의 형성기에 문학은 그 개념을 어떤 식으로 변모시켜갔으며, 소설은 어떤 양상樣相을 띠었을까. 본서는 이러한 문제의식을 바탕으로 아쿠타가와 류노스케의 소설 가운데 일본 근대문학의 장에서 독자의 존재가 가시권에 들어오기 시작한 대중문학의 형성기에 발표된 야스키치保吉시리즈(야스키치물保吉物이라고도 함)를 고찰하고자 한다.

야스키치시리즈는 아쿠타가와문학에서 호리카와 야스키치堀川保吉가 공통적으로 등장하는 일련의 작품 군을 말한다. 1922년부터 1925년 사이에 발표된 야스키치시리즈를 발표순으로 나열하면 「어시장魚河岸」(『부인공론婦人公論』 1922년 8월), 「야스키치의 수첩에서」(『개조』 1923년 5월), 「인사お時儀」(『여성女性』 1923년 10월), 「아바바바바あばばばば」(『중앙공론』 1923년 12월), 「소년少年」(『중앙공론』 1924년 4월 · 5월), 「추위寒さ」(『개조』 1924년 4월), 「문장文章」(『여성』 1924년 4월), 「어느 연애소설或恋愛小説」(『부인클럽婦人倶楽部』 1924년 5월), 「10엔지폐十円札」(『개조』 1924년 9월), 「이른 봄早春」(『도쿄일일신문東京日日新聞』 1925년 1월) 순으로 총 10편이다. 이러한 야스키치시리즈는 단행본 『황작풍黄雀風』(신초사新潮社, 1924년 7월)[3]에 총 10편 중 8편이 게재되었으며, 아쿠

바라보는 인식의 틀이 롤랑 바르트에 의해 〈작자—작품〉에서 〈텍스트—독자〉로 전환되었다고는 하나, 문학의 장에서 그 이전의 시대에 독자가 전혀 의식되지 않은 것은 아니다. 예를 들면 일본 근대문학의 장에 있어서 독자가 그 가시권에 들어오기 시작한 대중문학의 형성기인 1920년대가 그러하다. 이러한 당시는 〈작자—작품〉과 〈텍스트—독자〉가 혼재된 〈작자—작품 · 텍스트—독자〉의 양상을 보여준다. 이에 대중문학 형성기에 있어서 아쿠타가와의 문학을 논하려는 본서는 편의상 1920년대를 〈작자—작품〉에서 〈작자—작품—독자〉로 이행하는 전환기로 도식적으로 보고자 한다. 야스키치시리즈와 더불어 본서의 논의의 중심축인 '문예의 형식과 내용이 불가분의 관계에 있다'는 아쿠타가와의 문학관은 그것의 인식이 틀이 〈텍스트—독자〉라는 점에서 롤랑 바르트의 텍스트론과 유사점이 있다. 그러나 서론에서는 일단 이러한 의미 해석적인 측면보다는 그러한 문학관이 출현하게 된 현상적인 측면에 주목하고자 한다.

타가와 소설의 소재가 과거에서 현재로 전환되는, 작자의 작풍에 있어서 터닝 포인트가 되는 중요한 작품 군이다.

그럼에도 야스키치시리즈는 「라쇼몬羅生門」(『제국문학帝國文學』 1915년 11월), 「지옥도地獄変」(『오사카마이니치신문大阪毎日新聞』 및 『도쿄일일신문』 1918년 5월), 「갓파河童」(『개조』 1927년 3월), 「톱니바퀴歯車」(『대조화大調和』 1927년 6월) 등 전 · 후기 소설에 비하여 그다지 연구되어 있지 않다. 이유로는 문학적 완성도가 떨어진다는 측면을 들 수 있지만, 한편으로는 야스키치시리즈가 다루고 있는 주제를 작자의 사적私的인 문제로만 파악한 때문이리라.

일반적으로 '고백하려는 자세의 부족' 내지는 '문학적 완성도의 결여' 등 혹평을 듣는 야스키치시리즈의 등장배경은 작가생활 5년째로 접어들면서 막다른 길에 봉착했다거나, 중국여행에서 오는 피로감, 그리고 당시 사소설의 영향력 등과 관련지어 논해져왔다. 실지로 아쿠타가와는 신문사의 특파원으로 중국을 다녀온 후 건강 상 문제가 발생했으며, 1922년 7월에는 시가 나오야(志賀直哉:1883년~1971년)를 방문, 슬럼프에 빠진 자신의 글쓰기에 대하여 상담하기도 하였다. 이처럼 야스키치시리즈가 집필되기 시작할 즈음인 1922, 3년경의 아쿠타가와는 글쓰기의 슬럼프와 건강 상의 문제를 안고 있었던 것은 분명하다. 그러나 야스키치시리즈가 집필, 발표된 당시는 일본 근대문학의 장에 있어

3 『황작풍』은 본문 304쪽 분량으로 정가 2엔(圓) 30전(錢)에 발행된 단행본이다. 여기에 실린 작품 수는 16편으로, 절반에 해당하는 8편의 야스키치시리즈를 제외한 나머지는 그리스도물 1편, 역사물 2편, 현대소설 5편으로 구성되어 있다. 그 중 「어시장」을 제외한 나머지 텍스트는 모두 1923년부터 1925년 사이에 걸쳐서 발표된 텍스트인데, 「어시장」은 본래 '나(わたし)'였던 작중화자가 『황작풍』에 재수록되면서 '야스키치(保吉)'로 정정, 야스키치시리즈에 편입되었다. 그리고 『황작풍』에 실리지 않은 「10엔지폐」와 「이른 봄」은 『황작풍』이 간행된 이후에 발표된 텍스트다. 참고로 1924년 신초샤에서 처음 간행된 『황작풍』은 1950년에 신초문고(新潮文庫)에서 같은 제목으로 재간행되었다.

서 지각변동이 일어난 시기이며, 이와 맞물려서 당시 문학담당자들이 기존의 〈작자—작품〉에서 〈작자—작품—독자〉 라는 구도로 그 문학개념을 전환한 시기와 거의 중첩된다.[4]

일본의 다이쇼 시대(大正:1912년~1926년)는 산업자본의 발전, 도시로의 인구집중, 도시노동자의 증가, 새로운 중간층의 출현, 소비자행동의 대중화 등 이른바 대중사회가 도래한 시기이다. 이때를 문학의 장에 국한시켜서 말하면 대중문학의 형성기라고 할 수 있는데, 당시 미디어산업은 '전국지' 라든가 '맘모스잡지'로 일컬어지는 미디어가 모든 계층을 대상으로 삼아 기업화, 거대화되는 경향으로 나아갔다.[5] 그 중 여성독자를 대상으로 하는 여성지의 경우는 1906년 『부인세계婦人世界』가 창간된 것을 필두로 1917년에는 『주부의 친구主婦之友』가, 1920년에는 『부인클럽』이 창간되었는데, 1930년대에 이르러서 이들 여성지는 100만부를 넘는 '맘모스잡지'로 성장했다. 이처럼 급부상한 여성독자들은 당시 일본 저널리즘에 있어서 '광대한 신식민지의 발견'[6]에 비견할만한 존재들이었으며, 이러한 여성독자층의 확대는 문학의 대중화

4 야스키치시리즈는 1922년 8월부터 1925년 1월 사이에 발표되었는데, 기쿠치 간(菊池寛)이 「문예작품의 내용적 가치」에서 '당대의 독자계급이 작품에서 구하고자 하는 바'에서 문학적 가치를 찾은 것은 1922년 7월의 일이고, 구메 마사오(久米正雄)가 「사소설과 심경소설」에서 '독자에게 어떻게 작자의 감정을 전달할 것인가'에서 문학적 가치를 찾은 것은 1925년 1월의 일이다. 그리고 프로진영의 가토 가즈오(加藤一夫)가 「새로운 통속소설」에서 프롤레타리아 문학의 타개책으로서 통속소설을 쓸 것을 호소한 것은 1925년 5월의 일이다. 이처럼 야스키치시리즈가 집필・발표된 시기는 기존의 〈작자—작품〉에서 〈작자—작품—독자〉 라는 구도로 문학개념이 전환된 시기와 거의 중첩된다.

5 山本武利他『日本通史 第18巻』(岩波書店, 1994) p.300

6 오야 소이치(大宅壮一)는 「문단 길드의 해체기(文壇ギルドの解体期)」(『신초(新潮)』 1926년 12월)에서 '특히 근년에 가장 두드러진 현상이라고 할 만한 부인들의 독서열기는, 일본의 저널리즘에 광대한 신식민지의 발견이라고 비유할 만한 영향을 주었다'며 다이쇼 시대에 급부상한 여성독자들을 '광대한 신식민지의 발견'에 비견할만한 존재로 파악한 바 있다(本間久雄『現代日本文學大系96 文藝評論集』(筑摩書房, 1987) p.122에 재수록).

현상을 낳았다. 그리고 이는 1920년대에 일본 근대문학의 장에서 지각변동이 있었음을 시사한다.

이러한 지각변동은 당시 〈작자—작품〉에서 〈작자—작품—독자〉로 문학개념의 전환을 촉진하였다. 1920년대 주요 문학논쟁을 이끈 문학담당자들 중 일부 진영에서 독자와의 공감대 형성의 요소에서 문학적 가치를 찾는 움직임이 나타나기 시작한 것이다. 민중—대중—이 프롤레타리아문학의 성립요건인 프로진영에서 통속화 노선이 주창된 것은 물론이거니와 《문예의 내용적 가치논쟁》을 이끈 기쿠치 간(菊池寬: 1888년~1948년)은 '당대의 독자계급이 작품에서 구하고자 하는 바'에서, 《사소설논쟁》을 이끈 구메 마사오(久米正雄:1891년~1952년)는 '독자에게 어떻게 작자의 감정을 전달할 것인가'에서 문학적 가치를 찾았다.

이들은 문학 텍스트를 작자에 귀속시킨 기존의 문학개념을 유지하던 문학담당자들과 논쟁을 벌이면서 새로운 문학개념을 제시했는데, 여기서 주목할 사항은 문학에 대한 이들의 인식의 전환이 그들이 대중을 대상으로 글쓰기를 하는 작가들이었기 때문에 비롯된 것이라는 사실이다.[7] 그렇다면 당시 문학개념의 전환은 대중이라는 무리의 독자가 간섭한 결과라고 할 수 있을 것이다. 1926년경 일본 문단에서 독자론[8]이 제기된 것은 정해진 귀결이라 해도 좋을 것이다.

이처럼 당시 대중을 대상으로 글쓰기를 하는 문학담당자들은 1910

7 프롤레타리아문학의 통속화 노선을 주장한 가토 가즈오는 여성지에 통속소설을 연재하는 작가였으며, 기쿠치 간과 구메 마사오 또한 통속적인 신문소설이 많았다.

8 가타가미 노부루(片上伸)는 〈문학의 독자의 문제(文学の読者の問題)〉(『개조(改造)』 1926년 4월)에서 '문학이 사회적 현상이라는 사실을 인정하는 한, 작자의 문제와 아울러 독자의 문제를 생각하는 것은 당연한 일'이라며 독자론을 제기했다(片上伸他 『現代日本文學大系54』(筑摩書房, 1987) p.75에 재수록).

년대에서 1920년대로 넘어가는 문학의 장의 변환에 상당히 민감하게 반응했는데, 이는 글쓰기의 대상을 문학 마니아층으로 삼고 있던 아쿠타가와도 예외는 아니었다. 아래의 인용문은 1924년 12월 「주유의 말侏儒の言葉」 중 〈비평학批評學〉에서 아쿠타가와가 언급했던 발언과 1927년에 발표된 「문예적인, 너무나 문예적인文藝的な, 餘りに文藝的な」(『개조』 1927년 4・5・6월)의 일부이다.

> 가치는 일찍이 믿어져 왔던 것처럼 작품 안에 있는 것이 아니라, 작품을 감상하는 우리들의 마음속에 있는 것입니다. 그렇다면 '보다 좋은 반쪽'이나 '보나 나쁜 반쪽'은 우리들의 마음을 표준으로, — 혹은 한 시대의 민중이 무엇을 좋아하는지를 표준으로 구별하지 않으면 안 됩니다.[9]

> 시가 나오야씨 자신이 이점을 의식하고 있는지 어쩐지는 나도 장담할 수 없다. (모든 예술적 활동을 작가의 의식 범위 안에 둔 것은 십년 전의 나다.) 그러나 이점은 설령 작가 자신은 의식하지 못하더라도 분명 동씨의 작품에 독특한 색채를 부여하고 있는 것이다.[10]

윗글에서 확인할 수 있듯이 1924년경 아쿠타가와는 기존의 '작품 안'에서 찾던 문학의 가치를 '작품을 감상하는 우리들', 즉 〈작자—작

9 「주유의 말」(『전집』 제7권, p.425). 위의 인용문은 「주유의 말」 중 〈비평학〉으로 『문예춘추(文藝春秋)』 창간호(1923년 1월)부터 제3년 제11호(1924년 11월) 사이에 발표된 것이다. 참고로 「주유의 말」은 유고로 1927년 10월에 『문예춘추』에 발표된 것이 따로 있다. 본서에서 인용하는 아쿠타가와 류노스케의 작품은 『芥川龍之介全集』, 第1巻-第12巻, 岩波書店, 1977-1978을 사용했음을 밝혀둔다. 이하 『전집』으로 기입한다.

10 「문예적인, 너무나 문예적인」(『전집』 제9권, p.13)

품〉에서 벗어나서 〈텍스트—독자〉 라는 새로운 구도 속에서 찾고 있다. 1927년경 자신의 '예술적 활동'에 대한 인식의 틀이 1910년대와 1920년대를 기준으로 '작가의 의식 범위' 안과 밖으로 전환되었음을 직시直視하고 있던 아쿠타가와를 감안할 때, 이러한 인식의 전환은 1910년대에서 1920년대로 넘어가는 문학의 장의 변환에 기인한 것이라고 보아야 할 것이다.

글쓰기를 커뮤니케이션 행위[11]라고 정의할 수 있다면, 텍스트는 읽기를 통해 그 표현의 목적이 완성되는 장이라 할 수 있다. 이러한 글쓰기는 독자를 상정想定하는 행위나 다름없을 터인데, 주지하다시피 일본의 근대문학은 독자와의 커뮤니케이션을 배제排除하는 것으로부터 시작되었다. 일본 근대문학의 지평을 열었다고 평가되는 쓰보우치 쇼요는 「소설신수」에서 '소설의 주안은 인정人情이다. 세태풍속世態風俗은 이 다음이다' 라고 모두에서 밝히며, 소설가의 본분을 '인정을 분명하게 보이도록 하는 것'[12]에 둔 바 있다. 그런데 이는 글쓰기를 커뮤니케이션 행위라는 관점에서 보면 커뮤니케이션의 부재不在를 의미한다.[13]

11 『문학은 어디로 가고 있는가?』를 한국어로 옮긴 유기환은 글쓰기를 다음과 같이 정리하고 있다. 롤랑 바르트나 알랭 로브그리예(A. Robbe-Grillet)의 경우 '글쓰기écriture'란 형식 미학적 고민을 전제로 하는 개념이다. 전통 비평에서 글쓰기란 이야기의 내용, 즉 줄거리를 윤색해서 전달하는 하나의 수단, 하나의 방법을 의미할 뿐이다. 그러나 가령 로브그리예에 있어 '글쓰기'를 실천하는 작가는 언제나 '무엇을 쓸 것인가'에 앞서 '어떻게 쓸 것인가'를 고민하는 자다(롤랑 바르트, 옮긴이 유기환『문학은 어디로 가고 있는가?』(강, 1998) p.12).

12 쓰보우치 쇼요는 「소설신수」 중 〈소설의 주안(小説の主眼)〉에서 '이 인정의 깊숙한 곳을 천착하여 현인, 군자는 물론 남녀노소, 선악정사善悪正邪의 마음속 내막을 빠뜨리지 않고 그려 내어 주밀정도(周密精到)하게 인정을 분명하게 보이도록 하는 것이 우리 소설가의 본분이다' 라고 밝힌 바 있다(쓰보우치 쇼요 지음, 정병호 옮김『소설신수(小説神髄)』(고려대학교출판부, 2007) pp.61~62).

13 쓰보우치 쇼요가 '독자의 마음의 눈'에 호소하는 점을 들어 소설의 범위를 연극보다 우위에 둔 것에서도 확인할 수 있듯이, 그의 문학론(소설이론)은 독자를 의식한 것이라 할 수 있다. 그러나 본문에서 예로 든 인용문에서 확인할 수 있듯이 그의 문학론은 텍스트에서 작자의 모습 내지는 목소리를 제거하는 것에 있다. 그리고

이(소설가가 자신의 의장(意匠)을 가지고 인정에 어긋나는 인물을 만드는 것-인용자)를 물건에 비유해 말하면, 꼭두각시 인형이라는 것과 유사하다. 이것을 얼핏 보면 마치 수많은 진짜 인간이 활동하는 것 같지만, 재삼 곰곰이 보면 인형을 조종하는 자의 모습도 보이고, 장치의 고안도 아주 상세하게 알 수 있어 흥미가 깨지지 않을 수 없다. 소설도 또한 이와 마찬가지로 작자가 인물의 배후에 있어서 몇 번이고 실을 끄는 모습이 인물의 거동에 노골적으로 보이면 곧바로 흥미를 잃게 될 것이다.

— 중략 —

따라서 소설을 쓰는 데 당면하여, 인정의 깊숙한 곳을 충분히 천착하여 세태의 진眞을 얻고자 원한다면 모름지기 타인의 장기를 보고 그 국면의 추세를 남에게 이야기하듯이 해야 한다. 만약에 일언일구라도 곁에서 보는 자가 조언을 내릴 때에는 장기는 이미 작자의 장기가 되어 타인인 모모씨某某氏 등이 두는 장기라고는 할 수 없다. "아니 이 수는 너무도 서투르다. 만약 나라고 한다면 이렇게 둘 것이다. 이렇게 이렇게 해야 할 텐데"라고 생각하는 점도 그대로 두고 단지 있는 그대로 베껴야 비로소 소설이라 할 수 있다.[14]

(밑줄 인용자)

이러한 쓰보우치 소요의 관점에서 본다면 텍스트가 작자의 모습을 드러내는 것도, 독자의 가치판단에 개입하는 것도 안 되는 것이다. 그

이는 텍스트가 독자와의 직접적이지 않은 간접적 커뮤니케이션 행위를 수행할 수밖에 없음을 의미한다. 이에 관해서는 본론 제4장 제3절 중 〈(2) 텍스트의 발신적 기능 — 직 · 간접성의 문제〉에서 자세히 다루도록 하겠다.

14 쓰보우치 쇼요, 정병호 옮김 전게서, pp.63~66

런데 1920년대 텍스트인 야스키치시리즈 중 일부에서는 당시의 관점에서 보면 작자였을 서술자가 적극적으로 얼굴을 드러내거나,[15] 독자의 가치판단에 개입하는 서술방식이 나타난다. 예를 들면 「어느 연애소설」(『부인클럽』 1924년 5월)의 서술자는 자신을 드러내지 않으면서도 은밀히 여성독자의 가치판단에 관여하는가 하면, 「인사」(『여성』 1923년 10월)의 서술자는 오히려 자신을 드러냄으로써 독자의 독서과정에 관여한다.[16]

이러한 글쓰기를 1920년대라는 동시대적 문맥에서 보면 〈현실의 재현으로서의 소설 관〉이라고 할 수 있는 인식의 틀을 갖고 있던 당시 주류를 형성하고 있던 문학담당자들의 문학관에 반反한 것이라 할 수 있다. 여기서 주목할 사항은 이러한 새로운 읽기를 유도하는 텍스트가 『부인클럽』과 『여성』 등 당시 대중문학의 형성에 상당수 기여寄與한 여성독자를 대상으로 하는 여성지에 발표되었다는 사실이다. 야스키치시리즈를 대상으로 삼는 본서가 대중문학의 형성기에 주목하는 연유 또한 여기에 있다.

어떠한 텍스트가 결과물로서 나오기까지는 다양한 요인이 작용한다. 이때 작자의 기질이나 특정 장르—사소설—에 대한 선호도, 당시의 건강상태, 언어관, 문학관, 그리고 집필에 있어서의 의도성 등이 고려되어야하는 것은 물론이다. 그러나 무엇보다 중요한 것은 텍스트를 생성하게 만드는 동시대의 패러다임이나 문학의 장의 변환이라 할 수 있

15 다카사키 게이이치(高嵜啓一)는 야스키치시리즈 중 하나인 「인사」에서의 '아가씨' 묘사 장면을 들어 그것이 서술자가 적극적으로 얼굴을 드러낸 것이라고 지적한 바 있다(高嵜啓一「芥川龍之介における「語り」についての一考察ーその散文観から」(『近代文学試論』, 45, 2008) p.39).

16 이에 관해서는 본론 제3장 중 〈제1절 텍스트의 해석을 독자에게 돌리는 「인사」〉와 〈제2절 텍스트의 문제의식을 독자와 공유하려는 「어느 연애소설」〉에서 자세히 다루도록 하겠다.

다. 왜냐하면 텍스트는 작자의 귀속물이기 이전에 시대의 산물産物이기 때문이다.

이러한 측면을 고려할 때, 그것의 집필, 발표된 시기가 〈작자—작품〉에서 〈작자—작품—독자〉 라는 구도로 그 문학개념이 전환된 시기와 중첩되는 야스키치시리즈에 대한 이해는 동시대적 문맥을 요한다고 할 수 있다. 그럼에도 불구하고 야스키치시리즈를 연구함에 있어서 대중문학의 형성기라고 하는 특정 시기에 주목한 연구는 전무한 상태이다. 추측하건대 이러한 사항이 간과된 것은 〈아쿠타가와=예술지상주의 작가〉라는 선입견이 작용한 듯하다.

그러나 앞서 인용한 「주유의 말」 중 〈비평학〉에서 기존의 '작품 안'에서 찾던 문학의 가치를 '작품을 감상하는 우리들'에서 찾거나 〈감상鑑賞〉과 〈창작創作〉에서 글쓰기—작자 · '예술가'—보다는 글읽기—독자 · '감상가'—쪽에 '작품'의 무게중심을 두는 아쿠타가와의 인식의 틀에서는, 그의 문학관이 처음부터 독자를 상정한 것이라는 사실을 확인할 수 있다. 「쵸코도잡기澄江堂雑記」에서 엿보이는 언어체계를 지탱하고 있는 시스템 안에서의 자신을 자각하고 있던 아쿠타가와의 모습 내지는 활자미디어를 통하여 본 그의 문학 활동 역시 이를 뒷받침한다. 그리고 이는 실천적 단계에서의 그의 글쓰기 또한 독자를 상정하여 행해졌을 가능성을 타진打診하게 한다. 이에 본서에서는 야스키치시리즈를 작자에 귀속시키지 않고 그것을 생성하게 만든 대중문학의 형성기, 구체적으로 야스키치시리즈가 집필, 발표된 1922년부터 1925년 사이에 초점을 맞춤으로써 동시대적 문맥에서 야스키치시리즈의 의의意義를 재고再考하고자 한다.

제1장

연구사 검토 및 문제제기

아쿠타가와문학 중에서 야스키치시리즈만을 대상으로 삼은 연구는 그리 많지 않다. 우선 총 10편의 야스키치시리즈 전체를 시야에 놓고 논의한 연구로는 1936년 요코타 이치横田俊一의 연구를 필두로,[17] 1942년 아라키 다카시荒木巍,[18] 1955년 모리모토 오사무森本修,[19] 1977년 이시와리 도오루石割透,[20] 1988년 나카무라 후미오中村文雄,[21] 1989년 마쓰모토 미쓰코松本満津子,[22] 1998년 이시타니 하루키石谷春樹,[23] 그리고 2007년 석사학위 논문인 카오치하오高啟豪의 논의[24]를 꼽을 수 있을 정도다. 그러나 이러한 논의에서도 나카무라 후미오처럼 '지루함退屈'이라는 지엽적枝葉的인 문제에 매달리거나,[25] 총 10편이 모두 연구대상에 포함되지 않는 경우가 많다.[26]

17 横田俊一「芥川龍之介論―「秋」以後「保吉物」まで―」(『国語国文』, 1936)
横田俊一「続芥川龍之介論――保吉物について――」(『国語国文』, 1936)
18 荒木巍「『保吉物』に連関して」(1942)(大正文学研究会編『芥川龍之介研究』(河出書房, 日本図書センター, 1983年7月復刻)
19 森本修「芥川「保吉物」について」(『立命館文学』, 1955)
20 石割透「第七短篇集『黄雀風』」(『国文学』, 1977)
21 中村文雄「芥川龍之介「保吉物」に頻出する「退屈」についての一観察」(『解釈』, 1988)
22 松本満津子「芥川龍之介の現代小説―保吉物について」(『女子大国文』, 1989)
23 石谷春樹「芥川文学における〈保吉物〉の意味」(『三重法経』, 1998)
24 高啟豪「芥川龍之介保吉物之研究」(臺灣大學文學院, 碩士學位, 2007)
25 中村文雄「芥川龍之介「保吉物」に頻出する「退屈」についての一観察」(『解釈』, 1988) pp.40~44
26 이러한 경향은 비교적 초기의 연구에서 나타나는데, 예를 들면 아라키 다카시(荒木巍)는「아바바바바」와「추위」, 그리고「야스키치의 수첩에서」중〈멍멍〉만을 들어 야스키치시리즈야말로 완성도가 높은 텍스트라고 호평한 바 있으며(荒木巍「『保吉物』に連関して」(1942)(大正文学研究会編『芥川龍之介研究』(河出書房, 1983) pp.234~236)), 모리모토 오사무(森本修)는 텍스트 내의 시 · 공간이 아쿠타

개별 텍스트별로 이루어진 연구 또한 「소년」이 7편,[27] 「추위」가 3편,[28] 「어느 연애소설」이 1편[29] 등으로 이들을 제외한 나머지 텍스트에 대한 개별적 연구는 전무한 상태이다. 이러한 연구 성과는 아쿠타가와문학에 있어서 야스키치시리즈의 위상을 단적으로 말하여 준다고 할 수 있다. 그러나 아쿠타가와문학을 논함에 있어서 야스키치시리즈는 결코 빼놓을 수 없는 텍스트이다. 야스키치시리즈가 발표될 즈음을 경계로 아쿠타가와문학은 전환기를 맞이하는데, 그 중심에 선 것이 바로 야스키치시리즈이기 때문이다.[30]

가와의 해군기관학교 시절로 상정되는 「야스키치의 수첩에서」, 「인사」, 「아바바바바」, 「문장」, 「추위」, 「10엔지폐」만을 들어 이를 잠정적으로 '야스키치물(保吉物)'이라고 한정하였다. 그리고 이를 제외한 나머지 텍스트에 대한 천착은 하지 않았는데(모리모토 오사무 전게논문, pp.874~885), 그중에는 이시와리 도오루(石割透)처럼 아예 위의 여섯 텍스트만을 들어 '〈야스키치물〉로 간주'한 연구자도 있다(이시와리 도오루 전게논문, p.140). 야스키치시리즈에서 '사상적 주맥(思想的主脈)'을 발견한 가지키 고(梶木剛)의 경우 또한 「야스키치의 수첩에서」, 「문장」, 「추위」, 「소년」, 「10엔지폐」만을 들어 그의 논의를 전개시켰다(梶木剛「芥川龍之介の位相をめぐって」(「試行」 1967.12~1970.1. 『思想的査証』國文社, 1971)에 재수록). 이러한 방법은 총 10편의 야스키치시리즈가 어째서 호리카와 야스키치라는 공통된 인물이 등장하는지에 대한 해답을 줄 수 없다. 그리고 총 10편의 야스키치시리즈에서 연구자가 보고자 하는 일정 부분만을 떼어내어 그 일부를 가지고 야스키치시리즈의 전체상을 규정한다는 점에서 또한 한계적이다.

27 羽鳥一英 「「少年」論」(『国文学　解釈と教材の研究』 學燈社, 1972)
宮坂覺 「芥川文学にみる〈ひとすぢの路〉—「蜜柑」「トロッコ」「少年」をめぐって—」(『玉藻』, 1990)
渡邊拓 「芥川龍之介「少年」の表現構造—回想の形式—」(『論樹』, 1990)
篠崎美生子 「芥川『少年』の読まれ方—「小品」から「小説」へ」(『繍』, 1993)
清水康次 「芥川龍之介『少年』論」(『叙説』, 1997)
石谷春樹 「芥川龍之介「少年」論－追憶·失望への旅－」(『叙説』, 1997)
安藤公美 「一九二三年のクリスマス–芥川龍之介「少年」」(『キリスト教文学研究』, 2003)

28 遠藤久美江 「芥川龍之介『寒さ』の位置」(『藤女子大国文学雑誌』, 1975)
平岡敏夫 「『寒さ』と『窮死』」(『芥川龍之介　抒情の美学』(大修館, 1982))
長沼光彦 「芥川龍之介「寒さ」の空間」(『京都ノートルダム女子大学研究紀要』, 2008)

29 広瀬朝光 「芥川龍之介『或恋愛小説』の素材について—プロスペル·メリメ『ラベ·オーバン』及びアナトオル·フランス『エドメ』との対比—」(『国語国文』, 1962)

30 세키구치 야스요시(関口安義)는 〈야스키치물(保吉もの)〉에서 야스키치시리즈의 창작이 아쿠타가와의 '새로운 영역에 대한 도전'이라면서 '왕조물(王朝もの)'이나

선행연구사에 있어서 야스키치시리즈에 대한 과도기적인 성격의 부여는 이론異論의 여지가 없는 듯하다. 이러한 과도기적인 측면은 긍정적인 평가를 받기도 했는데, 1963년 히라오카 도시오平岡敏夫는 1924년을 경계로 아쿠타가와가 역사물을 접고 현대물을 통하여 자기 자신의 '깊은 영혼으로부터 필사적으로 표현을 구하려했다'[31]고 논한 바 있다. 이후 요시무라 시게루吉村稠가 야스키치시리즈의 의의를 '자기응시自己凝視의 확립'[32]에 둔 것도, 기쿠치 히로시菊地弘가 야스키치시리즈를 경계로 아쿠타가와의 의식과 방법의 전환을 발견한 것[33]도 모두 이러한 맥락에서 이루어진 것이라 할 수 있다.

이처럼 그 자체보다는 전체의 일부로서 다루어져온 야스키치시리즈에 대한 평가는 사소설로 보았을 때는 '고백하려는 자세'가 부족하고, 픽션으로 보았을 때는 '문학적 완성도가 떨어진다'는 것이 일반적이라 할 만큼 부정적이다. 일찍이 요코타 이치横田俊一는 야스키치시리즈를 '사소설적인 작품'이라면서 '신변소설로의 도피 내지는 주관주의로의 도피'[34]로 파악, 야스키치시리즈를 문학 해체기의 과정 중에 등장한 것으로 자리매김한 바 있다. 요시다 세이치吉田精一는 '자기 자신을 상대로 했기 때문에 속이 빤히 들여다보이는 허울 좋은 말로 그치고 있다'[35]고 혹평했으며, 도

'개화기물(開化期もの)'에 비하여 평범한 재료를 사용한 야스키치시리즈에서 '리얼리즘소설도 쓸 수 있다'는 아쿠타가와의 자부심을 읽어낸 바 있다. 그에 따르면 아쿠타가와 소설은 1923년 관동대지진 후, 점차 현실을 직시하는 방향으로 나아갔는데, 야스키치시리즈가 그러한 그의 경향을 말해주고 있다는 것이다(関口安義『芥川竜之介』(岩波書店, 1995) pp.172~173).

31 平岡敏夫「日本文学研究」(『大東文化大学』, 1963)(日本文学研究資料刊行会編『芥川龍之介Ⅰ』有精堂, 1980) p.181에 재수록.

32 中谷克己·吉村稠『芥川文芸の世界』(明治書院, 1977) pp.128~143

33 菊地弘『芥川龍之介—意識と方法—』(明治書院, 1982) pp.166~168

34 横田俊一「続芥川龍之介論——保吉物について——」(『国語国文』, 1936) p.95.

35 吉田精一『芥川竜之介Ⅰ』(桜楓社, 1979) pp.176~177

날드 킨 역시 '줄거리다운 줄거리의 구조가 없고, 구성은 서툴다'[36]고 혹평했다. 그러나 줄거리의 구조나 텍스트의 구성을 문제시 삼는 논의는 동시대적 문맥에서 야스키치시리즈의 서술방식이 갖는 의의가 고려되지 않았다는 점에서, 사소설이라는 잣대로 텍스트를 재단裁斷하려는 논의는 야스키치시리즈가 처음부터 '자기고백'을 의도하여 집필했다고 하는 것을 전제前提로 한다는 점에서 한계점을 내포하고 있다고 하겠다.

특히 후자의 경우는 일본이 전쟁에서 패전한 이후 사소설이 '일본의 좌절된 근대화의 축도'[37]로 규정됨으로써 부정된 것과 연동되어 일견 극복된 듯 보이지만, 실상은 그렇지 않다. 예를 들면 1976년 미요시 유키오三好行雄는 '야스키치물과 사소설 사이의 거리는 여전히 멀다'면서도 여기에는 '끝까지 고백하려는 자세가 없다'[38]며 여전히 사소설이라는 잣대로 야스키치시리즈를 규정하려 들었으며, 이후 마쓰모토 미쓰코는 야스키치시리즈가 고백성告白性을 가진 사소설은 아니라고 하면서도 여기서 '작자의 세심한 신경과 예민한 감수성'[39]을 읽어내고, 같은 맥락에서 이시타니 하루키石谷春樹는 '아쿠타가와에게 있어서 고백은 깊은 의미가 있다'면서 야스키치시리즈의 의미를 '만년의 고백소설로의 가교역할'[40]에 둔 바 있다.

36 ドナルド・キ-ン, 徳岡孝夫訳『日本文学の歴史⑫近代・現代篇3』(中央公論社, 1996年) p.107

37 스즈키 도미(鈴木登美)는 일본이 전쟁에서 패전(1945년)한 이후부터는 사소설이 '일본의 좌절된 근대화의 축도'로 규정되었다고 밝힌 바 있다(하루오 시라네・스즈키 토미, 왕숙영 옮김『창조된 고전』(소명출판, 2002) p.129).
이러한 시대적인 사항은 야스키치시리즈에도 그대로 적용되는데, 에고 히로시(江後寛士)에 의하면 야스키치시리즈에 대한 평가는 제2차 세계대전 전에는 사소설로 보았기 때문에 심경소설과 같은 깊은 맛이 결여되었다는 평가를, 전후에는 야스키치를 아쿠타가와로 보아도 무방하지만 소위 사소설이 아니라는 설이 정착하였다(菊地弘, 久保田芳太郎, 関口安義『芥川龍之介研究』(明治書院, 1983) pp.298~299).

38 三好行雄『芥川龍之介論』(筑摩書房, 1976) pp.236~256

39 마쓰모토 미쓰코 전게논문, pp.85~86

이처럼 야스키치시리즈에 대한 기존의 논의는, 이를 새로운 글쓰기 방법의 모색이라는 측면에서 접근한 기쿠치 히로시조차도 야스키치시리즈를 작자의 사적인 영역에 놓고 있다. 그에 따르면 이지理智가 감성感性보다 우위에 있던 아쿠타가와의 자세가 일상적 현실과 서로 융합하지 못 하는 문제점을 해결하기 위하여 새로운 것을 시도한 것이 창작에 즈음하여 주체主体를 내건 야스키치시리즈라는 것이다.[41]

선행연구에서 야스키치시리즈를 고백성을 문제시하는 〈사소설적 글쓰기〉는 아니더라도 그 전단계이거나, 적어도 작자의 실제 경험을 다룬 〈사적 글쓰기〉[42] 라는 식으로 간주하는 데에는, 야스키치시리즈가 작자의 전력前歷에 근거하여 텍스트 내內 시·공간 설정이 가능하다는 점과 그것이 집필되기 시작할 즈음에 글쓰기의 슬럼프와 건강 상의 문제를 안고 있었던 아쿠타가와의 정황情況을 고려한 것이라서, 전혀 무리한 해석이라고 치부할 수만은 없다. 그러나 그로 인한 문제점은 앞서 살펴본 바와 같이 야스키치시리즈의 주제가 작자의 사적인 문제로 규정된다는 점이다.[43]

40 이시타니 하루키 전게논문, pp.118~120
41 주 33)에서의 기쿠치 히로시의 논의.
42 본서에서는 '자기고백' 내지는 '자기폭로의식'이 엿보이는 글쓰기를 〈사소설적 글쓰기〉로, 작자의 실제 경험을 다룬 글쓰기를 〈사적 글쓰기〉로 사용하도록 하겠다.
43 시점(時点)으로 접근했을 경우, 야스키치시리즈는 1916년 12월부터 1919년 3월까지 요코스카(横須賀)의 해군기관학교의 촉탁교관으로 재직한 적이 있는 아쿠타가와의 전력에 근거하여 텍스트 내 시·공간이 1910년대 요코스카로 설정이 가능한 군과 그렇지 않은 군으로 나눌 수 있다. 이때 「야스키치의 수첩에서」, 「추위」, 「아바바바바」, 「10엔지폐」, 「문장」, 그리고 「인사」 등은 전자에, 아쿠타가와의 어린 시절로 설정이 가능한 「소년」과 1920년대 일본문단으로 설정이 가능한 「어시장」, 「어느 연애소설」, 그리고 「이른 봄」 등은 후자에 해당할 것이다.
그러나 이러한 시점(時点)으로의 접근은 야스키치시리즈가 다루고 있는 주제를 작자의 사적인 문제로 파악하도록 만드는 한계점을 내포하고 있으며, 무엇보다 글쓰기라는 공통된 문제의식을 공유하고 있는 야스키치시리즈에 대한 총체적인 전망과 그것의 서술방식이 갖는 동시대적 문맥에서의 특수성을 고찰하기 어렵게 한다. 단, 그것이 아쿠타가와의 실제 경험인지 아닌지를 확인할 수 없는 상황에서 선

한편 와다 시게지로和田繁二郎처럼 '초월자의 여유로부터 비롯된 비판정신'이라며 야스키치시리즈의 비평성에 주목한 연구자도 있는데, 특히 여기서 그가 발견한 것은 '군인에 대한 비판'[44]이다. 같은 시기인 1950년대에 모리모토 오사무 또한 '군부부정軍部否定'[45]을 읽어낸 바 있는데, 이러한 비평성에 주목한 최근의 연구로는 2007년 카오치하오의 〈아쿠타가와 류노스케의 야스키치물연구芥川龍之介保吉物之研究〉를 들 수 있다. 그는 여기서 야스키치시리즈에 제1차 세계대전 시기의 일본해군 군비확장과 관동대지진 및 사회주의 사조유행 등에 대한 시사적 견해가 내재되어 있다고 밝힌 바 있다.[46] 이러한 논의는 야스키치시리즈를 시대의 산물로 보려했다는 점에서 새로운 접근이라 할 수 있는데, 특히 1921년 3월부터 7월까지 중국을 방문한 이후 아쿠타가와에게서 시대를 바라보는 인식의 전환이 발견된다는 점[47]에서 야스키치시리즈를 이해함에 있어서 주요하다 하겠다.

그러나 야스키치시리즈를 통하여 무엇이 비판되었는가에 초점이 맞추어진 이러한 논의는, 텍스트의 문제의식과 서술시점視点에 대한 고려가 없다는 점에서 역시 한계점이 있다. 왜냐하면 텍스트의 등장인물이

행연구의 해석을 완전히 부정할 수는 없을 것이다.

44 和田繁二郎『芥川龍之介』(創元社, 1956) pp.125~131

45 모리모토 오사무 전게논문, pp.874~885

46 주 24)에서의 카오치하오의 논의.

47 아쿠타가와는 오사카마이니치신문사의 해외 시찰원으로 1921년 3월부터 7월까지 4개월 간 중국으로 파견되었는데, 중국을 방문한 이후 발표한 기행문과 소설을 통해서는 아쿠타가와가 시대를 바라보는 인식이 전환되었음을 확인할 수 있다. 이에 관해서는 김효순『아쿠타가와 류노스케(芥川龍之介)의 문학에 나타난 타자에 대한 연구』(고려대학교 대학원 일어일문학과 박사학위논문, 2003) pp.3~4, 曺紗玉「芥川の中国旅行と女性像」(『日本学報』 한국일본학회, 2005) pp.547~558, 曺紗玉「芥川竜之介の『支那游記』考」(『日本言語文化』 한국일본언어문화학회, 2008) pp.335~352, 曺紗玉「芥川竜之介の「馬の脚」における「春風」考」(『日本学報』 한국일본학회, 2008) pp.309~318, 陳玫君「芥川「将軍」, 「桃太郎」, 「金将軍」にみる戦争」(『芥川竜之介研究』 国際芥川竜之介学会, 2009) pp.32~46에 자세하다.

자 서술자로 보이는 야스키치는 현역現役 작가 내지는 작가 지망생 등 글쓰기를 염두에 둔 자로서 그의 문제의식은 언제나 글쓰기에 관한 사항에 놓여있기 때문이다.

예외로 야스키치시리즈에서 아쿠타가와문학에 있어서 허구성의 완성도를 본 아라키 다카시荒木巍의 논의[48]와 야스키치시리즈를 '철저한 예술가의 소설'[49]이라고 규정한 이시와리 도오루石割透의 논의가 있지만, 전자는 인상비평에 그치고 있다는 점에서, 후자는 야스키치시리즈를 결국 〈사적 글쓰기〉로 환원시켰다는 점에서 역시 한계점을 내포하고 있다. 이상의 연구사 검토를 통해서는 지금까지 이루어진 야스키치시리즈에 대한 연구가 주로 시점時点에 주목, 그것을 작자에 귀속시킴으로써 야스키치시리즈의 주제 또한 사적인 것으로 간주하거나, 확대하여 보더라도 당시 군부에 대한 부정 내지는 사회주의의 영향력 안에서만 조망되어 왔음을 확인할 수 있다.

결과물로서의 문학텍스트를 바라볼 때, 그것의 당초 집필의도와 결과물과의 차이점, 작자의 문학관 내지는 특정 장르—사소설—에 대한 그의 견해, 그리고 동시대적 문맥 등이 고려되어야 할 것이다. 그런데 이상에서 살펴보았듯이 기존의 선행연구에서는 이러한 사항들이 모두 고려대상에 포함되지 않았다는 점에서 각각의 한계점을 내포하고 있다. 특히 기존의 선행연구는 글쓰기에 있어서 명제에 해당하는 누구(독자)에게 무엇(소재)을 어떻게(문체) 쓸 것인가? 중 무엇(소재)에 지나치게 치중置重한 나머지 그 대상과 방법에 소홀하였다. 본서에서 스토리를 독자에게 전달하는 서술방식에 주목하려는 연유가 여기에 있다.

48 荒木巍「『保吉物』に連関して」(1942)(大正文学研究会編『芥川龍之介研究』(河出書房, 1983) pp.234~236에 재수록).

49 이시와리 도오루 전게논문, pp.136~143

제2장

연구 목적 및 의의

본서의 목적은 야스키치시리즈가 아쿠타가와의 〈독자의식〉에서 비롯된 문학관의 구현具現의 장인 동시에 실천의 장임을 밝히는 데 있다. 이러한 과정에서 텍스트의 문제의식과 그 서술방식이 긴밀한 관계를 맺고 있다는 사실도 밝혀질 것이다. 본서의 독창성은 야스키치시리즈에 대한 기존의 논의가 주로 시점時点을 중심으로 한 스토리 차원에서 다루어진 것에 비해 그것을 독자에게 전달하는 서술방식, 즉 시점視点에 주목했다는 점과 텍스트를 작자에 귀속시키지 않고 문학 텍스트를 운용하는 문단시스템 안에서 바라봄으로써 야스키치시리즈의 의의를 재고했다는 점을 들 수 있다. 이러한 작업을 통하여 사소설로 보았을 때는 '고백하려는 자세가 부족'하고, 픽션으로 보았을 때는 '문학적 완성도가 떨어진다'는 기존의 논의에 반론을 제기할 수 있을 것이며, 나아가 아직껏 과도기적인 성격밖에 부여받지 못한 야스키치시리즈의 성격을 규정함으로써 아쿠타가와문학의 전체상을 새로이 구축하는 데 일조할 수 있을 것으로 기대한다.

야스키치시리즈를 이해함에 있어서 대중문학의 형성기에 주목해야 하는 연유는 앞서 서론의 도입부분에서 밝혔다. 이어서 야스키치시리즈를 문학관의 구현의 장으로 파악하고자 하는 근거根據와 시점視点에 주목하고자 하는 연유를 제시하면 다음과 같다.

우선 야스키치시리즈를 문학관의 구현의 장으로 파악하는 데는 첫째, 야스키치시리즈가 처음부터 하나의 구상안 속에서 형성되었다는

점, 둘째, 그러한 야스키치시리즈 중 하나인 「야스키치의 수첩에서」가 '모든 이론은 잿빛이고 푸른 것은 황금색 생활의 나무다!' 라는 괴테의 파우스트의 대사를 접점으로 아쿠타가와의 문학관을 피력披瀝한 강연 《일본 문예에 있어서 형식과 내용의 관계》와 연결되어 있다는 점, 셋째, 위의 강연에서 '문예의 형식과 내용이 불가분의 관계에 있다'는 사실을 설명하기 위한 예로서 제시된 〈전차에 치이려는 어린이를 어느 노동자가 구한다〉는 내용이 「추위」의 주된 스토리의 근간을 형성하며 텍스트에서 그대로 형상화되어 있다는 점, 넷째, 강연 《일본 문예에 있어서 형식과 내용의 관계》와 마찬가지로 '문예의 형식과 내용이 불가분의 관계에 있다'는 문학관을 피력한 「예술, 그 밖의 것芸術その他」(『신초新潮』 1919년 11월)에서의 아쿠타가와의 논리가 「소년」 중 〈3 죽음〉에서의 내부논리와 유사하다는 점을 들 수 있다.

다음으로 본서가 기존의 스토리 차원—시점時点—이 아닌, 그것을 독자에게 전달하는 서술방식—시점視点—에 주목하는 데는 야스키치시리즈의 등장인물이자 서술자로 보이는 야스키치의 문제의식이 언제나 글쓰기에 관한 사항에 놓여 있기 때문이다. 선행연구에서 야스키치시리즈를 시점視点으로 접근한 논의가 전혀 없는 것은 아니나, 그러한 배경에는 본 텍스트에 형성되어 있는 '아쿠타가와의 예술지상주의로부터의 좌절'이라는 마이너스적인 시각을 불식시키기 위한 목적이 우선한다. 예를 들어 「소년」의 텍스트 분석에 있어서의 시노자키 미오코篠崎美生子의 논의[50]가 그러하다. 또한 텍스트를 시점視点으로 접근하는 방식은 총 10편의 야스키치시리즈가 글쓰기라는 공통된 문제의식을 공유하고 있으면서도 일견 각기 다른 작품세계를 보여주고 있는 듯 보이는

50 篠崎美生子 「芥川『少年』の読まれ方—「小品」から「小説」へ」(『繍』, 1993) pp.10~26

연유를 푸는 단초를 제공해 줄 것이다. 이러한 텍스트의 문제의식과 서술방식 간의 상관관계를 밝히는 것도 본서의 주요한 목적 중의 하나이다.

본서에서와 같이 야스키치시리즈를 이해함에 있어서 대중문학의 형성기에 주목하고 시점視点으로 접근하는 것은, 1920년대 문단시스템에 대한 총체적인 전망은 물론이거니와 나아가 일본 근대문학의 장에 있어서 야스키치시리즈의 서술적 특징에 대한 고찰이라는 분석의 틀의 확대를 필요로 한다. 이를 통하여 기대되는 연구 성과는, 과도기적 성격 등 야스키치시리즈를 아쿠타가와문학 안에서만 자리매김하거나, 고백성이 결여된 사소설—사적 글쓰기—내지는 패배의 문학[51] 등 그것을 사소설 내지는 프롤레타리아문학의 영향력 안에 둔 기존의 논의에서 벗어나서, 야스키치시리즈의 서술방식이 1920년대 글쓰기의 패러다임인 〈현실의 재현으로서의 소설 관〉에 얼마나 도전적이었는지, 그리고 그러한 글쓰기가 일본 근대문학의 장에서 어떠한 특수한 위치를 점하는지를 밝히는 보다 거시적인 조망이 가능하다는 점이다.

51 1929년 8월 미야모토 겐지(宮本顯治)는 〈「패배의」의 문학—아쿠타가와 류노스케 씨의 문학에 대하여—〉에서 아쿠타가와의 소설을 '패배의 도정과 패배의 고민을 잔혹하게 엮은 작품'으로 규정한 바 있다(片上伸他『現代日本文學大系54』(筑摩書房, 1987) pp.237~238에 재수록).

제3장

연구 방법과 구성 및 개념정의

본서는 주변 것들과의 차이를 밝히는 방법으로 아쿠타가와의 문학관 내지는 야스키치시리즈의 서술방식을 논하려 한다. 1920년대 문학개념과 글쓰기에 대한 인식의 틀을 파악하는 데 많은 부분이 할애되는 것은 그러한 연유에서다. 야스키치시리즈에서 아쿠타가와의 문학관은, 주로 문장삽입 내지는 이중서술 등 텍스트 내에서는 문맥을 형성하지 못하거나, 작자의 착오로 인한 오기誤記로 보일정도로, 전체에서는 극히 일부를 차지하면서 구현 내지 실천되어 있다. 따라서 이러한 야스키치시리즈에 대한 접근은 개별 텍스트보다는 전체가 공유하고 있는 요소를 추출하여 논하는 방식이 채택되어야 할 것이다. 본론의 각장은 다음과 같이 구성한다.

우선 제1장에서는 '문예의 형식과 내용'을 중심으로 1920년대 문단의 주류를 형성하던 문학담당자들의 문학개념과 아쿠타가와의 그것을 비교, 고찰함으로써 대중문학 형성기에 있어서 아쿠타가와의 문학관을 분명히 한다. 이러한 과정에서 당시 문단시스템의 전개양상에 대한 조망과 아울러 야스키치시리즈의 등장배경에 대한 재고도 이루어질 것이다.

다음으로 제2장에서는 「야스키치의 수첩에서」 중 〈점심시간〉과 「소년」, 그리고 「추위」에 불가분의 관계에 놓여있는 '문예의 형식과 내용'이 어떤 식으로 구현되어 있는지 살펴봄으로써 야스키치시리즈가 아쿠타가와의 문학관의 구현의 장임을 입증하고자 한다. '문예의 형식과 내용'을 불가분의 관계로 인식하는 아쿠타가와의 문학에 대한 인식의 틀은, '문예의 내용'이 독자에 의하여 그 개념이 규정되는 성질의 것이라는 점을 감안할 때, 독자를 상정하는 것에 다름 아니다. 그런데 문학관의 구현의 장으로서 기능하는 「추위」의 문제의식은 독자와 작자 간의 소통에 있다. 이러한 점은 야스키치시리즈가 아쿠타가와의 문학관의 구현의 장으로서 기능하는 것에 그치지 않고, 독자를 상정하는 문학관을 실천하는 장임을 타진하게 한다.

이에 제3장에서는 〈제1장 대중문학 형성기에 있어서 아쿠타가와의 문학관〉과 〈제2장 문학관의 구현의 장으로서의 야스키치시리즈〉에서의 논의를 바탕으로 「인사」와 「어느 연애소설」을 중심으로 독자를 상정한 아쿠타가와의 문학관이 어떤 식으로 실천적 양상을 띠는지 살펴봄으로써 야스키치시리즈가 아쿠타가와의 문학관의 실천의 장임을 입증하고자 한다. 아울러서 총 10편의 야스키치시리즈의 문제의식과 그 서술방식 간의 상관관계 또한 밝히도록 하겠다. 이상의 고찰을 통하여 독자와의 관련성을 중요시하는 문학관을 가진 작자가 대중문학의 형성기라고 하는 외부 상황과 맞닥뜨렸을 때, 그의 소설이 어떠한 양상을 띠는지 밝혀질 것으로 사료된다.

본서의 주된 목적은 야스키치시리즈에 대한 공시적共時的 고찰이다. 그러나 야스키치시리즈가 1920년대 글쓰기의 패러다임인 〈현실의 재현으로서의 소설 관〉에 반한 것이고, 그러한 인식의 틀이 일본 근대문학의 지평이 열린 이래, 지속되어온 것임을 감안할 때, 통시적通時的 고찰 또한 불가피하다. 이에 제4장에서는 「문장」과 「이른 봄」 등을 중심으로 1920년대뿐만 아니라, 일본 근대문학의 장이라는 보다 거시적인 틀 속에서 야스키치시리즈의 서술적 특징을 조망하면서 본서를 마무리하고자 한다.

본론에 들어가기에 앞서 논의를 전개함에 있어서 필요하다고 생각되는 몇 가지의 개념을 규정해두고자 한다. 우선 동시대적 문맥에서 야스키치시리즈가 지배당했을 1920년대의 패러다임으로 간주되어 온 〈사소설〉이라는 개념과 그러한 〈사소설〉과 구별해야할 필요성에 의하여 〈사적 글쓰기〉에 대한 개념정의가 내려져야 할 것이며,[52] 다음으로 야스키치시리즈의 주된 문제의식과 서술방식을 다루기 위하여 〈근대적 글쓰기〉와 〈메타픽션〉에 대한 개념정의가 필요할 것이다.

여기서 주의할 점은 〈사소설〉, 〈메타픽션〉 등은 어디까지나 개념어이며, 실체가 존재하지 않는다는 사실이다. 이는 이들 용어가 보는 관점에 따라 달리 정의되고 있다는 사실에서 확인할 수 있다. 이에 모호한 것을 모호한 채로 두고, 글쓰기를 커뮤니케이션 행위라는 관점에서 보고자하는 본서에서는 위의 용어들을 각각 〈사소설적 글쓰기〉, 〈사적 글쓰기〉, 〈근대적 글쓰기〉, 〈메타픽션적 글쓰기〉 라는 말로 바꾸어 사용하고자 한다.

우선 〈사소설〉은 1925년 구메 마사오가 '사소설'을 제창提唱하면서 '나私를 여실히 표현한 심경소설이야말로 산문예술의 진수眞髓' 라고 주장한 이래, 일본문학의 고유한 장르로 받아들여진 것이 사실이다.[53] 일

52 스즈키 도미의 말의 빌자면 1920년대 글쓰기의 패러다임은 〈사소설〉이다. 그러나 본론에서 자세히 다루겠지만, 야스키치시리즈가 발표된 당시 글쓰기의 패러다임은 〈사소설〉이 아니라, 구메 마사오가 제창한 '사소설'을 포함한 〈현실의 재현으로서의 소설 관〉이다. 그리고 이러한 인식의 틀은 오히려 〈사적 글쓰기〉에 가깝다.

53 예를 들면 노야마 가쇼(野山嘉正)는 〈본격소설과 심경소설 · 사소설〉에서 일본의 자연주의가 서양의 문학적 상식에서 보면 상당히 변칙적(變則的)이라는 것은 그것이 성행한 메이지(明治) 말기부터 지적되었다면서, 심경소설 또는 사소설이라고 불리는 것이 일본 근대문학 이외에서는 찾아볼 수 없는 소설형식이 되었다고 밝힌 바 있다(安藤宏 · 野山嘉正『近代の日本文学』(放送大学教育振興会, 2001) pp.209~210).
히라노 겐(平野謙) 또한 사소설이 40년 이상의 생명력으로 오늘날에 이르렀다며

반적으로 '자기고백'[54] 내지는 '자기폭로의식'[55]이 엿보이는 텍스트라는 의미에서 사용되어온 〈사소설〉은 혹자에 따라서는 〈사소설〉을 '일종의 문학적이고 이데올로기적인 패러다임'[56] 내지는 '화소설和小說'[57]이라는 조어造語로 정의내리는 연구자도 있어서 이를 규정한다는 것은 사실상 불가능에 가깝다고 해야 할 것이다.[58] 예를 들면 〈사소설〉의 등장과 같은 시기에 일본 문학계에서 재평가되기 시작한 여류 일기문학—수필—은 종종 〈사소설〉과의 관련성 속에서 논해지곤 한다.[59]

글쓰기를 크게 운문韻文과 산문散文으로 분류할 수 있다면, 소설, 수필, 일기, 편지 등은 산문으로 분류될 것이다. 그중 소설을 제외한 수필, 일기, 편지 등은 〈사적 글쓰기〉로 간주되는 경향이 강한데,[60] 최근에는 이러한 글쓰기가 가족, 연애, 몸 등 지금까지 주관主觀의 문제로 치부되던

'그것은 실로 성숙한 한 개의 문학전통이라고 부르기에 충분하다'고 평하였다(平野謙「私小說の二律背反」『昭和文學全集』(小学館, 1989) p.280).

54 나카무라 미쓰오(中村光夫)(國木田獨歩・田山花袋『現代日本文学大系 國木田獨歩・田山花袋集』(筑摩書房, 1985) p.438에 재수록)

55 イルメラ・日地谷=キルシュネライト, 訳者三島憲一・山本尤『私小說-自己暴露の儀式-』(平凡社, 1992) pp.27~28

56 스즈키 토미, 한일문학연구회 옮김『이야기된 자기』(나무의생각, 2004) pp.30~31

57 윤상인『문학과 근대와 일본』(문학과지성사, 2009) pp.178~182

58 사전적으로 〈사소설〉은 '작자 자신이 자기의 생활체험을 서술하면서 그간의 심경을 피력해가는 작품'이다(新村出編『広辞苑』(岩波書店, 1998) p.2873). 그러나 〈사소설〉 언설에는 고백성을 문제시 삼는 쪽과 그렇지 않은 쪽이 있다. 이 둘은 구별하여 사용할 필요가 있다. 이에 본서는 〈사소설〉 언설에서 고백성이 농후한 글쓰기를 〈사소설적 글쓰기〉로, 고백성이 희박한 글쓰기를 〈사적 글쓰기〉로 보고자 한다. 이에 관해서는 본론 제1장 제3절 중 〈2. 야스키치시리즈의 등장배경에 대한 재고〉에서 자세히 다루도록 하겠다.

59 이에 관해서는 본론 제4장 제3절 중 〈① 수필과 사소설의 원리적 유사점〉에서 자세히 다루도록 하겠다.

60 〈사적 글쓰기〉는 언제나 〈공적 글쓰기〉의 대응 항으로서 사용된다. 예를 들어 수필과 논문(평론)이 많은 유사점을 갖고 있으면서도 다르다고 인식되는 근거에는 그것이 사적인가 공적인가 하는 문제와 관련된다(김태길 외『수필문학의 이론』(춘추사, 1991) pp.125~128).

개인사적 고백이 주를 이루는 글쓰기라는 의미로 사용되기도 한다. 만약 〈사적 글쓰기〉가 이런 의미를 함의含意한다면 이 또한 〈사소설〉의 범주에 포함될 것이다.

그런데 이처럼 매우 모호한 〈사소설〉은 한때 야스키치시리즈의 성격을 규정하는 잣대로 사용되기도 했다. 그러던 것이 일본이 전쟁에서 패전한 이후 〈사소설〉이 '일본의 좌절된 근대화의 축도'로 규정됨으로써 이와 연동되어 야스키치시리즈 또한 일견 〈사소설〉이라는 잣대로부터 자유로워진 듯하다. 그럼에도 본 텍스트를 작자의 신변잡기를 다룬 글쓰기로 간주하려는 경향은 아직도 남아있는데, 이러한 글쓰기는 〈사소설〉과 구별하여 사용되어야 할 것이다. 이에 본서에서는 '자기고백' 내지는 '자기폭로의식'이 엿보이는 〈사소설적 글쓰기〉와 구별하여 작자의 실제 경험을 다룬 글쓰기 내지는 자전적自傳的 성격이 있는 글쓰기라는 의미로 〈사적 글쓰기〉라는 말을 사용하도록 하겠다.

다음으로 야스키치시리즈의 주된 문제의식이기도 한 〈근대적 글쓰기〉를 살펴보자. 〈근대적 글쓰기〉는 근대적 세계관 및 제도의 형성과 밀접하게 연관되어 있다. 이것이 '인간의 내면을 표현表現하는 것'이라고 정의된다면 동아시아에 있어서 〈근대적 글쓰기〉의 형성과정은 '서양'의 주체—객체라는 이분법적 사고와 음성중심주의 사고를 '동양'에 적용시킨 것에 다름 아니다.[61] 가라타니 고진柄谷行人에 의하면 일본 근대문학은 구니키다 돗포國木田獨步에 의해 처음으로 '자기표현'이 가능해졌으며, 이때 '표현表現'은 '개인적 자아의 내면을 말소리로 외부에 드러

61 이에 관해서는 가라타니 고진(柄谷行人)의 논의(가라타니 고진, 박유하 역 『일본 근대문학의 기원』(민음사, 1997) pp.115~116)와 배수찬의 논의(배수찬 『근대적 글쓰기의 형성 과정 연구—논설문의 성립 환경과 문장 모델을 중심으로-』(소명출판, 2008) pp.31~57)에 자세하다.

내는 행위'를 가리키는 것으로서 '청각성'에 기준 한다.[62]

그러나 한편 〈근대적 글쓰기〉를 외부의 모든 개념—예컨대 인문학과 수사학—으로부터의 자립이라는 관점에서 본다면, 언어예술을 의미하는 근대적 의미로서의 '문학literature'이 우세해진 것은 1907년 전후의 일이다. 스즈키 사다미鈴木貞美에 의하면 일본에서 언어예술을 중심으로 근대적인 문학개념이 안정되게 뿌리를 내린 것은 20세기 초두부터 1910년에 걸쳐서이다.[63] 이러한 논의에 따른다면 1920년대 일본 근대문학의 장은, 인간의 내면을 소리로 표현하는 〈근대적 글쓰기〉가 획득된 지 대략 2, 30년 경과된 시점에 해당하며, 당시 통용된 근대적인 '문학' 개념은 고급스러운 언어예술이라는 협의의 의미가 지배적이었다고 할 수 있겠다.

그런데 이처럼 서로 연관성이 없어 보이는 위의 세 개념은 일본의 근대문학을 논함에 있어서 상호 밀접하게 연관되어 있다. 쓰보우치 쇼요가 '근대적'인 문학관을 만들어낼 때 구축한 것이 바로 '나'의 영역이었으며,[64] 그러한 '나'는 1920년대에 이르러 구메 마사오의 '사소설'이라

62 가라타니 고진 전게서, pp.78~95

63 와다 시게지로에 따르면 '메이지 10년대 후반부터 20년대에 걸쳐서는 서구적인 것으로서의 소설·시가보다도 인문학적 평론을 의미하는 경향과 수사학을 의미하는 경향'이 강했으며, 언어예술을 의미하는 근대적 의미로서의 '문학(literature)'이 우세해진 것은 1907년(메이지40년) 전후의 일이다(和田繁二郎『明治初期における『文学』の概念』(1963)).

스즈키 사다미(鈴木貞美)는 이러한 와다 시게지로의 논의를 바탕으로 '문예'는 문학과 미술을 합하여 사용된 것이라며 일본에서 언어예술을 중심으로 근대적인 '문학'개념이 안정되게 뿌리를 내린 것은 20세기 초두부터 1910년에 걸쳐서이며, 이것은 당시부터 문학이 외부의 모든 개념과의 관계로부터 자립했음을 의미한다고 밝힌 바 있다(스즈키 사다미, 김채수 역『일본의 문학개념』(보고사, 2001) pp.345~350).

64 가메이 히데오(亀井秀雄)에 따르면 쓰보우치 쇼요는 인간의 진실을 사적인 영역에서 구하는 '근대적'인 문학관을 만들어 냈다. 공공/개인이라는 이분법과 관련지어 말하자면, 그것을 역사/소설, 혹은 공/사라는 형태로 바꾸고, 소설의 특징, 혹은 우위성의 근거를 '나'의 영역에 구하는 전환을 이룬 것이다(가메이 히데오

는 형식을 빌려 재구축되었기 때문이다. 〈사소설〉을 쓰보우치 쇼요 이후 자연주의계열의 소설의 뒤를 잇는 전형典型으로 간주하는 데에는 이러한 정황도 고려되어야 할 것이다.[65]

이와 같이 〈근대적 글쓰기〉와 〈사적 글쓰기〉, 그리고 〈사소설적 글쓰기〉는 통시적으로도 고찰이 가능한데, 그러나 야스키치시리즈를 공시적으로 고찰하려는 본서에서 이들 개념은 어디까지나 1920년대라는 문맥에서만 파악될 것이다. 따라서 본서에서 논하는 〈근대적 글쓰기〉는 야스키치시리즈의 문제의식에 준하여 1920년대에 주류를 형성하던 문학에 대한 인식의 틀―〈현실의 재현으로서의 소설 관〉―과 그에 반反하는 것으로,[66] 〈사적 글쓰기〉는 작자의 실제 경험을 다룬 글쓰기로, 〈사소설적 글쓰기〉는 '자기고백' 내지는 '자기폭로의식'이 엿보이는 글

지음, 신인섭 옮김 『「소설」론 『小説神髄』와 근대』(건국대학교출판부, 2006) p.109).

65 나카무라 미쓰오(中村光夫)는 다야마 가타이(田山花袋)의 「이불(蒲団)」의 고백적 성격이 출판사의 독촉과 시대에 뒤처지지 않겠다는 다야마 가타이의 결의라는 불순한 동기가 작용했다고 논하면서도, 「이불」을 후에 사소설이라고 불리는 메이지 말부터 다이쇼에 걸쳐서 일본 문단의 주류를 형성한 소설형식의 최초의 정형(定形)을 부여한 텍스트로 보았다(國木田獨歩 · 田山花袋 『現代日本文学大系 國木田獨歩 · 田山花袋集』(筑摩書房, 1985) p.438).
이처럼 일반적으로 〈사소설〉은 자연주의계열의 소설의 한 전형으로 인식되고 있다. 예를 들어 주 54)에서 사소설을 '일본의 자연주의가 변질된 것'이라고 보는 노야마 가쇼의 논의와 다이쇼 시대에 사소설 · 심경소설의 등장을 촉진시킨 원인을 문학의 문장을 현실의 재현 · 묘사로 파악한 자연주의계열의 작자가 압도적으로 다수인 것과 관련하여 파악한 도이 미치코(土井美智子)의 논의(土井美智子 「芥川龍之介論―表現形式の変遷とその芸術観―」(東京大学大学院人文社会系研究科修士課程修士論文, 2001)가 그러하다. 이러한 논의의 대부분은 현실을 냉정하게 관찰하여 폭로한다는 측면, 즉 고백성과 관련지어 자연주의 소설과 사소설의 유사점을 발견하고 있으며, 따라서 그것은 문장법 내지는 사고법의 공통적인 측면에서 접근하고 있다.

66 구메 마사오의 '사소설'을 포함하여 1920년대 당시 통용되던 문학개념을 한마디로 말하면 소설은 '현실을 재현한 것'이라는 것이다. 야스키치시리즈의 주요 문제의식은 〈근대적 글쓰기〉에 놓여있는데, 텍스트에서 이는 당시 통용되던 문학개념에 반하는 것을 의미한다. 예를 들면 「인사」에서 야스키치가 인식한 〈근대적 글쓰기〉는 '완전한 미인이 있다'고 하는 인식의 틀을 깨는 것으로부터 출발하고 있다.

쓰기로 그 의미가 제한되어 사용될 것임을 밝혀둔다.

마지막으로 포스트모더니즘의 한 형태로 20세기 후반에 등장한 새로운 소설장르인 〈메타픽션〉을 살펴보자. 일반적으로 '소설에 관한 소설'로 요약되는 〈메타픽션〉은 문학을 대상으로 하는 글쓰기이며, 창작이라는 형태로 행해지는 문학비평이라고 이해되고 있다.[67] 그러나 이러한 〈메타픽션〉이라는 말은 정착된 개념이 아니며, 그 정의 또한 모호하다. 예를 들면 〈메타픽션〉의 주요 특징 중 하나인 글쓰기의 대상에 대한 비평성은 퍼트리샤 워Patricia Waugh도 주장하고 있듯이 소설 자체만큼이나 오래된 것으로서 반드시 메타픽션만의 특징이라고 할 수 없다.[68]

그러나 〈메타픽션〉이 소설 속에 소설 제작의 과정 자체를 노출시켜서 소설이 허구적 산물임을 명백히 함을 목적으로 하는 글쓰기라는 점과 그런 〈메타픽션〉에서 독자의 역할이 매우 중요하다는 점[69]은 야스키치시리즈가 〈독자의식〉에서 비롯된 글쓰기라는 사실을 밝히고자 하는 본서의 논의를 전개함에 있어서 필요한 사항이 아닐 수 없다. 이에 본서에서는 〈사소설〉과 마찬가지로 개념어임에도 불구하고 그것이 마치

67 土田知則・神郡悦子・伊藤直哉『現代文学理論』(新曜社, 1996) p.186

68 메타픽션은 작자의 세계관을 통해 현실을 소설로 구성하는 것으로, 메타픽션적 글쓰기의 주요 특징은 현실과 소설을 서로 하나로 연결되게 하는 점에 있다. 이때 작자는 '자신의 서술을 되돌아보고 의심하는 자의식적' 자세를 취하게 되므로 대상(자신의 글쓰기 혹은 그런 글쓰기를 제약하는 외부세계)에 대하여 어느 정도는 비평적이 된다(퍼트리샤 워, 김상구 역 『메타픽션』(열음사, 1989) p.19).

69 포스트모더니즘을 대변하는 메타픽션은 소설 속에 소설 제작의 과정 자체를 노출시켜서 소설이 허구적 산물임을 명백히 함을 목적으로 하는 글쓰기이다. 그런 메타픽션에서 독자의 역할은 매우 중요하다. 퍼트리샤 워에 따르면 '소설에 관한 소설'로 요약되는 메타픽션이 가장 근본적으로 문제 삼는 양상은 '텍스트의 쓰기'이다. 즉, 의미의 종결에 대한 독자의 관습적인 기대를 혼란시켜 독자로 하여금 구성의 과정에 관심을 끌어들이는 것이다(퍼트리샤 워 전게서, pp.1~20, p.40).

실체가 있는 듯 사용되고 있는 〈메타픽션〉이라는 용어를 지양하여 글쓰기가 커뮤니케이션 행위라는 측면을 강조하여 〈메타픽션적 글쓰기〉라는 말을 사용하도록 하겠다.

일본 대중문학 형성기와 아쿠타가와문학

제Ⅱ부

본 론

일본 대중문학 형성기와 아쿠타가와문학

제1장

대중문학 형성기에 있어서 아쿠타가와의 문학관[1]

제1절 1920년대 '문예의 형식과 내용'

문학사의 일부를 차지하는 문학논쟁을 통해서는 한 시대의 문학개념을 확인할 수 있다. 이와 관련하여 요시모토 다카아키吉本隆明는 문학의 형식과 내용을 구별하는 것은 스콜라적 관습에 따른 것에 불과하다면서도 이들 개념의 본질을 나타내고자 하는 의도 속에서는 문학개념 내지는 사회상社會相의 전환을 엿볼 수 있다[2]고 밝힌 바 있다. 이에 본 절에서는 1920년대 당시 주요 문학논쟁인 《문예의 내용적 가치논쟁》과 《사소설논쟁》, 그리고 《예술대중화논쟁》 속에서 '문예의 형식

1 본 장은 졸고 「대중문학 형성기에 있어서의 아쿠타가와 류노스케(芥川龍之介)의 문학관」(『日本研究』 제13집, 고려대학교 일본연구소, 2010, pp.371~396)의 내용을 일부 수정, 가필한 것이다.

2 요시모토 다카아키(吉本隆明)는 〈2 문학의 내용과 형식〉에서 '문학의 내용과 형식'은 '문학(작품)을 언어의 자기표출의 전개(펴짐)로 보았을 경우'와 '언어의 자기표출의 지시적 전개로 보았을 경우'로 나눌 수 있다면서 전자를 '형식', 후자를 '내용'으로 규정한 바 있다. 그러나 여기서 그는 이러한 '문학의 내용과 형식'은 본래 다른 것이 아니며, 이를 구별하는 것은 스콜라적 습관에 따른 것에 지나지 않는다고 밝히고 있다. 그에 따르면 이러한 구별에는 의도가 전혀 없는 것은 아니어서 문학의 형식이라는 개념의 본질을 나타내는 것은 실로 문학표현을 문학발생의 기원(起源)으로부터 연속한 전환으로서, 문학의 내용이라는 개념에는 문학을 시대적 격변 속에서, 다시 말해서 시대의 사회상과의 관련 속에서 보고자 하는 특별한 관심으로 이어진다(吉本隆明 『言語にとって美とはなにか 第Ⅱ巻』(勁草書房, 1976) p.554).

과 내용'이 어떤 식으로 사용되었는지 살펴봄으로써 당시 문학개념이 전환되는 전개양상과 그 요인을 고찰하도록 하겠다.

1. 《문예의 내용적 가치논쟁》에서의 '문예의 형식과 내용'

《문예의 내용적 가치논쟁》은 1922년 7월 기쿠치 간이 『신초』에 「문예작품의 내용적 가치」를 발표하면서 시작되었다. 여기서 기쿠치 간은 문예작품에는 '문예적 가치와는 별도로 내용적 가치가 있다'고 주장했는데, 그에 따르면 문예의 내용적 가치는 제재題材 그 자체가 가지고 있는 '도덕적 가치', '사상적 가치'이며, '우리들을 감동시키는 힘'이다.

> 나는 이러한 의미에서 문예작품에는 예술적 가치 이외의 가치가 엄연히 존재한다고 믿는 것이다. 그 가치의 성질은 무엇인가. <u>우리들을 감동시키는 힘, 그것에는 여러 가지가 있겠지만, 나는 그것을 잠정적으로 내용적 가치라고 부르고 싶다</u>(이것은 편의적으로 쓴 말이다. 우리들의 생활 그 자체에 영향을 미치는 힘으로서의 생활적 가치라고 불러도 좋고, 그것을 자세하게 도덕적 가치, 사상적 가치로 나누어도 좋다고 생각한다).
>
> (밑줄 인용자)

이에 사토미 돈里見弴은 당시 연재하고 있던 「문예관견」 제7회째인 「기쿠치 간씨의 「문예작품의 내용적 가치」를 논박함」(『개조』 1922년 8월)에서 본래 일원적一元的이어야 할 예술을 기쿠치 간이 이원적二元的으로 파악하고 있다며 다음과 같이 비판했다.

> (기쿠치—인용자)씨가 말한 내용대로라면 조속히 문예를 버리고, 사상을 '철학'에서, 사건을 '길거리' 혹은 '역사패사'에서 구하는 것이 첩경이 아닌가.

또한 사토미 돈은 기쿠치 간이 말한 '예술적 가치 이외의 가치'를 '재량材量'이나 '모델'이라는 말로 바꾸면서 '외재적 가치' 라고 비판하기도 하였다. 이에 기쿠치 간은 〈사토미 돈씨의 반박에 답함〉이라는 소제목을 붙인 「재설 「문예작품의 내용적 가치」」(『신초』 1922년 9월)에서 '나는 어떤 예술이라도 오직 예술만으로는 만족할 수 없다'며 '인생' 그 자체를 중시하는 입장을 명확히 하였다. 이어서 그는 재차 '당대 독자계급이 작품에서 구하는 바'는 '실로 생활적 가치이며, 도덕적 가치' 라는 확신을 보이며, 예술은 '좀 더 실생활과 밀접하게 교섭해야한다'고 역설하였다. 여기서 주목할 사항은 기쿠치 간이 말한 '문예의 내용적 가치'가 '우리들을 감동시키는 힘' 내지는 '당대 독자계급이 작품에서 구하는 바'로서 독자를 의식한 데에서 비롯되었다는 사실이다.

이처럼 문학에서 독자와의 공감대 형성에 주목한 기쿠치 간의 논의대로라면, '형식(형식미)'에서 문학의 가치를 찾는다는 사고는 이미 시대에 뒤떨어진 것이다. 이는 19세기경의 예술가의 풍속에서 보이는 '예술 뒤에만 숨어서 인생에 호소하지 않는 작가'가 당시에도 많다는 기쿠치 간의 우려의 목소리에서 확인할 수 있다. 요컨대 《문예의 내용적 가치논쟁》에서 기쿠치 간이 문예의 내용적 가치라고 했을 때, '내용'은 독자가 작품에서 '구하는 바'로서, '인생에 호소하는 그 무엇'이다. 이는 문학을 '일원적이어야 할 예술'로 파악하며 '예술' 자체를 중시한 사토미 돈과 대조적이라 할 수 있다.

2. 《사소설논쟁》과 《예술대중화논쟁》에서의 '문예의 형식과 내용'

이러한 독자의 문제시 여하에 따른 문학개념의 재정립은 《사소설논쟁》과 《예술대중화논쟁》에서도 이루어진다. 《사소설논쟁》은 나카무라 무라오中村武羅夫가 1924년 1월 『신소설新小説』에 「문학자와 사회의식—본격소설과 심경소설」을 발표하면서 여기서 산문문학을 '본격소설'과 '심경소설'의 두 가지 형식으로 대치하면서 시작되었다. 나카무라 무라오와 같은 맥락에서 이쿠타 쵸코生田長江는 「일상생활을 편중시키는 나쁜 경향」(『신초』 1924년 7월)에서 '천재', '우수한 예술가'는 일상생활을 묘사함으로써 독자에게 '친근감'을 얻으려고 노력할 필요가 없으며, 자신의 창작 속에서 '인간의 보편적인 것'을 표현함으로써 보다 큰 예술적 가치를 얻을 수 있다고 주장했다. 이에 대하여 구메 마사오는 1925년 1월과 5월 두 차례에 걸쳐서 『문예강좌文藝講座』에 「사소설과 심경소설」을 발표, '나私'를 '여실히 표현한 심경소설'이야말로 '산문예술의 진수' 라고 주장, 본격소설을 통속소설이라고 일축하였다.[3]

《사소설논쟁》에서 나카무라 무라오는 본격소설을 '진정한 격식을 갖춘, 소위 소설다운 소설'이라고 주장했는데, 여기서 '격식格式'은 문학의 '형식' 혹은 '형식미'와도 같은 뜻으로 사용되었다.[4] 아래의 인용문은 「사소설과 심경소설」에서의 구메 마사오의 발언이다.

3 이후 《사소설논쟁》에 우노 고지(宇野浩二), 아쿠타가와, 사토 하루오(佐藤春夫) 등도 가담하면서, 1926년 6월에는 『신초』에서 「심경소설과 본격소설의 문제」로 특집호를 마련할 정도로 이른바 《사(심경)소설논쟁》은 다이쇼 말기 문단의 관심을 모았다.

4 千葉俊二, 坪内祐三 『日本近代文学評論選 明治·大正篇』(岩波書店, 2003) p.347

> 제일로 나는 이러한 '사소설'을 문학의—문학이라는 말이 너무 광범위하다면, 산문예술의 진정한 의미에서의 근본이며, 본도요, 진수라고 생각한다.
>
> 이렇게 생각하는 데는 내가 문필생활을 한지 거의 10년, 아직 문학의 깨달음의 경지에 오른 것은 아니지만, 오늘에 이르기까지 쌓아올린 감상으로 말하자면, 나는 나의 '사소설'을 쓸 때 그 작품으로 인해 가장 안심입명을 느낄 수 있고, 남이 남의 '사소설'을 쓴 경우에는 그것의 진위 여부에 대한 판정은 물론 처음에 내리겠지만, 그것이 진짜인 경우, 가장 직접적으로 신뢰하고 읽을 수 있기 때문이다.
>
> (강조점 원문)

여기서 구메 마사오는 '사소설'을 쓰는 경우와 읽는 경우의 이점利点을 들어 그것이 '산문예술의 진수'임을 주장하고 있다. 그에 의하면 '사소설'이 '산문예술의 진수'인 까닭은, 글쓰기라는 실천적 단계에 있어서 그것이 자신의 불성佛性을 깨닫고 삶과 죽음을 초월함으로써 마음의 편안함을 얻는 것, 즉 '안심입명'의 경지에 이를 수 있도록 하기 때문이며, 글읽기에 있어서 '사소설'은 '가장 직접적으로 신뢰'하고 읽을 수 있도록 하기 때문이다. '진짜真物'만이 독자에게 '신뢰'를 얻을 수 있다는 것이다.

이러한 구메 마사오의 '사소설'이 작자를 '천재'로 간주하는 기존의 문학개념을 갖고 있던 이쿠타 초코로부터 독자에게 '친근감'을 얻으려고 노력한다고 비판받은 것은 당연한 일일 터이다. 이러한 글읽기와 글쓰기의 구도 속에서 주창된 구메 마사오의 '사소설'은 1920년대 당시 작자와 독자 간의 상호교섭과 관련되어 있다고 할 수 있지만, 여기서는 일단 그의 '사소설'이 독자를 의식한 데에서 비롯되었음만을 확인하도록 하자.

이상의 논의에서 확인할 수 있는 바는 구메 마사오가 심경소설—'사소설'—에서 '나(인생, 일상)'를 전면에 내세운 것에 반하여, 본격소설을 주창한 나카무라 무라오와 이쿠타 초코는 '예술' 그 자체를 문제시 삼고 있다는 점이다. 결국 《사소설논쟁》에서 사용된 '문예의 형식(격식)'은 '이(격식)를 갖춤으로써 인간의 보편적인 것'을 표현할 수 있는 '그 무엇'으로, 이는 '독자에게 친근감을 얻으려고 노력'하는 사소설과 대조적이라 할 수 있다.

앞서 《문예의 내용적 가치논쟁》에서 기쿠치 간이 문예작품에는 '문예적 가치'와는 별도로 '내용적 가치'가 있다고 주장했을 때, '문예의 형식'과 '문예의 내용'을 대립시킨 것처럼, 프로진영의 마에다코 히로이치로前田河広一郎 또한 '기교' 본위의 창작보다도 '내용' 본위의 방식을 강조하여 문학의 '형식'과 '내용'을 대립시켰다. 그는 구라타 햐쿠조倉田百三의 희곡 『출가와 그 제자出家とその弟子』(이와나미서점岩波書店, 1917년)가 '기교 본위의 창작보다도 민중에게 풍부한 감동을 주었다'며 내용 본위의 방식을 강조하였다.[5]

그리고 이러한 대립관계는 가지 와타루鹿地亘에 가면 더욱 극명해진

5 마에다 아이(前田愛)는 마에다코 히로이치로가 희곡 『출가와 그 제자』를 들어 내용 본위의 방식을 강조한 이면에는 예술지상주의의 해독제로서 소재의 현실성을 처방하고, 그 현실성의 근거를 일반독자의 건전한 생활 감각에서 찾으려고 한 기쿠치 간의 내용적 가치론이 엿보인다면서 민중이 요구하는 신문학으로서 '재미있고 유익한' 읽을거리에 기대를 건 마에다코 히로이치로의 제언도 '당대의 독서 계급이 작품에 요구하고 있는 것은, 실제로 생활적 가치이자 도덕적 가치이다'는 기쿠치의 유명한 발언을 바꿔 말한 것에 지나지 않는다고 지적한 바 있다(마에다 아이, 옮긴이 유은경외 『일본 근대 독자의 성립』(이룸, 2003) pp.265~267).
여기서 마에다코 히로이치로가 말한 '내용 본위의 방식'이란 '민중에게 풍부한 감동을 주는 것'을 의미하는데, 이는 〈작자—작품〉보다는 〈텍스트—독자〉라는 구도 속에서 파악되는 문학을 높이 평가한 것이라 할 수 있다.

다. 프롤레타리아문학의 창작 방법에 관한 문제 제기로 형식과 내용을 거론한 가지 와타루는, 「소시민성의 도량에 맞서서」(『전기戰旗』 1928년 7월)에서 '이행해 온 동반자의 대부분은 그 본질상 위험에 가득찬 소시민성을 내포한다'고 비판하면서 대중화론의 부르주아적 소시민성을 배격하였다.

> 참으로 예술이 힘을 갖는 것은 그것이 예술이기 때문이다. 그것은 틀림없다. 그렇다면 낡은 형식과 기교라는 것이 그 자신의 합리화를 위하여, 이러한 추상적 언어의 그림자에 숨어서 재현되는 것은 고난을 넘어 오늘의 단서가 된 프롤레타리아트의 예술을 근저로부터 위협할 수밖에 없다.[6]

가지 와타루에 따르면 프롤레타리아문학을 근저로부터 위협하는 것은, '예술'이라는 추상적 언어의 그림자에 숨은 '낡은 형식'과 '기교'이며, 이것은 '과거 사회에 있어서 감정의 조직화에 봉사한 기술'로서 '프롤레타리아트의 파괴의 대상'이다. 여기서 '예술'은 '낡은 형식'이나 '기교'와 같은 의미로 쓰이고 있으며, '과거의 것'이다. 따라서 프롤레타리아문학이 앞으로 담아야할 사상(내용)은 이와는 반대로 '솔직하고, 조야하고, 대담하게' 표현되어야하며, '요원하고, 소박'한 예술이어야 하는 것이다.

마에다코 히로이치로와 가토 가즈오加藤一夫 등에 의하여 통속화 노선이 정면으로 내세워진 프로진영은[7] 구라하라 고레히토藏原惟人와 나카노

6 조진기 편역 『일본프롤레타리아문학론』 (태학사, 1994) pp.361~362

7 가토 가즈오는 「새로운 통속소설」(『도쿄아사히신문』 1925년 5월 5일~6일)에서 '프롤레타리아 예술가는 지금 상당히 궁지에 빠져 있다'면서 그 타개책으로서 통

시게하루中野重治 사이에 벌어진 《예술대중화논쟁》[8]에 하야시 후사오林房雄, 가지 와타루, 기시 야마지貴司山治 등이 가담하면서 이후 프롤레타리아문학이 담아야 할 사상—내용—의 하위에 '통속'을 둘 것인가의 여부를 묻는 논쟁이 되었다.[9]

그러나 사상이 앞선 이들 프로진영에서 정작 독자는 배재되기 십상이었다. 1929년 2월 구라하라 고레히토는 「프롤레타리아예술의 내용과 형식」에서 '예술을 내용과 형식으로 나누는 것'은 '단지 추상적, 이론적으로만 가능한 것'으로 예술의 내용과 형식은 '둘로 나눌 수 없는

속소설을 쓸 것을 호소했다.

8 《예술대중화논쟁》은 나카노 시게하루의 「어떻게 구체적으로 투쟁하는가」(『프롤레타리아예술』 1927년 12월)에 대하여 구라하라 고레히토가 「무산계급 예술운동의 새 단계」(『전위(前衛)』 1928년 1월)에서 나카노 시게하루를 비판하면서 시작되었다. 구라하라 고레히토는 나카노 시게하루가 그리고 있는 대중의 이미지가 고답적 자세에서 바라본 추상적 대중이라고 비판했는데, 여기서 그의 주장은 노동자·농민·소시민·병사 등 각각의 특수성에 입각한 예술을 만들어야 한다는 것이었다.그러나 '어떠한 대중', '어떠한 예술'이라는 점에서 대립한 두 사람은 프로문학을 보급해야 한다는 점에서는 의견의 일치를 보고 있다(신인섭 『동아시아의 문화표상—일본의 '예술대중화 논쟁'과 '대중'—』 (박이정, 2007) p.569).

9 이에 대한 전개양상을 살펴보면 다음과 같다. 1928년 6월에는 기시 야마지의 「고·스톱」이 『도쿄마이유(東京毎夕)』신문에 연재되었는데, 이 글은 프롤레타리아 대중문학이 프로문학의 대중 획득을 위한 정당성을 주장하는 내용이었다. 나카노 시게하루는 이에 대한 견제와 더불어 구라하라 고레히토의 계몽적 자세—당 우선의 정치주의—에 대한 비판으로 1928년 6월 「소위 예술 대중화론의 오류에 대하여」를 『전기』에 내보낸다. 그는 이 글에서 예술대중화의 주장은 모두 '쁘띠브루적 통행인 근성'에 의한 호객 행위와 같은 것이라 비판한다. 예술대중화의 이름으로 대중추수주의에 빠진 대중화론자들은 예술에서 흥미본위만을 추구하여, 결국 예술의 통속화를 정당화하려고 한다는 것이다(신인섭 전게서, pp.571~572).
이에 하야시 후사오는 「프롤레타리아 대중문학의 문제」(『전기』 1928년 10월)에서 프롤레타리아 계급 가운데 앞서 가는 층과 뒤처진 층이 있다는 것을 분리하지 않은 나카노 시게하루를 비판, '현재까지의 작품이 노농대중(노동자와 농민)사이에 독자를 갖고 있지 못하다'면서 '고급독자를 위하여 쓰는 일에 너무 집착한 것'에 대한 자성의 목소리로 프롤레타리아문학이 '현실 속에 있는 대중에게 애독될 작품을 쓸 것'을 역설했다. 그는 여기서 대중에게 필요한 것은 '첫째, 단순하고 초보적인 내용, 둘째, 유희적 요소를 많이 포함한 재미, 셋째, 이지(理智)를 위한 광명'이라고 주장하였다.

통일된 것'이라면서도 다음과 같이 주장한다.

> 형식주의자는 이렇게 말한다. — 예술의 내용이란 '형식을 통하여 보는 독자(혹은 보는 자)의 환상'이라고.
>
> — 중략 —
>
> 게다가 예술작품 그것으로부터 받는 독자의 환상이란 주관적인 것이어서 만약 우리들이 이것을 예술작품의 진정한 내용이라고 한다면 우리들은 하나의 작품에 무한의 내용을 허용하지 않으면 안 된다. 허나 그러면 우리들은 부여된 작품이 객관적으로 어떠한 내용을 가지는지 영원히 알 수 없게 될 것이다.

여기서 구라하라 고레히토는 예술의 내용과 형식을 불가분의 관계로 파악하는 것이 '독자의 환상'에 의하여 '내용'이 규정되는 이상, 주관적이라는 점을 들어 인류의 역사적 발전이 '사회적 필요(필연)'에 의한다는 입장에서 예술의 '객관적 내용'을 '인간적 사회활동', 즉 '정치, 경제, 종교, 철학, 과학' 등에 두었다. 요컨대 그는 민중—대중—이 프롤레타리아문학의 성립요건임에도 불구하고, 독자를 배재한 상태에서 프로문학을 보급하려했던 것이다.

이처럼 1920년대 문학논쟁의 장에서 '형식'—격식, 기교—은 때로는 '내용'의 반어로서, '예술' 혹은 '문예'의 이음동의어로 사용되었다. 사토미 돈과 나카무라 무라오와 같이 기존의 문학개념을 지키려는 자들에게 있어 이러한 '형식'이 중요시된 것은, 문학이 아직껏 작자에 귀속된 것이기 때문이다. 이에 반해 기쿠치 간과 구메 마사오, 그리고 프로진영의 일부 문학담당자들과 같이 새로운 문학개념을 주장하는 자들에게 있어 문학은, '예술' 밖에서 찾아지는 '그 무엇'으로 여기서는 '형식'보다는 독자와의 공감대 형성이 중요시된다. 그리고 그런 문학담당자들이 1920년대를 기점으로 문학이 앞으로 담아야 할 '내용'으로 지목한 요소는 '통속', '인생', '생활' 그리고 '나'였다. 1920년대에 사용된 문예의 형식이 '보편적인 것', '관념적인 것', '이론적인 것'이라고 한다면, 문예의 내용은 '개별적인 것', '구체적인 것', '실천적인 것'으로 후자는 독자와의 공감대를 의식하면서 생겨난 문학개념이라고 할 수 있다.

3. 〈작자—작품〉과 〈작자—작품—독자〉라는 구도

그렇다면 일본 근대문학의 장에 있어서 1920년대는 '문예의 형식'에서 '문예의 내용'으로, 즉 〈작자—작품〉에서 〈작자—작품—독자〉로 그 문학개념이 이행하는 과도기라고 할 수 있을 것이다. 위의 논쟁을 이끈 문학담당자들 중 '문예의 내용'을 강조한 진영에서는 독자와의 공감대 형성의 요소에서 문학적 가치를 찾고 있다. 민중—대중—이 프롤레타리아문학의 성립요건인 프로진영은 물론이거니와, 《문예의 내용적 가치논쟁》을 이끈 기쿠치 간은 '당대의 독자계급이 작품에서 구하고자 하는 바'에서, 《사소설논쟁》을 이끈 구메 마사오는 '독자에게 어떻게 작자의 감정을 전달할 것인가'에서 문학적 가치를 찾고 있는 것이다. 그리고 이들은 대부분 대중을 대상으로 글쓰기를 하는 작가들이었다.

프로진영에서 '통속소설을 쓸 것'을 호소한 가토 가즈오는 여성지에 통속소설을 연재하는 작가였고, 1920년대 문학논쟁을 이끈 기쿠치 간과 구메 마사오는 신문소설 작가로 이름이 나있었다. 이와 관련하여 마에다 아이前田愛는 프롤레타리아 문학의 타개책으로서 통속소설을 쓸

것을 주장한 가토 가즈오가 프롤레타리아문학의 통속화 노선을 주장한 것에는, 「어둠 속의 무도闇の舞踏」(『부인공론』 1923년 10월~1924년 12월)나 「생에 밀려드는 파도에生に寄する波に」(『주부의 벗主婦之友』 1925년 1월~12월) 등 여성지에 통속소설을 연재하는 작가의 입장에서 이해되어야 할 것이라고 밝힌 바 있다.[10]

한편 1920년대에 독자를 개입시키며 새로운 문학개념을 제시한 기쿠치 간과 구메 마사오는 아쿠타가와와는 제4차 『신사조』의 동인관계다. 구메 마사오는 제4차 『신사조』에 「아버지의 죽음父の死」을 발표한 후, 계속해서 소설이나 희곡을 『신조』, 『중앙공론』 등에 발표하며 아쿠타가와 다음으로 문단에 등장하였다. 나쓰메 소세키(夏目漱石:1867년~1916년)의 장녀와의 실연체험을 제재로 한 「닭의장풀螢草」(『시사신보時事新報』 1918년 3월 19일~9월 20일)과 「니기다마和霊」(『개조』 1920년, 1922년 신초샤에서 단편집 『니기다마和霊』로 발간) 등으로 호평을 받아 유행작가가 되었으며, 이후 통속적인 신문소설이 많고 문단의 사교가로서 활약하였다.

기쿠치 간 역시 『소설』, 『신조』, 『중앙공론』 등을 거쳐 신진작가로서의 지위를 확립하였다. 그는 「도쥬로의 사랑藤十郎の恋」을 오사카마이니치신문사에 입사한 해인 1919년 4월 3일부터 4월 13일(11회)까지 연재하였으며, 1920년에는 「아버지 돌아오다父帰る」가 상연된 것을 계기로 극작가로서 각광을 받았다. 이어 「진주부인真珠婦人」(『오사카마이니치신문』 1920년 6월 9일~12월 22일)에 의하여 일약 유행작가가 되었으며, 이후 통속소설 집필이 많아졌다. 1923년에는 『문예춘추文芸春秋』를 창간하여 작가활동뿐만 아니라, 문단의 두목大御所이라고 불렸을 만큼

10 마에다 아이 전게서, pp.266~267

사회적 활동도 왕성하였다.

이처럼 1920년대에 새로운 문학개념을 제시한 자들이 문학에서 독자를 문제시 삼은 것은 당시의 문단시스템과 무관하지 않다. 일본의 다이쇼라는 시대는 대중문학의 형성기로서 대중이라는 이름으로 다양한 독자가 출현한 시기이다. 이러한 대중은 활자미디어의 확대와 더불어 세분화를 초래했는데, 특히 1920년대는 '전국지'라든가 '맘모스잡지'로 일컬어지는 미디어가 모든 계층을 대상으로 삼는 편집방침을 취하여 거대화・기업화되는 동시에 문학의 다양화가 도모되었다.

이를 구체적으로 살펴보면 1920년 1월에는 『사회문제연구社会問題研究』, 2월에는 『우리들我等』, 4월에는 『개조』와 『사회주의연구社会主義研究』, 6월에는 『해방解放』이 창간되었다. 이때는 이미 『중앙공론』과 『태양太陽』이 건재하고 있었으며, 『일본 및 일본인日本及日本人』과 『대관大観』 등도 있었다. 이후 1924년에는 『아관我観』도 창간되었다. 이러한 평론잡지, 종합잡지의 창간을 필두로, 1925년에는 성별・지역・직업을 불문하고 폭넓은 독자를 확보한 『킹キング』이 100만 부의 발행부수에 이르렀고, 여성지인 『주부의 친구』와 『부인클럽』은 1930년에 100만 부에 달했다. 그리고 아동잡지인 『붉은 새赤い鳥』는 1918년에, 탐정잡지인 『신청년新青年』은 1920년에, 수필잡지인 『문예춘추』는 1923년에, 신감각파新感覚派의 아성牙城인 『문예시대文芸時代』는 1924년에 창간되었다. 그리고 프롤레타리아계 잡지인 『씨 뿌리는 사람種蒔く人』(1921년)과 『문예전선文芸戦線』(1924년), 그리고 『전기』(1928년) 등도 속속 창간되었다. 다이쇼 시대를 '단편의 시대'로 불러도 좋을 만큼 단편소설이 활성화된 것은 이러한 문단시스템이 정비된 결과일 것이다.[11]

11 일본의 메이지(明治)부터 쇼와(昭和) 시대까지 각 시대별로 단편작품 수를 비교해 놓은 연구를 살펴보면 기간적으로 다이쇼 시대가 메이지나 쇼와에 비해 짧았음에

이는 문학담당자들의 입장에서 보면 독자층의 급격한 변화로 인한 문학의 장의 변환을 의미하는데, 이것이 요인이 되어 1920년대에 이르러 문학개념의 재정립이 시도된 것이다. 그리고 이러한 변환을 체감한 것은 동시대 작가인 아쿠타가와 또한 예외는 아니었다.

> 가치는 일찍이 믿어져 왔던 것처럼 작품 안에 있는 것이 아니라, 작품을 감상하는 우리들의 마음속에 있는 것입니다.[12]

〈작자—작품〉에서 〈텍스트—독자〉라는 구도로 이행한 아쿠타가와의 문학관은, 독자와의 공감대 형성의 요인에서 문학적 가치를 찾기 시작한 1920년대 문학논쟁을 이끈 일부 문학담당자들과 맥을 같이한다고 할 수 있다. 그러나 그들이 일반대중을 대상으로 삼는 작가들이었다고 한다면, 아쿠타가와는 어디까지나 문학마니아를 대상으로 삼는 글쓰기를 지향한 작가였다.[13]

도 불구하고 단편소설의 수가 압도적으로 많음을 알 수 있다. 가타오카 사토시(片岡哲)는 〈일본 단편소설의 형식적 특색〉에서 메이지부터 쇼와 30년대까지 발표된 작품 중, 어느 정도 지명도가 있고, 높게 평가되고 있는 70편의 단편소설을 들어 시대별로 작품수를 나누었다. 연구결과는 메이지 시대에 발표한 작품(13편(18.6%)), 다이쇼 시대에 발표한 작품(21편(30%)), 쇼와 20년 이전에 발표한 작품(18편(25%)), 쇼와 20년 이후에 발표한 작품(18편(25%))으로 다이쇼 시대의 단편소설이 점하는 비율은 메이지 · 쇼와 시대와 비교하면 상대적으로 높다. 아울러 시대별 평균매수를 살펴보면 메이지 시대가 59매, 다이쇼 시대가 43매, 쇼와 20년 이전이 40매, 쇼와 21년 이후가 69매로 단편 중에서도 다이쇼 시대가 비교적 더 짧은 단편을 내었다(片岡哲 「日本の短編小説の形式的特色」(『国文学解釈と鑑賞 短編小説の魅力』 至文堂, 1978, pp.170~177). 단, 여기서 가타오카 사토시가 선별한 70편의 단편소설의 지명도에는 어느 정도 의구심이 간다.

12 「주유의 말」(『전집』 제7권, p.425).

13 앞서 살펴본 바와 같이 1920년대 주요 문학논쟁을 이끈 가토 가즈오와 기쿠치 간, 그리고 구메 마사오는 여성지, 신문 등을 그들의 주요 활동무대로 삼은 것에 비하여, 아쿠타가와의 경우는 문예잡지를 통하여 그의 활동을 전개해나갔다. 이는 그의 글쓰기의 대상이 문학 마니아층이었음을 의미한다. 이에 관해서는 본론 제1장

제2절 선후(先後)관계 대 불가분(不可分)의 관계에 놓여있는 '문예의 형식과 내용'

그렇다면 마찬가지로 독자를 의식했지만 독자와의 공감대 형성의 요인으로 새로운 문학개념을 제시한 문학담당자들과 아쿠타가와의 문학관은 서로 다른 성질의 것일 수 있겠다. 이를 염두에 두고 본 절에서는 아쿠타가와의 언어관과 문학관을 좀 더 구체적으로 살펴보고, 이러한 문학관이 동시대 문맥에서 갖는 의의를 고찰하도록 하겠다.

1. 선후관계에 놓여있는 '문예의 형식과 내용'

「소설신수」에서 쓰보우치 쇼요는 '인정을 분명하게 보이도록 하는 것'에 소설가의 본분을 두었는데, 이를 수행하기 위해서 소설가는 그의 글쓰기에 당면하여 다음과 같은 사항이 요구된다.

> 따라서 소설을 쓰는 데 당면하여, 인정의 깊숙한 곳을 충분히 천착하여 세태의 진眞을 얻고자 원한다면 모름지기 타인의 장기를 보고 그 국면의 추세를 남에게 이야기하듯이 해야 한다. 만약에 일언일구라도 곁에서 보는 자가 조언을 내릴 때에는 장기는 이미 작자의 장기가 되어 타인인 모모씨某某氏 등이 두는 장기라고는 할 수 없다. "아니 이 수는 너무도 서투르다. 만약 나라고 한다면 이렇게 둘 것이다. 이렇게

제3절 중 〈1. 활자미디어를 통해서 본 아쿠타가와의 〈독자의식〉〉에서 자세히 다루도록 하겠다.

이렇게 해야 할 텐데"라고 생각하는 점도 그대로 두고 단지 있는 그대로 베껴야 비로소 소설이라 할 수 있다.[14]

들은 바에 따르면 한 성실한 유화油畵 화가는 형장 등에 출장하여 참수되는 자의 얼굴 표정은 물론 단두 집행자의 팔의 움직임, 근골의 모양도 주목하여 관찰한다고 한다. 소설 작자도 대략 그와 같아서 성질이 추한 자도 마음이 사악한 자도 굳이 기피하지 말고, 마음을 집중하여 베끼지 않는다면 어떻게 인정의 진眞에 들어갈 것인가?[15]

소설에서 쓰보우치 쇼요가 말한 '인정'을 '보이도록 하기' 위해서는 관찰과 묘사가 주안主眼이 되어야하는 것이다. 이와 관련하여 도이 미치코土井美智子는 다이쇼 시대는 문학에서 〈내용=제재題材〉, 〈형식=문장文章〉이라는 견해를 가진 자들이 문단의 주류였는데, 일관적으로 '문예의 형식과 내용이 불가분의 관계에 있다'고 주장한 아쿠타가와의 경우는 당시 문단에서는 아류에 속한다고 밝힌 바 있다.[16] 즉 쓰보우치 쇼요 이후 글쓰기를 현실을 재현再現하는 도구로 인식한 자연주의계열의 문학담당자들에게 있어서 문학이란 선행하는 '내용'을 '형식'이 완성—표현—하는 것이었다.

그러나 1919년경 아쿠타가와는 「예술, 그 밖의 것」(『신초』 1919년

14 쓰보우치 쇼요, 정병호 옮김 전게서, p.66
15 쓰보우치 쇼요, 정병호 옮김 전게서, p.69
16 도이 미치코는 이러한 아쿠타가와의 의식을 공유한 자로 사토미 돈과 다니자키 준이치로(谷崎潤一郎), 그리고 이즈미 교카(泉鏡花)를 꼽으면서, 당시 사소설·심경소설의 등장을 촉진시킨 원인을 문학의 문장을 현실의 재현·묘사로 파악한 작자가 압도적으로 다수인 것과 관련지어 파악한 바 있다(土井美智子 「芥川龍之介論—表現形式の変遷とその芸術観—」(東京大学大学院人文社会系研究科修士課程修士論文, 2001)

11월)에서 '내용이 먼저고, 형식은 나중에 만들어지는 것이라고 생각하는 사람이 있다면 그것은 창작의 진리를 모르고 하는 말이다' 라고 지적하고 있어서, 당시 문단의 주류를 형성하고 있던 자연주의계열의 문학담당자들이 인식한 문학개념이 아쿠타가와의 그것과 상반됨을 유추할 수 있다.

> 내용이 본질이고 형식은 중요하지 않다. — 그런 설이 유행하고 있지만, 그것은 그럴듯한 거짓말이다. 작품의 내용이라는 것은 필연적으로 형식과 하나가 된 내용이다. 내용이 먼저고, 형식은 나중에 만들어지는 것이라고 생각하는 사람이 있다면 그것은 창작의 진리를 모르고 하는 말이다. 이는 간단한 예를 들어도 알 수 있다. 「유령」의 등장인물인 오스왈드가 '태양이 그립다' 라고 말했다는 사실은 누구라도 대개 알고 있음에 틀림없다. 여기서 '태양이 그립다' 라는 말의 내용은 무엇인가. 일찍이 쓰보우치박사가 「유령」을 해설하면서 그것을 '어둡다' 라고 번역한 바 있다. 물론 '태양이 그립다'와 '어둡다'는 이치상으로는 마찬가지일지도 모른다. 그러나 그 말의 내용상으로는 천리만리나 떨어져 있다. '태양이 그립다' 라는 장엄한 말의 내용은 그저 '태양이 그립다' 라는 형식으로밖에 나타낼 수 없는 것이다. 입센이 위대한 것은 그 내용과 형식이 하나가 된 전체를 적확히 포착한 것에 있다. 에체가라이가 「돈팡의 아이」 서문에서 격찬한 것도 당연하다. 그 말의 내용과 그 말 속에 내재된 추상적인 의미를 혼동하면 거기서 잘못된 내용편중론이 비롯된다. 내용을 솜씨 좋게 완성한 것이 형식은 아닌 것이다. 형식은 내용 속에 있는 것이다. 혹은 그 반대(vice versa)다. 이런 미묘한 관계를 이해하지 못하는 사람에게 예술은 영원히 닫힌 책에 불과할 것이다.[17]

위의 인용문에서 아쿠타가와는 "'태양이 그립다' 라는 장엄한 말의 내용은 그저 '태양이 그립다' 라는 형식으로밖에 나타낼 수 없는 것'이라고 논하면서, '그 말의 내용과 그 말 속에 내재된 추상적인 의미를 혼동하면 안 된다'고 역설하고 있다. 여기서 아쿠타가와가 말하는 '그 말의 내용'이란 '태양이 그립다' 라고 말했을 때의 '장엄함'이지, '그 말 속에 내재된 추상적인 의미', 즉 쓰보우치 소요가 말한 '어둡다'가 아닌 것이다.

이와 관련하여 1923년경에 작성된 것으로 추정되는 「내용과 형식内容と形式」을 살펴보자. 아래의 인용문은 이중 〈C 형식론C Form論(principle)〉의 일부이다.

C Form論(principle)

1 First mistake - Form : 比譬(明喩, 暗喩ヲ問ハズ)

沈黙は金なり：沈黙は尊い

頬が薔薇のやうに赤い：頬が赤い

2 Second mistake - Form : 技巧(比喩ヨリ more complexな trick)

有馬山稲の笠原風ふけばいでそよ人を忘れやはする(古今集と万葉集)

太陽が欲しい。 - 光が欲しい。闇がいやだ。 - 銀とプラチナ。

3 Formとは文章を支配するprincipleなり。

—中略—

注意。形式と内容との不可別。殊に句の如き短詩形は然り。[18]

17 「예술, 그 밖의 것」(『전집』 제3권, pp.265～266)
18 「내용과 형식」(『전집』 제12권, pp.412～413)

위의 인용문에서 확인할 수 있듯이 '태양이 그립다'를 '빛이 그립다' 내지는 '어둠이 싫다'와 동일한 것으로 인식하는 것은 아쿠타가와에 의하여 '두 번째 착오'로 분류되어 있다. 그리고 이는 '은'과 '백금'이 어감語感적 차이가 있다는 것을 나타내면서 설명되어 있다. 즉 그에게 있어서 '문예의 형식'은 단어 내지는 문장의 모양과 소리의 형태이며, '문예의 내용'은 그 단어 내지는 문장에 의해 생겨나는 개념인 것이다.[19] 이러한 문학관은 「쵸코도잡기」 중 〈13 한자와 가나〉에서 보다 구체적으로 드러난다.

> 한자의 특징은 한자의 의미 이외에 한자 자체의 형태에도 아름답고 추함美醜을 느끼게 하는 점에 있다고 한다. 가나仮名는 물론 사용 상, 음표문자音標文字의 하나에 지나지 않는다. 그러나 'か'는 '加'인 것처럼 본래는 한자이다. 뿐만 아니라 늘 한자와 함께 사용되기 때문에 자연自然과 한자가 마찬가지인 것처럼 가나仮名그 자체의 형태에도 미추美醜의 느낌이 배어나기 십상이다. 예를 들어 'い'는 안정적이나. 'り'는 아무래도 불안정하다고 느끼기 쉽다.
> 이것은 하나의 가능성이다. 그러나 사실은 어떠한가?
> 나는 실지로 때때로 히라가나平仮名에는 형태에 구애받는다. 예를 들어 'て'는 가능하면 피하고 싶다. 특히 '何何して何何'처럼 다음에 이어서 쓰는 것은 금물이다. 그러면서도 '何何してゐる。' 라고 끊을 때에는 별로 신경 쓰지 않는다. 'て' 다음에는 'く'가 신경이 쓰인다. 이것도 꼭 구부러진 못처럼 위문장의 중량을 제대로 받칠 힘이 부족하다.

19 일반적으로 아쿠타가와를 예술지상주의 작가라고 일컫는 데에는 말 자체의 형상이나 아름다움을 중시, 말의 배열 자체에서 예술을 보는 아쿠타가와의 이러한 문학관에서 비롯된 것이라 할 수 있다.

가타카나片仮名는 히라가나에 비하면 'ク'도 'テ'도 안정적이다. 혹은 가타카나는 히라가나보다 진보된 음표문자인지도 모르겠다. 아니 어쩌면 히라가나에 익숙해진 나 또한 가타카나에 갖는 느낌이 둔해진 탓일지도 모른다.[20]

(밑줄 인용자)

위의 인용문에서는 아쿠타가와가 그의 글쓰기에 있어서 히라가나와 가타카나의 형태에서 배어나오는 느낌마저도 문제시 삼고 있으며, 문자의 모양에서 상이한 느낌을 받은 자신, 즉 언어체계를 지탱하고 있는 시스템 안에서의 자신을 자각하고 있었음을 알 수 있다. 이러한 언어관은 '기호표의작용은 사회제도적으로 규정된 것'이라고 밝힌 페르디낭 드 소쉬르(Ferdinand de Saussure:1857년~1913년)의 언어관과 맥을 같이 한다고 할 수 있다.[21]

그렇다면 말 자체의 형상이나 아름다움을 중시, 말의 배열 자체에서 예술을 보고 있음에도 언어가 사회제도적인 시스템 안에서 규정된다는 사실을 자각하고 있던 아쿠타가와에게 있어서 글쓰기란, 처음부터 독자의 개입여지가 열려있는 것이라 할 수 있다. 텍스트가 그리려는 작

20 「쵸코도잡기」(『전집』 제6권, p.201). 「쵸코도잡기」는 1922년부터 1925년 사이에 쓰인 글들을 모아놓은 에세이로서 『하이단문예(俳壇文藝)』나 『수필(随筆)』 등을 통하여 1918년부터 1924년 사이(1922년4월, 1923년 11월, 1924년 3월, 1925년 1월과 동년 12월, 1926년 1월)에 발표되었다. 이후 1926년 12월 신초샤에서 간행한 수필집 『매화 · 말 · 휘파람새(梅·馬·鶯)』에 재수록되었다.

21 소쉬르의 『일반언어학강의(一般言語学講義)』는 기호표의작용(記号表意作用)은 사회제도적으로 규정된 것으로서 기호표현(記号表現)과 기호내용(記号内容)과는 아무런 관계가 없다는 것이 주된 골자다. 이것을 기호(記号)의 자의성(恣意性)이라고 하는데, 여기서 언어체계를 지탱하고 있는 것은 사회적인 약속이다. 참고로 『일반언어학강의』가 일본에 처음 소개된 것은 1928년 1월 15일(ソッスュール述, 小林英夫訳 『言語学原論』(岡書院, 1928))의 일이다.

품세계, 즉 '문예의 내용'은 독자에 의하여 그 개념이 규정되는 성질의 것이기 때문이다. 이를 반증하듯 아쿠타가와는 「예술, 그 밖의 것」에서 '문예의 형식과 내용'의 관계를 이해하지 못하는 사람에게 '예술은 영원히 닫힌 책에 불과할 것이다' 라고 단언하였다.

그러나 앞서 살펴본 바와 같이 1920년대에 〈작자—작품—독자〉라는 구도 속에서 새로이 문학개념을 정립하려는 자들이 인식한 문학개념에서도 '문예의 형식'과 '문예의 내용'은 여전히 분리되어 있다. 문학의 가치를 '형식'에 둘 것인지 '내용'에 둘 것인지 묻는 당시의 문학논쟁은, 〈내용은 제재, 형식은 문장〉이라는 식의 이분법적 사고에 근거한 자연주의계열의 문학관과 크게 다를 바가 없는 것이다.

아쿠타가와에게는 단어에 의하여 생겨나는 개념인 '문예의 내용'이, 1920년대 문학논쟁의 장에서는 '통속, 인생, 생활, 나'로 구체성을 띠고 있다. 이는 문학에 독자를 개입시키며 그 개념을 전환시킨 1920년대 문학이 한편은 '통속, 인생, 생활, 나'로 작품세계가 미리 상정되어 있었고, 다른 한편은 독자에 의하여 그 세계가 규정되는 성질의 것임을 의미한다. 이처럼 독자를 상정하는 아쿠타가와의 문학관은 '예술은 표현이다' 내지는 '문예의 형식과 내용이 불가분의 관계에 있다'는 말로 달리 표출된다.

2. 불가분의 관계에 놓여있는 '문예의 형식과 내용'

'문예의 형식과 내용'에 대한 문제는 아쿠타가와의 일관된 문학적 명제이다. 이에 관해서는 「어느 나쁜 경향을 물리치다」(『중외中外』 1918년 11월), 「그 시절의 나」(『중앙공론』 1919년 1월), 「예술, 그 밖의 것」(『신초』 1919년 11월), 1922년 11월 18일 학습원에서 강연한 《일본 문예에 있어서 형식과 내용의 관계》[22], 「문예일반론」(『문예강좌』 1924년 9월~1925년 5월), 「문예적인, 너무나 문예적인」(『개조』 1927년 4·5·6월) 등에서 엿보인다.

아쿠타가와에게 이러한 '문예의 형식과 내용'은 일관되게 〈불가분의 관계〉로 파악된다. 일예를 들자면 「문예일반론」에서 그는 '내용'과 '형식' '양자는 사실상 떼어낼 수 없는 것—혹은 불즉불리의 관계에 놓여 있는 것'이라 주장하였다. 그리고 이는 '예술은 표현이다'는 말로 달리 표현되기도 한다. 이는 독자를 상정한 그의 문학관이 일관된 것이었다는 사실을 말하여 주는데, 그렇다면 이러한 문학관의 소유자인 아쿠타가와는 문학에 있어서 독자의 위상을 어디까지 두었으며, 위상의 변화가 있지는 않았는가.

일찍이 아쿠타가와는 「예술, 그 밖의 것」에서 '문학적 완성도'를 중시하면서 문학의 가치를 '예술적 감격'에 둔 바 있다. 그는 여기서 '예술에 봉사하는 이상, 우리들이 작품에 부여해야 하는 것은 무엇보다 예술적 감격이어야 한다.'면서 다음과 같이 언급하였다.

> 예술을 이해하고 못 하고는 설명하는 말과 절연하는 곳에 있는 것이다. 물의 차고 따뜻함은 스스로 마셔보는 수밖에 없다. 예술을 아는 것도 이와 마찬가지다. 미학에 관한 책만 읽으면 비평가가 될 수 있다고 생각하는 것은 여행안내책자만 읽으면 일본 중 어디를 가더라도 길을 잃지 않을 것이라고 생각하는 것과 마찬가지다. 내가 이렇게 말해도

22 「문예잡감(文藝雑感)」은 1922년 11월 18일 아쿠타가와 류노스케가 학습원에서 강연한 《일본 문예에 있어서 형식과 내용의 관계》를 속기한 것이다. 초출 『보인회잡지(輔仁会雑誌)』 1923년 7월.

> 세상 사람들은 기만당할지 모르지만, 예술가는 — 아니 필시 세상 사람들도 산타야나만은—.[23]

위의 '설명하는 말言詮'이란 구체적으로 '비평'을 말하는데, 여기서 예술을 이해함에 있어서 '비평'의 불필요를 언급한 것은, 당시 문단의 아쿠타가와문학에 대한 비평을 의식한 말인 듯하다. 그러나 분명한 것은 1919년경의 아쿠타가와가 문학을 감상하는 측보다는 예술가를 우위에 놓고 있다는 사실이다.[24] 이러한 아쿠타가와가 앞서 살펴본 바와 같이 1924년 「주유의 말」에서는 '일찍이 믿어져 왔던 것처럼 작품 안'에서가 아니라 '작품을 감상하는 우리들의 마음속'에서 문학의 가치를 찾고, 1927년경에는 감상의 평가를 결정하는 것에 '감명의 깊이'를 주장하기에 이른다. 이것은 그가 문학을 하는 목적성이 1920년대를 기점으로 '예술적 감격'에서 '감명의 깊이'로 이동했음을 의미한다. 이 둘은

23 「예술, 그 밖의 것」(『전집』 제3권, pp.263~266)

24 요시다 세이치는 〈에세이스트로서의 아쿠타가와〉에서 위의 아쿠타가와의 언급을 들어 이는 '웬만한 예술가가 아니고는 예술의 심오함을 알 수 없으며, 미학적 지식이 있다고 하여 비평이 가능한 것은 아니라고 경고하고 있다'고 덧붙였다(吉田精一『近代文芸評論史一大正篇』(至文堂, 1980) pp.520~523).
이와 관련하여 도이 미치코는 〈이야기하는 '장'의 설정〉에서 예술가의 의식적 예술 활동을 역설하며, 마치 예술가가 예술적 가치를 모두 의식적으로 통괄할 수 있는 듯이 말하는 아쿠타가와가 한편으로 '예술을 이해하고 못 하고는 설명하는 말과 절연한 곳에 있는 것이다' 라고 언급한 것은 비평 혹은 감상의 작용에 관해서는 의식을 초월한 존재를 인정하고 있다는 점에서 모순된다고 지적한 바 있다. 그녀에 따르면 아쿠타가와의 이러한 언급은 「예술, 그 밖의 것」이 아쿠타가와의 예술가로서의 신념을 토로함과 동시에 동시대 비평에 대한 비평도 의도했기 때문으로, 이러한 불균형을 초래한 원인은 예술가의 입장을 옹호하고 비평가의 재단적인 비평을 비평하는 의도가 초래한 까닭이다. 그러나 이러한 주장이 예술가의 우위를 고정화하고, 예술에 대한 독자 혹은 비평가 측의 참여를 배제하는 듯 보이는 것도 사실이다(土井美智子 「芥川龍之介論—表現形式の変遷とその芸術観—」(東京大学大学院人文社会系研究科修士課程修士論文, 2001)
이러한 논의에서 확인할 수 있듯이 초기의 아쿠타가와는 문학을 감상하는 측보다는 예술가를 우위에 놓고 있었다고 할 수 있다.

미미微微한 차이라고도 볼 수 있지만, '예술적 감격'이 다소 텍스트 내에 매몰되어 있다고 한다면, '감명의 깊이'는 독자를 움직이는 '무언가何か'로서, 이는 분명 〈텍스트—독자〉라는 구도 속에서 찾아지는 문학적 가치라고 할 수 있다. 이와 관련하여 아쿠타가와 만년에 해당하는 1927년에 발표된 「문예적인, 너무나 문예적인」(『개조』 1927년 4 · 5 · 6월)을 살펴보자.

> 시가 나오야씨 자신이 이점을 의식하고 있는지 어쩐지는 나도 장담할 수 없다. (모든 예술적 활동을 작가의 의식 범위 안에 둔 것은 십년 전의 나다.) 그러나 이점은 설령 작가 자신은 의식하지 못하더라도 분명 동씨의 작품에 독특한 색채를 부여하고 있는 것이다.[25]

위에서 아쿠타가와가 시가 나오야의 의식 여부를 장담할 수 없다는 '이점'이란, 바로 '묘사상 리얼리즘'에 '동양적 전통 위에 선 시적정신을 살린 것'을 말하는데, 여기서 주목할 사항은 아쿠타가와가 1927년 시점時点에서 소급하여 '십년 전'에 해당하는 1917년경의 자신을 '예술적 활동을 작가의 의식 범위 안에 두었다'고 파악하고 있다는 점이다. 이렇듯 아쿠타가와가 독자를 의식하는 정도는 1910년대에 비하여 1920년대에 확연히 높아졌다. 1920년대 문학개념이 대중독자로 인하여 〈작자—작품〉에서 〈작자—작품—독자〉로 전환된 사실을 감안할 때, 이러한 인식의 전환은 당시 문단시스템의 영향이라고 할 수 있을 것이다.

일반적으로 아쿠타가와 문학관의 전환기로 「용龍」(『중앙공론』 1919

25 「문예적인, 너무나 문예적인」(『전집』 제9권, p.13)

년 5월)이 집필된 1919년경[26]과 야스키치시리즈가 집필된 1923, 4년경을 들고 있다. 그러나 이는 어디까지나 소재의 전환이지 위에서 살펴본 바와 같이 '문예의 형식과 내용이 불가분의 관계에 있다'는 문학관은 1918년부터 1927년까지 일관된 그의 주장이었다. 즉 그의 문학관은 기본적인 틀은 전환되지 않았으며, 문학의 장의 변환에 의하여 글쓰기에서 글읽기 쪽으로 그 무게중심이 옮겨간 것에 불과하다.

1920년대 문학논쟁에 가담한 일부 문학담당자들이 그들의 문학개념에 독자를 개입시킨 연유는, 그들이 대중작가라는 필요성에 의한 바가 크다고 하겠다. 다시 말하자면 그들의 문학은 이미 독자와의 공감대 형성의 요인에서 문학적 가치를 찾아야만 존재할 수 있게 된 1920년대 문단시스템에 순응한 결과로 형성된 것이다. 반면 아쿠타가와의 문학은 처음부터 독자를 상정한 것이었다. 이는 앞서 「주유의 말」에서 확인했다시피 아쿠타가와가 1924년경에 〈텍스트—독자〉라는 새로운 구도 속에서 문학을 재인식했음에도 불구하고, 그 전부터 일관되게 문예의 형식과 내용을 〈불가분의 관계〉로 파악하고 있다는 점에서 확인된다. 글쓰기를 커뮤니케이션 행위라고 정의한다면, 독자의 읽기에 의하여 그 세계가 규정되는 아쿠타가와의 문학은 작품의 소비가 아닌, 텍스트의 생산을 촉구한다는 점에서 그 의의가 있다고 하겠다.

26 예를 들어 윤상현은 1919년을 아쿠타가와문학 창작의 변화기로 보면서, 「용」을 비일상 세계 (광인과 우인)에 나타난 예술지상주의의 비상에서 일상 세계(보통사람)에 나타난 예술지상주의의 하강하는 양상이 나타난 텍스트로 파악한 바 있다(윤상현「아쿠타가와 작품에 나타난 예술지상주의의 변화—일상세계에 나타난 '찰나의 감동'과 '피로와 권태'를 중심으로」『세계문학비교연구』 제20집(2007년 가을호) pp.137~138).

제3절 〈작자—작품—독자〉라는 구도와 아쿠타가와의 〈독자의식〉

이처럼 처음부터 글쓰기에 있어서 그의 인식 범위 내에 독자를 상정하는 문학관을 갖고 있던 아쿠타가와는, 1920년대에 들어서 보다 극명히 〈텍스트—독자〉라는 구도 속에서 문학을 파악하였다. 그렇다면 그러한 문학관을 형성하는 요인이 된 1920년대 문단시스템을 좀 더 구체적으로 살펴볼 필요성이 있겠다. 여기서 주목할 사항은 문예잡지와 신문, 여성지 등은 독자층이 다르다는 사실이다. 문예잡지가 문학마니아층을 대상으로 삼는 미디어라면, 신문, 여성지 등은 일반대중독자를 대상으로 하는 미디어다. 이러한 점에 주목하여 본 절에서는 우선 활자미디어를 통하여 아쿠타가와의 〈독자의식〉을 살펴보고, 다음으로 그러한 외부적 요인이 그의 글쓰기에 어떠한 영향을 미쳤는지 아쿠타가와문학 안에서 과도기적 성격을 갖는 야스키치시리즈에서 그 가능성을 보고자 한다.

1. 활자미디어를 통해서 본 아쿠타가와의 〈독자의식〉

일본 다이쇼 시대의 미디어산업은, 특히 1910년에서 1930년대에 '전국지'라든가 '맘모스잡지'로 일컬어지는 미디어가 모든 계층을 대상으로 삼는 편집방침을 취하였다. 이것을 신문에서는 어떤 주의 · 당파 등에 가담하지 않는 공평 · 정중의 입장을 취하는 '불편부당不偏不党', 잡지에서는 '한 가구 한 권'이라는 말로 집약할 수 있다.[27] 이 시기의 미디어의 흐름은 신문, 잡지, 영화, 라디오 순으로 발달했는데, 활자미디어인 신문, 잡지 중 신문은 러일전쟁과 제1차 세계대전에서 보도신문의 역할을 담당하였다. 특히 『오사카마이니치신문』과 『오사카아사히신문大阪朝日新聞』은 오사카・도쿄 양 도시에 거점을 두어 제1차 세계대전 후 도래한 양 신문사에 의한 전국제패 체제 확립의 발판을 만들었다.[28]

또한 세계대전 경기로 산업자본이 급속도로 발전하고, 도시로의 인구집중, 도시노동자의 증가, 새로운 중간층의 출현, 소비자행동의 대중화 등 대중사회가 도래되었다. 이러한 가운데 신문은 경쟁적으로 대중적 보도신문의 길로 돌진하였다. 일찍이 메이지(明治:1868년~1912년) 전기에 보인 〈지식인=‘오신분大新聞’[29]〉, 〈서민독자=‘고신분小新聞’[30]〉이라는 도식이 사라진 것이다.[31] 이와 같이 이 시기의 신문은 보도신문에 중점을 두는 한편, 신문의 개성을 나타내는 것으로서 신문소설의 역할이 중시되어, 전속작가의 획득에 힘을 쏟게 된다.[32]

잡지도 신문과 마찬가지로 기업화되는 경향으로 나아갔다. 청일전쟁 때 『태양』을 창간한 하쿠분칸博文館은 메이지 후기에 각종 잡지의 성공으로 출판계에서 큰 세력을 구축하였다. 한편에서는 1911년 『고단구라부講談俱楽部』, 1916년 『오모시로구라부面白俱楽部』를 창간한 고단샤講談

27 山本武利他『日本通史 第18巻』(岩波書店, 1994) p.300

28 山本文雄編著『日本マス・コミュニケーション史』(東海大学出版会, 1998) pp.112~114

29 일본 메이지전기의 신문의 한 형태로 지면이 넓고 문어체로 쓰인 정론중심의 신문. 『도쿄일일신문』・『우편보지신문(郵便報知新聞)』 등 교양층을 대상으로 삼았다.

30 메이지 전기 신문의 한 형태로 시정(市井)의 사건이나 화류계의 연문 등을 중심으로 한 신문으로 대개 담화체의 문장으로 만들어져서, 루비(한자 옆에 읽는 법을 덧붙인 활자)를 덧붙였다. 당시의 『요미우리신문(読売新聞)』・『아사히신문(朝日新聞)』 등을 말한다.

31 江口圭一・山本武利他『岩波講座日本通史 第18巻 近代3』(岩波書店, 1994) p.291

32 久保田淳・浜田雄介他『岩波講座日本文学史 第13巻-20世紀の文学2』(岩波書店, 1996) p.157

社가 대두하기 시작하였다. 1925년 고단샤는 '한 가구 한 권'을 표방한 『킹』을 창간하여 100만부를 넘는 부수를 정착시켰다. 이 잡지는 성별 · 지역 · 직업을 불문하고 폭넓은 독자를 확보한 일본최초의 대중잡지였으며, 특히 지방농촌 남성의 두터운 지지를 받았다. 반면 하쿠분칸은 도시의 노동자나 지방농촌의 독자 개척에 한 발 늦었으며, 더욱이 구매력 있는 가정주부나 직업여성을 독자로 삼는 전략형성에도 실패했기 때문에 1920년경부터 급속도로 세력을 잃기 시작하였다.

여성독자를 확보하는 데 있어 선두에 선 것은 실업의 일본사實業之日本社로 1906년 『부인세계婦人世界』를 창간하였다. 계속해서 1917년에는 주부의 친구사主婦之友社의 『주부의 친구』가, 1920년에는 고단샤의 『부인클럽』이 창간되면서 경쟁적으로 여성독자를 사로잡는 지면誌面만들기에 몰두하였다. 이러한 경향은 1930년대에 이르러서는 『주부의 친구』와 『부인클럽』이 100만부를 넘는 '맘모스잡지'로 성장하는 것을 가능하게 하였다.[33]

上 岡本一平画
(『新潮』大正 14 年 4 月)

下 悦郎生画
(『北海タイムス』昭和 2 年 5 月)

오른쪽은 1927년 5월 『홋카이타임즈北海タイムス』에 실린 것으로 개조사가 주최하는 문학 강연을 위하여 홋카이도北海道를 방문한 아쿠타가와와 사토미 돈을 그린 만화다.

'현대일본문학전집'이라는 선전문구가 실린 전등을 한 손에 들고

33 江口圭一 · 山本武利他 『岩波講座日本通史第18巻近代3』(岩波書店, 1994) pp.293~294

있는 이 둘은 줄로 개조사에 묶여 있어 마치 꼭두각시인형같이 보인다. 동 월 22일자 『도오일보東奧日報』에는 이 만화를 평한 아쿠타가와의 글이 다음과 같이 실려 있다. '나는 가끔 만화가들에게 당하는데, 이번 홋카이타임즈의 만화만큼 감탄한 적은 없다'며 잡지사와 작가와의 주종관계라고도 할 수 있는 개조사와 그와의 관계를 암묵적으로 인정하고 있다.

한편 이러한 내용은 문예잡지가 기업화 되어가는 과정 속에서 결코 자유로울 수 없었던 작가 아쿠타가와의 입지를 단적으로 말하여 주는데, 여기서 1914년 처녀작 「노년老年」(『신사조』 1914년 5월)을 발표한 후, 1927년 유고로 남긴 「톱니바퀴」(『대조화』 1927년 6월), 「어느 바보의 일생或阿保の一生」(『개조』 1927년 10월) 등에 이르기까지 아쿠타가와의 활동시기가 일본에 있어서 대중문학의 형성기에 해당하는 시기와 중첩된다는 점에 주목할 필요가 있다. 그렇다면 독자층 확보에 사활을 걸었던 치열한 문단시스템 속에서 자유로울 수 없었던 아쿠타가와는 이를 어떻게 대처했는지 구체적으로 살펴보자.

1916년 2월 『신사조』에 발표된 「코鼻」가 나쓰메 소세키의 극찬을 받아 세상에 알려지게 된 것은 주지의 사실이다. 이러한 「코」는 소세키의 문하생으로 『신소설』의 편집고문이기도 했던 스즈키 미에키치鈴木三重吉의 추천으로 『신소설』 5월호에 재게再掲되어 아쿠타가와가 화려하게 문단에 데뷔할 수 있는 기회를 제공해 주었다. 이어 『신소설』 9월호에는 「감자죽芋粥」(『신소설』 1916년 9월)이 실려 호평을 얻었으며, 그 여세를 몰아 「손수건手巾」(『중앙공론』 1916년 10월)을 당시 문단의 등용문인 『중앙공론』에 내놓게 된다. 아래의 표는 잡지사별로 게재한 작품 수와 기간, 그리고 장르를 나누어본 것이다.

잡지사명	작품수	게 재 기 간	장 르
신사조	21편	1914년 2월~1917년 3월	① 19 ② 1 ③ 1 ④ 無 ⑤ 無
신소설	23편	1916년 9월~1925년 5월	① 17 ② 1 ③ 5 ④ 無 ⑤ 無
중앙공론	43편	1916년10월~1927년 7월	① 39 ② 無 ③ 3 ④ 無 ⑤ 無
신초	74편	1916년10월~1927년 9월	① 54 ② 1 ③ 19 ④ 無 ⑤ 無
문장클럽	21편	1917년 8월~1927년 5월	① 18 ② 無 ③ 3 ④ 無 ⑤ 無
부인공론	13편	1918년 8월~1927년 3월	① 9 ② 無 ③ 4 ④ 無 ⑤ 無
개조	31편	1920년 4월~1927년10월	① 25 ② 無 ③ 5 ④ 無 ⑤ 1
선데이마이니치	19편	1922년 4월~1927년 9월	① 15 ② 無 ③ 2 ④ 1 ⑤ 1
문예춘추	33편	1923년 1월~1927년11월	① 22 ② 無 ③ 7 ④ 4 ⑤ 無
여성개조	6편	1923년 8월~1924년 3월	① 5 ② 無 ③ 1 ④ 無 ⑤ 無

장르구분 : ①소설(수필) ②번역 ③평론 ④서간 ⑤유서

게재지별로 작품수를 나누어보면 『신초』에 74편, 『중앙공론』에 56편(『부인공론』 포함), 『개조』에 37편(『여성개조』 포함), 『문예춘추』에 33편, 『신소설』에 23편, 『신사조』에 21편 순이다.[34] 이중 가장 많은 글을 발표한 『신초』와 『중앙공론』에는 꾸준히 글을 실었다. 그러나 소설은 전자에 비해 후자가 더 많다.

그렇다면 아쿠타가와의 당시 문단적 위상은 어떠했는가. 이를 염두에 두고 1922년경 『신초』와 『중앙공론』에 각각 실린 아쿠타가와에 대한 상반된 글을 살펴보자.

1922년 8월 추계 대부록호인 『중앙공론』의 목차는 크게 공론公論 · 설연說苑 · 상화想華 · 시론時論란으로 나뉘어져 있다. 창작은 시론란에 할

34 여기서 『부인공론』은 『중앙공론』, 『여성개조』는 『개조』, 『선데이마이니치』는 『오사카마이니치신문』의 계열이다.

애되는데, 이 호에는 아쿠타가와의 글은 실려 있지 않다. 대신 설연란의 '아쿠타가와 류노스케 칭찬'이라는 표제가 눈에 띈다. 설연이란 지금의 사설에 해당하는 것으로, 이 호의 내용을 살펴보면 '그 때의 나, 지금의 나', '신문기사의 착오 연구', '유신 당시에 있어서 국제협조주의자' 등 그 내용과 테마도 각양각색이다. 그 중 후지모리 준조藤森淳三라는 인물이 쓴 '아쿠타가와 칭찬'이라는 글에는 다음과 같은 내용이 담겨있다.

> 일찍이 잡지 『신초』가 주류, 방류에 대한 여러 사람의 의견을 들어보니 이 · 삼류정도의 형편없는 작가만을 주류라고 주장하는 비평가가 나타나는 지금이다.
>
> — 중략 —
>
> 그들에 의하면 아쿠타가와씨의 예술은 주류가 아니다. 얕은 재기의 소유자라고 폄하되는 것이리라. 그러나 그들 중에는 아쿠타가와라는 이름을 들은 것만으로도 그 경건한 척하는 얼굴을 찌푸리며 목을 좌우로 흔드는 사람조차 있을 것이다.

윗글은 '얕은 재기의 소유자' 라고 폄하되는 아쿠타가와에 대한 비평에 반대의견을 개진한 것으로서, 여기서는 아쿠타가와의 작품뿐만 아니라, 항간에 떠도는 아쿠타가와를 인간미가 없는 사람이라고 욕하는 것에 대하여 이는 문체의 딱딱함에서 비롯된 오해라고 반론하는 등 아쿠타가와의 품성까지 칭찬한 구구절절한 내용이 담겨있다. 투고자인 후지모리 준조가 아쿠타가와문학의 애독자임을 짐작할 수 있다.

또한 윗글을 통해서는 아쿠타가와의 당시 문단적 위상이 '주류'가 아닌, '방류'에 속해 있었으며, 『중앙공론』에서는 오르막길, 『신초』에서는 내리막길이었음을 짐작할 수 있다. 이는 『중앙공론』의 글이 대부분 소설인 것에 비하여 『신초』가 소설 이외에도 평론, 잡문이 많이 보이는 점과 무관하지 않은 듯하다. 여기서는 아쿠타가와가 창작활동의 장으로 『신초』보다는 『중앙공론』을 더 이용했다는 사실을 확인할 수 있다.

다음으로 『개조』의 경우는 만년에 문예비평과 유고로 남긴 글이 많으며, 『문예춘추』에도 비교적 많은 글을 게재했으나, 여기에는 『문예춘추』의 사장이 아쿠타가와와 교우관계에 있는 기쿠치 간이라는 점이 고려되어야 할 것이다. 그리고 『신소설』의 경우는 비교적 소설이 많고, 초기 아쿠타가와의 왕성한 창작활동의 장으로서 이용된 『신사조』 또한 대부분이 소설이다. 『신사조』와 『중앙공론』에 실린 글은 대부분이 소설이며, 이 두 문예지와 더불어 『개조』에 실린 소설은 현재까지도 독자에게 많이 알려진 작품들이다. 여기서는 아쿠타가와의 행로가 순수문예잡지 『신사조』에서 출발하여 일류 문예지인 『신소설』로, 다시 거대 잡지인 『중앙공론』 순으로 이행해갔음을 확인할 수 있다.

아쿠타가와가 오사카마이니치신문사에 입사한 1919년은 이미 거대잡지인 『중앙공론』에 「손수건」(1916년 10월), 「도적떼偸盜」(1917년 4월 · 7월), 「개화의 살인開花の殺人」(1918년 7월), 「용」(1919년 5월) 등 많은 글을 발표한 이후다. 문학마니아를 대상으로 삼는 문예지 중 최고봉인 『중앙공론』에까지 이른 아쿠타가와가 보다 많은 독자를 확보할 수 있는 '맘모스지'로 진출한 것이다. 1925년 『오사카마이니치신문』과 『도쿄일일신문』은 합하여 판매부수 195만부에 이르게 되는데, 이는 최하 5, 6만부에서 최고일 때가 12만부정도인 『중앙공론』의 발행부수와 비교하여 현격한 차이를 보인다. 이러한 정황을 고려할 때, 아쿠타가와가 오사카마이니치신문사에 입사한 배경에는 보다 많은 독자층을 확

보하기 위한 목적이 크게 작용했다고 판단된다.

여성지의 경우는 작가에게 대개 종합잡지 원고료의 3, 4배를 더 지불했는데, 종합잡지보다 원고료가 높다는 사실은 여성독자층 확보에 당시 여성지가 얼마만큼 사활을 걸고 있었는지를 반증하는 예라고 할 수 있다. 아래는 1900년대 초반부터 일본 문학의 장에서 여성지가 창간되는 전개양상을 표로 제시한 것이다.[35]

창간년도	잡지명	발행사
1901년	『여학세계女学世界』	하쿠분칸
1905년	『부인화보婦人画報』	도쿄샤東京社→후진가호샤婦人画報社
1906년	『부인세계婦人世界』	지츠교노니혼샤実業之日本社
1908년	『부인의 벗婦人之友』	후진노토모샤婦人之友社
1910년	『부녀계婦女界』	도분간同文館→후조카이샤婦女界社
1912년	『숙녀화보淑女画報』	하쿠분칸
1915년	『가정 잡지家庭雑誌』	하쿠분칸
1916년	『부인공론婦人公論』	추오코론샤中央公論社
1917년	『주부의 벗主婦之友』	도쿄가정회東京家政会→슈후노토모샤主婦之友社
1920년	『부인클럽婦人倶楽部』	대일본웅변회 고단샤
1922년	『여성女性』	프라톤사
1922년	『여성개조女性改造』	개조사改造社
1925년	『레이조카이令女界』	호분칸寶文館
1925년	『와카바若葉』	호분칸

1920년경 오가와 미메이(小川未明:1882년~1961년)[36]는 「문예의 사회화」(『요미우리신문読売新聞』 1920년 5월)에서 '언제부터인가 그것(예

35 마에다 아이 전게서, pp.205~206 참조.
36 소설가, 아동문학 작가로서 '일본의 안데르센', '일본 아동문학의 아버지'로 불렸다.

술—인용자)이 돈벌이 수단이 되었다'며 당시의 정황을 보고하고 있다. 1920년대에 들어 문학 저널이즘이 정비되면서 작자의 수입이 비약적으로 증가한 것은, 문학의 구매자로서의 여성이 등장한 결과라고 할 수 있겠다.

이와 같이 여성독자를 무시할 수 없었던 이 시기에 아쿠타가와 또한 1918년부터 1927년까지 8곳의 여성지에 총 46편의 글을 발표한다.

NO	작 품 명	게재지	발표시기
1	「내가 좋아하는 여인의 여름모습」	『부인공론』	1918년 8월
2	「내가 싫어하는 여인」	『부인공론』	1918년 10월
3	「내가 좋아하는 로맨스 중인 여성」	『부인화보』	1920년 4월
4	「내가 좋아하는 여자」	『부인클럽』	1920년 10월
5	「연애 및 결혼에 대하여 젊은이들에게」	『부인클럽』	1920년 11월
6	「샤미센도 좋다」	『부인공론』	1921년 3월
7	「여러 가지 일에 대하여」	『주부의 친구』	1922년 1월
8	「은근한 마음을 불러일으키는 여자」	『부인공론』	1922년 1월
9	「세 가지 보물」	『양부의 친구』	1922년 2월
10	「미인형 얼굴」	『부인화보』	1922년 4월
11	「모양」	『양부의 친구』	1922년 6월
12	「어시장」	『부인공론』	1922년 8월
13	「독서의 태도」	『양부의 친구』	1922년 9월
14	「선향」	『여성』	1923년 1월
15	「원숭이와 게의 전쟁」	『부인공론』	1923년 3월
16	「내가 여자로 태어난다면」	『부인공론』	1923년 4월
17	「흰둥이」	『여성개조』	1923년 8월
18	「여성개조담화회」	『여성개조』	1923년 8월
19	「동양취미」	『여성개조』	1923년 8월
20	「대단히 영리한」	『부인공론』	1923년 8월

NO	작 품 명	게재지	발표시기
21	「인사」	『여성』	1923년 10월
22	「대지진전후」	『여성』	1923년 10월
23	「고서가 소실된 것을 아쉬워하다」	『부인공론』	1923년 10월
24	「만약 천엔을 세뱃돈으로 받는다면」	『여성개조』	1924년 1월
25	「밤서리」	『여성』	1924년 2월
26	「스미다강」	『여성』	1924년 3월
27	「벽견」	『여성개조』	1924년 3월~9월
28	「가정에 있어서 문예서의 선택에 대하여」	『여성개조』	1924년 3월
29	「문장」	『여성』	1924년 4월
30	「어느 연애소설」	『부인클럽』	1924년 5월
31	「문방고」	『부인공론』	1924년 6월
32	「기석」	『여성』	1924년 6월
33	「왜가리와 원앙」	『여성』	1924년 7월
34	「장강」	『여성』	1924년 9월
35	「장렬한 희생」	『부인화보』	1925년 1월
36	「정직하게 쓰는 것에 대한 어려움」	『부인화보』	1925년 2월
37	「봄」	『여성』	1925년 4월
38	「일본여자」	『부인화보』	1925년 4월~5월
39	「여?」	『여성』	1925년 5월
40	「온천소식」	『여성』	1925년 6월
41	「결혼난 및 연애난」	『부인의 나라』	1925년 7월
42	「「사로메」그 외」	『여성』	1925년 8월
43	「내 책상」	『부인공론』	1925년 9월
44	「꿈」	『부인공론』	1926년 11월
45	「그 사람」	『여성』	1927년 1월
46	「신기루」	『부인공론』	1927년 3월

이를 작품수로 분류하자면 『여성』에 14편, 『부인공론』에 13편, 『여성개조』에 6편, 『부인화보』에 5편, 『부인클럽』과 『양부의 친구』에 각각 3편, 『주부의 친구』와 『부인의 나라』에 각각 1편순이다. 총 46편 중 37편이 1922년부터 1925년까지로 집중되어 있는데, 원인으로는 앞의 표 여성지가 창간되는 전개양상에서 살펴보았듯이 앞을 다투는 여성지의 창간을 들 수 있다.

여성지에 이처럼 많은 글을 게재한 것은, 여성지에 게재한 대부분의 글들이 400자 원고지로 대략 열 페이지를 넘지 않는다는 사실을 감안할 때, 경제적인 원인보다는 당시 여성독자층이 중요시된 결과이며 그 또한 여성독자층을 무시할 수 없었다는 사실을 확인시켜준다. 이는 '시적 정신'을 잘 살린 작품이라고 아쿠타가와가 자화자찬한 「신기루蜃氣樓」라는 소설을 『부인공론』에 실은 것만 보아도 알 수 있다. 그러나 위의 표에 실린 글의 제목에서도 확인할 수 있듯이 여성지에 게재된 대부분의 글들이, 「어시장」, 「인사」, 「문장」, 「어느 연애소설」 등 본서의 대상인 야스키치시리즈를 제외하고는, 주로 논평이나 감상문이라는 사실 또한 간과되어서는 안 될 것이다.

그중 『중앙공론』의 계열사인 『부인공론』에 13편, 『개조』의 계열사인 『여성개조』에 6편을 게재했는데, 비교적 문학적 완성도가 높다고 평가되고 있는 텍스트는 『부인공론』과 『여성개조』에 실려 있다. 그러나 『중앙공론』과 『개조』가 아쿠타가와의 문학 활동의 주된 무대였다는 점을 감안할 때, 『부인공론』과 『여성개조』가 반드시 여성지만으로 이용된 것이라고 보기는 어렵다. 그렇다면 수많은 여성지에 글을 발표한 것은, 여성독자층이 중시되었던 당시의 시류에 편승하기 위함이지, 온전히 여성을 그의 글쓰기의 대상으로 삼고 있는 것은 아니라고 할 수 있겠다.

오사카계 신문사는 1922년에 『주간아사히週刊朝日』나 『선데이마이니치サンデー毎日』를 창간하여 처음으로 주간지라는 미디어를 일본에서 개발하여 성공시켰다. 연감年鑑이외의 출판물도 신문사에 의해 간행되었으나, 이러한 활자미디어는 외연적인 활동으로 보아야 하며 유력출판사에 의한 이 시기의 엔폰円本활동도 마찬가지다.

엔폰은 한 권에 정가 1엔円 하는 총서를 일컫는데, 1927년 가을, 개조사가 『현대일본문학전집』을 간행한 것을 필두로 일시적으로 일본 출판계에서는 〈1엔짜리 단행본(엔폰)〉시대가 출현하였다. 이는 거듭되는 출판계의 불황을 타개하기 위한 노력의 일환이었다. 아래의 표는 당시 여러 출판사의 엔폰사업의 정황을 정리한 것이다.

출 판 사	서 명	간행날짜	판매가격	판 매 부 수
개조사改造社	현대일본문학전집	1927년 가을	정가 일엔	60만부 가까운 예약주문
신초사新潮社	세계문학전집		정가 일엔	
춘추사春秋社	세계대사상전집		정가 일엔	
제일서방第一書房	근대극전집		정가 일엔	
춘양당春陽堂	명치대정문학전집		정가 일엔	
평범사平凡社	현대대중문학전집	1927년 5월	정가 일엔	33만부

그러나 신문사에 실린 아쿠타가와의 글을 살펴보면 본서의 대상인 「이른 봄」(『도쿄일일신문』 1925년 1월)과 「게사쿠잔마이戯作三昧」(『오사카마이니치신문』 1917년 10월 · 11월), 「지옥도」(『오사카마이니치신문』 1918년 5월)를 제외하고는 문예잡지사인 『중앙공론』이나 『개조』에 비하여 이렇다 할 소설이 없음을 확인할 수 있다.

지금은 대작가로 알려져 있는 아쿠타가와이지만 그가 활동했던 다이쇼 시대에 그는 '신진작가'에 불과하였다. 1919년경 개조사의 원고료를 보면 시마자키 도손, 다야마 가타이, 다니자키 준이치로(谷崎潤一郎:1886년~1965년), 시가 나오야 등 '대가', '중견작가'에 비하여 아쿠타가와는 '신진작가'로 분류되어 그에 따른 원고료도 적었다. 아래의 표는 당시 『중앙공론』과 『개조』의 원고료를 나타낸 것이다.[37]

기준 : 400자 원고 1매당

<table>
<tr><th>잡지사</th><th colspan="2">원고료구분기준</th><th>원고료</th></tr>
<tr><td rowspan="2">중앙공론사</td><td colspan="2">문학작품</td><td>1엔~1엔50전</td></tr>
<tr><td colspan="2">논문 · 기사</td><td>~1엔</td></tr>
<tr><td rowspan="3">개조사</td><td>대가</td><td>시마자키 도손, 다야마 가타이, 도쿠다 슈세이</td><td>2엔80전~3엔
(평균 2엔50전 내외)</td></tr>
<tr><td>중견작가</td><td>나가이 가후, 다니자키 준이치로, 시가 나오야, 무샤노코지 사네아츠</td><td>2엔50전</td></tr>
<tr><td>신진작가
→『신사조』·『와세다문학』·『미타문학』 등에서 데뷔한 작가들</td><td>아쿠타가와, 구메 마사오, 기쿠치 간, 히로츠 가즈오, 우노 고지, 미즈우에 류타로, 구보타 만타로</td><td>1엔60전~2엔 내외</td></tr>
</table>

위의 표는 1910년대 후반기의 아쿠타가와의 위상이 문예잡지에서 그리 높지 않았음을 말하여 준다. 그렇다면 신문미디어에서는 어떠했는가.

오사카마이니치신문사는 1917년 10월과 11월에 「게사쿠잔마이」를

37 横関愛造『思い出の作家たち』, p.24, p.108 참조(横山春一『改造目次総覧上巻』(新約書房, 1967) p.11에 재수록).

석간에 창작을 싣는 신례新例로서 실고, 1918년 5월에는 「지옥도」를, 7월에는 「교토에서京都で」 등을 게재하였다. 이처럼 입사하기 이전부터 단순한 〈창작가 대 신문사〉로서의 관계가 전혀 없었던 것은 아니지만, 아쿠타가와의 입사는 신문사가 먼저 손을 내민 것이 아니라, 그의 희망에 의한 것이었다.[38]

아쿠타가와와 오사카마이니치신문사와의 처음 계약은 '사우'였으나 곧 '사원'이 되었다. 아래는 1919년경 아쿠타가와가 신문사와 맺은 계약조건이다.

사우 : 1. 잡지에 소설을 발표하는 것은 자유일 것.
2. 신문에는 오사카마이니치신문東日 이외에 일절 집필하지 말 것.
3. 보수는 월 50엔
4. 소설의 원고료는 종전대로.

사원(1919년 8월) : 1. 출근하지는 않지만 일 년에 몇 회 소설을 써야함.
2. 다른 신문에 집필하지 않을 것.
3. 원고료 없이 월 130엔의 보수.

아쿠타가와가 '사원'으로서 오사카마이니치신문사에 정식입사 했을 때, 그는 「입사의 말」에서 '신문은 나에게 보통수준의 월급을 준다. 뿐

38 이때 아쿠타가와는 오사카마이니치신문사의 학예부장인 스스키다 규킨(薄田泣菫)에게 '나는 문운(文運)에 공헌하기 위하여 창작을 하는 것이 아니라 원고료가 필요하기 때문'이라고 밝혔으며, 봉급도 요코스카에 있는 해군기관학교 시절과 같은 130엔으로 본인 스스로가 책정했다 한다. 이 금액은 후에 너무 적다하여 신문사가 150엔으로 인상하였다(高木健夫『新聞小説史 大正編』(国書刊行会, 1976) p.152).

만 아니라 매일 출근해야하는 의무도 강요하지 않는다'[39]며 입사 동기를 밝혔다. 다카기 다케오高木健夫에 의하면 월 130엔의 월급은 보통수준의 금액이 아니며, 나쓰메 소세키의 월급을 기준으로 보았을 때, 당시로서는 파격적인 대우였다 한다.[40] 1907년 4월에 아사히朝日신문사에 입사한 나쓰메 소세키의 월급이 200엔이었다 하니, 그에 비하면 다카기 다케오의 말처럼 그리 파격적인 대우 같지는 않다. 그러나 정식사원이 아닌 객원이었는지는 모르나 아쿠타가와와 같이 입사한 기쿠지 간의 보수 90엔에 비하면 많다고 할 수 있다. 이는 신문사 입장에서 보면 아쿠타가와가 비록 '신진작가'이지만 상품적 가치가 있다고 판단, 많은 독자층을 확보해줄 것이라는 기대심리에서 비롯된 것으로 여겨진다.

실지로 『오사카마이니치신문』은 아쿠타가와를 특파원 자격으로 중국에 보내면서 1921년 3월 31일자 지면에 사단四段抜き 초호初号활자[41]의 표제로 대대적인 선전을 아끼지 않았다.

> 폐사는 여기에 볼만한 것이 있어, 최근 지상紙上을 통하여 아쿠타가와 류노스케씨의 중국 인상기를 게재한다. 아쿠타가와씨는 현대문단의 제1인자 — 실로 붓을 들고 상하이에 있다.[42]

이러한 과대평가는 물론 신문사의 전략적인 과대광고가 초래한 결과이겠으나, 중요한 것은 아쿠타가와가 당시 신문 독자들에게 '현대문

39 「입사의 말」(『전집』 제12권, p.175).
40 다카기 다케오(高木健夫) 전게서, pp.153~154
41 호수(号數)활자 중 최대로서 42포인트 상당의 활자를 일컬음.
42 『오사카마이니치신문』 1921년 3월 31일자.

단의 제1인자'로 받아들여졌다는 사실이다.[43] 당시 문예잡지의 원고료 책정으로 보면 '신진작가'로 분류되어, '대가'나 '중견작가'에 비하여 상대적으로 낮은 원고료를 받았던 아쿠타가와가, 신문미디어에서는 '현대문단의 제1인자'로 과대평가되고 있는 것이다.

이처럼 문예잡지에서는 '신진작가'였지만, 신문 독자들에게는 '현대문단의 제1인자'로 받아들여졌던 아쿠타가와가, 신문에 중국을 일본에 소개하기 위한 기행문인 「상해유기上海游記」(『오사카마이니치신문』 1921년 8월 17일~9월 12일, 『도쿄일일신문』 1921년 8월 20일~9월 14일)와 「강남유기江南游記」(『오사카마이니치신문』 1922년 1월 1일~2월 13일)를 제외하고는 이렇다 할 소설을 내지 못하면서도 꾸준히 집필한 것은, 신문사와의 계약조건을 이행하기 위한 까닭도 있지만, 신문은 잡지보다 많은 독자층을 확보할 수 있다는 점도 고려되어야 할 것이다.

그러나 아쿠타가와는 『중앙공론』과 『개조』 등 발행부수 면에서 '맘모스지'에 비해 현격히 적은 문예잡지를 통해서 소재나 문체를 바꿔가면서 끊임없이 창작활동을 하였다. 문예잡지는 문학마니아층을, 신문, 여성지 등은 일반대중독자층을 대상으로 삼는다는 점을 감안할 때, 아쿠타가와가 비록 당시의 시류에 따라 여성지, 신문, 주간지 등 80여 곳이 넘는 많은 게재지에 글을 발표하기는 하지만,[44] 그의 글쓰기 대상은

43 다카기 다케오는 『신문소설사　다이쇼편』(国書刊行会, 1976) 서문에서 다이쇼 시대 신문소설에서 화제가 되고 인기가 있던 걸작으로 시마자키 도손의 「신생(新生)」(『아사히신문(朝日新聞)』), 사토미 돈의 「햇죽순(今年竹)」(『시사신보(時事新報)』), 그리고 아쿠타가와의 「상해유기(上海游記)」와 「강남유기(江南游記)」를 꼽았다. 특히 아쿠타가와의 그것은 소설이 아닌 기행문임에도 이들 대열에 오른 것을 보면 과히 그 파장을 짐작할만하다.

44 1917년부터 1927년까지의 게재지를 살펴보면, 아쿠타가와는 무려 80여 곳으로 다니자키 준이치로가 13곳, 시가 나오야가 22곳을 이용한 것에 비하면 많은 게재지를 이용한 셈이다. 아쿠타가와가 이토록 많은 게재지를 필요로 한 것은 작가적

역시 문학마니아층이었음을 확인시켜준다.

2. 야스키치시리즈의 등장배경에 대한 재고

서론에서 밝힌 바와 같이 '고백하려는 자세의 부족' 내지는 '문학적 완성도의 결여' 등 혹평을 듣는 야스키치시리즈의 등장배경은 작가생활 5년째로 접어들면서 막다른 길에 봉착했다거나, 중국여행에서 오는 피로감, 내지는 당시 사소설의 영향력 등과 관련지어 논해져왔다. 예를 들어 마쓰모토 하지메松本哉는 〈아쿠타가와 류노스케의 얼굴—원고의 양으로 본 류노스케의 생애—〉에서 원고의 분량으로 아쿠타가와의 생애를 고찰했는데, 그는 여기서 '작가생활을 시작하고 5, 6년이 지난 즈음, 원고의 양이 현저히 감소한 것은 중국여행 탓으로 29세의 겨울에

위상과 무관하지 않다. 예를 들어 다니자키 준이치로의 경우, 대부분의 작품을 꾸준히 『중앙공론』과 『개조』에 실은 것으로 보아 두 잡지사에서 어느 정도 영향력을 확보하고 있었던 것으로 보인다. 따라서 그는 많은 게재지를 필요로 하지 않았다. 시가 나오야의 경우는 『시라카바』의 동인이었으므로 주된 발표지가 있었지만, 다니자키 준이치로보다는 많은 게재지를 이용했다. 『시라카바』 또한 1923년 8월에 폐간, 다니자키 준이치로에 비하여 각 게재지마다 작품이 균일하게 분포되어 있는 것으로 보아 주된 거점지가 없었던 것 같다. 그러나 장편 『암야행로』를 『개조』(1921년 1·2·3·4·5·6·8월과 1922년 1·2·3·8·9·10월)에 연재한 것으로 보아 비교적 비중 있는 작품은 『개조』에 실은 것 같다.

아쿠타가와는 생전에 단행본으로 전집·재판을 포함하여 총 26편을 간행했는데, 같은 기간(1917년~1927년) 다니자키 준이치로가 10편, 시가 나오야가 13편인 것에 비하면 아쿠타가와의 단행본은 현격하게 많다. 그만큼 다이쇼 시대의 아쿠타가와는 〈잘 팔리는 작가〉였다고 할 수 있다. 아쿠타가와가 각 문예잡지사의 신년호에 현격하게 많은 작품을 발표한 것을 보아도 알 수 있듯이, 다니자키 준이치로나 시가 나오야보다 문단적 위상이 낮은 아쿠타가와는, 80여 곳이나 되는 게재지에 분주하게 작품을 발표했기 때문에 그들보다 많은 단행본을 출판할 수 있었던 것은 아닐까. 그러나 한편 아쿠타가와에게서 이러한 양상이 나타난 것은 다이쇼 시대가 단편소설을 낳을 수밖에 없는 문단시스템을 형성하고 있었기 때문이기도 하다.

원고가 산적한 것은 그 여행에 대하여 쓴 『상해유기』와 『강남유기』라는 장문이 있었기 때문이다. 그러나 그 후에는 제대로 된 소설의 비율이 줄어들고 큰 상승곡선 없이 끝나고 만다' 라고 지적하였다.

또한 '30세가 되어 벽에 부딪히는 느낌을 받는 것은 당연하다. 그것은 아쿠타가와뿐만 아니라 5년이나 계속해서 집필한 작가라면 누구라도 대개는 막다른 길을 느낄 것이다. 하물며 아쿠타가와 같은 소설가라면 당연 그럴 것'[45]이라는 『아쿠타가와 류노스케』에서의 우노 고지의 발언에 동의하면서 아쿠타가와의 예술이 작가생활 5년째로 접어들면서 막다른 길에 봉착했다고 논하였다.[46]

아쿠타가와는 야스키치시리즈가 발표되기 전에 이미 '비슷한 작품만 쓰는', 소위 '자동작용'을 경험한 적이 있다. 그는 「예술, 그 밖의 것」에서 다음과 같이 언급하였다.

> 예술가가 퇴보할 때, 항상 일종의 자동작용이 시작된다. 이는 비슷한 작품만 쓰는 것을 의미한다. 자동작용이 시작되면 그것은 예술가로서 죽음에 직면한 것과 마찬가지다. 나도 「용」을 썼을 때는 분명 이런 죽음에 직면해 있었다.[47]

「용」은 1919년 5월 『중앙공론』에 발표된 소설로 아쿠타가와는 이때

45 松本哉他 『新文芸読本 芥川龍之介』(河出書房新社, 1990) p.74

46 같은 맥락에서 도날드 킨은 '단편의 명수가 어째서 이렇게 서툰 글(야스키치시리즈—인용자)을 썼는지 이해하기 어렵다. 그 배경에는 필시 쇠약해져가는 아쿠타가와의 건강상태가 있었으며, 병마가 서서히 그의 체력을 해치고 있었기 때문일 것이다. 소위 제재소설의 창작에 피로하여 절망적인 정돈 상태의 타개책으로써 자기의 신변을 쓰기 시작한 것 같다'고 혹평한 바 있다(도날드 킨 전게서, pp.106~108).

47 「예술, 그 밖의 것」(『전집』 제3권, pp.264~265)

를 경계로 역사물을 집필하던 자신의 글쓰기에 대하여 어느 정도 회의적이었던 것 같다.

아쿠타가와는 오사카마이니치신문사의 해외 시찰원으로 1921년 3월부터 7월까지 4개월 간 중국으로 파견되었는데, 당시 아쿠타가와는 출발을 앞두고 감기에 걸려 도중에 오사카大阪에서 1주일간 체재했으며, 상하이上海에 도착한 후에도 건성 늑막염으로 약 3주일간 병원에 입원하였다. 또한 중국에서 돌아온 후 1921년 말경에는 수면제 없이는 잠을 잘 수 없을 정도로 신경쇠약에 걸려있었으며, 1922년 7월 27일에는 시가 나오야를 방문하여 자신이 슬럼프에 빠졌다는 사실을 토로하면서 슬럼프에서 빠져나올 방법을 묻기도 하였다. 이때 아쿠타가와는 시가 나오야가 3년 정도 소설을 쓰지 못했을 때의 심경에 대하여 궁금하게 여겼으며, 시가 나오야로부터 글쓰기를 잠시 쉴 것을 권유받았다 하는데,[48] 그러나 그는 결국 글쓰기를 중단하지 않았다. 미야자키 오보에宮崎覺는 이를 외부 상황보다는 글쓰기가 곧 살아가는 것이라고 인식한 아쿠타가와의 인생관에서 찾은 바 있다.[49]

그리고 평소 매년 1월에는 여러 잡지사에 자신의 글을 발표하기에 분주했던 아쿠타가와가, 1923년에는 당시 창간호였던 『문예춘추』에 「주유의 말」을 게재하는 것 이외에는 일체의 발표작이 없었다. 이처럼 야스키치시리즈가 집필되기 시작할 즈음인 1922, 3년경의 아쿠타가와는, 글쓰기의 슬럼프와 건강 상의 문제를 안고 있었던 것은 분명하다.

다음으로 사소설의 영향력과 관련하여 생각해 보자. 도이 미치코土井美智子는 〈6 초기 아쿠타가와문학의 특색〉에서 1918년부터 1920년 사이

48 関口安義編『新潮日本文学アルバム 芥川龍之介』(新潮社, 1983) pp.65~75
49 「特集 芥川龍之介作品の世界」(『国文学解釈と鑑賞』 第64巻11号, 1999) p.17

에 문단교우文壇交友소설, 모델소설이 널리 퍼져 이후 사소설 · 심경소설의 등장을 촉진시켰다고 밝힌 바 있다. 그녀에 따르면 소마 다이조相馬泰三, 가사이 젠조葛西善蔵, 히로츠 가즈오広津和郎 등 『기적奇蹟』 출신의 작가나 기쿠치 간, 구메 마사오 등 제 4차 『신사조』 출신의 작가가 잇달아 문단의 교우관계에 기초한 작품을 발표했으며, 이러한 경향은 『미타문학三田文学』 출신의 작가들에게서도 보인다. 특히 가사이 젠조 등의 작품은 '심경心境' 내지는 '풍격風格'이라는 말에 의하여 긍정적으로 평가되었으며, 이후 심경소설론이 부상하기에 이르렀다.[50] 그렇다면 과연 아쿠타가와가 그러한 문제점의 돌파구를 찾기 위하여 사소설로서 야스키치시리즈를 의도한 것일까.

「야스키치의 수첩에서」가 발표된 지 약 6개월이 경과된 시점의 아쿠타가와의 글에서 사소설에 대한 그의 견해를 살펴보자. 아쿠타가와는 「쵸코도잡기」 중 〈고백〉(『수필随筆』 1923년 11월) 에서 다음과 같은 말을 하였다.

> 나는 종종 여러 사람들로부터 '좀 더 네 생활을 써라, 좀 더 대담하게 고백해라' 라는 말을 듣는다. 나도 고백하지 않는 것은 아니다. 내 소설은 많든 적든 간에 내 경험의 고백이다. 이렇게 말해도 사람들은 내 말을 믿지 않는다. 사람들이 내게 권하는 것은 나 자신을 주인공으로 하고, 내가 경험한 사건을 주저 없이 쓰라는 것이다. 게다가 권말의 일람표에는 주인공인 듯한 나는 물론, 작중인물의 본명과 가명을 죽 나

50 또한 도이 미치코는 '현대소설의 집필이나 자신의 신변을 재제로 삼는 경향이 등장하는 형태로 나타난 것'은 '사회정세나 문단의 의론의 추세 때문에 사회의식의 문제가 전면으로 거론된 때문'이라고 논한 바 있다(土井美智子「芥川龍之介論―表現形式の変遷とその芸術観―」(東京大学大学院人文社会系研究科修士課程修士論文, 2001)

열하라는 것이다. 그러나 그것만은 사양하고 싶다. —

우선 나는 견식이 있는 여러분에게 내 생활의 밑바닥을 보여주는 것이 불쾌하다. 다음으로 그런 고백을 재료로 필요이상 돈과 명예를 착복하는 것도 불쾌하다. 예를 들어 나도 고바야시 잇사小林一茶처럼 교제기록을 썼다고 치자. 그것을 다시 중앙공론이나 다른 신년호에 실었다고 치자. 독자는 모두 즐거워할 것이고, 비평가는 일대전환을 맞이했다는 등 칭찬할 것이다. 지인들은 드디어 솔직해지기 시작했구나. 등, — 생각하는 것만으로도 소름이 돋는다.

스트린드베리도 돈만 있었으면 「치인의 고백」은 쓰지 않았을 것이다. 혹은 어쩔 수 없이 써야하는 경우에도 자국어 책으로 낼 생각은 하지 않았을 것이다. 나도 종국에는 먹고살기 힘들어지면 생계를 위하여 무슨 일이든 할지도 모른다. 그때는 자청해서 쓸지도 모르겠다. 그러나 지금은 가난한대로 어찌됐든 목숨은 부지하고 있다. 몸은 비록 병들었지만, 내 정신 상태는 멀쩡하다. 아직 마조히즘 등의 징후는 보이지 않는다. 내가 헛되이 부끄러운 고백소설 따위를 쓸 것 같은가.[51]

(밑줄 인용자)

위의 인용문에서 확인할 수 있듯이 당시 아쿠타가와에게 있어서 사소설은, '정신이상 상태에서나 집필 가능한 것' 혹은 '자기학대나 마찬가지의 작업'이다. 또한 『문예춘추』의 창간호(1923년 1월)부터 제3년 제11호(1924년 11월) 사이에 발표된 「주유의 말」 중 〈고백〉에서는 다음과 같이 밝히고 있다.

51 「효코도잡기」 중 〈고백〉(『전집』 제6권, pp.203~204)

완전히 자기를 고백한다는 것은 아무나 가능한 일이 아니다. 동시에 또한 자기를 고백하지 않고서는 어떠한 표현도 가능하지 않다.
루소는 고백을 좋아한 사람이다. 그러나 적나라한 그 자신의 모습은 참회록 어디에서도 발견되지 않는다. 메리메는 고백을 싫어한 사람이다. 그러나 「콜롱바Colomba」는 은연중에 그 자신을 이야기하고 있는 것은 아닐까? 어차피 고백문학과 그렇지 않은 문학의 경계선은 눈에 띨 만큼 그리 분명한 것이 아니다.[52]

이상의 발언을 통해서 확인할 수 있는 사실은 아쿠타가와에게 있어서 사소설은 '고백소설' 내지는 '고백문학'이라는 점이다. 사소설을 기피하는 이러한 자세는 그로부터 2년이 흐른 시점의 글에서도 그대로 엿보인다. 아래의 인용문은 「「사」소설론 소견」(『신초』 1925년 11월)의 일부이다.

확인 차 다시 한 번 말해두건대 '사'소설이 '사'소설다운 것은 '거짓이 아니다' 라는 점입니다.

— 중략 —

그러나 '거짓이 아니다' 라는 것은 실제상의 문제는 차치하고, 예술상의 문제에는 아무런 권위를 갖지 못 합니다.

— 중략 —

실제로 '거짓이 아니다' 라는 것은 무언가 특히 예술 상에는 의미 있는 것처럼 보이는 것은 틀림없습니다. 그렇다면 어째서 의미 있는 것처럼 보이는 것인가 하면, 예술이 다른 예술보다 도덕이나 공리라는

52 「주유의 말」 중 〈고백〉(『전집』 제7권, p.397)

> 사고 따위와 깊은 관계가 있다고 여기고 있기 때문이겠지요. 그러나 예술도 이런 저런 것과 전연 관계가 없다는 것은 다른 예술과 다르지 않습니다. 물론 우리들은 실제적으로는 — 우리들이 쓴 무엇이 언제라도 누구에게 공개될 수 있기 때문에 그런 문제에 있어서는 도덕이나 공리를 고려하게 되겠지요. 그러나 그러한 단계를 넘어선 문예, 그 자체로서의 문예는 아무런 구속도 받지 않는 바람처럼 극히 자유로운 것입니다. 만약 그렇지 않다고 한다면 우리들이 예술의 내재적 가치 운운할 수 없겠지요.[53]

《사소설논쟁》을 이끈 구메 마사오의 '산문예술의 본도는 '사'소설에 있다'를 반박한 글인 「「사」소설론 소견」에서 아쿠타가와는 위와 같이 '소설 속의 자전적 성격 자체는 예술의 내재적 가치와 직접적인 관계가 없다'며 사소설에 부정적 견해를 피력하였다. 그러나 정작 구메 마사오의 '사소설'에서 이러한 고백성은 그리 문제시되지 않는다.

1925년경 구메 마사오는 「사소설과 심경소설」에서 '진짜'만이 독자에게 '신뢰'를 얻을 수 있다고 논했는데, 여기서 그가 말하는 '진짜'에 대하여 오가사와라 마사루小笠原克는 '여기서의 「진」은 공상 · 허구가 아닌 「사실」을 의미한다'[54]는 주석註釋을 덧붙이고 있다.

> 그러나 내가 지금 말하는 소위 '사소설'이라는 것은 반드시 그렇지는 않다. 그것은 이히로만의 번역이 아니라 오히려 별개의 '자서自敍' 소설이라고 할 만한 것이다. 한마디로 말해서 작자가 자신을 가장 직접적으로 드러내 보인 소설이라는 정도의 의미이다.

53 「「사」소설론 소견」(『전집』 제8권, pp.41～42)
54 田中保隆注釈他『日本近代文学大系 第58巻 近代評論集Ⅱ』(角川書店, 1972) p.409

> 그렇다고 하여 '자서전自敍傳'이나 '고백告白' 등과 같은 것이냐고 하면 그렇지 않다. 그것은 어디까지나 소설이지 않으면 안 된다. 예술이지 않으면 안 된다. 그 미묘한 점이야말로 후술할 심경문제와 맞물려서 소위 예술과 비예술의 경계를 이루는 것인데, 단순한 자서 내지는 고백을 위한 고백은 내가 말하는 '사소설'에 가장 가깝고 원형에 닮아있지만, 그 표현이 예술적이지 않은 이상 나의 '사소설'에는 포함되지 않는다.[55]

위에서 구메 마사오는 〈사소설=자서自叙〉를 잠정적이나마 '작가가 자신을 가장 직접적으로 완전히 내보인 소설'이라고 규정하고 있어서 일반적으로 이해되고 있는 〈사소설=고백성〉을 연상케 하지만, 이어 독일어의 'イヒ・ロマーンIch-Roman', '자서전', 그리고 '고백을 위한 고백'과 구별 짓는 그의 논의에서는 〈'사소설'=고백성〉이 부정된다.

1인칭에 해당하는 'イヒ・ロマーン'과 구별 짓는 것에서는, 구메 마사오가 내용을 중시하는 입장에서 '사소설'을 인식하고 있다는 점을, '사소설'을 '자서전'과 '고백을 위한 고백'과 구별 짓는 것에서는, 「사소설과 심경소설」에서 문학의 규범 내지는 범주가 재정립되고 있다는 사실을 확인할 수 있다. 그렇다면 'イヒ・ロマーン', '자서전', 그리고 '고백을 위한 고백'과 구별되면서, '표현이 예술적'일 것이 요구되는 구메 마사오가 말하는 '사소설'은, '진짜'—오가사와라 마사루의 표현을 빌자면 '사실'—라는 필요조건에 '예술적'인 것이라는 충분조건이 더해진 장르라고 이해할 수 있겠다.

앞서 말한 바와 같이 그동안 야스키치시리즈는 〈사소설〉의 자기장

55 久米正雄 「사소설과 심경소설」(『문예강좌』 1925년 1월과 5월)

속에서 논의되어 왔다. 그러나 '사소설'이라는 말이 1920년대 구메 마사오에 의하여 처음 사용되었음에도 불구하고, 〈사소설〉을 이야기하는 논의에서는 정작 그러한 '사소설'에 대해서는 그다지 주목하지 않는다. 이에 대한 문제제기로 1920년대에 나타난 '사소설'이라는 말로 1906, 7년경에 빈번히 쓰이기 시작한 '작가가 자신을 등장인물로서 조형한 소설', 즉 '자기표상텍스트'[56]를 소급 적용시킬 수 없다고 주장한 이가 바로 히비 요시타카日比嘉高다.

그러나 여기서는 회화(서양화)가 소설에 미친 영향을 염두에 둔 나머지 〈사소설〉 언설에서 결코 빼놓을 수 없는 고백성의 문제가 간과되어 있다. 이러한 문제점은 '작자 자신이 자기의 생활체험을 서술하면서 그간의 심경을 피력해가는 작품'을 〈사소설〉로 규정한 사전적 해석에도 있다. 1920년대 구메 마사오에 의하여 제창된 '사소설'에서 고백성이 그리 문제시되지 않으며, 무엇보다 그것이 일본 근대문학의 장에서 지속되어온 〈현실의 재현으로서의 소설 관〉과 관련되어 있다는 점을 감안할 때, 이러한 문제점은 〈사소설〉 언설에서 고백성이 농후한 글쓰기는 〈사소설적 글쓰기〉로, 고백성이 희박한 글쓰기는 〈사적 글쓰기〉로 구별하여 사용함으로써 해결할 수 있다. 이를 염두에 두고 야스키치시리즈를 〈사소설〉이라는 잣대로 재단하는 것에 대한 문제제기를 겸해서 잠시 〈사소설〉 언설을 개괄해보자.

〈사소설〉 언설은 크게 고백성을 문제시 삼는 쪽과 그렇지 않은 쪽으로 나누어 생각해볼 수 있다. 예를 들면 히라노 겐平野謙은 『예술과 실생활芸術と実生活』(대일본웅변회강담사大日本雄弁会講談社, 1958년)에서 작자는 자신의 실생활을 제재로 삼는 한 그것을 완성한 후에는 의도적으로 생

56 日比嘉高『〈自己表象〉の文学史―自分を書く小説の登場』(翰林書房, 2002) pp.9~12

활에 '위기危機'를 초래하지 않으면 안 되는 숙명에 놓인다고 논한 바 있는데, 여기서 〈사소설〉은 자기파괴형自己破壞型으로의 경사를 일컫는다.

나카무라 미쓰오中村光夫에 의하면 자연주의의 주류를 타고 대두한 작가, 즉 구니키다 돗포나 시마자키 도손은 인생의 진실을 추구하면서도 반드시 작가의 실생활의 고백이라는 형식을 취하지는 않았다. 이에 비해 다야마 가타이는 「이불蒲団」(『신소설』 1907년 8월)을 통해 작자의 실생활의 고백은 '인생의 진실'을 표현하기 위한 최적의 방법이라는 것을 여실히 보여주었다. 이로써 자연파의 흥륭興隆은 「이불」을 기점으로 고백체의 소설이 범람하는 결과를 낳았다.[57] 여기서 〈사소설〉은 '자기고백'이라는 의미로 사용된다.

한편 이토 세이伊藤整는 근대 일본의 소설에 '개인의 신상이야기' 라고 불리는 사소설이 많아서 일반적으로 일본인의 역량이 부족하다는 평에 반론을 제기하며, 사물을 사고하는 동서양의 근본형식이 서로 다른 것에서 이유를 찾고 있다. 그에 따르면 일본인 예술가는 수직계열의 죽음, 또는 무無에서 존재를 생각하는 점에 있어서 뛰어나다. 시마자키 도손의 「파계」처럼 사회적 관심에서 비롯된 사소설을 수평계열이라고 한다면, 시가 나오야의 「기노사키에서城の崎にて」(『자작나무白樺』 1917년 5월)는 정형적인 수직계열의 작품이다.[58] 여기서 〈사소설〉은 작자의 신변잡기를 다룬 글쓰기를 넘어서 사회적 관심의 발로로 표현된다.

그리고 Irmela・히지야日地谷・키르슈네라이트는 현재 일본문단에서 규정하고 있는 사소설의 특징을 '허구(픽션) 대 현실(리얼리티)', '1인칭형식 대 3인칭형식', '자전적 성격', '주관성', '시詩에 가까움' 등 다

57 國木田獨歩・田山花袋『現代日本文学大系 國木田獨歩・田山花袋集』(筑摩書房, 1985) pp.438에 재수록.
58 이토 세이 전게서, pp.153~160

섯 항목으로 정리하면서, 이 특징은 1920년대에 형성된 사소설론에 의존하고 있다고 지적한 바 있다. 또한 그녀는 이들 각각의 문제점을 들며 아직 사소설에 관한 연구가 확립되어 있지 않다면서 사소설을 한마디로 '자기폭로의 의식'[59]이라고 정의하였다. 여기서 〈사소설〉은 자기고백성이 농후한 텍스트이다.

히비 요시타카는 '사소설'을 '자기표상텍스트'로 대체할 것을 주장했는데, 이는 1920년대에 나타난 '사소설'이라는 말로 1906, 7년경에 빈번히 쓰이기 시작한 '작가가 자신을 등장인물로서 조형한 소설', 즉 '자기표상텍스트'를 소급, 적용시킬 수 없기 때문이다. 무엇보다 회화(서양화), 특히 자화상이 소설에 미친 영향을 염두에 두지 않고서는 '사소설적인 것'의 실체를 파악할 수 없다.[60] 여기서 〈사소설〉은 작가가 자신을 등장인물로서 조형한 소설이다. 이러한 〈사소설〉 언설 중에서 나카무라 미츠오, 히지야 · 키르슈네라이트 등의 논의는 고백성을 문제시 삼는다는 측면에서 〈사소설적 글쓰기〉를 의미하며, 이토 세이, 히비 요시타카 등의 논의는 고백성을 문제시 삼지 않는다는 측면에서 〈사적 글쓰기〉로서의 성격을 나타낸다고 할 수 있다.

물론 〈사소설〉을 논하면서도 고백성의 유무와는 별개의 영역에서 이를 파악한 논의도 있다. 스즈키 도미와 윤상인의 경우에 그러한데, 전자는 〈사소설〉을 '특정한 문학 형식이나 장르라기보다는, 대다수의 문학 작품을 판정하고 기술했던 일종의 문학적이고 이데올로기적인 패러다임'이라고 정의한 바 있다. 여기서 그녀는 '실제로 이른바 사소설의 특성은 종종 그 개별적인 텍스트들의 내재적인 성질보다 1920년대

59 Irmela · 히지야(日地谷) · 키르슈네라이트 전게서, pp.27~28
60 히비 요시타카 전게서, pp.9~12

부터 1960년대에 걸친 시대를 지배한 특정 이데올로기와 인식론적 패러다임을 한층 더 분명히 하고 있는 것으로 생각된다'[61]고 논하였다. 여기서 〈사소설〉은 문학 작품을 판정하고 기술하는 패러다임이다.

윤상인의 경우는 한국에서 〈일본 소설=사소설〉이라고 하는 일반 인식이 어디에서 유래한 것인지에 대하여, 필자 임의로 '화소설'이라는 조어를 만들어 다음과 같이 논한 바 있다. 사소설을 전통과 민족성의 계보로 편입시킨 사소설 언설은 필연적으로 서양적 가치와 이항대립 관계를 조성한다. 즉 나에 대한 작은 이야기(=사소설) 속에 등장해서 지근거리는 어법으로 '인생의 진실'을 추구하는 '나'들은, 서양적 가치 기준으로부터 '자기(=우리들 일본인)'를 온존시키는 대항 이데올로기 장치인 것이다. 어떠한 경우든 사소설 언설에는 화혼양재 이데올로기의 문학적 실천에 대한 욕망이 내포되어 있다.[62] 여기서 〈사소설〉은 일본인의 서양인에 대한 대항 이데올로기 장치이다. 그러나 스즈키 도미나 윤상인과 같은 논의에서도 〈사소설〉을 논하면서 고백성을 문제시 삼지 않는다는 점에서, 그리고 그것을 '나에 대한 작은 이야기'로 간주하고 있다는 점에서 〈사적 글쓰기〉를 의미한다고 보아도 무방할 것이다.

그러나 1925년경 구메 마사오에 의하여 제창된 '사소설'이 고백성을 그리 문제시 삼지 않는다는 점과 그에 앞서 1923년에서 1924년 사이에 아쿠타가와에 의하여 발화된 〈사소설〉이 '고백소설' 내지는 '고백문학'이라는 점을 감안할 때, 아쿠타가와가 인식한 〈사소설〉—'고백소설' 내지는 '고백문학'—과 〈사소설〉 언설에서의 〈사소설〉, 그리고 구메 마사

61 스즈키 토미 전게서, pp.30~31
62 윤상인 전게서, pp.178~182

오의 '사소설'은 분리하여 생각할 필요가 있겠다.

이상에서 살펴본 바와 같이 아쿠타가와가 '자동작용'을 염려하기 시작한 것은 1919년의 일이고, 문단에서 문단교우소설, 모델소설이 널리 퍼진 것은 1918년부터 1920년 사이로 거의 일치한다. 이러한 정황을 고려할 때, 만약 사소설로서의 「야스키치의 수첩에서」를 의도했다면 본 텍스트는 1923년보다 좀 더 일찍 등장했어야 한다. 설령 아쿠타가와가 사소설을 쓸 목적으로 야스키치시리즈를 집필했다고 하더라도, 그것은 그의 인식 범위 내에서의 사소설, 즉 아쿠타가와의 말을 빌자면 '자신의 생활' 내지는 '대담한 자기고백'은 아닌 것이다. 그럼에도 야스키치시리즈에서는 아쿠타가와 본인으로 유추되는 야스키치라는 인물이 등장함으로써 독자로 하여금 본 텍스트를 사소설로 간주하도록 만들고 있는데, 이는 당시 사소설이 독자층에게 발휘한 힘과 관련하여 생각해 볼 수도 있을 것이다.[63]

그러나 총 10편의 야스키치시리즈 중 1922년 8월에 발표한 「어시장」과 1925년 1월에 발표한 「이른 봄」을 제외한 나머지 8편은, 1923년 5월부터 1924년 9월까지 대략 1년 4개월이라는 비교적 짧은 기간 내에 발표되었다. 이러한 정황을 고려할 때, 글쓰기의 소재가 떨어져서 사소설을 집필했다고 하기에는 야스키치시리즈가 단시일 내에 일괄적으로 집필되었다는 점, 야스키치시리즈에서 일본적 사소설에서 보이는 '자기고백'이나 '자기폭로의식'이 엿보이지 않는다는 점, 그리고 후술하

63 스즈키 도미는 사소설을 주장하는 구메의 논의에 대하여 다음과 같이 언급하였다. 급격하게 확대된 대중 산업 사회를 앞에 두고 예술의 가치와 기능이 다시 질문되었던 다이쇼 시대에, 구메의 주장은 〈자기〉라는 이름 아래 예술을 옹호하는 입장이 되었다. 이 옹호가 설득력을 가졌던 것은 실로 〈자기〉라는 개념이 당시 다양한 사회적, 정치적 경향의 독자층에게 발휘한 힘 때문이었다(스즈키 토미 전게서, p.105).

겠지만, 그것이 문학을 통하여 문학을 논한다는 점 등은 앞선 논의들에 대하여 재고하도록 만든다. 그렇다면 아쿠타가와의 작품 게재지의 추이를 살펴봄으로써 야스키치시리즈가 등장한 보다 직접적인 동기를 유추해보도록 하자.

앞서 〈1. 활자미디어를 통해서 본 아쿠타가와의 〈독자의식〉〉에서 확인한 바와 같이 아쿠타가와는 처음에는 순수 문예지인 『신사조』에서 출발하여, 이후 일류 문예지인 『신소설』을 거쳐, 다시 거대 잡지인 『중앙공론』에 이르렀다. 그러던 것이 대중독자를 대상으로 하는 『오사카마이니치신문』에는 1919년부터 1921년 사이에, 여성지에는 1922년부터 1925년 사이에 본격적으로 글을 발표하기 시작하였다. 이는 대략 1920년대 초를 기점으로 아쿠타가와의 글쓰기의 대상이 좁은 문학마니아층에서 넓은 일반대중 독자층으로 이행해간 것을 의미한다. 그리고 그는 중국여행에서 오는 피로감 속에서 쓴 「상해유기」(『오사카마이니치신문』 1921년 8월 17일~9월 12일, 『도쿄일일신문』 1921년 8월 20일~9월 14일)뿐만 아니라, 「노상路上」(『오사카마이니치신문』 1919년 6월~8월) 등 유독 대중독자를 대상으로 하는 글쓰기에서 어려움을 토로했었다.

'아쿠타가와씨는 현대문단의 제1인자—실로 붓을 들고 상하이에 있다'는 신문사의 대대적인 선전을 등에 업은 「상해유기」이지만, 원고는 두 달이 지나서야 겨우 신문사에 도착했으며 연재되는 도중에 끊기기도 하였다. 1922년경 스스키다 규킨薄田泣菫에게 보낸 서간에는 '원고를 쓰지 않으면 안 되는 괴로움에 말라가는 나를 불쌍히 여겨 달라'는 내용의 노래가 실려 있다.[64] 일찍이 대중독자를 대상으로 하는 첫 작품인

64 「상해유기」는 『오사카마이니치신문』의 해외시찰의 일환으로 쓰인 기행문인데, 신문사는 아쿠타가와의 중국여행에 많은 기대를 하여 대대적인 선전을 아끼지 않

「노상」 또한 게재하다가 도중에 중단되었는데, 1919년경 난부 슈타로(南部修太郎:1892년~1936년)에게 보낸 서간에는 '더 이상 진척 없이 아직도 2, 3회 분에서 머물러 있는 실정', '겨우 만든 작품이 졸작愚作이 될 것 같아서 적잖이 비관하고 있다' 라고 적혀있다.[65]

결국 아쿠타가와에게 있어서 야스키치시리즈가 집필될 즈음인 1922, 3년경은 글쓰기의 대상인 독자층의 변화를 가장 절감切感했을 시점에 해당하는 셈이다. 그리고 이는 아쿠타가와에게 있어서 기존의 문학개념의 재정립이 필요했음을 시사한다. 이를 반증하듯 1924년경 아쿠타가와는 「주유의 말」에서 '작품 안'에서가 아니라 '작품을 감상하는 우리들'에서 문학의 가치를 찾고 있다. 이러한 정황을 고려할 때 아쿠타가와문학에서 야스키치시리즈가 등장한 배경에는 글쓰기의 슬럼프와 건강악화, 그리고 당시 사소설의 영향력뿐만 아니라, 평소 '자동작용'을 염려하던 아쿠타가와가 픽션을 통한 문학개념의 재정립의 필요성에 의함으로 보아야 할 것이다. 이에 본서는 이러한 정황을 고려한 상태에서 대중독자의 급부상으로 인하여 문학의 본질이 의문시된

았다. 그러나 원고는 두 달이 지나서야 겨우 신문사에 도착했고 연재되는 도중에 끊기기도 하였다. 아쿠타가와는 신문사의 학예부장인 스스키다 규킨(薄田泣菫)의 잦은 독촉에 시달려야 했는데, 1922년 2월 스스키다에게 보낸 서간에는 '여행일기 빨리 써달라는 당신의 글을 보면 괴로우니 이틀을 보지 않고 있다. 원고를 쓰지 않으면 안 되는 괴로움에 말라가는 나를 불쌍히 여겨 달라'는 내용을 실은 전후 16수의 즉흥적인 노래를 실었다(「書簡」『전집』 제11권, pp.203~204).

65 해군기관학교를 그만 두고 오사카마이니치신문사에 입사한 이래 첫 작품인 「노상(路上)」은 게재하다가 도중에 중단되었는데, 연재되기 직전인 1919년 6월 18일 난부 슈타로(南部修太郎)에게 보낸 서간에는 '「『노상』 더 이상 진척 없이 아직도 2, 3회 분에서 머물러 있는 실정', 7월 3일에는 '내가 쓰고 있는 노상도 이제는 오사카에 발표되었다. 그러나 겨우 만든 작품이 졸작(愚作)이 될 것 같아서 적잖이 비관하고 있다' 라고 적혀있다. 또한 같은 해 7월 30일에는 신문사의 학예부장인 스스키다 규킨에게 '『노상』이 생각만큼 안 되어서 하루라도 빨리 대충 접었지만, 요즘 『노상』 때문에 아무것도 손에 안 잡혀서 심히 난처합니다' 라고 당시 자신의 심정을 토로하기도 하였다.

1920년대 당시에 야스키치시리즈가 문학에 관한 담론의 장으로서, 그리고 독자와의 커뮤니케이션을 시도하는 장으로서 기능하는 가능성을 보고자 한다.[66]

제2장

문학관의 구현의 장으로서의 야스키치시리즈

제1절 불가분의 관계에 있는 '문예의 형식과 내용' ─ 「야스키치의 수첩에서」 중 〈점심시간〉[67]

「야스키치의 수첩에서」(『개조』 1923년 5월)[68]는 〈멍멍わん〉, 〈서양인西洋人〉, 〈점심시간─어느 공상午休み-或空想-〉, 〈수치심恥〉, 〈용감한 수위勇ましい守衛〉 등 다섯 편의 소품으로 구성되어 있다. 이들은 호리카와 야스

66 본서는 야스키치시리즈를 메타픽션적 글쓰기로 간주하려는데, 이러한 작업은 첫째, 픽션으로 보았을 때의 그것과 다른 해석이 가능하다는 점과 둘째, 메타픽션은 소설에 대한 정의를 시도하려는 학문이므로(퍼트리샤 워 전게서, p.19), 본 텍스트를 통하여 불안정하나마 일본의 1920년대 문학개념에 대한 정의를 내릴 수 있다는 점에서 의미가 있다.

67 본 절은 졸고 「아쿠타가와 류노스케(芥川龍之介)의 「야스키치의 수첩에서(保吉の手帳から)」에 관한 일고찰─〈점심시간─어느 공상─(午休み─或空想─)〉을 중심으로─」(『日本學報』 제82집, 한국일본학회, 2010, pp.139~153)의 내용을 일부 수정, 가필한 것이다.

68 본 텍스트의 제목은 1923년 5월 『개조』에 발표될 때에는 「야스키치의 수첩」이었으나, 이후 단행본 『황작풍』(신초샤, 1924년 7월)에 재수록되면서 「야스키치의 수첩에서」로 변경되었다.

키치가 공통적으로 등장한다는 것 말고는 서로 연관성이 없어 보이며, 이에 대한 기존의 평가는, 서론 중 〈제1장 연구사 검토〉에서 살펴보았듯이, 사소설로 보았을 때는 '고백하려는 자세'가 부족하고, 픽션으로 보았을 때는 '문학적 완성도가 떨어진다'는 것이 일반적이다. 이 또한 시대적인 사항에 영향 받는 바가 커서 1945년 일본이 전쟁에서 패전한 이후부터는 「야스키치의 수첩에서」를 사소설로 분류하려는 견해는 사라지기 시작하여 픽션으로 무게 중심이 옮겨갔다. 그럼에도 본 텍스트를 사소설적 글쓰기로 보려는 견해는 여전히 존재하는데, 이는 다름 아닌 텍스트 집필에 관한 아쿠타가와의 발언에서 기인한다.

> 자네의 자화상에 촉발되어 나도 자화상을 그렸는데 그다지 자신은 없음(야스키치의 수첩—개조)[69]

위의 인용문은 1923년 4월 13일자 오아나 류이치小穴隆一에게 보낸 서간의 일부로 내용에서 확인되듯이 아쿠타가와에게 있어서 「야스키치의 수첩에서」는 '자화상'과 같은 존재다. 이러한 작자의 발언에 의하여 본 텍스트는 처음부터 사소설로 분류될 소지가 내재되어 있는 것이다. 특히 「야스키치의 수첩에서」 중 〈점심시간〉처럼 특정 부분에서 실존 인물을 등장시켰다는 작자의 발언은 「야스키치의 수첩에서」 전체를 사소설로 읽게 만든다. 실제로 〈점심시간〉을 제외한 나머지 소품인 〈멍멍〉, 〈서양인〉, 〈수치심〉, 그리고 〈용감한 수위〉는 1916년 12월부터 1918년 3월까지 요코스카의 해군기관학교의 촉탁교관으로 재직한 적이 있는 아쿠타가와의 실제 경험을 소재로 했다고 보아도 무방할 정도

69 「小穴隆一宛」(『전집』 제11권, p.276)

로 해군기관학교에서 일어났을 법한 에피소드를 말하고 있다.[70]

그러나 공상의 세계, 초현실의 세계 일색인 〈점심시간〉을 '작자 자신이 자기의 생활체험을 서술하면서 그간의 심경을 피력해가는 작품'인 사전적 의미에서의 〈사소설〉로 판정하기에는 역시 무리가 따른다. 그렇다면 「야스키치의 수첩에서」는 사소설과 픽션의 중간단계에 놓인다고 할 수 있겠다.[71]

무엇보다 여기서 본서가 주목하고자 하는 사항은 괴테의 파우스트의 대사를 접점으로 「야스키치의 수첩에서」 중 〈점심시간〉이 아쿠타가와의 문학관을 피력한 강연 《일본 문예에 있어서 형식과 내용의 관계》와 연결되어 있다는 사실이다. 이는 텍스트 해석의 또 다른 가능성을 엿보게 하는데, 이에 본 절에서는 파우스트의 대사를 단초로 〈점심시간〉이 작자로서의 최대 관심사인 '문학이란 무엇인가?'를 구현具現한 텍스트임을 밝히고자 한다. 이러한 작업은 〈점심시간〉을 '소설에 관한 소설'로 요약되는 메타픽션적 글쓰기로 간주하려는 시도인데,[72] 이는 사소설로도 픽션으로도 제대로 된 평가를 받지 못하는 야스키치시리즈의 전체상을 재조명하는 일단이 될 것으로 사료된다.

70 예를 들어 정의롭지 못한 자신을 대가가 없기 때문에 도둑을 잡지 않은 것이라며 합리화시키려는 어느 수위의 본성을 그린 〈용감한 수위〉의 경우가 그러하다. 그러나 나머지 다른 소품들은 전체적이라고는 할 수 없지만, 부분적이나마 문학과 관련된 이야기를 하고 있다.

71 일반적으로 야스키치시리즈를 사소설과 픽션의 중간단계로 파악하는 논의는 오기쿠보 야스유키(荻久保泰幸)의 논의(荻久保泰幸「「春」の周辺」(『国文学解釈と批評』, 1983) p.49)에서처럼 과도기적인 성격을 부여하기 위하여 사용되는 경우가 많다. 그러나 본서에서 말하는 중간단계란 픽션을 통하여 작자 아쿠타가와의 문학에 관한 인식의 문제를 인식한 바대로 구현(具現)했다는 의미에서의 그것이다. 이러한 파악은 「야스키치의 수첩에서」가 자신의 '자화상'에 해당한다는 아쿠타가와의 발언에도 일정부분 부합한다고 할 수 있다.

72 퍼트리샤 워에 따르면 메타픽션이란 '픽션과 리얼리티와의 관계에 의문을 제기하기 위한 허구적인 글쓰기'를 말한다(퍼트리샤 워 전게서, p.16).

1. 야스키치시리즈의 구상안과 그 가능성

「야스키치의 수첩에서」에 대한 평가가 바로 야스키치시리즈 전체에 대한 평가라고 해도 과언이 아닐 정도로 「야스키치의 수첩에서」는 야스키치시리즈 전체를 대변한다. 기존의 선행연구는 야스키치시리즈가 다루고 있는 주제를 작자의 사적인 문제로 파악하고 있는데, 그렇다면 「야스키치의 수첩에서」가 아쿠타가와의 실제 경험만을 취하고 있는지의 여부가 중요할 터이다. 여기서는 초고 「야스키치의 수첩에서保吉の手帳から」(이하 초고라 함)와 초출에서 삭제된 부분, 그리고 아쿠타가와가 지인에게 보낸 서간과 완성된 「야스키치의 수첩에서」를 대조해봄으로써 본 텍스트에서 아쿠타가와의 실제 경험 여부를 가늠해보도록 하겠다. 이러한 과정에서 「야스키치의 수첩에서」를 포함한 총 10편의 야스키치시리즈의 창작의도와 그것의 반영여부도 확인될 것이다.

(1) 초고 「야스키치의 수첩에서」와 「야스키치의 수첩에서」, 그리고 야스키치시리즈

1923년에 작성된 것으로 추정되는 초고는 13개의 항목으로 구성된 〈플랜プラン〉에 이어서 〈식式〉, 〈지폐紙幣〉, 〈배알拜謁〉 순으로 원고용지 2~3장 분량의 내용이 미완인 채로 남아있다.[73] 여기서 1부터 14까지의 목차 중 6항은 결항이다.

73 참고로 『芥川龍之介全集』, 第1巻-第24巻, 岩波書店, 1995-1998에서 〈식〉과 〈배알〉은 「「保吉の手帳から」初稿」로, 〈지폐〉는 「十円札」初稿」로 분류되어 있다.

〔플랜〕 1 취임 — 대본교大本教, 군인칙어

2 생도 {higher than English, lower than humanity

3 장葬

4 ホのfool - Contempt

5 죽음死

7 이발소髪結床 — Heroism

8 서고書庫 — Rogue (Authority없는 탓의 친근감, 실은 야스키치도 공범자)

9 입학시험 — 학교의 humbag

10 황태자전하, 병졸석兵卒石을 배우다 {honour, 전하와 조약돌

11 U교관

12 T교관

13 Projit

14 Horace[74]

〈플랜〉에서 '생도', '시험', '교관' 등이 언급된 것으로 보아 「야스키치의 수첩에서」에서는 해군기관학교 시절의 에피소드가 소재로 다루어질 계획이었음을 유추할 수 있다. 그리고 이러한 사항은 초출 「야스키치의 수첩」의 모두에서 '25세부터 27세까지 해군학교에서 실제

74 「야스키치의 수첩에서」(『전집』 제12권, pp.224~225). 위의 인용문은 『芥川龍之介全集』, 第1巻-第12巻, 岩波書店, 1977-1978에서 발췌한 것인데, 이중 11, 12, 13, 14의 목차가 『芥川龍之介全集』, 第1巻-第24巻, 岩波書店, 1995-1998에서의 「「保吉の手帳」メモ」와 다소 차이를 보이고 있다. 참고로 1995~98년도 판 『아쿠타가와류노스케전집』에서는 '11 上村教官', '12 豊島教官', '13 Projet', '14 Horace 水兵 植物 海,'로 기술되어 있다(「「야스키치의 수첩」메모」(1995~98년도 판『전집』제23권, pp.219~220)).

로 보고 들은 것을 기록하였다'고 밝힌 부분에서도 엿볼 수 있다. 『개조』에 발표되면서 초출 「야스키치의 수첩」에서 삭제된 내용은 다음과 같다.

> 호리카와 야스키치는 도쿄사람이다. 25세부터 27세까지 어느 지방에 있는 해군학교에 2년가량 봉직하였다. 이하 수편의 소품은 그때 보고 들은 것을 기록한 것이다. 야스키치의 수첩이라고 제목을 붙인 것도 실제로 당시의 일을 작은 노트북에 적어둔 것이기 때문이다.[75]

위에서 「야스키치의 수첩에서」의 본래 집필의도를 본다면 아쿠타가와는 분명 그의 나이 25세에서 27세까지의 해군기관학교의 촉탁교관으로 재직한 실제 경험을 소재로 삼을 계획이었음을 확인할 수 있다. 그러나 완성된 「야스키치의 수첩에서」의 내용은 초고의 일부분도 담아내고 있지 못하다.

그렇다면 초고는 야스키치시리즈 전체의 구상안일 가능성이 크다. 실제로 「야스키치의 수첩에서」의 다섯 소품을 초고의 13개의 목차와 대조해보면 관련성이 떨어진다는 사실을 확인할 수 있다. 물론 「야스키치의 수첩에서」 중 〈서양인〉과 〈점심시간〉에 등장하는 '다운젠드タウンゼンド'는 초고의 〈플랜〉 중 〈12 T교관12 T教官〉과 이니셜이 같아서 초고가 전혀 「야스키치의 수첩에서」의 구상안이 아니라고 할 수는 없다. 그러나 그렇게 적용시킨다면 야스키치시리즈 중 장례식 장면이 있는 「문장」(『여성』 1924년 4월)도 〈3 장3 葬〉과 관련지어 생각해볼 수 있다. 그리고 무엇보다 결정적인 것은, 초고 중 미완인 〈지폐〉에 등장하는 '아와노교

75 関口安義・庄司達也編『芥川龍之介全作品事典』(勉誠出版, 2000) p.558에서 재인용.

관粟野教官은 「문장」뿐만 아니라, 「10엔지폐」(『개조』 1924년 9월)에서도 등장한다. 그렇다면 구상단계에서 작자의 실제 경험이 소재로 다루어질 계획이었던 초고 「야스키치의 수첩에서」는, 「야스키치의 수첩에서」를 포함한 야스키치시리즈 전체의 구상안이라고 할 수 있을 것이다.

(2) 사소설로서의 「야스키치의 수첩에서」

아쿠타가와는 그의 해군기관학교 시절의 동료였던 구로스 고노스케黒須康之介에게 당시의 동료를 소설의 제재로 사용했다는 사실을 다음과 같이 밝힌 바 있다.

> 일전에 학교에 다닐 때 있었던 일을 썼습니다. 그 중에서 XXXX선생을 악마로 표현했습니다. 악마라고 하기에는 황송하지만, 뭐 대충 그렇게 썼습니다. 당연히 선생 자신은 받아들이지 않을지도 모르겠습니다.[76]

위에 해당하는 텍스트는 「야스키치의 수첩에서」 중 〈점심시간〉이다.[77] 그러나 〈점심시간〉은 야스키치가 벌레의 이야기를 알아듣거나, 기하학 도표가 야스키치에게 말을 건네거나, 노교사老教師와 야스키치의 모습이 뒤바뀌는 등 〈어느 공상〉이라는 부제가 붙을 만큼 공상의 세

76 「黒須康之介宛, 1923, 4, 27」(『전집』 제11권, pp.278～279)

77 야스키치시리즈 중 '악마'가 등장하는 텍스트는 「야스키치의 수첩에서」 중 〈점심시간〉과 「소년」 중 〈1 크리스마스(一 クリスマス)〉, 그리고 「아바바바바」 단 세 곳뿐이다. 이중 〈1 크리스마스〉에서 '악마'는 선교사의 선교활동에 관한 에피소드를 이야기할 때 등장하는데, 에피소드가 발생하는 장소가 〈점심시간〉이 학교인 것에 비해 〈1 크리스마스〉는 버스 안이다. 그리고 「아바바바바」에서의 '악마'는 야스키치가 작중인물인 '여자(女)'를 놀리고 싶은 마음이 드는 것을 형용할 때 사용되고 있다. 이러한 「소년」과 「아바바바바」에서의 '악마'를 해군기관학교 시절의 아쿠타가와의 실제 동료와 관련지어 생각하는 것은 개연성이 부족하다.

계, 초현실의 세계 일색이다. 텍스트에서 위에 해당하는 부분을 인용하면 다음과 같다.

> 거기에 동료로 둔갑한 악마가 나타났다. 옛날에는 연금술을 가르쳤던 악마도 지금은 학생들에게 응용화학을 가르치고 있다. 그런 그가 뭔가 유쾌한 일이라도 있는지 히죽거리면서 야스키치에게 이렇게 말했다.
>
> "이봐, 오늘 저녁 같이 할까?"
>
> 야스키치는 악마의 미소 속에서 생생히 파우스트의 대사 두 줄을 떠올렸다. — '모든 이론은 잿빛이고 푸른 것은 황금색 생활의 나무다!'[78]

상기의 인용문은 두 마리 벌레의 대화에 이어서 동료로 둔갑한 악마의 등장, 그리고 그런 악마를 보면서 파우스트의 대사를 연상하는 부분으로 언뜻 보아서는 이야기의 연계성이 없는 듯하다. 특히 저녁을 권하는 '동료로 둔갑한 악마'의 미소를 보면서 파우스트의 대사를 떠올리는 부분은 의미하는 바가 무엇인지 텍스트 내에서는 찾을 수가 없다. 설령 등장인물인 악마가 실존인물을 모델로 했다고는 하나 작품세계가 이렇고 보면 「야스키치의 수첩에서」 전체를 아쿠타가와의 실제 경험을 다룬 사적 글쓰기로 보기는 어려울 듯하다.

그렇다면 완성된 야스키치시리즈가 작자의 실제 경험을 다룰 계획이었던 구상안을 제대로 반영하고 있는가. 이와 관련하여 초고의 〈플랜〉을 다시 살펴보면, 여기에 언급되어 있는 '취임', '입학시험', '죽음',

78 「야스키치의 수첩에서」 중 〈점심시간〉(『전집』 제6권, pp.96~97)

'전하', '병졸' 등과 관련된 에피소드는 총 10편의 야스키치시리즈에서 다루고 있지 않다. 또한 야스키치시리즈와 초고의 미완인 〈식〉, 〈지페〉, 〈배알〉을 대조해보아도 상당 부분 내용이 다르다는 사실을 확인할 수 있다. 이러한 점은 야스키치시리즈가 본래의 집필의도를 벗어나서 다른 무언가가 추가되었다는 것을 의미한다. 혹은 고전을 패러디한 아쿠타가와의 역사물처럼 처음부터 해군기관학교 시절의 에피소드를 소재로 다른 무언가를 집필하려고 의도했는지도 모르겠다.[79]

그러나 분명한 사실은 첫째, 처음부터 하나의 구도 안에서 야스키치시리즈가 구상되었다는 점, 둘째, 상당 부분 아쿠타가와의 실제 경험이 아닐 가능성이 크다는 점, 셋째, 본래 구상안 속에서의 야스키치시리즈는 지금 남아있는 야스키치시리즈보다 더 수가 많다는 점이다.

야스키치시리즈의 구상단계에서는 현재 남아있는 텍스트보다 더 많이 집필할 계획이었음은 초고에서 누락된 사항뿐만 아니라, 아쿠타가와가 예의 구로스 고노스케에게 보낸 편지에서도 확인된다.

> 일전에 학교에 다닐 때 있었던 일을 썼습니다. 그 중에서 XXXX선생을 악마로 표현했습니다. 악마라고 하기에는 황송하지만, 뭐 대충 그렇게 썼습니다. 당연히 선생 자신은 받아들이지 않을지도 모르겠습니다. 이번에는 XXX선생이나 XXXX선생을 소개할 생각입니다. XXXX선생의 점치는 오페라해트나 XXXX선생이 기요미즈데라清水寺에서 까마귀한테 물린 이야기도 소개할 영광을 얻고 싶습니다. 어찌

79 아쿠타가와의 역사물이 허구로서의 성격, 즉 소설의 기교로서의 의미가 강하다는 사실은 이미 많은 연구에서 밝혀진 바 있다. 이에 대해서는 기쿠치 히로시의 〈허구의 의미(虚構の意味)〉를 참고했다(三好行雄, 竹盛天雄編 『近代文学 4 大正文学の諸相』(有斐閣, 1977) pp.123~124).

됐든 돌이켜 생각해보면 교사시절의 기억은 불유쾌하지 않습니다. (그런데도 교사를 하고 있던 당시를 꿈꿀 때 꿈속의 나는 대개 의기소침해있는 겁니다. 옛 기억은 믿을만한 것이 못될지도 모르겠습니다. 아니 어쩌면 믿을 수 없는 옛 기억을 가질 수 있다는 것에 감사해야할지도 모르겠습니다.) 한편으로는 누구라도 25, 6년 전의 기억은 유쾌하기도 하겠지요. 그러나 유쾌한 기억을 지니고 있다는 것은 당연 감사해야할 일이라고 생각합니다.[80]

처음 집필하겠다고 한 'XXXX선생'은 「야스키치의 수첩에서」 중 〈점심시간〉에 등장한다. 그러나 이후 아쿠타가와가 집필하겠다고 한 'XXX선생' 내지는 'XXXX선생'의 점치는 오페라해트opera hat에 관한 에피소드나 'XXXX선생'이 기요미즈데라清水寺에서 까마귀한테 물린 에피소드는 「야스키치의 수첩에서」는 물론 다른 야스키치시리즈에서도 전혀 찾아볼 수 없다.

이로써 초고 「야스키치의 수첩에서」는 「야스키치의 수첩에서」를 포함한 야스키치시리즈 전체의 구상안이며, 구상단계에서는 해군기관학교 시절의 인물과 에피소드를 다룰 계획이었는지 모르나, 완성된 텍스트는 작자의 실제 경험만을 이야기하고 있지 않다는 것이 판명되었다. 그렇다면 야스키치시리즈를 아쿠타가와의 사적인 문제를 다룬 텍스트로 파악하던 기존의 논의는 재고되어야할 것이다.[81]

80 「黒須康之介宛, 1923, 4, 27」(『전집』 제11권, pp.278~279)

81 물론 〈점심시간〉은 〈어느 공상〉이라는 부제가 붙어있어서 현 단계에서 그것이 전혀 사적 글쓰기가 아니라고 판명한다는 것은 섣부른 감이 없지 않다. 그러나 앞서 서론에서 언급했다시피 강연 《일본 문예에 있어서 형식과 내용의 관계》와 〈점심시간〉은 괴테의 파우스트의 대사를 접점으로 연결되어 있어서 텍스트 해석의 또 다른 가능성을 열어놓고 있다. 이에 관해서는 본론 제2장 제1절 중 〈③ 파우스트의 대사를 통해서 본 〈점심시간〉〉에서 부연하도록 하겠다.

2. 메타픽션적 글쓰기로서의 야스키치시리즈의 가능성

처음부터 하나의 구도 안에서 구상된 야스키치시리즈가 상당 부분 작자의 실제 경험이 아닐 가능성이 크고, 보다 많은 야스키치시리즈가 구상되었다는 점을 감안할 때, 비록 야스키치시리즈의 일부이기는 하나 〈점심시간〉에 재해석을 가함으로써 야스키치시리즈 전체의 성격을 새로이 규정하는 작업은 유효할 것이다. 또한 재고의 여지가 있는 〈아쿠타가와의 사적인 문제를 다룬 텍스트=야스키치시리즈〉라는 기존의 견해를 불식시키기 위하여, 그것의 등장배경을 작자에 귀속시키기보다는 시대의 산물로서 당시의 문단시스템 속에서 파악할 필요가 있다.

(1) 〈점심시간〉과 강연 《일본 문예에 있어서 형식과 내용의 관계》

그런데 「야스키치의 수첩에서」 중 〈점심시간〉에서 나오는 '모든 이론은 잿빛이고 푸른 것은 황금색 생활의 나무다!' 라는 파우스트의 대사는 「야스키치의 수첩에서」가 발표되기 약 6개월 전인 1922년 11월 18일 학습원에서 《일본 문예에 있어서 형식과 내용의 관계》라는 주제로 열렸던 강연에서 아쿠타가와가 언급했던 대사다. 즉 〈점심시간〉과 강연 《일본 문예에 있어서 형식과 내용의 관계》는 괴테의 파우스트의 대사로 서로 연결되어 있는 것이다. 여기서는 우선 파우스트의 대사가 강연에서 어떤 의미를 함의含意하고 있는지 살펴보기로 하자.

① 강연을 통해서 본 아쿠타가와의 문학관과 1920년대의 일본 문단

강연 《일본 문예에 있어서 형식과 내용의 관계》에서 괴테의 파우스트의 대사는 '내용은 형식에 의하여 표현된다'는 것을 설명하기 위한 예로 사용되고 있다.

> 그것은 예를 들면 쉽게 이해할 수 있다고 생각합니다만, 예를 들어 괴테의 파우스트 중 메피스토펠레스가 말한 것 중에서 모든 이론은 잿빛이고 푸른 것은 황금색 생활의 나무다! 라는 대사가 있습니다. 예전에 배운 것이라 기억이 정확하지는 않지만, 원어를 말씀드리자면 분명
> "Grau ist alle Theorie,
> Und grün Des Lebens goldner Baum."
> 라고 생각합니다. 세상에서는 보통 이 두 줄의 내용을 이론은 쓸데없는 것, 생활은 감사한 것이라고 해석하고 있다. 동시에 회색, 황금색, 그리고 생활의 나무는 모두 장식, 즉 형식이라고 해석하고 있다. 그러나 이러한 내용과 형식에 대한 견해는 틀렸다. 이것으로는 사상과 말을 구별한 것에 지나지 않는다. 모든 이론은 잿빛이고 푸른 것은 황금색 생활의 나무다! 라는 두 줄의 내용은 모든 이론은 잿빛이고 푸른 것은 황금색 생활의 나무다! 라는 형식에 의하여 비로소 나타나는, 다시 말해서 그런 형식을 빌리지 않으면 나타나지 않는 것이라고 생각합니다. 이러한 형식과 내용의 표현은 불즉불리여서 하나가 사라지면 하나가 없어지는, 하나가 생기면 동시에 다른 하나도 존재하는 그런 관계를 형성하는 것이라고 생각합니다.[82]

아쿠타가와에 따르면 파우스트의 대사에 대하여 '장식, 즉 형식'이라고 해석한 기존의 견해는 틀린 것이다. 그와 같은 해석은 '사상과 말을 구분'하는 것에 지나지 않으며, 대사의 내용은 대사의 형식을 빌렸

82 「문예잡감」(『전집』 제6권, pp.133~134)

을 때에야 비로소 표현된다. 즉 문학작품에 있어서 '내용'과 '형식'은 불가분의 관계로 따로 떼어서 생각할 수 있는 성질의 것이 아닌 것이다. 이어서 아쿠타가와는 1920년대 일본의 문단을 '사실真을 모토로 하는 자연주의', '미美를 표방하는 유미주의', '선善을 주장하는 인도주의'가 문예사조별로 파벌을 형성하고 있다고 진단하였다.[83]

그런데 자연주의 기법이 '사실'을, 유미주의 기법이 '미'를, 인도주의 기법이 '선'을 표현할 수 있다고 하는, 문학에 관한 이러한 발상은, 선행하는 '내용'을 '형식'이 완성—표현—할 수 있다는 데서 출발하는 것으로, 이는 아쿠타가와의 문학관에 반하는 문학개념이다. 따라서 강연에서 아쿠타가와가 '진선미에도 진지하게 곁눈을 주는' 혹은 '어떤 파에도 소속되지 않고 어떤 잡지로도 대표되는 성질의 것이 아닌' 작품을 바람직하게 여긴 것은, '문예의 형식과 내용이 불가분의 관계에 있다'는 그의 문학관과 문단비평을 동시에 피력한 것이라 할 수 있다. 강연에서 이러한 내용을 함축含蓄한 의미로 언급된 괴테의 파우스트의 대사가 〈점심시간〉에도 등장한다는 사실은 본 강연의 내용을 토대로 텍스트 재해석의 필요성이 있음을 시사한다.

83 강연의 주된 내용은 첫째, 내용은 형식에 의하여 표현된다는 것, 둘째, 사실(真)을 모토로 하는 자연주의, 미(美)를 표방하는 유미주의, 선(善)을 주장하는 인도주의가 생겨났다는 것, 셋째, 그 후 '진선미(真善美)에도 진지하게 곁눈을 주어 모든 쪽에 원만한 작품을 내려고' 하는 쪽으로 흘러가고 있다는 것이다. 자세하게는 1) 아쿠타가와는 괴테의 파우스트가 나오는 대사를 예로 들면서 대사의 내용은 대사의 형식을 빌렸을 때야말로 비로소 표현된다고 주장한다. 2)에 대하여 아쿠타가와는 문단의 흐름을 자연주의, 유미주의, 인도주의 순으로 개괄하여, 그들의 문예사조가 각각 다른 사상으로부터 출발했음에도 불구하고, 인생관이라든가 표현기법—말 또는 문장—에 있어서는 유사한 점이 많다는 것을 지적하고 있다. 마지막으로 3)에서 말하는 '진선미에도 진지하게 곁눈을 주어 모든 쪽에 원만한 작품'이라는 것은 '어떤 파에도 소속되지 않고 어떤 잡지로도 대표되는 성질의 것이 아닌'작품을 말한다.

② 다이쇼 시대의 문단시스템

그렇다면 당시 문단에 대한 아쿠타가와의 인식의 정도를 가늠하기 위하여 1920년대 일본의 문단시스템을 개괄할 필요가 있겠다. 다이쇼 시대는 자연주의의 거점인 『와세다문학早稲田文学』을 대척점으로 『시라카바白樺』는 인도주의를, 『미타문학三田文学』은 탐미주의를 표방했으며, 『신사조』는 신기교파의 거점으로 활용되었다. 미요시 유키오三好行雄에 의하면 친한 벗들이 서로 어울리는 장으로서 기능한 다이쇼 시대의 문단은 자연주의의 후예들이 『와세다문학』을 통하여 신기교파를 비평하고 나서면서 대립관계에 놓이게 된다.[84]

일예로 당시 문단의 대가인 다야마 가타이는 아쿠타가와의 「감자죽」(『신소설』 1916년 9월)과 「손수건」(『중앙공론』 1916년 10월)을 들어 '아무 재미도 없는 작품'이라고 혹평을 가했는데, 이에 대하여 『신사조』 동인들은 '그것은 우리들이 다야마 씨의 작품을 읽고 재미를 못 느끼는 것과 마찬가지다. 세대 차이는 어쩔 수 없다.'며 일제히 아쿠타가와의 편을 들고 나섰다.

84 다이쇼문학의 출발점을 잡지 『시라카바(白樺)』가 창간된 1910년부터로 보는 것이 상식이다. 잡지 『시라카바』는 무이상, 무해결의 자연주의문학에 비하여 윤리적인 결백성이 강한 동인들의 성격에 인하여 인도주의의 온상으로 여겨졌다. 이 잡지는 관동대지진 후에 폐간되었는데, 문학마니아층을 대상으로 하는 동인지가 영향력을 발휘한 것은 『시라카바』폐간되기 전까지라고 할 수 있다. 이후부터는 일반대중을 대상으로 하는 미디어의 세상이 되었다.
미요시 유키오에 의하면 다이쇼 시대 문단의 성격은 문단 내부에 가장 소규모적인 살롱의 형태로 유지되고 있었고, 이것은 친한 벗들이 서로 어울리는 장으로서 기능하였다. 예를 들어 아쿠타가와와 다니자키 준이치로가 포함된 신기교파의 경우 우정으로부터 출발한 것이 1918년 7월 『중앙공론』 의 특집호인 '비밀과 개방' 호의 발간을 계기로 유파로서의 의미를 명확히 한다. 그런데 자연주의 후예들이 『와세다문학』을 통하여 이들 신기교파를 비평하고 나서면서 대립관계에 놓이게 된다. 『와세다문학』 동인들의 다이쇼기 신세대를 향한 세찬 반발의 근저에는 뿌리 깊은 문학관의 대립이 가로놓여 있었으며, 자연주의와의 대립관계를 통하여 신기교파는 에꼴로서의 의미를 점차 명확하게 드러내기에 이르렀다(미요시 유키오, 정선태 옮김 『일본문학의 근대와 반근대』(소명, 2005) pp.32~35).

이러한 정황은 아쿠타가와의 초기 작품인 「멘수라 조일리MENSURA ZOILI」(『신사조』 1917년 1월)에도 투영되어 있다. 미요시 유키오에 따르면 『와세다문학』은 일찍부터 자연주의의 아성이었으며, 다이쇼 시대에도 여전히 자연주의 후예의 온상이었다. 아카기 고헤이赤木桁平의 유탕문학박멸론遊蕩文學撲滅論은 향락과 퇴폐 계열을 이끄는 문학경향의 급속한 퇴조를 초래했지만, 다른 한편 자연주의 잔영殘影은 히로츠 가즈오, 가사이 젠조 등 새로운 세대로 계승되어 문단의 주류로서 여전히 유력한 입장에 놓여 있었다. 미요시 유키오는 아쿠타가와의 「멘수라 조일리」를 들어 그것이 직접적으로 히로츠 가즈오의 비평에 반발하여 쓰인 소설로서 저간의 사정을 생생하게 전해 주고 있다고 논한 바 있다.[85] 이러한 당시의 정황을 고려할 때, 강연에서의 아쿠타가와의 문단에 대한 인식정도는 철저했다고 할 수 있겠다.

이처럼 일정한 잡지를 거점으로 운용되고 있던 당시의 문단시스템은, 자연주의만이 '사실'을, 유미주의만이 '미'를, 인도주의만이 '선'을 표현할 수 있다고 하는 식의 문학의 폐쇄성으로까지 이어졌음을 짐작케 한다. 이러한 문학 내지는 문단의 폐쇄성은 앞서 살펴본 바와 같이 강연에서 아쿠타가와의 비판의 대상이 되었는데, 한편으로 이러한 내용을 골자骨子로 한 강연 《일본 문예에 있어서 형식과 내용의 관계》가 괴테의 파우스트의 대사의 형식을 띠고 〈점심시간〉에 삽입되어 있다는 사실은 문학에 관한 담론의 장으로서 텍스트가 기능했을 가능성을 열어놓고 있다고 하겠다.

85 미요시 유키오 전게서, pp.34~35. 그러나 이러한 문단의 길드는 대중독자의 급부상으로 인하여 해체기를 맞이하는데, 그럼에도 문학의 장에서의 파벌은 여전히 존재하고 있었다. 동인들 간의 연대의식이 강한 동인지는 점차 붕괴되어 갔지만, 《문예의 내용적 가치논쟁》을 비롯하여 《사소설논쟁》, 《예술대중화논쟁》 등 문학논쟁의 형식으로 여전히 파벌이 존재하고 있었던 것이다.

③ 파우스트의 대사를 통해서 본 〈점심시간〉

〈점심시간〉은 '망상'[86] 내지는 '실험정신이 엿보이는 텍스트'[87]로 〈어느 공상〉이라는 부제에 부합되게 해석되는 한편, '문명사회와 인간에 대한 비판'[88]으로 그 비평성에 주목하는 등 텍스트 내·외부에 걸쳐서 연구되어왔다. 그러나 이러한 논의는 모두 해석의 근거가 없다는 점에서 자의적이라 할 수 있는데, 여기서는 파우스트의 대사를 접점으로 위의 강연 내용을 놓고 〈점심시간〉에 재해석을 가해보도록 하겠다. 이해를 돕기 위하여 파우스트의 대사가 나오는 부분을 다시 인용하면 다음과 같다.

> 벌레 1 이 교관은 언제 나비로 될까? 우리들의 증증증조부 때부터 땅만 기어 다녀.
>
> 벌레 2 인간은 나비로 안 될지도 몰라.
>
> 벌레 1 아니야, 되기는 해. 저기서 지금 날고 있으니까.
>
> 벌레 2 과연. 하지만 어쩜 저리도 추할까! 인간에게는 미의식조차 없나봐.

86 요코타　이치(横田俊一)는 '부제가 「어느 공상」인만큼 야스키치의 뇌피(腦皮)에 그린 망상'이라고 평가하였다(横田俊一 「続芥川龍之介論——保吉物について——」(『国語国文』, 1936) p.100).

87 기쿠치 히로시는 〈「야스키치물」· 그 후〉에서 「야스키치의 수첩에서」 중 "「점심시간」이 가장 좋다' 라든가 '비교적 좋다' 라는 동시대 비평을 언급하면서 〈점심시간〉을 '인식자(認識者) 아쿠타가와가 감각이나 연상을 지향하는 실험정신이 엿보이는 텍스트'로 평가하였다. 참고로 그는 이런 방법이 아쿠타가와문학에서 엿보이는 이유를 '직감적인 것'을 중요시하는 동시대 문학 개념에서 찾고 있다(기쿠치 히로시 전게서, pp.171~174).

88 마쓰모토 미쓰코는 〈점심시간〉을 '문명사회와 인간성에 대한 비판'으로 평가하면서, 파우스트의 대사를 들어 '이론(理論)보다 실천(生活)의 중요성을 지적한 것'이라고 주장하였다. 파우스트의 대사가 야스키치를 포함하여 이론이나 지식(知識)에 의지하기 쉬운 인간성에 비판적인 시선을 보냈다는 것이다(松本満津子 「芥川龍之介の現代小説—保吉物について」(『女子大国文』, 1989) p.80). 이는 이시타니 하루키(石谷春樹)의 논의(石谷春樹 「芥川文学における〈保吉物〉の意味」(『三重法経』, 1997) p.104)도 마찬가지다.

> 야스키치는 손으로 빛을 가리면서 머리 위로 날아온 비행기를 보았다.
> 거기에 동료로 둔갑한 악마가 나타났다. 옛날에는 연금술을 가르쳤던 악마도 지금은 학생들에게 응용화학을 가르치고 있다. 그런 그가 뭔가 유쾌한 일이라도 있는지 히죽거리면서 야스키치에게 이렇게 말했다.
> "이봐, 오늘 저녁 같이 할까?"
> 야스키치는 악마의 미소 속에서 생생히 파우스트의 대사 두 줄을 떠올렸다. ― '모든 이론은 잿빛이고 푸른 것은 황금색 생활의 나무다!'[89]

텍스트는 '악마와 동료', '연금술과 응용화학', '나비와 비행기' 처럼 본질은 같지만 외형이 다른 것들을 나열하고 있다. 예컨대 '이봐, 오늘 저녁 같이 할까?' 라고 야스키치에게 말을 건 동료는 악마로 비유되어 있을 뿐 그 실체는 같다. 그리고 그런 동료로 둔갑한 악마는 '옛날에는 연금술'을 가르쳤지만, '지금은 학생들에게 응용화학'을 가르치고 있다. 본래 화학의 전신前身으로서의 성격이 있는 연금술은 응용화학과 본질적으로 다르지 않다.[90] 또한 나비와 비행기는 날개를 이용하여 하늘을 난다는 점에서 그 원리는 같다. 요컨대 '악마와 동료', '연금술과 응용화학', '나비와 비행기'는 단지 외형의 차이에 지나지 않으며, 그 본질에 있어서는 크게 다르지 않은 것들이다.

89 「야스키치의 수첩에서」 중 〈점심시간〉(『전집』 제6권, pp.96~97)
90 연금술은 기원전 알렉산드리아에서 시작하여 이슬람 세계에서 체계화되어 중세(中世) 유럽에 퍼진 주술적(呪術的) 성격을 띤 일종의 자연학을 말하는데, 비금속(卑金屬)을 인공적 수단으로 귀금속으로 전환하는 것을 목표로 삼았다. 알렉산드리아 때부터 연금술은 화학의 전신(前身)으로서의 성격을 가지게 되었다.

따라서 이런 외형에 현혹되어 본질을 비판한다는 것은 어불성설語不成說이다. 이것은 마치 텍스트에서 두 마리의 벌레가 인간이 만든 비행기를 보면서 '어쩜 저리도 추할까! 인간에게는 미의식조차 없나봐' 라며 나비 자신들의 세계를 잣대로 인간세계의 비행기를 견주는 것과 흡사하다. 앞서 강연에서 자연주의, 유미주의, 인도주의라는 잣대로 상대의 예술을 비판하는 당시 문단에 대한 아쿠타가와의 비평정신을 감안할 때, 〈점심시간〉은 1920년대 문단상황의 구현이라 할 수 있으며, 그런 점에서 본 텍스트는 그것이 발표된 당시의 현실에 대한 반영률이 높다고 하겠다. 이처럼 일견 이야기의 연계성이 없는 듯 보이는 〈점심시간〉은 '문예의 형식과 내용의 관계' 라는 총체적인 이야기를 하고 있으며, 문단비평과 연결되어 있다. 그리고 이는 작자 아쿠타가와의 최대 관심사인 '문학이란 무엇인가?'가 〈점심시간〉을 통하여 구현되어 있음을 의미한다.

퍼트리샤 워는 최근 소설 가운데 메타픽션이 현저하게 많이 나타나는 원인을, '불확실하고 불안정하며 스스로 의문을 제기케 하는 문화적 복수주의'에서 찾고 있다.[91] 그러나 아쿠타가와에게 있어서도 1920년대 문학의 장은 '작품 안'에서가 아니라 '작품을 감상하는 우리들'에서 문학의 가치를 찾아야하는 심히 불안정한 세계였다. 따라서 아쿠타가와문학에서 「야스키치의 수첩에서」 중 〈점심시간〉과 같은, 글쓰기에 관한 문제의식을 담은 텍스트가 등장한 배경에는, 소재의 결핍과 당시 사소설의 영향력 이외에도 독자층의 급격한 변화를 인지한 아쿠타가와가 문학개념에 대한 재정립의 필요라는 보다 직접적인 동기가 작용했다고 할 수 있겠다.

91 퍼트리샤 워 전게서, p.21

한편 일견 초현실의 세계를 그리고 있는 듯 보이면서 '문예의 형식과 내용의 관계'를 담론하고 있는 〈점심시간〉은, 괴테의 파우스트의 대사를 접점으로 상징계와 실재계가 텍스트에서 공존함으로써 픽션 내·외부 세계 사이의 관련성을 탐구하는 메타픽션적 글쓰기로의 가능성을 타진할 수 있게 해준다.[92] 이처럼 야스키치시리즈를 메타픽션으로 간주하려는 작업은 첫째, 픽션으로 보았을 때의 그것과 다른 해석이 가능하다는 점과 둘째, 본 텍스트를 통하여 1920년대 일본의 문학 개념을 파악할 수 있다는 점에서 의미가 있다. 본 절에서는 우선 「야스키치의 수첩에서」 중 〈점심시간〉을 들어 메타픽션으로서의 가능성을 타진해 보았는데, 야스키치시리즈가 처음부터 하나의 구상안 속에서 계획되었으며, 다른 야스키치시리즈도 문학에 관해 이야기하고 있다는 점에서 메타픽션으로서의 총체적 고찰이 요구된다. 이에 관해서는 이어지는 논의에서 전개하도록 하겠다.

92 메타픽션의 개념은 메타적 성격이 강조된다는 점에서 메타언어나 메타서사의 개념으로부터 유추될 수 있다. 이 중 메타서사는 (삽입된) 서사에 대해 말하는 서사이거나 그 스스로 혹은 그 자신의 서사절차를 지칭하는 서사를 말하는데, 이러한 점은 메타픽션과 중첩된다고 할 수 있다(제레미 M, 호돈, 정정호『현대 문학이론 용어사전』(동인. 2003) p.428).
이러한 논의에 따르면 파우스트의 대사의 형식으로 강연 《일본 문예에 있어서 형식과 내용의 관계》가 삽입된 〈점심시간〉은, 텍스트가 삽입된 강연 《일본 문예에 있어서 형식과 내용의 관계》에 대하여 이야기하고 있다는 점에서 메타픽션적이다. 요컨대 텍스트 내에서는 문맥을 형성하지 못하는 괴테의 파우스트의 대사가 외부세계, 즉 강연 《일본 문예에 있어서 형식과 내용의 관계》와의 접점으로 인하여 재해석이 가능해졌다는 점에서, 그리고 그것이 당시 문단에 대한 비평 등 문학에 관한 담론의 장으로서 기능하고 있다는 점에서 〈점심시간〉은, 메타픽션적 징후를 내보인 텍스트라고 할 수 있겠다.

제2절 변주되는 '문예의 형식과 내용' ―「소년」[93]

「소년」(『중앙공론』 1924년 4월 · 5월)은 총 6편의 소품으로 구성되어 있다. 그중 〈1 크리스마스一 クリスマス〉, 〈2 길 위의 비밀二 道の上の秘密〉, 〈3 죽음三 死〉은 『중앙공론』 1924년 4월에, 〈4 바다四 海〉, 〈5 환등五 幻燈〉, 〈6 어머니六 お母さん〉는 동년 5월에 발표되었으며, 이후 단행본 『황작풍』(신초샤, 1924년 7월)에 재수록되면서 총 6편의 소품으로 묶인 지금의 모습을 갖추었다.

이에 대한 선행연구는 작자의 사적인 전력의 자기장 속에서 에피소드 위주의 시점時点과 서술자 내지는 서술구조 위주의 시점視点, 그리고 그것의 주제 등으로 접근하여, '원점회귀' 내지는 '자기고백'이라는 사소설적 글쓰기와의 차별성을 밝히는 작업에까지 다양하게 이루어져왔다. 「소년」은 총 10편의 야스키치시리즈 중에서도 특이한 텍스트로 다루어져온 것이 사실인데, 그러한 인식이 형성된 저변에는 작품의 소재가 다르다는 사실 이외에도, 자살로 생을 마감한 아쿠타가와라는 작가의 사적인 전력이 작용했다고 할 수 있다. 예를 들어 와다 시게지로는 「소년」을 '완전히 별종의 작품'이라면서 본 텍스트에서 '그(아쿠타가와—인용자)에게 도래한 위기'[94]를 읽어냈으며, 본 텍스트가 '아쿠타가와

93 본 절은 졸고 「아쿠타가와 류노스케(芥川龍之介)의 「소년(少年)」에 관한 일고찰—〈문예의 형식과 내용〉을 중심으로—」(『日本語文學』 제45집, 한국일본어문학회, 2010, pp.177～199)의 내용을 일부 수정, 가필한 것이다.

94 와다 시게지로는 「소년」이 다른 야스키치시리즈와 '분위기가 다르다'면서 본 텍스트가 해군기관학교 시절을 소재로 한 야스키치시리즈와는 완전히 '별종의 작품'으로 후의 「다이도신노스케의 반생(大導寺信輔の半生)」(『중앙공론(中央公論)』 1925년 1월)을 잇는 것이라고 논한 바 있다. 그에 의하면 본 텍스트는 「도로코(トロッコ)」(『대관(大觀)』 1922년 3월)와 마찬가지로 '소년 시절의 어두운 추억과 현재 그의 고민과의 연관 속에서 소년을 그리고 인생을 그리려고 시도한 것'이다.

의 성장과정을 그린 최초의 작품'이라고 평한 미요시 유키오의 경우는, 여기서 '육체적 죽음이라는 대가를 치러야했던'[95] 아쿠타가와의 숙명을 읽으려하였다. 나카타니 가쓰미 또한 같은 맥락에서 「소년」과 '다른 야스키치물과의 거리는 의외로 크다'면서 본 텍스트가 발표된 시기에 아쿠타가와는 '급속히 다가오는 죽음을 응시하고 있다'[96]고 논한 바 있다. 이와 같이 작자의 사적인 전력의 도입은, 「소년」의 읽기에 있어서 결정적인 역할을 수행했는데, 이는 비교적 최근의 논의에서도 여전히 행해지고 있다.

등장인물 야스키치를 아쿠타가와의 분신分身 쯤으로 간주하는 논의

이처럼 와다 시게지로는 본 텍스트를 「도로코」와 「다이도신노스케의 반생」사이에 위치 지웠는데, 그는 「다이도신노스케의 반생」에서의 신노스케(信輔)가 '이를 악물고 참고 견디는 표정은 이미 야스키치의 유머러스한 표정을 잃고 있다'면서 '그가 도달한 위기를 절절히 느끼게 하는 무언가가 있다'고 논한 바 있다(和田繁二郎『芥川龍之介』(創元社, 1956) pp.131~136).
여기서는 비록 철저한 논증과정은 보이지 않지만, 「소년」 중 '30년 전의 야스키치의 태도는 30년 후의 야스키치에도 그대로 해당되는 태도이다.' 라는 문구를 들어 위의 논지를 전개시키는 것으로 보아, 와다 시게지로는 본 텍스트를 시점(視点)으로 파악하려고 한 듯하다.

95 미요시 유키오는 〈숙명의 모습―아쿠타가와 류노스케에 있어서 〈어머니〉―〉에서 '기본적인 성격에 있어서는 「소년」 또한 야스키치물의 범주에 속한다'면서도 '그러나 그것은 아쿠타가와의 성장과정을 그린 최초의 작품'이라고 평하였다. 그에 의하면 「소년」은 '맨얼굴의 편린이 선명하게 보이는' 텍스트로서 와다 시게지로와 마찬가지로 「도로코」와 「다이도신노스케의 반생」 사이에 위치하는 텍스트이다. 그는 총 6편의 소품을 '작자의 회상'이며, 이러한 '삽화의 연쇄'는 '〈삶(生)〉의 단면을 엮은 것'으로 파악하였다. 요컨대 본 텍스트는 '삶의 근원을 스스로 확인해보려는 자각'에서 비롯되었다는 것이다(三好行雄『芥川龍之介論』(筑摩書房, 1976) pp.236~256).

96 나카타니 가쓰미(中谷克己)는 〈『소년』―의식적인 예술 활동의 붕괴 혹은 숙명을 향한 하강〉에서 「소년」에서 '야스키치에 가탁된 나와 그것을 보는 나와의 거리가 밀접하다'면서, 아쿠타가와가 「소년」에서 처음으로 야스키치를 자기의 존재를 떠맡는 자로서 설정, 먼 과거를 더듬는 것에 의하여 현재 자기 존재의 근원을 엿보려 했다'고 논한 바 있다. 여기서 그는 아쿠타가와가 자살할 결심을 처음 내비친 것이 1926년 4월인 점을 들어, 「소년」에서 아쿠타가와가 그러한 자기의 숙명을 엿보았다고 논하였다(中谷克己・吉村稠『芥川文芸の世界』(明治書院, 1977) pp.158~176).

들은 대개 「소년」을 시점時点으로 파악하는 경향이 강한데, 여기서 텍스트 내의 총 6편의 에피소드는 '추억의 대상의 다양함'[97], 아쿠타가와의 '유소년 시절의 경험'[98] 내지는 죽음을 통해 '해방하려고 하는 염원이 깃들여 있는 전조작품'[99] 등으로 논의되어왔다. 여기서 재론再論의 여지가 있는 〈텍스트 내의 에피소드=아쿠타가와의 실제 경험〉 여부는 차치하고라도, 위에서처럼 「소년」을 시점時点으로 파악했을 경우, 총 6편의 소품은 야스키치가 과거 경험했던 사건들의 나열이며, 본 텍스트는 단순히 그러한 경험을 이야기한 장일뿐이다.

그러나 한편에서는 '소년시대에 발생한 사건은 목적이기보다는 오히려 수단이다'[100] 라고 밝힌 고마샤쿠 기미駒尺喜美와 「소년」에서 1923

97 호리카와 야스키치를 아쿠타가와의 분신(分身)으로 간주하는 이시타니 하루키는, 「소년」을 '야스키치 자신의 추억을 통한 행복을 향한 여행'이라고 파악하였다. 따라서 각 장(章)은 '추억의 대상의 다양함'을 의미한다. 그녀에 의하면 다른 야스키치시리즈가 방관자로서의 입장만을 취했다고 한다면, 본 텍스트는 그와 동시에 '야스키치의 과거로 거슬러 올라가 내실(内実)을 깊이 추구한 작품'이다. 이와 같이 '자신을 응시하는 시선'과 '현재의 자신의 심정'을 동시에 다루어야했기 때문에 「소년」은 '희망을 내일로 연결시키는 역할'을 달성하지 못하고, '추억의 근저(根柢)에 있는 「30년 후」의 현실을 건드리는 결과로 끝나버리는, 그래서 「실망」이라는 「현실」의 쓸쓸함을 보다 더 극명하게 보여준 것'이라고 결론지었다(石谷春樹「芥川龍之介「少年」論－追憶·失望への旅－」(『叙説』, 1997) pp.255~266).

98 야스키치를 아쿠타가와의 분신으로 간주하는 것은 미야사카 사토루(宮坂覺) 또한 마찬가지다. 그는 야스키치시리즈를 '아쿠타가와적 사소설'이라고 정의하면서 다른 야스키치시리즈에서 야스키치가 20대 후반에서 30대의 '매문업자(賣文業者)'로 성장하는 것에 비하여, 「소년」에서는 해군기관학교 시절을 지나 '유소년 기를 회상하는 것'이라고 밝혔다. 여기서 각장의 에피소드는 아쿠타가와의 '유소년 시절의 경험'이 된다(宮坂覺「芥川文学にみる〈ひとすぢの路〉—「密柑」「トロッコ」「少年」をめぐって—」(『玉藻』, 1990) pp.77~88).

99 손순옥은 〈『소년』론〉에서 '내외적 요인으로 인해 심신이 쇠약해진 아쿠타가와는 더 이상 사소한 행복도 누릴 수 없다는 것을 깨닫고, 인식해 가는 과정을 작품『소년』을 통해 묘사하고자 했다'고 논하였다. 여기서 「소년」은 '스스로도 어찌할 수 없는 숙명의 근원, 그 근원을 죽음이라는 수단을 통해 해방하려고 하는 염원이 깃들여 있는 전조작품'에 놓인다(손순옥『아쿠타가와 류노스케 작품연구—〈예술〉과 〈인생〉의 상극을 중심으로』(동의대학교 일어일문학과 박사학위논문, 2009) pp.192~193).

년 관동대지진 후의 예술적 상황[101]을 읽어낸 안도 구미安藤公美, 그리고 '지식이나 인식의 획득과 상상력이 풍부한 세계의 소멸이나 상실을 그리고 있는 것'[102]이라고 논한 시미즈 야스쓰구清水康次처럼, 「소년」의 읽기에 있어서 작자의 사적인 전력과는 일정거리를 유지하려는 연구도 있어왔다. 이는 텍스트를 작자에 귀속시키기 보다는 시대의 산물로 보려는 의식이 강하게 작용한 것이라 할 수 있다.

의식적으로 텍스트와 작자를 분리하려는 사고는 「소년」을 시점視点으로 접근한 논의에서 보다 활발히 이루어졌다. 예를 들어 와타나베 다쿠渡邊拓는 서술자에 주목하여 기존에 「소년」에 대하여 아쿠타가와의 전기적傳記的인 사실에 비춰지는 논의가 많았음에도 불구하고 본 텍스트를 '고백' 내지는 '자전'이라는 것에는 동의하지 않는 의견이 있는 원인을 그 표현구조에서 찾은 바 있다. 이를 구체적으로 살펴보면 와타나

100 고마샤쿠 기미(駒尺喜美)는 「소년」이 리얼리즘을 추구한 작품에는 없는 상징의 미가 있다면서, 「소년」에서 작자는 옛날보다는 현재를, 사실(事実)보다는 상징을, 사실(写実)보다는 관념을, 단편적인 사건보다는 전체적인 정신상(精神像)을 이야기하는 것을 의도했다고 논하였다(駒尺喜美編著 『芥川龍之介作品研究』(八木書店, 1969) pp.207~230).

101 안도 구미(安藤公美)는 「소년」에서 야스키치가 '1923년 관동대지진 후의 특수한 예술적 분위기 속에서 시인으로서의 능력을 발휘하고 있다'고 논하였다(安藤公美 「一九二三年のクリスマス–芥川龍之介「少年」」(『キリスト教文学研究』, 2003) pp.97~104).

102 시미즈 야스쓰구(清水康次)는 '아쿠타가와'가 야스키치라는 인물을 통하여 소년시대로 소행(溯行)할 때, 「소년」이 갖고 있는 물음이 무엇이며, '작자'는 과거의 어떤 사태(事態)와 직면했는가에 대하여 다음과 같이 결론을 내리고 있다. 아쿠타가와의 시대는 근대화가 진행되는 와중에 전근대적인 상상력의 세계가 소멸되었던 과정과 겹친다. 소년시절의 야스키치는 그 성장과정에서 현실적인 또는 사회적인 지식을 얻는 대신에 자유롭고 풍부한 상상력의 세계를 대가(代價)로 삼아 희생시켰다. 그런데 그렇게 하여 얻어진 지식이나 인식이 정말로 중요한 것일까. 자유롭고 풍부한 상상력의 세계를 희생시킨 것에 대한 잘못은 없는가. 그리고 그러한 시비(是非)는 충분히 검토되었는가. 라는 식의 문제를 아쿠타가와가 제기했다는 것이다. 여기서 '『소년』의 에피소드 하나하나는 지식이나 인식의 획득과 상상력이 풍부한 세계의 소멸이나 상실을 그리고 있는 것'으로 간주되고 있다(清水康次 「芥川龍之介『少年』論」(『叙説』, 1997) pp.114~128).

베 다쿠는 본 텍스트의 시점視点에 주목하여 중기에서 후기에 걸친 아쿠타가와문학의 표현구조의 변천을 고찰하고자 하였다. 여기서 그는 '여섯 장'을 '독립성이 높은 이야기'로 인식했는데, 그에 의하면 「소년」에서의 서술자語り手의 위치는 '독자에게 회상回想이라는 인상을 주면서도 작중인물의 주관主観을 통하지 않는 인물의 과거와 그 인물의 현재 사이를 대비적對比的으로 보일 수 있는 곳'에 있다. 기존에 〈6 어머니〉가 아쿠타가와의 전기적인 사실에 비춰지는 논의가 많았음에도, 본 텍스트를 '고백' 내지는 '자전'이라는 것에는 동의하지 않는 의견이 있는 것은, 이러한 표현구조에 그 원인이 있다는 것이다.[103] 여기서 총 6편의 소품은 각각 '독립성이 높은 이야기'로 인식된다.

시노자키 미오코 또한 각장 중 주로 말미末尾에 등장하는 현재(회상 혹은 집필) 시점時点의 야스키치의 시점視点에 주목했는데, 그녀에 의하면 〈문제제기+〈해석〉〉이라는 패턴은 아쿠타가와문학의 초기부터 보인 특징으로 「소년」 또한 이를 답습踏襲한 텍스트에 불과하다. 여기서 각장은 예의 패턴이 '각기 완결된 형태'이다. 여기서 그녀는 본 텍스트를 '아쿠타가와의 예술지상주의로부터의 좌절'로 보려는 시각이 〈야스키치=아쿠타가와〉라는 인식에서 비롯되었으며, 본 텍스트가 '이십년 전의 행복으로 소행溯行하는 심정의 여행'으로 자리매김 된 것은, 초출(1장~3장)과 단행본(1장~6장)과의 차이에서 비롯된 것임을 밝히며, 본 텍스트를 '소품小品'으로 파악, 각장을 병열적並列的으로 파악하였다.[104]

103 渡邊拓「芥川龍之介「少年」の表現構造—回想の形式—」(『論樹』, 1990) pp.79~95

104 시노자키 미오코는 「소년」에 대한 동시대 평가와 고마샤쿠 기미, 미요시 유키오, 에비이 에이지(海老井英次), 아사노 히로시(浅野洋) 등의 논의를 면밀히 살피면서, 본 텍스트를 '아쿠타가와의 예술지상주의로부터의 좌절'로 보려는 시각이 형성된 문맥을 파악하고자 시도하였다. 그녀는 후자의 '모든 논자가 『소년』의 각장이 동일한 주제로 일관, 전체로 통일되어 있다'는 견해를 취하는 것에 대하여 다음과 같은 사항을 들어 반론을 제기하였다.

그러나 과연 이러한 견해가 타당한 것인가. 아래는 「소년」 중 첫 소품에 해당하는 〈1 크리스마스〉의 마지막 부분이다.

> 야스키치는 식사를 마친 후, 홍차를 앞에 두고 멍하니 궐련을 피우면서 오가와 건너편에 살던 사람이 되어 이십년 전의 행복을 꿈꾸기 시작했다.……
> 이 수편의 소품은 한 개비의 궐련이 연기가 되어 사라지는 동안 야스키치의 마음을 잇달아 스치고 지나가는 추억 두세 개를 적은 것이다.[105]

위의 내용대로라면 「소년」에서의 '이 수편의 소품'은 분명 야스키치의 '추억 두세 개를 적은 것'이다. 그러나 이러한 사항은 1장부터 3장으로 구성된 초출에서 1장부터 6장으로 3장이 더 늘어난 단행본으로 간행할 때 수정할 수 있는 사항이다.[106] 그리고 각장은 반드시 하나의 에

시노자키 미오코에 따르면 〈1 크리스마스〉가 도입(導入)의 역할을 맡고 있으며, 나머지 각장은 하나의 흐름(연쇄)으로 회상하고 있다고 보는 기존의 견해는, 〈야스키치=아쿠타가와〉라는 인식에서 비롯된 것이며, 이로 인하여 「소년」은 '어머니에 대한 원망(母親願望)' 내지는 '예술적 좌절(芸術的挫折)'로 규정된 것이다. 이러한 프로세스를 거쳐서 본 텍스트는 '이십년 전의 행복으로 소행(溯行)하는 심정의 여행'으로 자리매김 되었다는 것이다. 나아가 그녀는 이러한 사고가 초출(1장~3장)과 단행본(1장~6장)과의 차이에서 비롯된 것임을 밝히며 본 텍스트를 '소품(小品)'으로 파악, 각장을 병열적(竝列的)으로 파악하였다(篠崎美生子 「芥川『少年』の読まれ方—「小品」から「小説」へ」(『繍』, 1993) pp.10~26).

105 「소년」(『전집』 제6권, pp.431~432)

106 실지로 지금의 야스키치시리즈는 초출과 약간의 차이를 보이고 있다. 예를 들어 초출 「야스키치의 수첩」의 모두에는 '25세부터 27세까지 해군학교에서 실제로 보고 들은 것을 기록했다'고 밝힌 부분이 있었는데, 이는 『개조』에 「야스키치의 수첩에서」라는 제목으로 다시 발표되면서 삭제되었다. 또한 「인사」의 경우는 『여성』에 처음 발표되었을 때 표제인 'お時儀'에서 'お時宜'로 바뀐 전례(前例)가 있으며, 심지어 「어시장」처럼 본래 '나(わたし)'였던 작중화자가 『황작풍』에 재수록 되면서 '야스키치'로 정정, 야스키치시리즈에 편입된 사례도 있다.

피소드로만 구성되어 있지 않다.

무엇보다 「소년」의 읽기에 있어서 주목할 사항은, 하나의 구상안 속에서 형성된 야스키치시리즈 중 「야스키치의 수첩에서」에 '문예의 형식과 내용이 불가분의 관계에 있다'는 아쿠타가와의 문학관이 구현되어 있다는 사실이다.[107] 그리고 「소년」 중 〈3 죽음〉에서 전개되는 텍스트의 내부논리는 아쿠타가와가 문학관을 피력한 「예술, 그 밖의 것」에서의 논리와 유사하다. 이에 본 절에서는 「소년」 또한 문학관의 구현의 장이라는 측면에서 접근, 본 텍스트에서 아쿠타가와의 문학관이 어떤 식으로 구현되어 있는지 살펴보고자 한다. 이는 본 텍스트를 「야스키치의 수첩에서」와 마찬가지로 '소설에 관한 소설'로 요약되는 메타픽션적 글쓰기로 간주하려는 시도인데, 이러한 과정에서 「소년」을 시점時点으로 파악하는 것에 대한 문제제기는 물론, 총 6편의 소품이 하나의 문제의식을 공유하고 있다는 사실 또한 밝혀질 것으로 사료된다.

1. 아쿠타가와문학에 있어서 글쓰기와 〈독자〉

「소년」에서 '문예의 형식과 내용이 불가분의 관계에 있다'는 아쿠타가와의 문학관이 구현되어 있음을 입증하기 위해서는, 그러한 문학관이 어떠한 성질의 것인지 밝히는 작업이 선행되어야 할 것이다. 이에 「그 시절의 나あの頃の自分の事」(『중앙공론』 1919년 1월)와 「예술, 그 밖의 것」, 그리고 「주유의 말」을 통하여 아쿠타가와의 문학관이 텍스트 해석에 있어서 〈독자〉의 개입여지를 열어놓는 성질의 것임을 밝히고자 한다.

107 이에 관해서는 본론 제2장 중 〈제1절 불가분의 관계에 있는 '문예의 형식과 내용' —「야스키치의 수첩에서」 중 〈점심시간〉〉에서 상세히 고찰하였다.

(1) 텍스트 해석에 있어서 인식대상과 인식주체 간의 문제

「그 시절의 나」에서는 후지오카 가쓰지(藤岡勝二:1872년~1935년)[108]박사의 언어학 강의를 들은 것과 관련하여 다음과 같은 에피소드가 전개된다.

> 그런데 내 앞자리에 앉아있는 학생의 길게 늘어뜨린 머리카락이 때때로 내 노트 위를 쓸듯이 사락사락 지나간다. 나는 그의 이름조차 모르기 때문에 무슨 생각으로 그렇게 장발을 하고 있는지 지금에 이르기까지 캐물을 기회를 얻지 못하고 있다. 그러나 어찌됐든 그것이 그 자신의 미적美的 요구에는 부합하더라도 타인의 실제적 요구와는 모순될 수 있다는 사실을 발견한 것은 실로 이 언어학 강의를 듣고 있던 시간이었다.[109]

위의 인용문에서 '장발'이 '내' 노트 필기를 방해한다는 에피소드를 제외하면 아쿠타가와가 후지오카박사의 언어학 강의에서 발견한 사실은, '그 자신의 미적 요구'와 '타인의 실제적 요구'와는 모순될 수 있다

108 후지오카 가쓰지(藤岡勝二:1872년~1935년) : 언어학자이자 문학박사. 1897년 도쿄제국대학 문과대학 졸업 후, 1901년부터 1905년까지 언어학 연구를 위하여 독일에 유학하였다. 귀국 후, 도쿄제국대학이 교수가 되어 언어학 강좌를 담당하였다. 일본어의 계통에 관하여 음성・형태・통어(統語)에 있어서 우랄알타이 제어(諸語)의 공통된 특징이 일본어의 특징과 일치하는 점을 지적, 일본어가 우랄알타이어에 속한다고 주장하였다. 특히 만주어 연구에 주력하여 옛 만주어의 문헌인 『만문노당(滿文老檔)』을 일본어로 번역하였다.

109 「그 시절의 나」(『전집』제2권, pp.437~438). 「그 시절의 나」는 주로 전기적인 자료로 사용되지만 내용에 허구, 창작의 부분이 있어서 사실로 보기는 어려운 점도 있다. 참고로 「그 시절의 나」는 에피소드의 허구화・창작화가 밝혀져 『아쿠타가와 류노스케 대사전(芥川竜之介大事典)』에서는 '작품(소설)'으로 분류되고 있다(志村有弘編 『芥川竜之介大事典』(勉誠出版, 2002) pp.352~353.).

는 사실이다. 이러한 에피소드는 인식대상이 인식주체에 따라 상이相異하게 인식될 수 있음을 아쿠타가와가 인지하고 있었음을 확인시킨다.

후지오카 가쓰지는 1901년부터 1905년까지 언어학 연구를 위하여 독일에 유학, 귀국 후 도쿄제국대학東京帝国大学 교수가 된 실존인물이다. 아쿠타가와가 어떠한 사항에 대한 인식은, 그것을 인식하는 주체에 따라 달라질 수 있음을 발견한 것이, 후지오카박사의 언어학 강의의 내용에서인지 아니면 실제로 '내 앞자리에 앉아있는 학생'의 '장발' 때문인지는 확인할 길이 없다. 그러나 서두에서 '단, 사실 그 자체는 대체로 있는 그대로임'을 적시摘示한 「그 시절의 나」에서는, 적어도 인식대상이 인식주체에 따라 상이하게 인식될 수 있음을 아쿠타가와가 인식하고 있었다는 사실은 확인할 수 있다. 그리고 이를 글쓰기에 있어서 발신자의 위치에 놓여있는 〈작자〉와 수신자인 〈독자〉에 대입代入하여 생각하면, 〈작자〉가 상정한 작품세계가 반드시 〈독자〉에게 그대로 전달되는 것은 아니라는 사실을 아쿠타가와가 인지하고 있었다고 이해할 수도 있다.

물론 언어학 강의에서의 에피소드만을 들어, 그것이 글쓰기라는 실천적 단계에서 그대로 적용되었다고 보는 것은 다소 무리가 따를 것이다. 아래의 인용문은 「주유의 말」 중 〈감상〉과 〈창작〉의 일부이다.

> 예술의 감상은 예술가 자신과 감상가 간의 협력이다. 말하자면, 감상가는 하나의 작품을 과제로 그 자신의 창작을 시도해보는 것에 지나지 않는다. 그런 탓에 어떠한 시대에도 명성을 잃지 않는 작품은, 반드시 여러 가지의 감상을 가능하게 하는 특색을 갖추고 있다. 그러나 다양한 감상을 가능하게 한다는 것은, 아나톨 프랑스가 말한 것처럼, 어딘지 애매하게 만들어져 있어서 그 때문에 어떠한 해석을 가하기에도

> 쉽다는 의미는 아닐 것이다. 그보다는 오히려 로잔廬山의 산봉우리들 처럼 여러 입장에서 감상할 수 있는 다면성을 갖추고 있기 때문일 것이다.[110]

> 예술가가 작품을 만들 때는 언제나 의식적일지 모르겠다. 그러나 작품 그 자체를 보면, 작품의 미추의 절반은 예술가의 의식을 초월한 신비의 세계에 존재한다. 절반? 어쩌면 대부분이라고 해도 좋을 것이다.[111]

롤랑 바르트가 '텍스트를 지배하는 논리는 이해(작품이〈말하고자 하는 바〉를 정의하는)가 아닌, 환유이다' 라며 텍스트론Théorie du Texte을 제창한 것을 상기할 때,[112] 위에서처럼 '어떠한 시대에도 명성을 잃지 않는 작품'을, '여러 입장에서 감상할 수 있는 다면성을 갖춘' 것으로 파악하거나, '작품'을 '예술가의 의식을 초월한 신비의 세계'에 두는 아쿠타가와의 인식은 텍스트론에 가깝다고 할 수 있다.

아쿠타가와는 「주유의 말」 중 〈감상〉에서 '다양한 감상을 가능하게 한다는 것'은 '어딘지 애매하게 만들어져 있어서 그 때문에 어떠한 해석을 가하기에도 쉽다'는 의미가 아니라, 그보다는 '여러 입장에서 감

110 「주유의 말」 중 〈감상〉(『전집』 제7권, p.396)
111 「주유의 말」 중 〈창작〉(『전집』 제7권, p.395)
112 롤랑 바르트는 「작품에서 텍스트로」(『미학』 1971년)에서 텍스트(Texte)가 방법론 · 장르 · 기호 · 복수태 · 계보 · 독서 · 즐거움이라는 〈명제〉(proposition)와 관계된다면서 '텍스트론은 다만 글쓰기의 실천과 더불어서만 성립될 수 있다'고 주장하였다. 여기서 그가 말하는 텍스트의 개념은 전통적 개념, 즉 하나의 고정된 것, 고정된 하나의 메시지를 갖고 있는 닫힌 공간으로서의 '작품(oeuvre)'의 개념과 차별되는데, 이러한 작품과 텍스트는 '즐거움(plaisir)'과 '즐김(jouissance)'으로 구별되기도 한다. 이 '즐김'이 바로 글쓰기와 글읽기의 분리가 없는 유희(jouer)의 개념에 관계되는 것이다.

상할 수 있는 다면성'을 들었는데, 이는 롤랑 바르트가 말한 '복수태pluriel'와 유사하다. 롤랑 바르트에 의하면 텍스트의 '복수태'는 '그 내용의 모호성에 달려 있는 것이 아니라, 그것을 짜고 있는 기표들의 입체적인 복수태라고 불릴 수 있는 것'[113]에 달려 있다.

글쓰기—작자·'예술가'—보다는 글읽기—독자·'감상가'—쪽에 '작품'의 무게중심을 두고 있는 아쿠타가와의 이러한 인식의 틀은, 앞선 논의에서 살펴보았듯이 「쵸코도잡기」에서 글쓰기에 임하는 자신의 자세를 피력하면서 언어체계를 지탱하고 있는 시스템 안에서의 자신을 자각하고 있던 아쿠타가와의 모습에서나, 「주유의 말」 중 〈비평학〉에서 기존의 '작품 안'에서 찾던 문학의 가치를 '작품을 감상하는 우리들'에서 찾는 모습에서도 재차 확인할 수 있다. 요컨대 글쓰기에 있어서 아쿠타가와의 인식의 틀은 〈독자〉의 개입여지를 열어놓고 있는 성질의 것인 것이다.

(2) 불가분의 관계에 있는 문예의 형식과 내용

앞서 「그 시절의 나」와 「주유의 말」을 통해서는, 인식대상과 인식주체 간의 문제에 관한 아쿠타가와의 인식을 살펴보았으며, 그러한 인식의 틀이 텍스트 해석에 있어서 〈독자〉의 개입여지를 열어놓고 있는 성질의 것임을 확인하였다. 그런데 이러한 그의 인식은 '문예의 형식과 내용'을 불가분의 관계에 놓는 것으로 달리 표현된다. 아쿠타가와는 「그 시절의 나」에서 무샤노코지 사네아쓰(武者小路実篤:1885년~1976년)의 「잡감雜感」을 들어 다음과 같이 언급하였다.

113 롤랑 바르트 전게서, pp.37~47.

> 형식과 내용이 불즉불리不即不離한 관계라는 사실은 여러 차례 씨 자신이 「잡감雜感」에서 얘기했음에도 불구하고, 인내보다는 흥분을 잘하는 씨는 종종 실제 창작에 임해서는 이런 미묘한 관계를 등한시하여 염두에 두지 않았다.[114]

위에서 '형식과 내용이 불즉불리不即不離한 관계'에 놓여있다는 사실은 아쿠타가와에 의하여 '이런 미묘한 관계'로 표현되기도 하는데, '이런 미묘한 관계'는 그의 문학관을 피력한 「예술, 그 밖의 것」에서도 재차 등장한다.

> 내용이 본질이고 형식은 중요하지 않다. — 그런 설이 유행하고 있지만, 그것은 그럴듯한 거짓말이다. 작품의 내용이라는 것은 필연적으로 형식과 하나가 된 내용이다. 내용이 먼저고, 형식은 나중에 만들어지는 것이라고 생각하는 사람이 있다면 그것은 창작의 진리를 모르고 하는 말이다.
>
> — 중략 —
>
> 내용을 솜씨 좋게 완성한 것이 형식은 아닌 것이다. 형식은 내용 속에 있는 것이다. 혹은 그 반대vice versa다. 이런 미묘한 관계를 이해하지 못하는 사람에게 예술은 영원히 닫힌 책에 불과할 것이다.[115]

아쿠타가와가 말한 '이런 미묘한 관계'란 결국 '문예의 형식과 내용이 불가분의 관계'에 있다는 것을 의미하는데, '이런 미묘한 관계를 이

114 「그 시절의 나」(『전집』 제2권, p.443)
115 「예술, 그 밖의 것」(『전집』 제3권, pp.265~266)

해하지 못하는 사람에게 예술은 영원히 닫힌 책에 불과할 것이다' 라는 아쿠타가와의 발언을 통해서는, 그의 글쓰기가 '문예의 형식과 내용이 불가분의 관계에 있다'는 견해에 입각하여 행해졌음을 유추할 수 있다.

이와 관련하여 아쿠타가와문학을 '내용과 형식론内容と形式論'을 들어 설명한 야마가타 가즈미山形和美는 아쿠타가와가 '내용과 형식이 혼연일체가 된 작품'을 만들기 위하여 '악전고투를 벌였을 것'임을 시사하며, 이러한 아쿠타가와의 문학관을 가장 잘 형상화形象化한 것이 「지옥도」(『오사카마이니치신문』 1918년 5월)라고 평한 바 있다.[116]

여기서 아쿠타가와에 의하여 '이런 미묘한 관계' 내지는 '불즉불리한 관계'로 표현되는 형식과 내용이 불가분의 관계에 놓여있는 '문예', 즉 〈문학〉은 달리 말해서 표리일체表裏一体의 관계에 놓여있는 것이라고 할 수 있다. 그리고 이것—인식대상—에 대한 이해는 인식주체의 인식정도를 수반한다. 왜냐하면 표리일체의 관계에 놓여있는 어떠한 사항—〈문학〉—은, 인식하는 주체—독자—의 인식정도 여하에 따라 달리 보일 것이기 때문이다.

116 야마가타 가즈미(山形和美)는 「유럽문학—아쿠타가와의〈내용과 형식〉론을 둘러싸고」에서 「지옥도(地獄変)」를 들어 그것이 '〈내용과 형식〉에 관하여 아쿠타가와가 일생 품어왔던 비전 · 환시(幻視)가 정교하게 형상화(形象化)된 것'이라고 평한 바 있다(関口安義編集『芥川龍之介 その知的空間』([国文学解釈と鑑賞]別冊, 2004) pp.77~89).
여기서 잠시 오해의 소지를 불식시키기 위하여 일러두건대, 본서에서 말하는 '문예의 형식과 내용이 불가분의 관계에 있다'는 아쿠타가와의 문학관이 「소년」에서 구현되어 있다는 것은, 문학이 문학을 말한다는 점에서 「소년」을 메타픽션적 글쓰기로 간주하려는 작업이다. 이는 야마가타 가즈미가 「지옥도」를 들어 그것이 '아쿠타가와의 문학관을 가장 잘 형상화한 것'이라고 평한 것과는 전혀 별개의 문제이다.
앞서 살펴보았듯이 아쿠타가와의 글쓰기가 작자보다는 독자—'감상가'—쪽에 그 무게중심이 쏠려있다는 점을 감안할 때, '아쿠타가와의 문학관을 가장 잘 형상화'한 텍스트가 야마가타 가즈미의 지적대로 「지옥도」일지 아니면 아쿠타가와문학에서 혹평을 받고 있는 야스키치시리즈 혹은 다른 어떤 텍스트일지 판단하는 것은 온전히 독자의 몫일 터이다.

2. 문학관의 구현의 장으로서의 「소년」

여기서는 「소년」을 에피소드 중심의 시점時点으로 파악하는 것에 대한 문제제기를 겸하여, 앞서 살펴본 '이런 미묘한 관계' 내지는 '불즉불리한 관계'에 놓여있는 '문예의 형식과 내용'이 「소년」에서 어떤 식으로 구현되어 있는지 구체적으로 살펴보도록 하겠다.

(1) 에피소드 중심의 시점(時点)으로 파악하는 것에 대한 문제제기

앞서 살펴본 선행연구 중 시점視点에 주목한 시노자키 미오코의 논의는, '원점회귀' 라는 기존의 선행연구와는 차별적으로 〈문제제기+〈해석〉〉이라는 틀 속에서 「소년」을 바라봄으로써, 본 텍스트에 형성되어 있는 '아쿠타가와의 예술지상주의로부터의 좌절'이라는 마이너스적인 시각을 불식시켰다고 할 수 있을 것이다. 그러나 그녀의 논의가 「소년」의 마이너스적인 시각을 불식, 텍스트 해석의 또 다른 가능성을 열어놓았다는 점은 인정되나, 각장이 예의 패턴으로 독립되어 있다는 결론 도출로 끝나버린 것은 아쉽다. 시노자키 미오코의 논의대로 만약 '어릴적 야스키치에 대한 회상이 일종一種의 문제제기'가 되고 그것에 '삼십년 후의 야스키가 해석을 가한다'는 패턴이 '완결된 것'이 「소년」이라면, 다시 말해서 '각장이 동일한 주제로 일관, 전체로 통일되어 있는 것'이 아니라면, 먼저 각장에서의 현재 시점時点의 야스키치의 문제의식이 무엇인지 규명되어야 할 것이며, 각장에서의 문제의식 또한 각기 다른 것이어야 할 것이기 때문이다. 그러나 위의 논의에서 이에 대한 철저한 검증은 이루어지고 있지 않다.

그렇다면 논의를 다시 원점으로 돌려 에피소드가 행해진 시점時点으로 「소년」을 나누어서 생각해보자. 주된 에피소드가 행해진 시점時点이 야스키치가 성인일 때는 〈1 크리스마스〉, 어린 시절일 때는 〈2 길 위의 비밀〉, 〈3 죽음〉, 〈4 바다〉, 〈5 환등〉, 그리고 〈6 어머니〉는 이 둘을 공유하고 있다. 여기서 에피소드가 행해진 시점時点에 기준한 이러한 구분이, 본 텍스트의 에피소드를 아쿠타가와의 실제 경험으로 기정사실화한다는 것은 간과되어서는 안 될 것이다.

물론 텍스트는 어디까지나 텍스트일 뿐이다. 그러나 텍스트 내 일부의 서술이, 〈등장인물=서술자=아쿠타가와〉로 상정하기에 충분한 신빙성을 확보하고 있는 「소년」에서의 에피소드를, 완전히 작자와 분리하여 별개의 것으로 생각할 수도 없다. 〈6 어머니〉에서 '지금으로부터 꼭 3년 전, 상하이에 상륙함과 동시에 도쿄에서부터 옮은 인플루엔자 때문에 상하이의 어느 병원에 입원하게 되었다'는 서술자의 진술은, 아쿠타가와의 전력을 바탕으로 신빙성을 획득하고 있다.[117] 그렇다면 중요한 것은 텍스트 내 에피소드의 실제 발생 유무보다는 그것이 무엇을 문제시 삼고 있느냐 일 것이다. 이를 염두에 두고 「소년」을 이루는 총 6편의 각장을 살펴보자.

> 몇 시간이 흐른 후, 야스키치는 예상대로 오하리쵸尾張町에 있는 어느 판잣집 카페 구석에서 방금 전에 일어났던 작은 사건에 대하여 생각하였다. 저 살찐 선교사는, 이미 전등이 켜지기 시작한 지금쯤 무엇을

117 아쿠타가와가 실재로 오사카마이니치신문사의 해외 시찰원으로 중국에 파견된 날짜는 1921년 3월부터 7월까지 4개월간인데, 출발을 앞두고 감기에 걸려 도중에 오사카에서 1주일간 체재했던 전력을 감안하면, 아쿠타가와가 실제로 상하이에 도착한 날짜는 대략 1921년 3월에서 4월 사이가 된다. 그리고 서술자의 진술을 바탕으로 '3년 전'인 1921년경으로부터 현재 시점(時点)을 소급적용하면 텍스트 내 현재 시점(時点)은 「소년」이 발표된 1924년경이 된다.

하고 있을까? 그리스도와 생일이 같은 소녀는, 저녁밥상에 앉은 아버지와 어머니에게 오늘 아침에 겪은 일을 이야기하고 있을지도 모른다. 야스키치도 또한 이십년 전에는 사바고娑婆苦를 모르는 소녀와 같이, 혹은 천진무구한 문답 앞에서 사바고를 망각한 선교사처럼, 작은 행복을 소유하고 있었다. 다이도쿠인大德院의 엔니치緣日에서 포도떡葡萄餅을 산 것도 그 즈음이었다. 니슈로우二州楼의 큰 홀에서 활동사진을 본 것도 그 즈음이었다.……[118]

〈1 크리스마스〉

이것은 쓰야의 상투적 수단이다. 그녀는 무엇을 물어도 순순히 가르쳐준 적이 없다. 꼭 한번은 엄격히 '생각해 보세요'를 되풀이하는 것이다. 엄격히 ― 그러나 쓰야는 어머니처럼 나이가 들어 있지도 않았다. 고작 열다섯이나 열여섯 먹은, 눈 밑에 작은 검정 사마귀가 있는, 계집애였다. 물론 그녀가 그렇게 말한 것은 야스키치의 교육에 조금이라도 보탬이 되고자 하기 위함일 것이다. 그도 쓰야의 마음씀씀이에는 감사를 표하고 싶다. 하지만 그녀도 이 말의 분명한 의미를 잘 알고 있었다면, 필시 그 옛날처럼 집요하게 아무 때나 '생각해 보세요'를 반복하는 어리석음만은 저지르지 않았을 것이다. 야스키치는 그로부터 삼십년간 여러 가지 문제에 대해 생각해보았다. 그러나 아무것도 모른다는 사실은 저 영리한 쓰야와 함께 큰 도랑 거리를 걸었을 때와 조금도 달라지지 않았다.……[119]

〈2 길 위의 비밀〉

(강조점 원문)

118 「소년」(『전집』 제6권, p.431)
119 「소년」(『전집』 제6권, pp.432~433)

그러자 웃음소리가 잦아든 후, 아버지는 여전히 미소를 머금은 채로 커다란 손으로 야스키치의 목덜미를 툭툭 쳤다.

"오메데토나루お目出度なる 라는 것은 죽어버린다는 뜻이야."

모든 대답이 가래처럼 질문의 뿌리를 완전히 뽑을 수 있는 것은 아니다. 오히려 옛 질문 대신에 새로운 질문을 움트게 하는 가지치기용 가위의 역할밖에 할 수 없는 것이다. 삼십년 전의 야스키치도 삼십년 후의 야스키치처럼 겨우 대답을 얻었나 했더니, 이번에는 그 대답 속에서 다시 새로운 질문을 발견하였다.

"죽어버린다니, 그게 무슨 뜻이야?"[120]

〈3 죽음〉

삼십년 전의 야스키치의 태도는 삼십년 후의 야스키치에게도 그대로 해당되는 태도이다. 적갈색 바다를 승인하는 것은 한시라도 지체할 수 없지만 그는 그러지 않았다. 한편 이 적갈색 바다를 푸른 바다로 바꾸려드는 것 또한 어차피 헛수고로 끝날 뿐이다. 그러니 차라리 적갈색 바닷가의 아름다움을 발견하자. 바다도 그러는 사이에 앞바다처럼 온통 푸르게 변할지도 모른다. 그러나 장래를 도모하기보다는 오히려 현재에 안주하자. — 야스키치는 예언자적 정신이 풍부한 두세 명의 벗을 존경하면서도, 마음 가장 깊은 곳에서는 오히려 여전히 혼자서 이런 생각을 하고 있다.[121]

〈4 바다〉

120 「소년」(『전집』 제6권, p.436)
121 「소년」(『전집』 제6권, pp.440~441)

"자, 그럼, 이번에는 뭘 볼까?"

그러나 야스키치는 전혀 귀 기울이지 않고 베네치아의 풍경만을 바라보고 있었다. 창문은 희미하게 밝은 물길에 조용히 커튼을 드리우고 있다. 그러나 언젠가는 어느 창문에선가 커다란 리본을 단 소녀가 한 명, 돌연히 얼굴을 내밀지 말라는 법도 없다. — 이런 생각이 들자 그는 이루 말할 수 없는 그리움을 느꼈다. 동시에 일찍이 몰랐던 기쁘면서도 슬픈 감정을 느꼈다. 저 그림 환등 속에서 언뜻 얼굴을 내민 소녀는, 실제로 무언가 초자연적인 영혼이 그의 눈앞에 모습을 드러낸 것일까? 혹은 소년시절에 일으키기 쉬운 일종의 환각에 지나지 않은가? 그에 대한 답은 물론 그 자신도 해결할 수 없는 것임에 분명하다. 그러나 어찌됐든 야스키치는 삼십년 후의 오늘날에 이르러서조차도, 실로 속세의 번거로움에 지쳤을 때에는, 영원히 돌아오지 않는 베네치아의 소녀를 상기한다. 마치 몇 년이고 만나지 못한 첫사랑의 여인이라도 떠올리듯이.[122]

〈5 환등〉

그때까지 야스키치는 자신이 '어머니' 라고 불렀다는 사실이 완전히 가와시마가 지어낸 거짓이라고만 믿고 있었다. 그러나 지금으로부터 꼭 삼년 전, 상하이에 상륙함과 동시에 도쿄에서부터 옮은 인플루엔자 때문에 상하이의 어느 병원에 입원하게 되었다. 입원한 후에도 열은 좀처럼 떨어지지 않았다. 그는 하얀 침대 위에서 몽롱한 채로 몽고에 봄을 전하는 엄청난 황사현상을 바라보곤 하였다. 그러던 어느 무더운 날 오후, 소설을 읽고 있던 간호사가 돌연 의자에서 일어서더니

122 「소년」(『전집』 제6권, pp.446~447)

침대 쪽으로 다가오며 이상한 듯이 그의 얼굴을 가까이에서 들여다보았다.

"어머, 깨어있었어요?"

"그런데요?"

"그게 그러니까, 방금 어머니하고 불렀잖아요?"

이 말을 들은 야스키치는 바로 에코인 경내가 떠올랐다. 어쩌면 예전의 가와시마의 말도 심술궂은 거짓이 다는 아닐지도 모르겠다.[123]

〈6 어머니〉

위의 인용문에서 확인할 수 있듯이 「소년」 각장의 시점視点 인물 야스키치는, 공통적으로 과거의 에피소드를 현재 자신의 문제의식과 연결 지어 생각하고 있다. 즉 텍스트의 문제의식은 공통적으로 지금・여기에 놓여있는 것이다.

〈1 크리스마스〉에서 현재 시점時点에서 '작년 크리스마스 오후'에 발생했던 에피소드를 회상하는 야스키치가, '대지진 후의 도쿄 도로'가 '자동차를 놀라게' 할 정도로 엉망이 되었다고 보는 진술은, 관동대지진이 실제로 발생한 연도의 크리스마스인 1923년 12월 24일에서 소급적용, 텍스트 내 현재 시점時点을 「소년」이 발표된 1924년 4월과 5월경에 가깝게 상정케 한다. 이는 '상하이'에 대한 서술로 텍스트 내 현재 시점時点을 「소년」이 발표된 대략 1924년경으로 상정케 하는 〈6 어머니〉 또한 마찬가지다. 그렇다면 텍스트의 문제의식이 놓여있는 지금・여기에서 지금이란 바로 1920년대라고 할 수 있겠다. 비록 전체적이라고는 할 수 없으나, 이와 같이 「소년」 중 일부의 장이 공통적으로 1920

123 「소년」(『전집』 제6권, pp.451~452)

년대를 문제시 한다는 점은, 「소년」의 각장이 〈문제제기+〈해석〉〉이라는 패턴으로 독립되어 있다는 시노자키 미오코의 논의에 재론의 여지가 있음을 말하여 주는 것이기도 하다.

어쩌면 텍스트에서 과거의 에피소드는, 그것이 실제로 있었던 사실인지 아닌지는 차치하고, 현재의 문제의식을 끌어내기 위한 도구로 사용되었는지도 모르겠다. 그렇다면 본 텍스트를 에피소드 중심의 시점時点으로 파악한다는 것은 그다지 의미가 없다. 그리고 무엇보다 이를 통해서는 「소년」의 첫 번째 소품인 〈1 크리스마스〉 마지막 부분에서 말하는 '추억 두세 개'가 공유하고 있을 총 6편의 소품의 공통된 문제의식을 도출해내기 어렵다. 그렇다면 「소년」은 시점時点이 아닌, 시점視点으로 텍스트를 분석할 필요가 있겠다. 나아가 설령 시점時点에 주목한다 하더라도 텍스트의 문제의식은 이야기 속 과거가 아닌, 어디까지나 현재 시점時点에 놓여있다는 사실은 간과되어서는 안 될 것이다.

(2) 변주(變奏)되는 문예의 형식과 내용

그렇다면 '이런 미묘한 관계' 내지는 '불즉불리한 관계'에 놓여있는 '문예의 형식과 내용'이, 「소년」에서 어떤 식으로 구현되어 있는지 구체적으로 살펴보자. 먼저 〈1 크리스마스〉는 선교활동을 목적으로 승합버스 좌석을 소녀에게 양보한 선교사가 그 소녀에게 "12월 25일은 무슨 날입니까?" 라고 물었을 때, 소녀가 "오늘은 내 생일" 이라고 대답하는 에피소드가 등장한다. 공교롭게도 소녀의 생일이 성탄절과 같은 날이었던 것이다. 예상을 빗나간 소녀의 대답은 선교사는 물론이거니와 야스키치와 주위의 승객 모두를 미소 짓게 만들었다. 이때 분명 선교사가 예상했을 소녀의 대답은, 예수의 탄생일이었을 터이다. 그러나 선교사에게 있어서 이러한 의미를 갖고 있는 '12월 25일'은, 소녀에게는 단지 그녀의 생일일 뿐이다. 이러한 에피소드는 인식하는 주체—선교사 · 소녀—에 따라 공통된 사항—'12월 25일'—이 갖는 의미가 달라질 수 있다는 사실을 보여주고 있다고 하겠다.

다음으로 〈2 길 위의 비밀〉은 야스키치에게 길 위의 '수레 바퀴자국'이 무엇인지 묻는 쓰루鶴에게, 야스키치가 '젓가락, 장갑, 북의 봉' 등 '두 가지가 함께 있는 것'을 나열한다는 것이 주요 에피소드이다. 그러한 대답이 그의 인식 범위 내에서 최선이었을 어린 야스키치로서는, '두 가지가 함께 있는 것'이 '수레 바퀴자국'이라는 사실을 알고 있는 쓰루가 '전지全知'자로 보인 것은 물론이다. 공통된 사항—'두 가지가 함께 있는 것'—이 쓰루에게는 '수레 바퀴자국'으로, 야스키치에게는 '젓가락, 장갑, 북의 봉'으로 보이는 것이다. 이처럼 〈2 길 위의 비밀〉 또한 인식하는 주체—쓰루 · 야스키치—에 따라 공통된 사항—'두 가지가 함께 있는 것'—이 갖는 의미가 달라질 수 있다는 사실을 보여주고 있다.

이러한 서술은 〈3 죽음〉에서도 마찬가지로 행해진다. 여기서는 '경사스럽다'와 '죽다'는 의미를 모두 갖고 있는 '目出度なる' 라는 말을 중심으로 에피소드가 전개된다. 이야기는 "결국 죽었구먼, 저기 마키초에 살던 두 줄로 된 현악기를 켜던 어르신도……" 라는 아버지의 말을, 어린 야스키치가 잘못 이해한 데서 비롯된다. 야스키치는 가족과 함께 한 식사자리에서 아버지가 생선회를 집어준 것에 대한 감사의 마음을 표하기 위하여 "아까는 그 분이, 지금은 내가 경사 났네!" 라고 말함으로써 그 자리를 웃음바다로 만들어 놓는다. 어른들에게 야스키치의 이 말은 '아까는 그 분이, 지금은 내가 죽었다!' 라고 들렸을 터이기 때문이다. 필시 아버지는 '죽다'는 의미로 사용했을 '目出度なる'가 어린 야스키치에게는 '경사스럽다'는 의미로 받아들여진 것이다.

그런데 이러한 인식하는 주체에 따라 달리 해석되는 공통된 사항들—〈1 크리스마스〉에서의 '12월 25일', 〈2 길 위의 비밀〉에서의 '두 가지가 함께 있는 것', 〈3 죽음〉에서의 '目出度なる'—은, 비록 인식주체에 따라 다르게 의미 지워지나 본질—실체—은 상이하지 않다는 점에서, 표리일체의 관계에 놓여있다고 할 수 있다. 일종의 언어유희처럼 보이는 이러한 것들의 나열은, 그러나 반드시 한 장章에서 한가지의 에피소드를 말하는 것으로 끝나지 않는다. 예를 들면 〈3 죽음〉에서는 위의 '目出度なる'와 관련된 에피소드뿐만 아니라, '죽음'과 관련하여 야스키치와 아버지 간에 다음과 같은 대화가 전개된다.

> "죽어버린다니 그게 무슨 뜻이야?"
> "죽는다는 것은 말이지, 그래, 너 개미를 죽이지.……"
> 아버지는 딱하게도 세세히 죽음에 대하여 설명하기 시작하였다. 그러나 소년 특유의 논리를 고수하려는 그에게 그러한 아버지의 설명은 조금도 만족스럽지 않았다. 정말이지 그에게 죽임을 당한 개미가 달릴 수 없는 것은 확실이다. 그러나 그것은 죽은 것이 아니다. 단지 그에게 죽임을 당한 것이다. 죽은 개미인 이상은, 각별히 그에게 죽임을 당하지 않아도 꼼짝 않고 달리지 않는 개미가 아니면 안 된다. 그러한 개미는 석등 밑이나 감탕나무 밑동에서도 본 적이 없다. 그러나 아버지는 어찌 된 셈인지 전연 이런 차별을 무시하고 있다.……
> "죽임을 당한 개미는 죽어버린 거야."
> "죽임을 당한 것은 그냥 죽임을 당한 거잖아?"
> "죽임을 당한 것도 죽은 것과 마찬가지야."
> "그러니까 죽임을 당한 것은 죽임을 당했다고 말하잖아."
> "말은 그렇게 해도 결국은 마찬가지야."

"아니야. 아니야. 죽임을 당한 것과 죽은 것은 같지 않아."

"이런 바보 녀석, 전혀 이해를 못 하는군."

아버지에게 혼난 야스키치가 울음을 터트린 것은 물론이다. 그러나 아무리 혼난다 해도 이해할 수 없는 것을 이해할 리 없다. 그는 그 후 수개월 동안, 마치 어엿한 철학자라도 되는 양 계속 죽음의 문제를 생각하였다. 죽음은 불가결 그 자체이다. 죽임을 당한 개미는 죽은 개미가 아니다. 그럼에도 불구하고 죽은 개미이다. 이만큼 비밀의 매력이 풍부한, 그 실체를 종잡을 수 없는 문제는 없다. 야스키치는 죽음을 생각할 때마다 어느 날 에코인 경내에서 보았던 두 마리의 개를 떠올렸다. 그 개는 석양빛을 받으며 반대 방향으로 고개를 돌린 채, 마치 한 마리인 것처럼 꼼짝 않고 있었다. 뿐만 아니라 이상하게도 엄숙했다. 죽음이라는 것도 저 두 마리의 개와 닮아있는 것인지도 모르겠다.……[124]

위의 인용문은 〈3 죽음〉중 '죽음'에 관한 야스키치와 그의 아버지 간의 대화로 이루어진 부분이다. 여기서 '죽음'이 무엇이냐고 묻은 야스키치에게 아버지는 "죽임을 당한 개미는 죽어버린 거야." 라고 대답한다. 그러나 이 말에 불복할 수 없는 야스키치는, '죽임을 당한 것'은 말 그대로 '죽임을 당한 것'이지 '죽은 것'이 아니라며 자기주장을 고수하고, 아버지는 "죽임을 당한 것도 죽은 것과 마찬가지야." 라며 그런 야스키치를 이해시키려든다. 그러나 야스키치는 "그러니까 죽임을 당한 것은 죽임을 당했다고 말하잖아." 라고 반박하는데, 이러한 반론에 대하여 아버지는 "말은 그렇게 해도 결국은 마찬가지야." 라며 화를 내고

124 「소년」(『전집』 제6권, pp.436~437)

만다. 결국 야스키치는 아버지와의 대화에서는 '죽음'이 무엇인지 그 실체를 파악하지 못한 채, '죽임을 당한 개미는 죽은 개미가 아니다. 그럼에도 불구하고 죽은 개미이다' 라며 불가결한 죽음에 대한 문제를 계속 생각한다. 이어서 이야기는 회상回想이라도 하는 듯 야스키치는 그러한 '죽음'을 생각할 때마다 어느 날 에코인回向院에서 본 '마치 한 마리의 개인 양 겹쳐있던 두 마리의 개'를 떠올리며 '죽음이라는 것도 저 두 마리의 개와 닮아있는 것인지도 모르겠다'고 생각한다.

그런데 여기서 주목할 사항은 〈3 죽음〉에서 야스키치가 '죽임을 당한 것'과 '죽은 것'이 다르다는 사실을 아버지에게 이해시키는 이러한 논리가, 앞서 살펴본 「예술, 그 밖의 것」에서 그대로 엿보인다는 점이다. 「예술, 그 밖의 것」에서 아쿠타가와는 '문예의 형식과 내용이 불가분의 관계에 있다'는 사실을 논증하는 과정에서, ''태양이 그립다' 라는 장엄한 말의 내용은 그저 '태양이 그립다' 라는 형식으로밖에 나타낼 수 없는 것이다' 라고 단언하였다. 그리고 '그 말의 내용과 그 말 속에 내재된 추상적인 의미를 혼동하면 거기서 잘못된 내용편중론이 비롯된다' 고도 하였다. 이러한 논리를 텍스트에 적용시키면, '죽임을 당한 개미는 죽은 개미가 아니다. 그럼에도 불구하고 죽은 개미이다' 라는 야스키치의 말 속에는, '그 말 속에 내재된 추상적인 의미', 즉 '죽임을 당한 것'을 '죽은 것'이라고 혼동하는 것이 지양되어야 한다는 의미가 내포되어 있다고 하겠다. 이는 〈3 죽음〉이 문학에 관한 아쿠타가와의 자기주장이 표출되어 있다는 점에서 문학관의 구현의 장일뿐만 아니라, 문학에 관한 담론의 장으로도 기능하고 있음을 의미한다.

요컨대 〈3 죽음〉은, 1. '경사스럽다'와 '죽다'는 의미를 모두 갖고 있는 '目出度なる'와 2. 실상은 두 마리이지만 한 마리처럼 보이는 '개', 그리고 3. 물리적으로 소멸한다는 측면에서는 같지만 언어 차원에서는

다른 '죽임을 당한 것'과 '죽은 것' 등 인식주체의 인식정도에 따라 달리 보이는 표리일체의 관계에 놓여있는 것들을 나열함으로써, '불가분의 관계에 있는 문예의 형식과 내용'을 구현하고 있는 것이다.[125] 이는 「소년」이 문학을 통하여 문학을 말한다는 점에서 메타픽션적 요소를 함의하고 있다고 하겠다.

(3) 양의적(兩義的)으로 해석되는 에피소드, 감정, 그리고 기억

상기의 1부터 3까지의 소품이 공통된 사항이 인식하는 주체에 따라 달리 인식됨을 보여줌으로써 '불가분의 관계에 있는 문예의 형식과 내용'을 단선적(単線的)으로 보여주고 있다고 한다면, 이하 〈4 바다〉와 〈5 환등〉, 그리고 〈6 어머니〉는 '이런 미묘한 관계'가 더욱 복잡 미묘하게 드러난다. 이어지는 〈4 바다〉에서도 '오모리의 바다'는 어머니에게는 '새파란 색'으로, 야스키치에게는 '적갈색'으로 인식됨을 보여주고 있다.

> "바다색이 이상하네. 어째서 푸른색으로 칠하지 않았니?"
> "원래 이런 색인걸."
> "적갈색 바다라, 그런 게 있으려나."
> "오모리의 바다, 적갈색 아니었어?"
> "오모리의 바다색은 새파랗잖아."

125 이러한 〈3 죽음〉이 '쓸데없는 설명이 너무 많다'는 평을 듣는 것도 무리는 아니다. 핫토리 가즈히데(羽鳥一英)는, 「소년」 중에서도 〈3 죽음〉이 〈2 길 위의 비밀〉에 비하여 '불쾌감(いやみ)'을 느꼈다는 주 178)에서의 고마샤쿠 기미의 논의를 바탕으로, 그 정도는 아니지만 '쓸데없는 설명이 너무 많다'고 지적하였다. 참고로 여기서 핫토리는 본 텍스트가 야스키치의 어릴 적 추억 속에서 '그리운 것', '영원한 것', 그리고 '영혼의 고향과도 같은 것'을 엿보려고 한 작품이라고 평하였다(羽鳥一英「「少年」論」(『国文学 解釈と教材の研究』, 學燈社, 1972) pp.107~113).

> "아니야, 꼭 이런 색이었어."
>
> 어머니는 그가 억지를 부리는 듯싶으면서도 경탄을 섞은 미소를 흘렸다. 그러나 아무리 설명해도, — 아니, 그가 화를 참지 못해 「우라시마타로浦島太郎」를 찢은 후에도, 더 이상 의심할 여지가 없는 적갈색 바다만큼은 믿어주지 않았다.……
>
> '바다' 이야기는 여기까지다. 사실 지금의 야스키치에게 있어 이야기의 체재体裁를 갖추기 위하여 좀 더 소설의 결말다운 결말을 짓는 것은 그리 어려운 일도 아니다. 가령 이야기를 끝내기 전, 다음과 같이 몇 줄을 덧붙이면 된다. — '야스키치는 어머니와 나눈 질문과 대답 속에서 중대한 사실을 또 하나 발견하였다. 그것은 누구나 적갈색 바다에는 — 적갈색 바다가 인생을 살아감에 있어서 결정적 사항이더라도 그것을 묵인하기 쉽다는 사실이다.'
>
> 그러나 이것은 사실이 아니다. 뿐만 아니라, 만조는 오모리의 바다에도 푸른빛의 물결을 일으킨다. 그렇다면 현실이란 적갈색 바다인가, 그렇지 않으면 푸른빛 바다인가? 필경 우리들이 믿고 있는 리얼리즘도 심히 불안정한 것이라고밖에 할 수 없을 것이다. 한편으로 야스키치는 전과 동일하게 무기교로 이야기를 끝내기로 하였다. 그러나 이야기의 체재는? — 예술은 여러 사람이 말하는 바대로 무엇보다 우선 내용이다. 형용 따위 아무래도 좋다.[126]

위의 인용문 〈4 바다〉의 마지막 부분에서 '오모리의 바다' 색이 어머니가 말한 대로 '새파란 색'인지 아니면 야스키치가 주장한 대로 '적갈색'인지를 놓고 실랑이를 벌인 지금까지의 이야기는, 갑자기 '지금의

126 「소년」(『전집』 제6권, pp.442~443)

야스키치'로 인하여 '바다 이야기'로 돌려지면서 텍스트 내의 에피소드의 사실성은 훼손된다. 여기서 주목할 사항은 '이야기의 체재体裁를 갖추기 위하여 좀 더 소설의 결말다운 결말을 짓는 것'이 그리 어렵지도 않은 '지금의 야스키치'에게, '오모리의 바다'가 '적갈색 바다'로도 '푸른빛 바다'로도 해석된다는 점이다. 이는 〈4 바다〉가 공통된 사항—'오모리의 바다'—이 인식하는 주체—야스키치 · 어머니—에 따라 달리 인식됨을 보여주는 것뿐만 아니라, 에피소드의 사실성마저 양의적으로 해석될 수 있음을 보여주고 있다고 하겠다.[127]

다음으로 〈5 환등〉에서도 인식하는 주체에 따라 공통된 사항이 갖는 의미가 달라질 수 있다는 사실을 보여주는 서술은 이어진다. 아버지와 함께 환등기幻燈機를 사러 완구점에 간 일곱 살 야스키치는, 그곳 주인이 광원부光源部를 가리켜 '달'이라고 표현한 것을, 굳이 '원형 불빛', '흰 벽에 비친 것', '비눗방울'이라는 말로 달리 표현한다. 그런 '비눗방울'에서 불과 '2초'밖에 안 되는 찰나 '초승달빛 아래 창문'으로 '소녀'가 나타났다가 사라졌다. 그런데 야스키치가 환등기를 사가지고 집으로 돌아와서 다시 '비눗방울'을 보니 풍경은 같은데 아무리 기다려도 '소녀'의 얼굴은 나타나지 않는다.

> "자, 그럼, 이번에는 뭘 볼까?"
>
> 그러나 야스키치는 전혀 귀 기울이지 않고 베네치아의 풍경만을 바라

127 왜냐하면 야스키치와 어머니와의 실랑이를 '바다 이야기'로 돌린 '지금의 야스키치'의 논의를 서술자가 '그러나 이것은 사실이 아니다' 라면서 한편으로 '전과 동일하게 무기교로 이야기를 끝내기'로 했기 때문이다. 스토리에 대한 이러한 이중(二重) 서술은 결국 이야기를 원점으로 회귀시키는 기능을 하지만, 독자의 입장에서 보면 이러한 과정에서 이미 에피소드의 사실성은 회의되기 시작한다. 이러한 서술로 인하여 〈4 바다〉에서의 에피소드—'바다 이야기'—는 야스키치가 어릴 적에 경험했던 사실일 수도 있고 혹은 아닐 수도 있는 위치에 놓이게 되는 것이다.

> 보고 있었다. 창문은 희미하게 밝은 물길에 조용히 커튼을 드리우고 있다. 그러나 언젠가는 어느 창문에선가 커다란 리본을 단 소녀가 한 명, 돌연히 얼굴을 내밀지 말라는 법도 없다. — 이런 생각이 들자 그는 이루 말할 수 없는 그리움을 느꼈다. 동시에 일찍이 몰랐던 기쁘면서도 슬픈 감정을 느꼈다. 저 그림 환등 속에서 언뜻 얼굴을 내민 소녀는 실제로 무언가 초자연적인 영혼이 그의 눈앞에 모습을 드러낸 것일까? 혹은 소년시절에 일으키기 쉬운 일종의 환각에 지나지 않은가? 그에 대한 답은 물론 그 자신도 해결할 수 없는 것임에 분명하다. 그러나 어찌됐든 야스키치는 삼십년 후의 오늘날에 이르러서조차도 실로 속세의 번거로움에 지쳤을 때에는 영원히 돌아오지 않는 베네치아의 소녀를 상기한다. 마치 몇 년이고 만나지 못한 첫사랑의 여인이라도 떠올리듯이.[128]

위의 인용문은 〈5 환등〉의 마지막 부분인데, 여기서 야스키치는 지금은 얼굴을 보이지 않지만, 언젠가는 '소녀'가 나타날 것을 기대하며 '기쁘면서도 슬픈' 이율배반적인 감정을 느낀다. 이런 복잡 미묘한 감정을 느낀 야스키치가, 과거 시점時点의 야스키치인지 현재 시점時点의 야스키치인지는 불분명하나, 그런 야스키치에게 완구점에서 '소녀'를 본 현상은 '무언가 초자연적인 영혼'으로도, '소년시절에 일으키기 쉬운 환각'으로도 해석되고 있다. 이처럼 〈5 환등〉 또한 보는 주체—야스키치·완구점 주인—에 따라 공통된 사물—환등기의 광원부—이 달리 보일 수 있다는 것뿐만 아니라, 동일한 주체—야스키치—가 그것을 보는 시·공간에 따라 공통된 사항—'소녀'를 본 현상—이 양의적으로 해

128 「소년」(『전집』 제6권, pp.446~447)

석될 수 있음을 보여주고 있다.

그러나 한편 이러한 공통된 사항이 갖는 의미가, 인식주체에 따라 달리 해석될 수 있음을 보여주면서 「소년」에서 부류浮流하는 '불가분의 관계에 있는 문예의 형식과 내용'은, 본 텍스트의 마지막 장인 〈6 어머니〉에서는 극명하게 보이지 않는 것이 사실이다. 자전적이라고 하는 「소년」의 전체적인 성격은, 〈6 어머니〉가 규정했다고 해도 과언이 아닐 정도로, 본 장은 아쿠타가와의 사적인 전력에 충실하여 사소설의 자기장 속에서 논의되어왔는데, 이유로는 그의 텍스트에서 처음으로 '어머니'의 모습이 나타난 것을 들 수 있다.

그러나 〈6 어머니〉에서 '어머니'는 그 자체보다는 그것—'어머니'—을 부른 행위에 초점이 맞추어져 있다. 〈6 어머니〉에서 에코인은 여러 번 언급되는데, 앞서 〈3 죽음〉에서 확인한 에코인은 '불가분의 관계에 있는 문예의 형식과 내용'이 변주된 '마치 한 마리의 개인 양 겹쳐있던 두 마리의 개'를 본 곳이다. 그러한 에코인은 〈6 어머니〉에서는 공상일지언정 어릴 적 야스키치가 친구들과 전쟁놀이를 한 곳으로 그려지고 있다. 아래의 인용문은 현재 시점時点의 야스키치가 어릴 적 친구들과 벌였던 전쟁놀이가 사실은 공상에 지나지 않는다고 언급하는 부분이다.

> — 라는 것은 물론 사실이 아니다. 그냥 야스키치의 공상 속에서 벌어진 에코인의 격전적인 광경이다. 하지만 그는 가랑잎 이외에는 모든 것이 쓸쓸하게 느껴지는 경내를 돌아다니면서, 화약 연기 냄새와 어지러이 날아드는 포화의 번쩍임을 생생히 느꼈다. 아니, 어느 때는 땅 밑에서 지금이라도 폭발할 때만을 기다리고 있을 지뢰의 마음마저 느꼈던 것이다. 그러나 이런 발랄한 공상도 중학교에 들어간 후, 어느새

그를 떠나버렸다. 오늘날의 그는 전쟁놀이를 통하여 여순항旅順港의 격전을 볼뿐만 아니라, 오히려 여순항의 격전 가운데서도 전쟁놀이를 발견하는 지경에 이르렀다. 그러나 다행히도 추억은 소년시절의 그의 모습을 되살려놓았다. 무엇보다 그는 당시의 공상을 불러일으키는 무상의 쾌락을 다시금 포착하지 않으면 안 된다. —

— 중략 —

그때까지 야스키치는 자신이 '어머니' 라고 불렀다는 사실이 완전히 가와시마가 지어낸 거짓이라고만 믿고 있었다. 그러나 지금으로부터 꼭 삼년 전, 상하이에 상륙함과 동시에 도쿄에서부터 옮은 인플루엔자 때문에 상하이의 어느 병원에 입원하게 되었다. 입원한 후에도 열은 좀처럼 떨어지지 않았다. 그는 하얀 침대 위에서 몽롱한 채로 몽고에 봄을 전하는 엄청난 황사현상을 바라보곤 하였다. 그러던 어느 무더운 날 오후, 소설을 읽고 있던 간호사가 돌연 의자에서 일어서더니 침대 쪽으로 다가오며 이상한 듯이 그의 얼굴을 가까이에서 들여다보았다.

"어머, 깨어있었어요?"

"그런데요?"

"그게 그러니까, 방금 어머니하고 불렀잖아요?"

이 말을 들은 야스키치는 바로 에코인 경내가 떠올랐다. 어쩌면 예전의 가와시마의 말도 심술궂은 거짓이 다는 아닐지도 모르겠다.[129]

현재 시점時点의 야스키치는 '삼년 전 상하이 병실'에서 자신이 '어머니' 라고 불렀다는 간호사의 말을 듣고 어릴 적 전쟁놀이를 상기한다. 텍스트에서 이러한 간호사의 말은 야스키치로 하여금 어릴 적 그가 에

129 「소년」(『전집』 제6권, pp.449~452)

코인에서 '어머니' 하고 불렀다는 가와시마川島의 말이 어쩌면 거짓이 아닐지도 모르겠다고 생각하도록 만든다. 이처럼 〈6 어머니〉에서도 동일한 주체—야스키치—는 그것을 인식하는 시·공간에 따라 공통된 사항—무의식중에 '어머니' 라고 부른 행위—이 달리 해석될 수 있음을 보여주고 있다.

지금까지의 논의를 '문예의 형식과 내용이 불가분의 관계에 있다'는 아쿠타가와의 문학관에 적용시키면, 〈4 바다〉에서 '오모리의 바다'가 '새파란 색'인지 '적갈색'인지를 놓고 어머니와 야스키치 간에 실랑이를 벌이는 에피소드의 사실성이 회의되는 것과 〈5 환등〉에서 '소녀'를 본 현상이 '무언가 초자연적인 영혼'과 '소년시절에 일으키기 쉬운 환각'으로 양의적으로 해석되거나 '소녀'를 기다리는 마음이 '기쁘면서도 슬픈' 이율배반적인 감정으로 표현되는 것, 그리고 〈6 어머니〉에서 자기 기억이 회의되는 서술방식은, 모두 문예의 내용은 가시화될 수 없는 '그 무엇'으로서 다만 형식을 빌려 현재懸在되는 것이라는 사실을 중층적으로 표출한 것이라 할 수 있다.[130]

기존의 선행연구가 「소년」을 작자의 사적인 자기장 속, 즉 〈텍스트 내의 에피소드=아쿠타가와의 실제 경험〉 내지는 〈텍스트 내의 에피소드=텍스트 내의 등장인물인 야스키치의 어릴 적 추억〉이라는 측면에서 접근했다고 한다면, 본서의 경우는 「소년」을 메타픽션적 글쓰기로 간주하려고 시도하였다. 단, 「소년」이 아쿠타가와의 실제 경험인지 아닌지를 확인할 수 없는 상황에서, 그리고 어릴 적 야스키치의 경험이

130 1부터 3까지의 소품에서 '불가분의 관계에 있는 문예의 형식과 내용'이 단선적으로 구현되어 있는 것에 비하여 4부터 6까지의 소품이 복잡한 경향을 띠는 것은, 전자는 1924년 4월에 후자는 동년 5월에 『중앙공론』에 발표된 시간적 차이를 염두에 두고 생각해 볼 수 있다.

본 텍스트의 스토리의 근간을 이루고 있다는 점에서, 선행연구의 해석을 완전히 부정할 수는 없을 것이다.

그러나 인식대상이 인식주체에 따라 상이하게 인식될 수 있음이 '문예의 형식과 내용이 불가분의 관계에 있다'는 아쿠타가와의 문학관이라는 점을 감안할 때, 〈1 크리스마스〉, 〈2 길 위의 비밀〉, 〈3 죽음〉에서처럼 공통된 사항이 인식하는 주체에 따라 달리 인식되거나, 〈4 바다〉, 〈5 환등〉, 〈6 어머니〉에서처럼 동일한 주체가 공통된 사항을 인식하더라도, 그것을 인식하는 시·공간에 따라 달리 인식될 수 있음을 보여주는 「소년」은, 소설로서 소설을 이야기하는 메타픽션적 요소를 함의하고 있는 텍스트라고 할 수 있지 않을까.[131]

제3절 문학관의 구현의 장에서 실천의 장으로 ― 「추위」[132]

「추위」(『개조』 1924년 4월)에 대해서는, 일찍이 '자연스럽고 아름답다'고 평하면서 본 텍스트에서 허구성의 완성도를 본 아라키 다카시와

131 앞서 살펴보았듯이 〈3 죽음〉은 문학에 관한 담론의 장으로도 기능하는데, 이러한 점을 감안할 때 「소년」은 어느 한 작자의 문학관의 구현의 장 이외에도 동시대적 문맥에서 1920년대 문학의 장 및 독서관습의 변화 등과 연동하여 접근할 필요가 있다. 〈4 바다〉의 마지막 부분에서 '그러나 이야기의 체재는? ― 예술은 여러 사람이 말하는 바대로 무엇보다 우선 내용이다. 형용 따위 아무래도 좋다' 라는 서술의 부연을, 1922년 기쿠치 간과 사토미 돈 사이에서 벌이진 ≪문예의 내용적 가치논쟁≫과 관련지어 생각할 수 있기 때문이다. 그리고 텍스트 내의 스토리―'바다 이야기'―의 사실성의 훼손에 대한 이해도, '사소설'을 포함한 1920년대 글쓰기의 패러다임인 〈현실의 재현으로서의 소설 관〉 등 동시대적 문맥을 필요로 한다.

132 본 절은 졸고 「芥川龍之介の「寒さ」に関する一考察―〈伝熱作用の法則〉を中心として―」(『日本硏究』제29집, 중앙대학교 일본연구소, 2010, pp.95~113)의 내용을 일부 수정, 가필한 것이다.

'인생의 하나의 상相'이라고 해석한 와다 시게지로의 논의가 있다. 전자는 「아바바바바」와 「추위」, 그리고 「야스키치의 수첩에서」 중 〈멍멍〉을 들어 '야스키치물에서 오히려 아쿠타가와는 허구를 즐기고 있다'면서, 그런 점에서 야스키치시리즈야말로 완성도가 높은 텍스트라고 호평하였다.[133] 그리고 후자는 「문장」, 「추위」, 「10엔지폐」를 들어 모두가 '하나의 사건에 대한 이지적인 심리분석과 비판을 엿보인 후, 그의 일상적인 면의 한 정경을 덧붙이고 있다'고 논하면서, 「추위」에서 아쿠타가와가 '이지적 세계와 일상적 세계와의 대립 혹은 모순으로부터 발생하는 인생의 하나의 상을 그리려고 시도했다'[134]고 해석하였다. 그러나 이들은 구체적인 논증과정은 생략한 채 논의를 전개시키는 등, 인상비평에 가깝다.

그러나 이후 논의에서는 「추위」의 주제를 밝히거나 다른 텍스트와의 관련성 속에서 그것의 주체를 조명하는 등, 비교적 구체적인 논증과정을 밟으려 하였다. 예를 들어 마쓰모토 미쓰코는 「추위」에서 '인생의 비정함'이 다루어졌다고 논하면서, 「추위」에서의 야스키치는 '자신이 서술자이면서 야스키치가 직접 체험한 심경을 이야기하는 주체적 인물'이라면서, '그만큼 '죽음'의 문제에 대한 야스키치의 내면이 깊이 그려져 있는 것'[135]이라고 밝힌 바 있다. 「추위」를 ''죽음'의 문제에 대한 야스키치의 내면이 깊이 그려진 것'[136]이라고 논한 이시타니 하루키는 전자의 논의를 그대로 답습하고 있다.

한편 본 텍스트의 주제를 '약자에게 보내는 동정' 내지는 '내재되어 있는 생명의 열' 등, 구니키다 돗포의 「궁사窮死」와의 관련성 속에서 파

133 서론 주 48)에서의 아라키 다카시의 논의.
134 和田繁二郎 『芥川龍之介』(創元社, 1956) p.131
135 松本満津子 「芥川龍之介の現代小説--保吉物について」(『女子大国文』, 1989) p.81
136 石谷春樹 「芥川文学における〈保吉物〉の意味」(『三重法経』, 1998} p.110

악하려는 연구도 있어왔다. 엔도 구미에와 히라오카 도시오의 논의가 이에 해당하는데, 이러한 논의의 공통점은 프롤레타리아문학의 대두라는 동시대성을 그 시야에 넣은 점에 있다.[137]

그러나 이들 논의에서도 한계점은 여전히 엿보인다. 후술하겠지만 「추위」는 〈전열작용의 법칙〉을 매개로 〈소통〉이라는 하나의 문제의식을 공유하고 있음에도, 위의 논의에서는 등장인물인 역사轢死한 '간수'가 노동자인 점과 '붉다'는 말이 나온다는 이유 하나로, 그것을 프롤레타리아문학과 관련시키거나 본 텍스트를 각각의 에피소드로 분리하여 파악하려는 등, 텍스트의 일부를 떼어 전체를 논하려는 오류를 범하고 있는 것이다.[138]

137 엔도 구미에는 '한쪽은 순직(殉職) 또 다른 쪽은 자살(自殺)이라는 차이점은 있지만, 모두 역사(轢死)를 다루고 있고, 게다가 그들이 남의 밑에서 일하는 하층노동자라는 점'에서 「추위」와 「궁사(窮死)」와의 유사점을 발견하였다. 그녀에 의하면 '한명의 노동자의 비극을 제재로 삼아, 그 현실에 대한 태도결정을 심사숙고하는' 야스키치를 배치한 「추위」는, 프롤레타리아문학에 대한 '절실한 관심사라고는 볼 수 없는' 이전의 아쿠타가와와는 달리 그 '문제의식은 훨씬 날카로워졌다'. 또한 「추위」에서는 '한명의 노동자의 죽음에 약자의 운명을 감지, 지식인으로서 자신이 다해야할 역할을 사유(思惟)한 아쿠타가와가 만년에 노동자의 비극을 매개로 하여 구니키다 돗포를 떠올리고, 나아가 돗포의 내부에 있는 〈비극〉을 응시하게 된 것'이다. 덧붙여서 엔도 구미에는 「추위」가 시대의 현실에 대응하는 움직임인 '프롤레타리아문예의 외침'에서 '무언가 우리들의 영혼 저 밑에서 필사적으로 표현을 구하고 있는 것', 즉 '야생의 외침'으로 기우는 계기를 간직하고 있다는 점에서 중요한 전환기에 위치하는 작품으로서 「추위」를 위치 지웠다(遠藤久美江「芥川龍之介『寒さ』の位置」(『藤女子大国文学雑誌』, 1975) pp.58~67).
「추위」에서의 아쿠타가와의 시선이 하층민에 미치고 있다는 엔도 구미에의 논의는 기쿠치 히로시에 의하여 반박되었는데, 그는 '그러나 아쿠타가와의 시선은 항상 특별히 계층에 관계없이 보다 넓은 인간을 그 시야에 넣고 파악하고 있다'고 밝혔다(菊地弘『芥川龍之介—意識と方法—』(明治書院, 1982) p.175).
엔도 구미에와 마찬가지로 「추위」와 「궁사」와의 유사점에 주목한 히라오카 도시오의 경우는, 본 텍스트에서 '신도(聖徒)로서 추위와 싸우는' 아쿠타가와의 '내재된 생명의 열'을 발견하였다(平岡敏夫「『寒さ』と『窮死』」, 『芥川龍之介 抒情の美学』(大修館, 1982) p.489).

138 예를 들어 엔도 구미에는 총 10편의 야스키치시리즈에 등장하는 야스키치의 특징을 '철저한 방관자' 라고 규정한 후, 「추위」에서의 야스키치 또한 '현실과의 직접

나가누마 미쓰히코長沼光彦에 의하면 「추위」의 연구에 있어서 이러한 경향을 띠는 것은, 본 텍스트의 주제나 구성이 너무 명백하거나 혹은 작품으로서의 가치가 낮다고 판단되었기 때문이다. 「추위」에 관한 가장 최근의 연구인 「아쿠타가와 류노스케 「추위」의 공간」에서 나가누마 미쓰히코는 이러한 한계점을 극복하기 위하여, 기존의 작자 레벨에서 다루어져온 「추위」를 본 텍스트의 등장인물인 야스키치의 시점에 주목, 〈전열작용의 법칙〉을 통하여 그 표현과 구성의 특징을 고찰하였다. 여기서 그는 「추위」의 테마를 '자신과는 직접적인 관계가 없는 사건이나 타자 등, 심리적으로 거리가 있는 것에 관심을 갖고 느끼는 것, 그러한 상상력'[139]이라고 밝혔다. 그러나 이것은 본 텍스트에서 '인생의 비정함', "'죽음'의 문제', '약자에게 보내는 동정', 그리고 '내재되어 있는 생명의 열' 등을 발견한 기존의 논의로부터는 그다지 벗어나지 않는다.

무엇보다 「추위」의 읽기에 있어서 주목할 사항은, 본 텍스트의 원형原型이 아쿠타가와의 문학관이 피력된 강연 《일본문예에 있어서 형식

적인 접촉을 피하는 방관자적인 태도'를 견지하고 있다면서, 본 텍스트에서의 〈전열작용의 법칙〉이 '논리적 사고는 어떠한 인간이라도 죽음의 운명을 짊어지고 있다'는 사실을 냉엄한 과학성의 근거 하에 두자는 것을 말하고 있다고 파악한 바 있다(엔도 구미에 전게논문, p.60).
일찍이 모리모토 오사무는 '붉은 가죽 장갑의 마음'이 프롤레타리아문학이 대두하여 사회적 실천이 요구되는 상황에서 프로진영으로부터 반사회적 · 비정치적 · 퇴영적(退嬰的)이라고 비판받던 아쿠타가와, 기쿠치 간, 구메 마사오 중 아쿠타가와를 제외한 나머지 두 명이 통속문학으로 전향하면서 느꼈을 아쿠타가와의 고독한 심정을 나타낸다고 논한 바 있다(森本修「芥川『保吉物』について」(『立命館文学』, 1955) p.876).
이에 대하여 엔도 구미에는 위의 논의에서 「추위」를 「문예적인, 너무나 문예적인」의 연장선상에 두고 '붉은 가죽 장갑의 마음'이 '사회 저변에서 살아가는 하층노동자의 궁핍한 상태를 드러내어 현실을 변혁'하려고 하는 '프롤레타리아문예의 외침'이라고 반박하였다(엔도 구미에 전게논문, p.61).

139 나가누마 미쓰히코(長沼光彦)는 '다이쇼 · 쇼와초기에 있어서 작자와 주인공을 동일시하는 독서가 상식이 되어온' 관습이 「추위」의 독해를 저해했다면서, 작자와 텍스트를 의식적으로 분리하여 고찰하려 하였다(長沼光彦「芥川龍之介「寒さ」の空間」(『京都ノートルダム女子大学研究紀要』, 2008) pp.132~144).

과 내용의 관계》에서 찾아진다는 점이며, 나아가 일본 근대문학의 장의 전환기를 경과하면서 전개된 문학논쟁인 《문예의 내용적 가치논쟁》의 연장선상에서 그것의 읽기가 요구된다는 점이다. 그렇다면 「추위」는 프롤레타리아문학의 대두뿐만 아니라, 대중문학의 형성기인 1920년대 일본 근대문학의 장의 전환이라는 보다 넓은 동시대적 문맥 속에서 파악되어야 할 것이다.

이에 본 절에서는 우선 아쿠타가와의 문학관이 「추위」에서 어떤 식으로 구현되어 있는지를 보인 후에, 〈전열작용의 법칙〉을 통하여 본 텍스트의 전반을 관통하는 문제의식을 밝히려 한다. 나아가 그러한 문제의식이 「추위」에 내재되어 있는 연유를 1920년대 일본 근대문학의 장의 전환과 관련하여 고찰하도록 하겠다.

1. '예술은 표현이다'를 구현한 '핏덩이가 뭉클 고인 광경'

전술한 바와 같이 「추위」는 강연 《일본문예에 있어서 형식과 내용의 관계》와 《문예의 내용적 가치논쟁》으로부터 읽을 수 있다. 이와 관련하여 1922년 11월 18일 학습원에서 《일본문예에 있어서 형식과 내용의 관계》라는 주제로 열렸던 강연에서의 아쿠타가와의 발언을 살펴보자.

> 그러나 아무리 그렇다 할지라도 우리들을 감동시키는, 예를 들면 인도적 감격 같은 것이 예술의 가치표준 이외에 있다고는 할 수 없다. 예술이 표현이라면 표현 있는 곳에 예술이 있다고 해도 과언이 아닙니다.

이는 예를 들면 분명해지는데, 예컨대 거리에서 어린이가 전차에 치이려고 할 때 한명의 노동자가 몸을 던져서 그 아이를 구했다. 그 경우에 우리들이 이를 보고 감격한다. 도덕적으로 혹은 그 밖의 다른 입장으로부터 비판받겠지만 말입니다. 그러나 어린이가 전차에 치이려고 하는 순간 몸을 던져서 그 아이를 구한 노동자, 그 순간의 광경, 그것은 예술적인 것이 아닐까요?[140]

그런데 위의 강연에서 아쿠타가와가 역설한 '예술이 표현이라면 표현 있는 곳에 예술이 있다고 해도 과언이 아닙니다' 라는 그의 문학관은, 「추위」에서 그대로 구현되어 있다. '예술은 표현이다'를 설명하기 위하여 예를 든 강연에서의 스토리, 즉 〈전차에 치이려는 어린이를 어느 노동자가 구한다〉는 내용이, 「추위」의 두 번째 에피소드에서 다루어져 있는 것이다. 텍스트에서 이에 해당하는 부분은 아래와 같다.

야스키치는 건널목을 건너기 시작하였다. 선로는 정차장에 가까웠기 때문에 여러 개의 건널목이 가로놓여있었다. 그는 선로를 넘을 때마다 간수가 치인 곳이 어디일까 하고 생각하였다. 그러나 어느 선로인지 금방 분명해졌다. 그의 눈앞에 펼쳐진 피가 한 줄기 선로 위에서 2, 3분 전의 비극을 말해주고 있었던 것이다. 그는 거의 반사적으로 건너편으로 시선을 돌렸지만 이미 늦었다. 차갑게 빛나는 철로 면 위로 핏덩이가 뭉클 고인 광경은 순식간에 선명하게 마음속에 새겨지고 말았다. 게다가 그 피는 선로 위에서 어슴푸레하게 수증기조차 내뿜고 있었다.……[141]

140 「문예잡감」(『전집』 제6권, pp.138~139)
141 「추위」(『전집』 제6권, pp.423~424)

강연에서 '예술적인 것'을 설명하기 위하여 제시된 '어린이가 전차에 치이려고' 하는 순간 '몸을 던져서 그 어린이를 구한 노동자', 그 '순간의 광경'이 「추위」에서는 '핏덩이가 뭉클 고인 광경'으로 표현되어 있는 것이다. 그렇다면 「추위」는 '예술은 표현이다'를 역설한 아쿠타가와의 문학관을 구현한 장으로서 기능한다고 할 수 있을 것이다.

여기서 또 한 가지 주목할 사항은 위의 강연에서의 아쿠타가와의 발언이, 대략 3, 4개월 전에 「문예작품의 내용적 가치」(『신초』 1922년 7월)에서 문예작품에는 '문예적 가치' 이외에 별도로 '내용적 가치'가 있다고 주장한 기쿠치 간의 발언을 의식한 데서 비롯되었다는 사실이다. 아쿠타가와는 기쿠치 간과는 견해를 달리했는데, 그는 〈소위 내용적 가치〉에서 '예술은 표현이다'를 재차 강조하면서 '표현이 있는 곳에는 예술적인 무언가가 있을 터' 라고 밝혔다. 아쿠타가와에 의하면 '예술적인 무언가'는 '구세군의 연설'에도, '공산주의자의 프로파간다'에도 존재하며, 그리고 '어슴푸레한 기차 창문으로 밀감을 던지는 소녀'[142]도 예술적인 것이다. 여기서 아쿠타가와는 기쿠치 간이 예술에서 내용적 가치를 구하는 것은 물고기가 물을 찾는 것과 마찬가지로 자연스러운 것이라면서도, 그 내용적 가치를 예술적 가치 밖에서 구하는 것은 찬성할 수 없다고 재차 강조하였다.

이러한 작자의 발언을 고려할 때, 어느 여학생을 구하려던 간수가 기차에 깔려죽은 에피소드가 주로 다루어져 있는 「추위」에서, 기쿠치 간이 말한 '도덕적 가치'나 '사상적 가치' 혹은 '우리들을 감동시키는 힘'

142 「아포리즘」(『전집』 제12권, pp.263~264), 「아포리즘」은 1923년부터 1925년 사이의 아쿠타가와의 발언을 모아놓은 것인데, 참고로 '어슴푸레한 기차 창문으로 밀감을 던지는 소녀'는 아쿠타가와 자신이 쓴 소설 「밀감」(『신초』 1919년 5월)의 내용과 일치한다.

을 찾는다는 것은 일단 작자의 의도성에서 보면 먼 읽기라고 할 수 있다. 어쩌면 그것의 읽기는 '핏덩이가 뭉클 고인 광경'에 주목해주기를 바라는지도 모르겠다. 아쿠타가와는 강연에서 '어린이가 전차에 치이려고 하는 순간 몸을 던져서 그 아이를 구한 노동자, 그 순간의 광경, 그것은 예술적인 것이 아닐까요?' 라고 반문하였다. 이렇게 보면 강연《일본문예에 있어서 형식과 내용의 관계》내지는《문예의 내용적 가치논쟁》과 맞닿아 있는「추위」의 읽기는, 작자의 의도성은 차치하고라도 일본문학의 장과 연동하여 보다 넓은 동시대적인 문맥을 통해서 파악되어야 할 것이다.

2. 작자와 독자 간의 〈소통〉을 문제시 삼는「추위」

「추위」는 '어느 눈 그친 오전'에 '물리학 교관실'에서의 에피소드와 '어느 겨울 흐린 날 아침'에 '기찻길 건널목'에서의 에피소드로 구성되어 있다. 첫 번째 에피소드는 야스키치가 물리학 교관실에서 물리학 선생인 미야모토宮本로부터 〈전열작용의 법칙〉에 관한 이야기를 듣는 것이 주된 내용이며, 두 번째 에피소드는 그로부터 4, 5일 후 야스키치가 여학생을 구하려던 간수가 기차에 역사하는 사고를 당한 선로를 목격한다는 내용이다. 이러한 이 둘의 에피소드는 일견 연계성이 없는 듯하다. 아래의 인용문은 미야모토가 〈전열작용의 법칙〉에 대하여 설명하는 부분이다.

> "온도가 다른 두 개의 물체를 서로 접촉시키면 말이야, 열은 고온의 물체에서 저온의 물체로 서로의 온도가 같아질 때까지 계속 이동한단

> 말이야."
>
> "당연한 소리, 그런데?"
>
> "그것을 전열작용의 법칙이라고 하는 거야. 그럼, 여자를 물체라고 치자. 알겠지. 만약 여자를 물체라고 하면 남자도 물론 물체겠지. 그럼 연애는 열이 부딪치는 거잖아. 지금 이 남녀를 접촉시키면, 연애의 감정이 전달되는 것도 전열과 마찬가지로, 격상된 남자 쪽에서 덜 격상된 여자 쪽으로 양자의 감정이 같아질 때까지 쭉 이동할 테지. 지금의 하세가와군의 경우가 바로 그래.……"
>
> "이런, 또 시작됐군."
>
> 하세가와는 오히려 재미있다는 듯 마치 간지럼이라도 당하는 듯한 웃음소리를 냈다.[143]

미야모토의 설명에 의하면 〈전열작용의 법칙〉이란 '서로 온도가 다른 두 개의 물체를 접촉'시키면 열은 '고온의 물체에서 저온의 물체로 양자의 온도가 같아질 때까지 계속 이동하는 것'이다. 미야모토는 한창 연애중인 동료 하세가와長谷川를 빗대어 '격상된 남자 쪽에서 덜 격상된 여자 쪽으로 양자의 감정이 같아질 때까지 쭉 이동할 테지.' 라며 장난스럽게 〈전열작용의 법칙〉을 남녀 간의 연애에도 적용한다. 야스키치 또한 이러한 미야모토의 논의에 동조하면서 '얼마 전에 출판된' 야스키치의 책의 팔림새를 묻는 미야모토에게 '여전히 조금도 팔리지 않아. 작자와 독자 사이에는 전열작용도 일어나지 않나봐.' 라며 푸념한다. 이런 이야기를 나누는 와중에 야스키치의 구두가 스토브의 몸체에 닿아 타버리는 바람에 야스키치는 몸소 〈전열작용의 법칙〉을 체험한다.

143 「추위」(『전집』 제6권, pp.419~420)

"당신이 살고 있는 곳은 너무 멀어요. 제가 말한 쪽은 세를 놓은 집도 있나 봐요. 집사람은 그 쪽이 좋은가본데 — 어, 호리카와씨. 구두가 타고 있는 거 아녜요?"

야스키치의 구두는 언제 스토브의 몸체에 닿았는지 가죽이 타는 냄새와 함께 자욱하게 수증기를 내뿜고 있었다.

"이봐, 그것도 역시 전열작용이야."

미야모토는 안경을 닦으면서 잘 보이지도 않는 근시 안경테 너머로 야스키치에게 히죽 웃음을 던졌다.[144]

(강조점 원문)

두 번째 에피소드는 역사 사고가 있던 선로를 목격한다는 내용이다. 이것이 바로 앞서 언급한 바와 같이 강연《일본문예에 있어서 형식과 내용의 관계》에서의 '예술적인 것'을 설명하기 위하여 제시된 내용과 유사한 부분인데, 이해를 돕기 위하여 이에 해당하는 부분을 아래에 다시 인용하도록 하겠다.

야스키치는 건널목을 건너기 시작하였다. 선로는 정차장에 가까웠기 때문에 여러 개의 건널목이 가로놓여있었다. 그는 선로를 넘을 때마다 간수가 치인 곳이 어디일까 하고 생각하였다. 그러나 어느 선로인지 금방 분명해졌다. 그의 눈앞에 펼쳐진 피가 한 줄기 선로 위에서 2, 3분 전의 비극을 말해주고 있었던 것이다. 그는 거의 반사적으로 건너편으로 시선을 돌렸지만 이미 늦었다. 차갑게 빛나는 철로 면 위로 핏덩이가 뭉클 고인 광경은 순식간에 선명하게 새겨지고 말았다. 게다가 그

144 「추위」(『전집』 제6권, p.421)

> 피는 선로 위에서 어슴푸레하게 수증기조차 내뿜고 있었다.……

단순히 역사현장의 목격담을 말하고 있는 듯 보이는 위의 인용문은, 그러나 〈전열작용의 법칙〉을 이야기하고 있다는 점에서 첫 번째 에피소드와 공통적이다. 기차에 치여 죽은 간수의 '핏덩이'가 '차가운 철로'를 만나 이 둘의 온도가 같아질 때까지 '수증기'가 되어 날아가고 있는 것이다.

그러나 한편으로 고온의 물체에서 저온의 물체로 열이 이동하는 〈전열작용의 법칙〉을, 물체 이외의 '남자와 여자' 내지는 '작자와 독자' 등, 인간관계에 적용하기 위해서는 무리가 따른다. 이는 미야모토가 '남자와 여자'의 관계를 이 법칙에 무리하게 대응시키는 과정에서 엿보인다.

> "호리카와군. 여자도 물체라는 사실을 알고 있어?"
> "동물이라고 알고 있는데."
> "동물이 아니야. 물체라니까. — 이러한 사실은 나도 고심한 끝에 얻은 결론인데, 최근에 발견한 진리란 말이야."
> "호리카와씨, 미야모토씨의 말을 진지하게 들을 필요는 없어요."[145]

텍스트에서 하세가와가 야스키치에게 미야모토의 논의에 말려들지 말라고 조언한 것은, 여자도 물체라고 우기는 미야모토의 논의가 반장난이기 도하거니와, 무엇보다 인간관계에 적용할 수 없는 〈전열작용의 법칙〉을 무리하게 확대 적용시킨 데서 기인할 것이다. 왜냐하면 남녀관계에 있어서 연애의 감정은 〈소통〉을 전제로 하는 것이지, 물체에서

145 「추위」(『전집』 제6권, pp.418~419)

처럼 일방통행으로 해결되는 사안이 아니기 때문이다. 그러나 미야모토는 이에 전혀 굴하지 않고 의연히 〈전열작용의 법칙〉에 준하여 야스키치에게 다음과 같이 하세가와의 연애담을 설명한다.

> "지금 면적 S에 T시간 내에 이동하는 열량을 E라고 치자. 그럼, ― 내 말 알아듣겠어? H는 온도, X는 열전도 방면으로 잰 거리, K는 물질에 의한 일정한 열전도율이야. 그럼, 하세가와군의 경우는 말이야……"
> 미야모토는 작은 흑판에 공식 같은 것을 쓰기 시작하였다. 그러나 돌연 뒤돌아보고는 짐짓 실망한 듯이 백묵 조각을 내던졌다.
> "이런, 문외한인 호리카와군을 상대로는 모처럼의 발견도 무용지물이구만. ― 어쨌든 하세가와군의 약혼자 되는 사람은 공식대로 격상되었다는군."
> "실제로 그런 공식이 있기만 한다면야 세상은 좀 더 편안해 질 텐데."[146]

결국 미야모토는 야스키치가 문외한門外漢인 점을 들어 하세가와와 그의 약혼자 간의 연애의 감정이 같아졌음만을 피력할 뿐, 그 과정에 대해서는 언급을 회피하고 만다. 그러나 야스키치는 그러한 미야모토의 논의에 따라 '실제로 그런 공식이 있기만 한다면야 세상은 좀 더 편안해 질 텐데' 라며 아쉬움을 토로한다. 이에 이어지는 '여전히 조금도 팔리지 않아. 작자와 독자 사이에는 전열작용도 일어나지 않나봐.' 라는 야스키치의 푸념에서는, 야스키치가 세상을 편안하지 않은 곳으로 인식한 데는 작자와 독자 간의 원활하지 않은 〈소통〉이 기인했음을 확

146 「추위」(『전집』 제6권, p.420)

인할 수 있다.

이처럼 텍스트에서 〈전열작용의 법칙〉은 미야모토의 반장난을 가장한 채, 그의 논리적 모순을 드러내면서 〈소통〉을 이야기하고 있다. 그렇다면 물체와 물체 간의 전열에서 시작하여 남녀 간의 〈소통〉, 그리고 작자와 독자 간의 〈소통〉으로 〈전열작용의 법칙〉의 의미가 중층적으로 확대되는 「추위」가 궁극적으로 문제시 삼고 있는 것은 작자와 독자 간의 〈소통〉이라고 하겠다.

3. 대중문학 형성기에 있어서 「추위」의 의의와 한계점

그렇다면 1920년대 텍스트인 「추위」에서 작자와 독자 사이의 〈소통〉을 문제시하는 의식이 드러나는 것은 어째서일까. 이에 대한 답을 당시 일본문학의 장의 상황을 살펴보는 것으로 모색해보도록 하자.

일본문학의 장에서 성별 · 지역 · 업종을 불문하고 폭넓은 독자를 확보한 『킹』이 백만 부의 발행부수에 이른 것은 1925년의 일이며, 여성독자를 대상으로 하는 『부인의 친구』와 『부인클럽』은 1930년의 일이다. 오야 소이치大宅壮一는 《문단 길드의 해체기》(『신초』 1926년 12월) 중 〈2 길드의 붕괴〉에서 다음과 같이 언급한 바 있다.

> 특히 근년에 가장 두드러진 현상이라고 할 만한 부인들의 독서 열기는, 일본의 저널리즘에 광대한 신식민지의 발견이라고 비유할 만한 영향을 주었다. 그러한 부인잡지의 급격한 발전은 중국을 고객으로 하는 방적업의 발달이 일본의 재계에 미친 것과 마찬가지의 영향을 우리나라의 문단에 미쳤다. 그리고 유행작가의 수입은 부인잡지의 발

전에 비례하여 폭등하였다.[147]

위의 언급에서 확인할 수 있듯이 1920년대 급부상한 여성독자들은 저널리즘의 '광대한 신식민지의 발견'에 비견될 정도의 존재들이었다. 이러한 사실은 그녀들로 인하여 당시 일본문학의 장에 지각변동이 있었음을 의미한다. 이러한 상황 속에서 독자론이 제기된 것은 당연한 귀결일 것이다. 가타가미 노부루片上伸[148]는 「문학 독자의 문제」(『개조』 1926년 4월)에서 '문학이 사회적 현상이라는 사실을 인정하는 한, 작자의 문제와 아울러 독자의 문제를 생각하는 것은 당연한 일'이라며 아래와 같이 독자론을 제기하였다.

> 지금까지 문학연구나 비평은 오로지 작자만을 문제시 삼았다. 작자가 문제가 되는 것은 이상할 것이 없지만, 작자만이 문제가 되고 당연 그와 함께 생각되어야 할 독자의 문제는 무심하게 내버려 두었다는 점은 정말 이상하다. 문학이 사회적 현상이라는 사실을 인정하는 한, 작자의 문제와 아울러 독자의 문제를 생각하는 것은 당연한 일이다.
>
> — 중략 —
>
> 즉 창작을 행하는 주체가 예술적 객관화를 행하는 것(작자의 창조)과 예술적 객체를 창조적으로 주관화하는 것(독자의 향수享受), 이 두 방면의 사실이 문학의 비평과 연구 상에서 반드시 함께 고찰되어야 하

147 本間久雄『現代日本文學大系96 文藝評論集』(筑摩書房, 1987) p.122에 재수록.

148 가타가미 노부루(片上伸:1884년~1928년) : 일본 문예평론가・러시아문학자이다. 초기에는 텐겐(天弦)이라는 호로 집필활동을 했기 때문에 가타가미 텐겐(片上天絃 혹은 片上天弦)이라는 이름으로 알려져 있기도 하다. 1900년에 도쿄전문학교(東京専門学校)에 입학, 재학 중에는 영문학을 배웠다. 이후 자연주의문학에 경도되어 졸업 후, 와세다(早稲田)대학 교수로서 영문학과 러시아문학을 강의하면서 잡지『와세다문학』에 자연주의를 옹호하는 평론을 많이 발표하였다.

는 것이다. 작자의 문제 외에 독자에 대한 문제를 고찰하지 않고서는 사회적 현상으로서의 문학 고찰은 충분하다고 할 수 없다.[149]

1920년대 일본 근대문학의 장은, 일부 연구자들 사이에서 동인지의 활성화, 문단의 붕괴, 사소설의 등장, 프롤레타리아문학의 대두 등과 연동하여 파악되기도 한다. 예를 들어 이 시기에 주목한 고모리 요이치小森陽一는 〈말〉이 상품으로서 취급되는 현상이 다이쇼 말기부터 쇼와 초기에 걸쳐서 형성되었다면서 '「동인지」운동이 당시 확대된 〈작자〉와 〈독자〉 간에 있어서 「접촉」의 기능을 내재시킨 농밀한 표현과정을 실현하려했다'고 밝힌 바 있다. 또한 〈기호로서의 〈말〉/〈말〉로서의 기호〉에서 다이쇼 말기부터 쇼와 초기에 걸친 일본의 표현상황을 세계적인 〈동시성〉에서 파악했는데, 이 〈동시성〉의 근간이 된 독점자본주의가 선진국 간의 생활모습을 균질한 것으로 만들었다는 것이다.

고모리 요이치에 따르면 이러한 자본주의의 유통과정에서 1925년 『킹』이 백만 부를 돌파한 것을 계기로 일본에서는 대중을 대상으로 하는 언어표현의 시장이 형성되었다. 이로 인하여 〈말〉은 화폐와 교환되었으며, 이것은 〈말〉이 상품으로 취급되는 현상의 출현을 의미한다. 그리고 〈말〉의 상품화는 곧 〈문학〉의 상품화를 의미하기도 한다. 여기서 그는 확대된 언어표현의 시장으로 인하여 다이쇼 시대는 나쓰메 소세키의 시대와는 비교할 수 없을 정도의 가속도가 붙어 〈작자〉와 〈독자〉 사이의 거리가 확대되었다고 논하면서, 이 간극을 좁히는 방편으로 당시에 '동인지同人誌'운동이 활성화되었다[150]고 밝혔다.

149 片上伸他『現代日本文學大系54』(筑摩書房, 1987) p.75에 재수록.
150 小森陽一『構造としての語り』(新曜社, 1994) pp.68~70

당시를 프롤레타리아문학의 입장에서 파악한 신인섭申寅燮의 경우는, 《예술대중화논쟁》이 작자와 독자 간의 거리를 좁히는 데 기능했다고 주장하였다. 그는 〈일본의 '예술대중화 논쟁'과 '대중'〉에서 《예술대중화논쟁》의 저변에는 '근대문학의 전통이 프롤레타리아문학의 독자 형성에 지장을 초래한다는 의식이 자리 잡고 있었다'면서 일본 근대문학이 비지식인을 배제하는 배타적 시스템으로서의 문학 공동체 속에 전개되었다고 밝혔다. 그에 따르면 문학 담론공간의 가시권 밖에 있던 일반 대중독자는 《예술대중화논쟁》으로 인하여 비로소 가시권 안으로 들어올 수 있게 된 것이다.[151]

위의 신인섭의 논의는 프롤레타리아문학이 기존 문학의 우위적인 입장을 약화시켰다는 점에서, 일찍이 프로진영의 가지 와타루의 논의와 맥을 같이 한다. 가지 와타루는 「소시민성의 도량에 맞서서」(『전기』 1928년 7월)에서 '예술가의 좌경', 즉 '사회주의적 색채를 가진 문학청년 그룹이 배출'되면서 문단의 붕괴가 촉진되었다고 주장한 바 있다. 그리고 그 징후로 '작가의 전향'을 꼽았다.[152]

151 신인섭에 의하면 모리 오가이(森鴎外)의 『무희(舞姫)』가 국가와 '개(個)' 사이에서 갈등하는 지식인을 그렸고, 나쓰메 소세키의 『그리고 나서(それから)』가 아버지와 대립 · 갈등하는 젊은 지식인을, 그리고 시라카바파(白樺派)의 작가들이 지식인 주체의 강한 욕망을 생산하면서 '예술'로서의 문학이 지식인들의 담론 세계 안에 있음을 드러냈다. 이러한 남성과 여성, 자기(自己)와 가정, 자기와 국가 등 서로 갈등하는 요소들은 근대문학의 주된 표현대상이 되고, 소설을 읽는 지식인 독자들에게 '근대'를 '추체험(追体験)'하게 한다. 즉 근대적 주체로서의 독자를 의식하는 소설은 독자들에게 근대를 제시하고 근대적 주체로서의 독자상을 형성하는 시스템으로서 작용하게 되는 것이다(신인섭 전게서, pp.566~567).
이러한 신인섭의 논의에 따르면 당시 근대적 주체로서의 독자에게 근대를 제시하고 근대적 독자상을 형성하는 시스템으로서 작용하던 근대문학의 전통에는 지식인 독자밖에 없었으며, 일반 대중독자는 가시권 밖에 있었다는 것을 의미하는데, 그러던 것이 《예술대중화논쟁》으로 인하여 문학 담론공간에서 비로소 일반 대중독자가 가시권 안으로 들어올 수 있게 된 것이다.

152 조진기 편역 전게서, p.356

다음으로 1920년대 사소설이 나타난 것을 확대된 대중 산업 사회와 관련하여 논한 스즈키 도미鈴木登美의 논의를 살펴보자. 그녀는 '사소설 담론이 1920년대 중반에 나타난 것은 좁은 문단 내에서 만들어진 특정한 문학 작품군을 기술하고 설명하기 위해서라기보다는 오히려 급속한 대중화와 급진적인 좌경화 풍조를 두려워한 작가와 비평가가, 확대되는 대중 산업 사회에서 새로운 문학적 합의consensus를 창출하려고 한 움직임 때문이었다고 생각된다'[153]고 지적하였다. 이는 사소설의 형성 요인을 패쇄적인 문단 때문으로 간주한 이토 세이伊藤整의 논의[154]와는 그것의 등장 요인을 내발적内発的으로 볼 것인지 외발적外発的으로 볼 것인지 라는 측면에서는 다르지만, 사소설이라는 장르의 속성을 문단 내부에 두는 견해를 취하고 있다는 점에서는 유사하다.

그러나 일견 타당성이 있어 보이는 위의 논의들은, 동인지의 활성화와 사소설의 등장배경을 논하면서 문학 담당자 내부의 사항만을 고려했다는 점에서, 그리고 프롤레타리아문학의 대두에 의한 문단의 붕괴를 논하면서 당시 미디어의 활성화가 문단의 붕괴를 초래했을 가능성은 배재했다는 점에서 재론의 여지가 있다. 왜냐하면 1920년대는 이미 작자의 글쓰기의 대상이 문학적 연대의식을 가진 동료—동인지—가 아니라, 일반 대중독자— 『킹』으로 대표되는 '맘모스잡지'—쪽으로 이동했으며, 사소설이라는 장르의 등장과 프롤레타리아문학의 자연도태 또한 당시 대중독자의 독서관습의 변동 등을 고려하지 않고서는 논할 수 없기 때문이다.

동인지는 어디까지나 동인들 간의 연대의식을 기반으로 하는 것으

153 스즈키 토미 전게서, pp.105~106
154 이토 세이 전게서, pp.87~89.

로서 대중독자와는 일정한 거리가 있다. 그리고 그 영향력도 다이쇼 중기로 가면서 엷어졌다. 앞서 살펴본 바와 같이 아쿠타가와의 문예잡지사의 행로는 순수문예잡지인 『신사조』에서 출발하여 일류문예지인 『신소설』로, 그리고 다시 거대잡지인 『중앙공론』 순으로 이행하여 갔다. 이는 그의 글쓰기의 대상이 좁은 문학마니아층에서 넓은 일반 독자층로 이행해간 것을 의미하는데, 이러한 노정은 아쿠타가와가 스스로 선택했다기보다는, 고모리 요이치의 말을 빌자면, 확대된 언어표현의 시장이 그로 하여금 그런 여정을 걷게 만들었다고 보는 것이 타당할 것이다.

무엇보다 1920년대 일본 근대문학의 장을 이해함에 있어서 고려해야할 사항은, 작자와 독자 간의 거리가 확대되었다고 인식한 진영은 어디까지나 문학담당자들만이라는 점이다. 당시의 대중독자는 새롭게 탄생한 독자이므로 그들이 이러한 간극을 체감体感했을 리 만무하다. 설령 사소설이, 스즈키 도미가 지적한 바대로 통속소설과 프롤레타리아문학을 의식한 '작자와 비평가의 새로운 문학적 함의'의 필요에 의하여 탄생했다 하더라도, 그러한 글쓰기가 21세기 현재까지 영향력을 행사하고 있는 데에는 읽기—독자—와 관련된 다른 어떠한 사항이 있을 터이다.

한편 일본 근대문학의 장에서 '맘모스지' · '맘모스잡지'의 출현—대중독자의 등장—이 1920년대 문학담당자들로 하여금 기존의 문학에 대한 개념을 전환하도록 만든 것은 분명한 듯하다. 당시 대중독자를 그들의 글쓰기의 대상으로 삼은 작가들 사이에서 독자와의 공감대 형성의 요소로부터 문학적 가치를 찾는 움직임이 나타난 것이 이를 뒷받침하는데,[155] 프로진영에서 독자론이 제기, 통속화 노선이 제창된 것과 독자에게 '친근함'을 얻으려고 노력한다고 사소설을 비판한 이쿠타 쵸코의 발언을 통해서는, 1920년대 문학의 장에서의 움직임이 모두 독자를 의식한 행위에서 비롯된 것임을 재차 확인할 수 있다. 이러한 당시의 상황을 고려할 때, 작자와 독자 사이의 〈소통〉을 다루고 있는 「추위」의 문제의식은 1910년대에 비하여 확대된 일본 근대문학의 장과 그에 따른 작자와 독자 간의 거리감에서 비롯된 것이라 할 수 있겠다.

물론 여기서 말하는 이 둘의 거리감이란 심리적 레벨에서의 그것일 터인데, 이처럼 1920년대 문학의 장의 전환기라는 동시대적 문맥에서 「추위」를 보았을 때, 텍스트의 문제의식은 동시대성을 확보하고 있다. 그러나 그러한 「추위」에서의 에피소드는, 〈소통〉이라는 하나의 문제의식을 공유하면서도 '고온의 물체와 저온의 물체', '남자와 여자', '작자와 독자' 등 서로 다른 속성을 가진 것—물체와 사람—을 마치 같은 속성이기라도 한 것처럼 한데 묶어서, '더 격상된 쪽'과 '덜 격상된 쪽'으로 이분하는 한계점을 내포하고 있다. 텍스트에서 야스키치는 미야모토가 주장하는 〈전열작용의 법칙〉에 빗대어 다음과 같이 말한다.

> "대신에 문학자는 격상된 쪽이지. — 어때, 일전에 낸 책의 팔림새는?"
> "여전히 팔리지 않아. 작자와 독자 간에는 전열작용도 일어나지 않나 봐. 그건 그렇고 하세가와군의 결혼은 아직 멀었습니까?"[156]

텍스트에서 독자는 작자와 다른 레벨로 취급된다. 미야모토는 문학자인 야스키치를 '더 격상된 쪽'으로 간주하고 있는데, 만약 그가 주장하는 〈전열작용의 법칙〉이 통용된다면 작자와 그의 대응항인 '덜 격상

155 이에 관해서는 앞서 본론 제1장 중 〈제3절 〈작자—작품—독자〉라는 구도와 아쿠타가와의 〈독자의식〉〉에서 상세히 고찰하였다.
156 「추위」(『전집』 제6권, p.420)

된 쪽', 즉 독자 사이에는 양자의 온도가 같아질 때까지 전열작용이 일어날 터이다. 그러나 야스키치의 책은 잘 팔리지 않는다. 이를 야스키치는 '작자와 독자 간에는 전열작용도 일어나지 않나봐.' 라고 표현하고 있다. 요컨대 책의 '팔림새'가 곧 작자와 독자 간의 〈소통〉의 증거인 셈이다.

'양자의 온도가 같아질 때까지 계속 이동한다'는 〈전열작용의 법칙〉에 따르면, 작자와 독자의 관계는 '더 격상된 쪽'과 '덜 격상된 쪽', 즉 상 · 하의 관계에 놓인다. 그리고 이러한 전제는 상의 위치를 점하고 있는 작자가 하에 위치하는 독자를 위하여 희생을 치를 것을 요구한다.[157] 여기서 동시대성을 확보하고 있는 「추위」의 한계점이 잠재되어 있다고 할 수 있다. 왜냐하면 작자와 독자의 관계를 상 · 하의 관계에 놓는 「추위」에서의 이분법적 사고를, 독자와의 공감대 형성의 요소에서 문학적 가치를 찾는 움직임이 나타난 1920년대 문학의 장의 전환기라는 동시대적인 문맥에 놓으면, 이는 적잖이 시대에 역행逆行하는 사고법이기 때문이다. 그렇다면 「추위」는 작자와 독자 간의 〈소통〉을 다루고 있다는 점에서는 문학의 장의 전환기라는 동시대적 문제의식을 담고 있지만, 양자를 수직적 상 · 하 관계로 파악하고 있다는 점에서는 그 한계점 또한 내포하고 있다고 할 수 있을 것이다.

157 텍스트에서 '덜 격상된 쪽'에 해당하는 야스키치의 구두는, '더 격상된 쪽'에 해당하는 스토브의 몸체에 닿아 '가죽 타는 냄새'와 함께 '수증기'를 내뿜으며 타버렸다. 또한 '더 격상된 쪽'에 해당하는 석탄은, '덜 격상된 쪽'에 해당하는 '추위'를 막기 위하여 '검은 잿더미'를 내뿜으며 마침내 그 자신은 전소(全燒)되고 말았다. 미야모토의 견해에 따르면 〈잘 팔리는 작품=작자와 독자 간에 소통이 원활한 작품〉인데, 위의 사항을 감안할 때, 작자와 독자 간의 소통을 도모하기 위해서는 '더 격상된 쪽'인 작자는 '덜 격상된 쪽'인 독자를 위하여 희생을 치러야 한다. 그러나 텍스트는 그 이상에 대한 언급은 없다.

4. 〈독자〉와의 〈소통〉 가능성을 타진하는 「추위」

이상에서 고찰한 바와 같이 작자와 독자 간의 〈소통〉에 관한 문제를 다루고 있는 「추위」는, 일본 근대문학의 장에 있어서 독자와의 공감대 형성의 요소에서 문학적 가치를 찾으려 한 1920년대의 움직임, 즉 문학개념의 전환기라는 연장선상에 놓여있다. 그러나 〈전열작용의 법칙〉을 매개로 물체와 물체에서 남자와 여자, 그리고 작자와 독자로 확대되는 「추위」는, 사람과는 소통하지 못하고 오히려 물체와 공감하는 야스키치의 기이한 모습을 보여준다.

> 어느 눈 그친 오전이었다. 야스키치는 물리학 교관실 의자에 앉아 스토브 속 불을 바라보고 있었다. 스토브 안의 불은 숨을 쉬는 것처럼 뭉근히 노랗게 타오르기도 하고, 거무죽죽한 잿더미로 가라앉기도 하였다. 그것은 실내를 감도는 한기와 끊임없이 싸우고 있다는 증거이다. <u>야스키치는 문득 지구 밖의 우주적 한랭을 상상하면서, 새빨갛게 달은 석탄에 무언가 동정에 가까운 감정을 느꼈다.</u>
>
> — 중략 —
>
> 단, 전신주 아래에는 철도인부가 피워놓은 모닥불이 한 점, 노란 불꽃을 피우고 있었다.
>
> <u>야스키치는 멀리 있는 그 모닥불에 무언가 동정에 가까운 감정을 느꼈다.</u> 그러나 건널목이 보인다는 사실은 역시 불안하지 않을 수 없었다. 그는 발길을 돌려 다시 한 번 인파 속으로 들어갔다. 그러나 열 걸음도 채 떼기 전에 문득 붉은 가죽 장갑 한 짝을 떨어뜨렸다는 사실을 알아차렸다. 장갑은 궐련에 불을 붙일 때 벗어놓은 오른쪽 장갑이 도

> 중에 떨어진 것이었다. 그는 뒤를 돌아보았다. 장갑은 플랫폼 앞에 손바닥을 위로 하고 뒹굴고 있었다. 그것은 마치 말없이 그를 불러 세우고 있는 듯하였다.
>
> 야스키치는 서리가 내릴 것 같은 흐린 하늘에 오직 홀로 남겨진 붉은 가죽 장갑의 마음을 느꼈다. 동시에 으스스 추운 이 세상에도 언젠가는 따뜻한 햇살이 가느다랗게 비칠 것을 느꼈다.[158]
>
> (밑줄 인용자)

위에서 첫 번째 인용문은 텍스트의 모두에 해당하는 부분이며, 두 번째 인용문은 텍스트의 마지막에 해당하는 부분이다. '플랫폼의 사람들'과는 소통하지 못하는 야스키치가 인부들이 피워놓은 '모닥불'에서는 '동정과 비슷한 감정'을 느끼며, 플랫폼 앞에 떨어진 '장갑' 한 짝과는 교감을 한다. 장갑은 '마치 말없이 그를 불러 세우고 있는 듯'하였으며, 야스키치는 '오직 홀로 남겨진 붉은 가죽 장갑의 마음'을 느꼈다. 이처럼 인간과는 소통하지 못하는 야스키치가 물체와는 소통한다.

'모닥불'과 '장갑'은 모두 '덜 격상된 쪽'을 따뜻하게 만들어주는 '더 격상된 쪽'으로서, 이것은 '작자'인 야스키치 또한 마찬가지다. 그러한 야스키치가 이들 물체와 교감하는 것은 어쩌면 당연한 일일지도 모르겠다. 그리고 텍스트는 '으스스 추운 이 세상에도 언젠가는 따뜻한 햇살이 가느다랗게 비칠 것'을 느끼는 야스키치의 바람을 담고 끝난다. 이는 '모닥불', '장갑', '작자' 등 '더 격상된 쪽'으로 인하여 이 세상이 따뜻해질 것이라는 희망의 발로이며, 나아가 본 텍스트가 독자와 소통하기를 희망하는 바람을 담고 있다고 해석할 수 있을 것이다. 그러나

158 「추위」(『전집』 제6권, pp.418~425)

「추위」는 야스키치와 독자 사이에 놓여있는 불소통이라는 문제의 해결방안까지는 내놓고 있지 못하다.[159]

지금까지 「추위」는 대략 1916년 12월부터 1919년 3월까지 해군기관학교 촉탁교관으로 재직했던 아쿠타가와의 경험으로 간주된 경향이 강하다. 그러나 텍스트를 작자에 귀속시키지 않고 시대의 산물로 바라보았을 때, 「추위」로부터 읽어낼 수 있는 것은, 아쿠타가와라는 작가의 요코스카에서의 경험이기보다는, 오히려 1920년대 문학개념의 전환기이다. 일본 근대문학의 장에 이러한 시기가 도래한 것은, 물론 저널리즘의 '광대한 신식민지의 발견'에 비견되면서 문학의 대중화 현상을 초래한 여성독자층의 확대일 것이다.

한편 「추위」는 강연 《일본문예에 있어서 형식과 내용의 관계》와 《문예의 내용적 가치논쟁》에서 '예술은 표현이다'를 역설한 아쿠타가와의 문학관이 '핏덩이가 뭉클 고인 광경'으로 압축적으로 구현되어 있는 텍스트다. 이러한 그의 문학관은 '문예의 형식과 내용이 불가분의 관계에 있다'의 다른 표현인데, 「야스키치의 수첩에서」와 「소년」이 인식대상과 인식주체 간의 문제로 이러한 문학관을 구현한 텍스트라고 한다면, 「추위」는 표현 레벨에서 이를 다룬 텍스트라고 할 수 있겠다.

앞서 확인한 바와 같이 아쿠타가와가 말하는 '문예의 내용'은 독자에 의하여 규정되는 성질의 것이다. 이는 독자를 상정한 문학관에 다름

159 텍스트에 등장하는 미야모토의 견해에 따르면 〈잘 팔리는 작품=작자와 독자 간에 소통이 원활한 작품〉인데, 텍스트의 내부논리는 작자와 독자 간의 소통을 도모하기 위하여 '더 격상된 쪽'인 작자가 '덜 격상된 쪽'인 독자를 위하여 희생을 치를 것을 요구한다. 이러한 텍스트의 내부논리를 독자와의 공감대 형성의 요소에서 문학적 가치를 찾은 1920년대 일본 근대문학의 장에서의 움직임에 적용하면, 독자를 위하여 작자가 희생을 치른다는 것은 프로진영에서 제창한 '통속'을 쓰거나 기쿠치 간이 주장한 '내용적 가치'를 '문예'에 담거나 혹은 구메 마사오가 제창한 '자신일 수 있는' 마음가짐을 가지는 것이다.

아닌데, 「추위」의 문제의식은 이러한 아쿠타가와의 문학관을 대변代弁하기라도 하듯 독자와의 〈소통〉을 희망한다. 물론 인간과 물체를 불문하고 '모닥불', '장갑', '작자' 등을 '더 격상된 쪽'으로 인식하는 것에서 비롯된, 그래서 기이하게 보이는 「추위」에서의 야스키치의 모습은, 작자와 독자를 수직적 상 · 하 관계에 놓음으로써 동시대적 문맥에서 「추위」의 한계점이 되고 있다.

그러나 본 텍스트에서 엿보이는 이러한 한계점은, 또 다른 야스키치 시리즈 중 하나인 「인사」에서 텍스트의 해석을 독자에게 돌리는 서술방식을 취하거나, 「어느 연애소설」에서 텍스트의 문제의식을 독자와 공유하려는 자세를 보이거나 하는 등, 커뮤니케이션 행위인 글쓰기가 실천적 양상을 띰으로써 어느 정도 극복하고 있다. 이런 점에서 총 10편의 야스키치시리즈 안에서 본 「추위」는, 문학관의 구현의 장—「야스키치의 수첩에서」와 「소년」 등—에서 문학관의 실천의 장—「인사」와 「어느 연애소설」 등 —으로의 가교역할을 맡고 있다고 하겠다. 그렇다면 야스키치시리즈에서 커뮤니케이션 행위인 글쓰기가 어떤 식으로 실천적 양상을 띠는지 살펴보도록 하자.

제3장

문학관의 실천의 장으로서의 야스키치시리즈

제1절 텍스트의 해석을 독자에게 돌리는 「인사」[160]

「인사」(『여성』 1923년 10월)[161]는 야스키치시리즈의 전체적인 평가에서 크게 벗어나지 않아서, 작자의 신변잡기로 보이는 보잘 것 없는 스토리를 기교로 보완한 텍스트로 평가되는 경향이 강하다. 예를 들면 요시다 세이치는 야스키치시리즈 중 「인사」가 '비교적 궁리하여 짜낸 부분이 없다'고 평했는가 하면,[162] 가와바타 야스나리川端康成는 '평범하고 작은 재료에 대하여 문장만으로 시도한 도전'이라고 평했는데, 이에 대한 반론으로 이시타니 하루키는 그러한 '재료의 평범함'이 사소설적 요소를 함의하기 위함이라고 밝힌 바 있다.[163]

160 본 절은 졸고 「아쿠타가와 류노스케(芥川龍之介)의 「인사(お時儀)」에 관한 일고찰 —서술방식을 중심으로—」(『日本學硏究』 제29집, 단국대학교 일본연구소, 2010, pp.253~273)의 내용을 일부 수정, 가필한 것이다.

161 「인사」가 『여성』에 처음 발표되었을 때 표제는 'お時儀'가 아니라 'お時宜'였다.

162 요시다 세이치는 〈15 황작풍(黃雀風)〉에서 「인사」에 '그(아쿠타가와—인용자)가 유쾌한 듯이 자리 잡고 있는 모습이 행간에 배어나온다'는 무로이 사이세이(室生犀星)의 말을 언급하면서, 야스키치시리즈 중 「인사」가 '비교적 궁리하여 짜낸 부분이 없다'고 평하였다(吉田精一 『芥川竜之介 I』(桜楓社, 1979) pp.176~177).

163 가와바타 야스나리(川端康成)는 '평범하고 작은 재료에 대하여 문장만으로 시도한 도전은 안타까운 성공을 거두었다고 할 수밖에 없다'고 평했는데, 이에 대하여 이시타니 하루키(石谷春樹)는 그러한 '재료의 평범함'이 아쿠타가와의 '일상의 한 장면', 즉 사소설적 요소를 함의하기 위함이라고 밝힌 바 있다(石谷春樹 「芥川文学における〈保吉物〉の意味」(『三重法経』, 1998) pp.105~106).

한편 「인사」의 스토리보다는 그 서술방식에 주목한 연구도 있는데, 일찍이 요코타 이치는 본 텍스트를 '과거의 사건에 대한 충실한 서술과 그것을 회상하고 있는 현재의 야스키치의 마음을 해석한 텍스트'라고 지적했으며,[164] 같은 맥락에서 기쿠치 히로시는 「인사」를 '일상성 속에서 느껴지는 미묘한 마음의 움직임을 주제'로 한 텍스트로 평하였다.[165] 그러나 이러한 논의들은 본 텍스트를 '자기고백'으로서의 사소설적 글쓰기 내지는 작자의 실제 경험으로서의 사적 글쓰기로 간주하고 있다는 점에서 공통적이라 할 수 있다. 이처럼 「인사」에 대한 기존의 연구는, 사소설의 '고백'과는 차별적으로 본 텍스트를 파악하려는 마쓰모토 미쓰코의 논의[166]에서조차, 아쿠타가와의 내면을 보려고 하는 등 실제 작자와의 관련성 속에서 논해져 왔다.

물론 이러한 논의는 1916년 12월부터 1919년 3월까지 요코스카에 있는 해군기관학교의 촉탁교관으로 재직한 적이 있는 아쿠타가와의 전력에 근거한 것이므로 전혀 무리한 해석이라고 할 수는 없을 것이다. 등장인물과 서술자가 쉽게 분리되지 않는 「인사」의 서술방식이, 예의 아쿠타가와의 전력과 맞물려서 본 텍스트를 〈등장인물=서술자=아쿠

164 요코타 이치는 「인사」가 '야스키치의 뇌피(腦皮)에 재생한 과거의 한 정경'이라며, 무의식적으로 어느 여성에게 인사를 해버린 과거의 사건에 대한 충실한 서술과 그것을 회상하고 있는 현재의 야스키치의 마음을 해석한 텍스트로 파악하였다(横田俊一 「続芥川龍之介論——保吉物について——」(『国語国文』, 1936) pp.100~101).

165 기쿠치 히로시는 「인사」를 아쿠타가와의 해군기관학교 시절을 다룬 텍스트로 파악하면서, 점층법적 표현기교를 사용하는 어느 여성에 대한 묘사가 야스키치의 내면현실을 추출해가는 방법이라고 논하였다(菊地弘 『芥川龍之介一意識と方法一』(明治書院, 1982) pp.173~174).

166 마쓰모토 미쓰코는 '고백하려는 자세'가 부족하다는 기존의 견해에 착안하여, 사소설의 '고백'과는 차별적으로 「인사」가 '과잉 자아의식의 삼출(滲出)'이라며 본 텍스트에서 작자의 내면을 보려고 하였다(松本満津子 「芥川竜之介の現代小説--保吉物について」(『女子大国文』, 1989) pp.83~84).

타가와〉라는 식으로 읽도록 만들고 있는 것이다. 어쩌면「인사」의 서술방식은, 처음부터 독자로 하여금 본 텍스트를 작자의 사적 글쓰기로 간주하도록 설정되어 있는지도 모르겠다.

그러나 앞서「쵸코도잡기」에서 확인한 바와 같이「인사」가 발표될 즈음 아쿠타가와에게 있어서 사소설은〈정신이상 상태에서나 집필 가능한 것〉혹은〈자기학대나 마찬가지의 작업〉으로 기피해야 할 글쓰기였다. 또한 당시 자연주의계열의 문학담당자들의 글쓰기—〈현실의 재현으로서의 소설 관〉—에 반한 것이 아쿠타가와의 문학관이었으며, 그러한 문학관의 원형이 또 다른 야스키치시리즈 중 하나인「추위」에서 찾아진다는 점, 나아가「야스키치의 수첩에서」중〈점심시간〉에서 구현되어 있다는 사실[167]은,「인사」의 성격을 규정짓는 데 간과되어서는 안 될 사항이라 하겠다. 무엇보다「인사」는 스토리 위주의 읽기를 방해하는 접속기호 '—' 안에 또 다른 서술층위가 존재한다.[168] 그렇다면「인사」를 실제 작자와의 관련성 속에서 논해온 지금까지의 논의에서 벗어나서, 좀 더 그 서술방식에 초점을 맞출 필요가 있겠다. 이에 본 절에서는「인사」의 서술방식에 주목하여 그 서술효과를 살펴보고, 다음으로 이러한 서술방식이 동시대의 문맥에서 어떤 의의를 갖는지 고찰하고자 한다.

167 이에 관해서는 앞서 본론 제2장 중〈제1절 불가분의 관계에 있는 '문예의 형식과 내용'—「야스키치의 수첩에서」중〈점심시간〉〉과〈제3절 문학관의 구현의 장에서 실천의 장으로—「추위」〉에서 상세히 고찰하였다.

168「인사」에서는 스토리를 이야기하는 서술자와 별개로 그러한 스토리를 무화(無化) 시키는 또 다른 목소리가 존재한다. 이는 주로 접속기호 '—'를 이용한 삽입구에서 행해지는데, 이때 삽입구는 스토리를 이야기하는 서술자를 방해하고 이로부터 독자의 주의를 이탈시키는 역할을 한다.

1. 「인사」의 자의식적 서술자

(1) 자의식적 서술자로 인하여 회의(懷疑)되는 〈사건〉

야스키치는 일견 「인사」의 등장인물인 동시에 서술자로 보인다. 현재 시점時点의 야스키치가 말하는 주된 스토리는, 과거 야스키치가 매일 아침 출근할 때마다 정차장 플랫폼에서 마주치던 어느 여성에게 무의식적으로 인사를 해버린 〈사건〉이다. 그런데 「인사」의 시・공간은 아쿠타가와의 전력에 맞추어져 있다고 해도 과언이 아니다. 텍스트에서 '이제 막 30이 된 야스키치'가 '지금으로부터 5, 6년 전의 기억'을 회상한다는 스토리를 놓고 보았을 때, 과거 야스키치의 나이는 24, 5세가 되며, 이는 아쿠타가와가 요코스카에 머문 시기와 일치하기 때문이다.[169] 그리고 이를 바탕으로 작품 내의 공간인 '어느 피서지'는 요코스카로 상정된다.

> 그 아가씨와 만난 것은 어느 피서지의 정차장이다. 아니 좀 더 엄밀히 말하자면 어느 정차장의 플랫폼이다. 당시 그곳에 살고 있던 그는 비가 오나 바람이 부나 오전 8시 출발 하행선과 오후 4시 20분 도착 상행선 열차를 오르내리는 것을 일상으로 삼고 있었다. 어째서 매일 기차를 탔느냐 하면, — 그런 건 아무래도 상관없다.[170]

뿐만 아니라, 정확히 '오전 8시 출발'과 '오후 4시 20분 도착' 열차를

169 아쿠타가와가 요코스카에 머문 시기는 1916년부터 1919년 사이로 이는 그의 나이 만 24세부터 만 27세에 해당한다.

170 「인사」(『전집』 제6권, pp.166~167)

타고내리는 '어느 피서지'에서의 야스키치의 '일상'은, 해군기관학교 촉탁교관으로서의 아쿠타가와의 일상과 중첩된다.[171] 그리고 무엇보다 모두부분에서 '매문업자'로 제시된 '이제 막 30이 된 야스키치'는, 아쿠타가와가 작가라는 직업을 가지고 있다는 점을 바탕으로, 현재 시점時点의 야스키치를 「인사」의 실제 작자인 아쿠타가와로 상정하기에 충분하다.

이러한 시·공간 설정이 예의 〈사건〉을 아쿠타가와의 사적 경험으로 상정케 하여, 독자로 하여금 본 텍스트를 사적 글쓰기로 간주하도록 유도하고 있는 것이다. 그런데 〈사건〉을 아쿠타가와의 사적 경험이라고 여기는 이러한 사고의 근간에는, 텍스트가 서술하고 있는 〈사건〉이 실제로 일어났다고 하는, 다시 말해서 「인사」는 과거 아쿠타가와가 경험했던 '현실을 재현再現하고 있다'는 식의 의식이 내재되어 있다.

그러나 흥미로운 점은, 「인사」의 서술자 스스로 본 텍스트를 사적 글쓰기로 규정하는 〈사건〉을 둘러싼 등장인물은 물론이거니와, 〈사건〉의 사실성마저도 의심케 하여, 애써 맞추어놓은 〈등장인물=서술자=아쿠타가와〉라는 구도를 흔들어 놓는다는 점이다. 아래의 인용문은 과거 기억 속의 '아가씨'에 대한 묘사다.

> 아가씨는 열여섯, 일곱 살일 것이다. 언제나 은회색 양복에 은회색 모자를 쓰고 있다. 키는 어쩌면 생각보다 작을지도 모르겠다. 그러나 한 눈으로 보아서는 훤칠하게 커보였다. 특히 다리는, — 같은 은회색 양말에 굽 높은 구두를 신은 다리는 사슴 다리처럼 가늘었다. 얼굴은 미

171 1919년 3월 아쿠타가와는 「입사의 말」에서 오사카마이니치신문사에 입사하게 된 연유를 '주 5일간, 오전 8시부터 오후 3시까지 기계처럼 학교에 출두할 수 없기' 때문으로 밝히고 있다(「입사의 말」(『전집』 제12권, p.175).

인이라고 할 정도는 아니다. 그러나, — 야스키치는 아직껏 동서를 불문하고 근대소설의 여주인공에서 무조건적인 미인이 등장하는 것을 본 적이 없다. 작자는 여성을 묘사할 때, 대개 '그녀는 미인은 아니다. 그러나……' 라는 식으로 말해둔다. 짐작컨대 무조건적인 미인을 인정하는 것은 근대인의 체면과 관련된 것 같다. 그러니까 야스키치도 이 아가씨에게 '그러나' 라는 조건을 덧붙이는 것이다. — 확인 차 다시 한 번 일러두자면, 얼굴은 미인이라고 할 정도는 아니다. 그러나 살짝 코끝이 올라간, 애교 있어 보이는 둥근 얼굴이다.[172]

(밑줄 인용자)

위의 접속기호 '—' 이하 밑줄 친 부분에서 확인할 수 있듯이, 현재의 야스키치는 그의 과거 기억 속의 '아가씨'를 묘사함에 있어 근대소설의 글쓰기 방식에 근거하고 있다. 이는 독자로 하여금 여기서 말하는 '아가씨'가 야스키치의 기억 속의 여성인지, 아니면 근대소설의 글쓰기 방식에서 채택된 여성인지 혼란을 야기한다.[173] 이러한 혼란성의 야기는 또 다른 서술대상인 과거 야스키치로 이어지며, 나아가 본 텍스트의 주된 스토리인 〈사건〉에까지 이른다.

그로부터 7, 8년이 경과된 지금, 그때 바다의 고요함만은 묘하게 선명하게 기억하고 있다. 야스키치는 그런 바다를 앞에 두고 언제까지나 그냥 멍하니 불 꺼진 파이프를 물고 있었다. 물론 그가 생각하고 있는

172 「인사」(『전집』 제6권, p.167)

173 다카사키 게이이치는 '야스키치물에 있어서도 '가타리(語り)'는 독자를 항상 의식하고 있다'면서, 「인사」에서의 '아가씨' 묘사 장면을 들어, 그것이 서술자가 적극적으로 얼굴을 드러낸 것이라고 지적한 바 있다(다카사키 게이이치 전게서, p.39).

> 것은 여성에 대한 것만은 아니다. 예를 들면 가까운 시일 내에 써야할 소설도 떠올랐다. 그 소설의 주인공은 혁명적 정신에 불타고 있는 어느 영어교사다. 기골이 이만저만이 아닌, 그의 목은 어떠한 위엄에도 굴하지 않는다. 그러나 단 한 번 어느 낯익은 아가씨에게 그만 인사를 해버린 일이 벌어졌다. 아가씨는 키가 작을 지도 모르겠다. 그러나 한눈으로 보아서는 훤칠하게 커보였다. 특히 은회색 양말에 굽 높은 구두를 신은 다리는 — 그러나 어쩌면 아가씨 위주로 생각하고 있다는 것은 사실일지도 모르겠다.………[174]

이처럼 「인사」의 서술자는 과거 어느 여인에게 무의식적으로 인사를 해버린 〈사건〉뿐만 아니라, 그 〈사건〉을 둘러싼 등장인물인 '아가씨'와 '야스키치'마저도 그의 글쓰기의 제재로 사용하고 있다. 즉 「인사」의 서술자는 자신을 작자로 의식하고 있는 자의식적 서술자self-conscious narrator[175]인 셈이다. 그런 점에서 원고용지를 마주하고 있을 때 '아가씨'를 떠올리는 것으로 시작되는 본 텍스트의 도입부분은 주목할 만한데, 텍스트에서 '기차의 매연을 맡기만 하면' '되살아나는' '어느 아가씨에 대한 기억'에서 '기억記憶'은 회상回想이기보다는 구상構想적 의미를 갖는다고 하겠다.[176]

174 「인사」(『전집』 제6권, p.170)

175 웨인 C. 부스(Booth, Wayne, C)에 의하면 자의식적 화자란 '자신을 작가로서 의식하고 있는 서술자'를 말한다(웨인 C. 부스, 옮긴 이 최상규 『소설의 수사학』(예림, 1999) p.213).

176 「인사」의 모두 부분에서 야스키치는 '거리를 걷거나 원고용지를 마주하거나 전차에 타는 순간'에 '어느 아가씨에 대한 기억'이 '되살아나는 것'이라고 표현하고 있는데(「인사」(『전집』 6권, p.166)), 여기서 원고용지를 마주하고 있을 때 '아가씨'를 떠올린다는 것은, 소설을 통하여 소설의 창작과정을 논하는 메타픽션으로서의 가능성을 타진하게 해준다.

(2) 복수(複數)의 서술자로 인한 서술효과

그러한 자의식적 서술자로 인하여 「인사」의 스토리성은 일정 부분 훼손되었다고 할 수 있는데, 이는 다시 복수複數의 서술자로 인하여 결정적으로 훼손된다. 스토리 위주로 보았을 때, 현재 시점時点의 야스키치로 상정되는 「인사」의 서술자는, 그러나 반드시 그와 일치하는 것은 아니다. '그로부터 7, 8년이 경과된 지금' '그때의 바다의 고요함'을 '기억하고 있는' 주체는 현재 시점時点의 야스키치라고 볼 수 있지만, 그러나 그러한 현재 시점時点의 야스키치를 '야스키치'로 혹은 '그'로 대상화시키는 서술자가 따로 존재하는 것이다. 이는 본 텍스트의 서술자가 적어도 두 명 이상의 복수임을 의미한다.[177]

① 부정되는 〈재현(再現)으로서의 현실〉

앞서 밝힌 바와 같이 「인사」의 시 · 공간은 예의 아쿠타가와의 전력에 근거하여 설정되어 있는데, 이를 구체적으로 살펴보면 1916년부터 1919년 사이의 요코스카와 야스키치가 '이제 막 30이 된' 시점, 즉 현재의 '도회지'로 나눌 수 있다. 그런데 여기서 주목할 사항은, 전반부에서 '5, 6년 전에 얼굴을 마주친 적이 있는 어느 아가씨에 대한 기억'이라고 서술한 서술자가, '그로부터 7, 8년이 경과된 지금'으로 그 서술 시점時点을 뒤집는다는 사실이다. 서술 시점에 대한 이해를 돕기 위하여 아래에 이 둘의 서술을 인용하도록 하겠다.

177 후술하겠지만 「인사」의 서술자는 〈서술자 Ⅰ〉과 〈서술자 Ⅱ〉로 나뉜다. 위의 인용문에서 '그로부터 7, 8년이 경과된 지금'으로 서술 시점(時点)을 잡는 서술자는 〈서술자 Ⅱ〉에 해당하는데, 그런 〈서술자 Ⅱ〉를 대상화시키는 서술자가 또 존재하는 것이다. 이는 본 텍스트의 서술자가 다수(多數) 존재함을 의미한다.

야스키치는 이제 막 30이 되었다. 게다가 글을 팔아서 먹고사는 대부분의 다른 작자들과 마찬가지로 정신없이 바쁜 생활을 영위하고 있다.

— 중략 —

그러나 어느 아가씨에 대한 기억, — 5, 6년 전에 얼굴을 마주친 적이 있는 어느 아가씨에 대한 기억 등은, 기차의 매연을 맡기만 하면 굴뚝에서 솟구치는 불꽃처럼 순식간에 되살아나는 것이다.[178]

그로부터 7, 8년이 경과된 지금, 그때의 바다의 고요함만은 묘하게 선명하게 기억하고 있다. 야스키치는 그런 바다를 앞에 두고 언제까지나 그냥 멍하니 불 꺼진 파이프를 물고 있었다. 물론 그가 생각하고 있는 것은 여성에 대한 것만은 아니다.

— 중략 —

— 그러나 어쩌면 아가씨 위주로 생각하고 있다는 것은 사실일지도 모르겠다.………

위와 같이 본 텍스트의 서술자가 〈서술자Ⅰ〉과 〈서술자Ⅱ〉로 나뉜다는 사실은, 〈1916년부터 1919년 사이의 요코스카〉와 〈현재 시점의 도회지〉라는, 「인사」의 시 · 공간적 설정이 무너지는 것을 의미한다. 과거 〈사건〉이 이루어진 〈1916년부터 1919년 사이의 요코스카〉라는 시 · 공간은 〈현재 시점의 도회지〉에서 소급적용된 것이기 때문이다.

이때 아쿠타가와의 전력에 근거한 것은 물론이다. 그러나 만약 「인사」의 읽기에 있어서 아쿠타가와의 전력이 무시되었다면, 다시 말해서

178 「인사」(『전집』 제6권, p.166)

처음부터 사적 글쓰기로 간주되지 않았다면, 본 텍스트의 이러한 이중서술은 별다른 의미를 갖지 않을 수도 있다. 그러나 스토리를 형성한다는 측면에서 분리 불가능의 관계인, 〈1916년부터 1919년 사이의 요코스카〉와 〈현재 시점의 도회지〉라는 시 · 공간적 설정이, 〈서술자 I 〉과 〈서술자II〉의 엇갈린 진술로 인하여 무너짐으로써, 현재 과거의 〈사건〉을 회상한다는 「인사」의 스토리성은 결정적으로 훼손되는 것이다. 그리고 이는 아쿠타가와가 경험했던 현실을 재현한 것이 「인사」라고 하는 본 텍스트의 사실성, 즉 〈재현으로서의 현실〉이 부정되는 것을 의미한다.

② 부각되는 독자의 역할

이처럼 본 텍스트의 자의식적 서술자와 그의 이중서술은, 독자로 하여금 「인사」가 현실을 재현한 허구임을 의심토록 만들고 있다. 소설이 현실처럼 보이기 위하여 중개되지 않는 서술을 추구하는 리얼리즘 소설과는 대조적으로, 「인사」의 서술자는 일부러 자신을 드러내고 있는 것이다. 자칫 그냥 지나치기 쉬운 서술 시점의 번복은, 본 텍스트가 소설의 창작과정을 논하고 있을 뿐만 아니라, 독서과정에도 관여하고 있음을 의미한다. 왜냐하면 이때 〈서술자 I 〉의 말을 신빙하느냐 〈서술자II〉의 말을 신빙하느냐는 전적으로 독자의 선택사항이며, 그에 따른 해석은 독자의 몫이 되기 때문이다. 그러나 여기서 독자가 〈서술자II〉의 말을 따랐을 경우, 1916년부터 1919년 사이의 요코스카라는 텍스트의 시 · 공간은 재설정되어야 할 것이다.

만약 「인사」가 사적 글쓰기임을 거부하거나 혹은 어떤 식으로든 다른 해석을 가해보려는 독자에게 주어지는 방법은, 독자로 하여금 〈등장인물=서술자=아쿠타가와〉라는 읽기모드를 유도하고 있는 「인사」

의 설정방식을 그대로 따르는 것이다. 다시 말해서 '그로부터 7, 8년이 경과된 지금'에서 소급할 시점時点을 상실한 '그로부터'에 구애받지 말고, '지금'에 초점을 맞추는 것이다. 단, 이러한 읽기는 지금까지 믿어왔던 아쿠타가와의 사적 경험이라는 「인사」의 스토리성은 부정된다. 이에 본서는 독자로 하여금 〈등장인물=서술자=아쿠타가와〉라는 읽기모드를 유도하고 있는 「인사」의 설정방식에 따라 새로운 읽기를 시도해 보겠다.

1916년부터 1919년 사이의 요코스카라는 시·공간과 무관해진 「인사」의 시·공간은, 「인사」가 집필되고 있는 현 시점時点, 즉 1920년대 일본으로 재설정된다. 여기서는 '그로부터 7, 8년이 경과된 지금'의 야스키치가 기억하고 있는 '그때의 바다의 고요함'이라는 대목에 주목해 보자. 텍스트에서 야스키치는 엉겁결에 아가씨에게 인사를 해버린 사건이 있은 직후, 하숙으로 돌아가지 않고 '인적이 드문 바닷가 모래밭'으로 간다. 지금의 야스키치는 그런 야스키치가 세상살이가 귀찮아지면 종종 이 모래언덕으로 글래스고산産 파이프를 피우러오곤 한다고 서술하고 있다.

그러나 '그로부터 7, 8년이 경과된 지금'의 야스키치 또한 '그런 바다를 앞에 두고 언제까지나 그냥 멍하니 불 꺼진 파이프를 물고 있었다.' 여기서 '지금'의 야스키치가 바라보는 바닷가가 과거 엉겁결에 아가씨에게 인사를 해버린 사건이 있은 직후 야스키치가 찾아간 '인적이 드문 바닷가'인지는 알 수 없으나, 파이프를 피우고 있는 모습에서 이 둘을 분리하기란 그리 쉽지 않다.[179]

179 이와 관련하여 웨인 C. 부스의 논의를 살펴보면 그는 〈내부관찰(inside view)〉에서 '지속적인 내부관찰은 그 대상이 된 작중인물을 일시적으로 화자로 변화시킨다'고 논한 바 있다(웨인 C. 부스, 전게서 p.208). 현재 시점의 야스키치가 과거 기억

그런 야스키치가 생각하고 있는 것은 '여성에 대한 것'만이 아니라, '가까운 시일 내에 써야할 소설'도 있었다. 그리고 이어지는 '아가씨'의 묘사장면은 본 텍스트를 이야기의 전반부로 회귀시킴으로써 스토리는 순환된다. 그렇다면 '그로부터 7, 8년이 경과된 지금'의 야스키치가 기억하고 있는 '그때의 바다의 고요함'에서 '그때'란, 야스키치가 아가씨에게 인사를 해버린 사건 당일을 말하는 것이 아니라, 「인사」의 구상 시점時点이라는 해석도 가능해진다.

이렇게 해석할 경우, '지금'의 야스키치가 구상 중인 '가까운 시일 내에 써야할 소설'이란 다름 아닌 「인사」 그 자체가 된다. 과거 기억 속의 '아가씨'와 '현재'의 야스키치가 구상 중인 소설 속의 여주인공의 묘사가 정확히 일치하며, 과거 야스키치의 캐릭터와 '현재'의 야스키치가 구상 중인 소설 속에서의 '혁명적 정신에 불타고 있는 어느 영어교사'가 일치하고, 그리고 무엇보다 「인사」의 스토리가 '기골이 이만저만이 아닌 그의 목은 어떠한 위엄에도 굴하지 않는다. 그러나 단 한 번 어느 낮익은 아가씨에게 그만 인사를 해버린 일이 벌어졌다'는 야스키치가 구상 중인 소설의 주된 스토리와 일치하는 것이다. 독자가 읽고 있는 완성된 소설로서의 「인사」라는 텍스트는, 그 속에 같은 제목의 소설을 탄생시키고 있는 것이다.

일견 과거의 사건을 회상하는 텍스트로 보였던 「인사」는, 실상은 현재 시점時点의 야스키치가 구상 중인 소설의 스토리 자체를 이야기하고 있다. 이러한 읽기가 가능한 것은 「인사」의 자의식적 서술자와 그의 이중서술 때문인데, 그런 점에서 텍스트의 해석을 독자의 몫으로 환원한 그 지점에 본 텍스트의 서술효과가 있다고 하겠다.

속의 야스키치의 내면을 서술하는 것이 주된 본 텍스트에서, 이 둘을 분리하기란 거의 불가능에 가깝다.

2. 1920년대 텍스트에서 메타픽션적 글쓰기가 출현하게 된 이유

그렇다면 어째서 1920년대 일본 근대문학의 장에서 「인사」와 같은 메타픽션적 글쓰기 양상이 엿보이는 텍스트가 출현하게 된 것일까. 여기에 대한 결론을 미리 말하자면 첫째, 아쿠타가와의 언어관과 문학관에 그러한 글쓰기가 싹트기에 충분한 요소가 내재되어 있다는 점, 둘째, 그러한 아쿠타가와의 문학관이 당시 문단의 주류를 형성하고 있던 자연주의계열의 문학담당자들의 문학관에 반한다는 점, 셋째, 당시 일본문학의 장에서 〈대중〉이라는 독자층이 급부상했다는 점을 들 수 있다.

앞서 「쵸코도잡기」, 「예술, 그 밖의 것」, 「주유의 말」 등을 살펴보는 과정에서 아쿠타가와문학이 독자와의 관계성 속에서 존재할 수밖에 없음을, 그리고 문학에 관한 아쿠타가와의 인식의 틀이 1910년대에 〈작자—작품〉에서 1920년대에 〈텍스트—독자〉로 그 무게중심이 전환되었음을 확인하였다. 1920년대 문학개념이 대중독자로 인하여 전환되었다는 점을 감안할 때, 새로이 출현한 대중이라는 무리로 인한 지극히 외발적인 작용이라고 볼 수 있다. 그러나 앞서 살펴본 바와 같이 「인사」가 서술적 개입을 통하여 스토리 위주의 고전적 읽기를 방해하는 동시에, 독자의 능동적 참여를 유도하는 글쓰기라는 점을 감안할 때, 아쿠타가와에게 있어서 대중독자의 급부상은 단순한 외부 상황의 변환으로 그친 것만은 아닌 듯하다.[180] 이와 관련하여 아쿠타가와의 '이

180 본서는 앞서 제3장 제1절 중 〈② 부각되는 독자의 역할 〉에서 새로운 읽기를 시도해보았다. 독자의 입장에서 보면 복수의 서술자로 인하여 형성된 텍스트 시・공간의 이중성을 이용한 이러한 읽기는, 스토리 위주의 독서에 비하여 상당한 기억력

다である'체가 점차 소멸되는 것에 대하여 '1920년대 후반에 '묘사'의 콘텍스트를 공유하지 않는 소설독자가 급증한 사정과 관련지어 설명할 수 있을 것'이라고 밝힌 시노자키 미오코의 최근의 논의는 비록 그것이 논증과정은 생략된 사적 전망이기는 하나 주목할 만하다.[181]

여러 번 강조하지만, 아쿠타가와는 문예의 형식과 내용을 〈불가분의 관계〉로 인식하고 있었다. 이는 문예의 형식과 내용을 〈선후관계〉로 인식한 자연주의계열의 문학담당자들과 아쿠타가와의 문학관이 상반된 입장에 놓여있다는 것을 의미한다. 이와 관련하여 사토 야스마사佐藤泰正는 아쿠타가와가 〈가타리語り〉의 수법을 취한 연유를, 자연주의 문학이 대두한 이래 고백이나 사소설에 대한 본질적인 회의라고 하는 시대인식에서 찾은 바 있다.[182]

과 상상력을 요한다. 그러나 분명한 것은, 이러한 읽기 모드를 유발하는「인사」의 서술방식이, 독자로 하여금 그의 의식을 소설을 쓰고 있는 행위로 돌린다는 점이다. 앞서 밝힌 바와 같이「인사」의 자의식적 서술자는, 독자로 하여금 〈사건〉과 그 〈사건〉을 둘러싼 등장인물의 사실성을 의심케 하는 서술방식을 취하고 있다. 이는 서술시점을 뒤집는 복수의 서술자와 더불어서 독자의 의식을 그 스토리성에서 탈각, 소설을 쓰고 있는 행위로 돌리는 데 기능하고 있다고 할 수 있다.

181 '이다(である)'를 중심으로 아쿠타가와의 문체와 표현을 연구한 시노자키 미오코는 다음과 같이 주장하였다. 아쿠타가와의 초기 역사물인「라쇼몬(羅生門)」에서의 '이다'체는, 언문일치 문체의 확립기인 1900년 전후에 나타난 것으로 이것은 '묘사(showing)' 라는 공동환상을 형성한 것과는 달리 '가타리(telling)'에 권위를 부여하려고 한 것이다. 아쿠타가와의 이러한 표현은 모리 오가이(森鴎外)의 영향을 들 수 있지만, 한편 '묘사' 문체의 성립과 일반화를 둘러싼 반작용으로서 파악할 수 있다. 그러한 '이다'체는 점차 소멸되는데, 이는 1920년대 후반에 '묘사'의 콘텍스트를 공유하지 않는 소설독자가 급증한 사정과 관련지어 설명할 수 있을 것이다(「特集 芥川竜之介再発見」(『国文学 解釈と鑑賞』, 至文堂, 2007) pp.70~73). 이러한 논의는 비록 사적 전망이기는 하나, 1920년대 일본 근대문학의 장에서 대중독자가 출현하게 됨으로써 아쿠타가와가 그것을 의식,「인사」에서와 같은 메타픽션적 글쓰기가 출현했다고 하는 본서의 논의와 맥을 같이 한다고 할 수 있다.

182 사토 야스마사(佐藤泰正)는「〈가타리〉의 전이(미즈카미 쓰토무(水上勉)와 아쿠타가와 류노스케)」에서 자연주의 문학이 대두한 이래, 고백이나 사소설에 대한 본질적인 회의라고 하는 시대인식에 의하여 아쿠타가와가「가타리(語り)」의 방법을 취했다고 밝힌 바 있다(佐藤泰正編『語りとは何か』(笠間書院, 1982) p.184). 그러나 위의 사토의 논의는 아쿠타가와의 문학 전반에 대한 것으로서 반드시 야스키치시

1920년대 당시 문단의 주류를 형성하던 문학담당자들이 인식한 글쓰기 관점―〈현실의 재현으로서의 소설 관〉―에서 보면, 「인사」는 요코스카에서의 현실을 재현한 텍스트이다. 그러나 아쿠타가와의 문학관에 비춘다면, 본 텍스트는 재현해야할 현실을 가지고 있지 않다. 아니 어쩌면 그러한 현실을 재현할 수 있다고 하는 자명성을 의문시하는 텍스트인지도 모르겠다. 앞서 살펴본 바와 같이 텍스트의 서술자는, 독자로 하여금 자신의 서술을 믿을 수 없도록 만들어서, 본 텍스트의 스토리성을 훼손하고 있으니 말이다. 나아가 「인사」가 독자로 하여금 〈등장인물=서술자=아쿠타가와〉라는 도식의 읽기모드를 유도하고 있으면서도, 한편으로 텍스트의 시・공간과 스토리를 추정불가능하게 만듦으로써 텍스트 해석의 선택지를 독자에게 돌린 연유는, 「예술, 그 밖의 것」에서의 아쿠타가와의 말처럼, 문예의 형식과 내용의 관계를 이해하지 못하는 사람에게 예술은 '영원히 닫힌 책에 불과할 것'이라는 사실을 텍스트를 통하여 알리고 싶었던 것은 아닐까.

소설은 〈현실을 재현한 것〉이라는 사고는 비단 1920년대 일본 근대문학의 장에서만 통용되던 인식은 아니다. 아직도 소설하면 그 스토리성에 주목하는 독자들이 많다. 따라서 작자의 전력과 중첩되는 「인사」를 현재까지도 사적 글쓰기로 보는 견해가 존재하는 것도 무리는 아니며, 그러한 읽기를 반드시 잘못된 것이라 재단할 수도 없다. 그러나 여기서 간과되어서는 안 되는 점은 본 텍스트가 '이야기story'를 중요시하는 리얼리즘 소설과는 달리 '이야기하는 행위', 즉 '담론discourse'을 중요시한다는 점이며,[183] 나아가 메타픽션적 요소가 내재되어 있다는 사

리즈만을 대상으로 삼은 것은 아니다.

183 '이야기(story)'를 중요시하는 리얼리즘 소설과는 달리 '이야기하는 행위', 즉 '담론(discourse)'을 중요시하는 모더니즘 소설에서는, 플롯의 해체와 함께 담론을 지

실이다.[184]

앞서 고찰한 바와 같이 「인사」는 스토리보다는 창작과정 자체를 논하고 있다. 그리고 이는, 스토리의 약화와 담론의 강화를 특징으로 하는 포스트모더니즘 소설의 특징에서 찾아볼 수 있는 양상이다. 포스트모더니즘을 대변하는 메타픽션의 연원이 모더니즘의 자의식적 소설에서 찾아진다는 점을 감안할 때,[185] 창작과정을 논하고 독서과정에 관여하는 「인사」는, 메타픽션적 글쓰기로의 징후가 엿보이는 텍스트라고 할 수 있겠다.[186]

그리고 당시 주류에 해당하는 문학관에 반하며 독자와의 관련성 속에서 형성된 문학관을 가진 아쿠타가와가, 〈작자—작품〉에서 〈작자—

배하는 '시점'과 '서술자'가 매우 복잡한 양상을 띠고 있다. 리얼리즘 소설과 모더니즘 소설은 '이야기(story)'와 '이야기하는 행위', 즉 '담론(discourse)'의 중요도에 따라 구분할 수 있다(조정래 · 나병철 『소설이란 무엇인가』(평민사, 1991) pp.119~130). 이러한 논의에 따른다면 등장인물과 서술자, 그리고 작자가 쉽게 분리되지 않는다는 점에서 「인사」는, 모더니즘계열의 소설에 속한다고 할 수 있다.

184 포스트모더니즘을 대변하는 메타픽션은, 소설 속에 소설 제작의 과정 자체를 노출시켜서 소설이 허구적 산물임을 명백히 함을 목적으로 하는 글쓰기이다. 그런 메타픽션에서 독자의 역할은 매우 중요하다. 퍼트리샤 워에 따르면 '소설에 관한 소설'로 요약되는 메타픽션이 가장 근본적으로 문제 삼는 양상은 '텍스트의 쓰기'이다. 의미의 종결에 대한 독자의 관습적인 기대를 혼란시켜 독자로 하여금 구성의 과정에 관심을 끌어들이는 것이다(퍼트리샤 워 전게서, pp.1~20, p.40).

185 일반적으로 포스트모더니즘의 소설 양상을 대변한다는 메타픽션의 연원은, 모더니즘의 자의식적 소설에서 찾을 수 있다. 아이스테인손에 따르면 자의식적 소설은, 20세기 모더니즘 소설의 한 특징으로서 모더니즘과 포스트모더니즘 사이에 주요한 연결 고리로 간주될 수 있다(A. 아이스테인손, 임옥희 역 『모더니즘문학론』(현대미학, 1996) p.138).

186 임명진에 의하면 메타픽션에서는 담론의 스토리화가 이루어진다. 다시 말해서 메타픽션은 전통적인 스토리가 소멸되고 그 자리에 스토리화한 담론만 남게 된 것을 말한다. 이런 메타픽션이 출현하게 된 것은, 가상과 현실의 구분이 모호해지면서 허구를 통해 진실에 다가가려는 전통적인 소설의 전략을 재검토할 수밖에 없고, 그 결과로 보다 본질적인 전략으로서의 소설의 소통 그 자체에 대한 물음이 대두되기 때문이다. 그리고 메타픽션은 이런 물음에 대한 하나의 대답으로 출현한 것이다(임명진 『한국 근대소설과 서사전통』(문예출판사, 2004) p.232).

작품—독자〉로 이행하는 과도기, 즉 대중문학의 형성기를 만났을 때, 「인사」에서와 같은 메타픽션적 글쓰기가 시도되는 것은 충분히 가능하리라 여겨진다.

제2절 텍스트의 문제의식을 독자와 공유하려는 「어느 연애소설」[187]

일본 다이쇼 시대의 미디어산업이 모든 계층을 대상으로 삼는 편집방침을 취하여 거대화, 기업화되는 동시에 문학의 다양화와 독자층의 세분화가 도모되었음은 앞에서 누누이 밝혔다. 오야 소이치大宅壯一는 《문단 길드의 해체기》(『신초』 1926년 12월)에서 '특히 근년에 가장 두드러진 현상이라고 할 만한 부인들의 독서 열기는, 일본의 저널리즘에 광대한 신식민지의 발견이라고 비유할 만한 영향을 주었다'며, 다이쇼 시대에 급부상한 여성독자들을 '광대한 신식민지의 발견'[188]에 비견할만한 존재로 파악한 바 있다. 본 절에서는 문학의 대중화 현상을 낳은 여성독자층의 확대에 주목하면서 논의를 전개시키고자 한다.

여성독자를 대상으로 하는 여성지 중 『주부의 친구』와 『부인클럽』은 1930년에 100만부를 넘는 '맘모스잡지'로 성장하였다. 그러나 당시 여성지에 실린 소설은, '통속적' 혹은 '저속한' 것으로 순문학보다 '질

187 본 절은 졸고 「「어느 연애소설(或恋愛小説)」에 관한 일고찰—여성독자를 포섭하는 서술자를 중심으로—」(『日本研究』제27집, 중앙대학교 일본연구소, 2009, pp.183~204)의 내용을 일부 수정, 가필한 것이다.

188 本間久雄 『現代日本文學大系96 文藝評論集』(筑摩書房, 1987) p.122에 재수록.

이 떨어지는' 문학이라는 의미로 사용되었다. 그러나 문학에 우열을 가리는 이러한 이분법적 사고는, 다이쇼 시대에 들어서 갑자기 생긴 것은 아니다.[189]

〈혹은 「연애는 최상이다」或は「恋愛は至上なり」〉라는 독특한 부제가 붙어 있는 「어느 연애소설」(『부인클럽』 1924년 5월)은, 야스키치시리즈 가운데 하나이다. 본 텍스트는 400자 원고용지로 14장 내외의 분량으로, 모두와 마지막 부분의 짧은 지문을 제외하고는, 어느 부인잡지의 주필主筆과 작가 호리카와 야스키치 간의 대화로 구성되어 있다. 이에 대한 선행연구를 살펴보면 다음과 같다.

우선 기쿠치 히로시는 「어느 연애소설」을 '연애지상주의를 향한 철저한 비판을 다룬' 작품으로 파악한 바 있으며,[190] 요시다 세이치는 프로스페르 메리메(Prosper Merimee:1803년~1870년)의 「오반신부」에서 주제와 마지막 부분의 반전하는 취향, 그리고 방법 등을 빌린 작품

189 1931년 10월 다니자키 준이치로는 「수필소론」에서 〈대중문학이 유행하는 것에 대하여〉라는 제목으로 대중문학이 다이쇼, 쇼와 시대뿐만 아니라, 일찍이 도쿠가와 시대부터 존재했으며, 겐로쿠(元禄) 이후부터 분카분세(文化文政)에 이르기까지 전성기를 맞이했다는 점을 지적한 바 있다. 그에 의하면 '고급물'과 '통속물'이라는 이분법적 사고는 겐유샤(硯友社) 시대 이후, 즉 다이쇼 시대에 들어서 생겨난 것으로, 이것은 일찍이 '난문학(軟文学)'과 '경문학(硬文学)'이라는 식으로 존재하고 있었던 것이다(谷崎潤一郎 『谷崎潤一郎全集　第十二巻』(改造社, 1931) p.376에 재수록).

그러나 여기서 본서가 주목하고자 하는 사항은, '난문학'과 '경문학'이 문학 장르에 따른 구별인 것에 비하여 '고급물'과 '통속물'은 미디어—그것을 대상으로 하는 독자층—에 따라 나뉜 개념이라는 사실이다. 요컨대 '대중문학'이라는 말 속에는 이미 '여성들의 읽을거리'이기 때문에 열등하다는 식의 의식이 내재되어 있는 것이다.

190 기쿠치 히로시는 〈「야스키치물」 · 그 후〉에서 「어느 연애소설」을 '연애지상주의를 향한 철저한 비판을 다룬' 작품으로 보면서도, '아쿠타가와의 재주가 심정의 일단을 들여다본 것뿐으로 심경을 깊이 드러내거나, 일상적 생활의 모습을 그대로 나타낸 것은 아니다' 라고 지적하였다(菊地弘 『芥川龍之介ー意識と方法ー』(明治書院, 1982) p.176).

으로 보았다.[191] 요시다 세이치의 연구를 심화시킨 히로세 아사미츠広瀬朝光의 경우는, 「어느 연애소설」이 「오반신부」뿐만 아니라, 「에뎀」도 패러디했음을 주장하였다. 히로세에 따르면, 「어느 연애소설」 집필의 직접적인 동기는 아나톨 프랑스(Anatole France:1844년~1924년)의 「에뎀」에서, 줄거리 전개의 복잡함은 메리메의 「오반신부」에서 간접적, 부수적인 소재를 취한 것이다.[192]

한편 야지마 미치히로矢島道弘는 「어느 연애소설」이 야스키치시리즈 중 유일하게 대화를 중심으로 한 작품인 점에 주목하여, 상대가 자신을 사랑한다는 오해로부터 비롯된 「어느 연애소설」의 스토리 전개는, 메리메의 「오반신부」의 방법을 모방한 것으로 보는 요시다의 견해를 따르면서도, 메리메가 서간체로 쓴 것을 아쿠타가와가 대화의 형식으로 바꾸어 야스키치가 작품의도를 소설 속에서 이야기하는 방식이라고 밝혔다.[193] 이처럼 「어느 연애소설」은 기쿠치 히로시를 제외하고는 텍스트에 주목하기 보다는 그 대부분이 다른 텍스트와의 관련성 속에서 논해져왔다.

그러나 본문에서 다루겠지만 「어느 연애소설」의 서술자는 당시 '맘모스잡지'인 여성지 『부인클럽』의 여성독자로 하여금 등장인물 야스키치의 의견에 동조하도록 유도하거나, 텍스트의 문제의식을 그녀들과 공유하려는 자세를 취하고 있다. 따라서 동시대 여성독자를 상정하고 있다는 점에서 본 텍스트는, 여성지의 활성화가 이루어진 1920년대 일본의 문학계의 양상을 고찰함에 있어 중요한 텍스트라고 하겠다. 이

191 吉田精一『芥川龍之介 I』(桜楓社, 1979) pp.177~178
192 広瀬朝光「『或恋愛小説』の素材について—プロスペル・メリメ『ラベ・オーバン』及びアナトオル・フランス『エドメ』との対比」(『国語国文』31-9, 1962) pp.28~30
193 菊地弘, 久保田万田郎, 関口安義編『芥川龍之介事典』(明治書院, 1985) pp.53~54

에 본 절에서는 우선 여성독자를 포섭하는 「어느 연애소설」의 서술자의 기능을 살펴보고, 다음으로 텍스트의 서술자가 당시 여성독자와 공유하고자 하는 '1920년대 일본의 문학계'의 문제의식이 무엇인지 고찰하고자 한다. 이를 통하여 대중문학의 형성기에 있어서 「어느 연애소설」이 가지는 의의를 재고하도록 하겠다.

1. 「어느 연애소설」에 있어서 서술자의 기능

「어느 연애소설」의 대화문의 주된 내용은, 야스키치가 요즘 구상 중인 연애소설의 줄거리를 어느 출판사의 주필에게 들려주는 것이다. 야스키치가 말하는 연애소설의 내용은 크게 두 가지로 요약할 수 있는데, 전자는 낭만적 이야기이며, 후자는 사실적 이야기이다. 우선 전자의 낭만적 이야기는, 집안에 돈 많고 '신세대 법학사'인 외교관을 남편으로 둔 젊고 아름다운 부인 다에코妙子가 가난한 천재 음악가인 다쓰오達雄를 사랑하게 되면서 시작된다.

사랑이 깊어짐에 따라 괴로움도 더 해가던 어느 날 다에코는 자살하려고 결심하지만, 임신한 사실을 알게 되어 단념한다. 더 이상 남편을 속일 수 없다고 판단한 다에코는, 남편에게 상처를 주지 않기 위하여 다쓰오가 자신을 사랑한다는 사실을 고백하면서도 자신이 다쓰오를 사랑한다는 사실만은 숨긴다. 이러한 사실을 듣게 된 남편은 다쓰오의 방문을 거절하게 되고, 다에코는 눈물을 삼킨다. 그러던 어느 날 남편이 중국의 한카오漢口라는 곳의 영사관으로 부임하게 되면서 이야기는 일단락된다.

중국으로 건너가기에 앞서 다에코는 다쓰오에게 '당신의 마음은 잘 알지만, 나는 받아들일 수 없습니다. 우리의 운명이라고 생각하고 단념합시다.' 라는 내용의 편지를 건넨다. 그리고 일 년이 지난 어느 날 다쓰오를 향한 자신의 사랑이 나날이 더 깊어지는 것을 느낀 다에코는 급기야 '나는 당신을 사랑했어요. 지금도 당신을 사랑합니다. 아무쪼록 저 자신을 속인 저를 불쌍히 여겨주세요.' 라는 내용의 편지를 다쓰오에게 보내고 만다. 그러나 생계를 위하여 활동사진관에서 피아노를 치며 생활하던 가난한 다쓰오는, 다에코의 편지를 받고서도 바로 중국으로 달려가지 못하고 그저 옛 추억을 더듬으며 지내는 것으로 이야기는 마무리되는 듯하다. 여기서 지금까지 이야기를 듣고만 있던 주필은 '뭔가 약간 부족한 느낌이 들기는 하지만, 아무튼 요즘 들어 보기 드문 걸작'이라면서 이 소설을 써주기를 희망한다.

만약 야스키치의 이야기가 여기서 끝났다면, 이 소설은 낭만적 요소를 적당히 배합한, 다시 말해서 주필이 원하는 '연애를 찬미'하는 소설로 끝났을 터이다. 그러나 야스키치가 구상 중인 소설의 내용은 이후 낭만적 소설에서 사실적 소설로 급선회하기 시작한다. 앞서 다에코의 이야기에 따르면 다에코와 다쓰오는 서로 사랑하는 사이여야 한다. 그러나 다에코의 편지를 받은 다쓰오는 '터무니없음'에 웃음이 나온다. 그도 그럴 것이 다쓰오는 다에코를 사랑한 적이 없기 때문이다. 다쓰오가 다에코의 집에 갔던 이유는 단지 그 집에 피아노가 있었기 때문이다. 피아노를 사랑한 가난한 다쓰오가 그것을 살 돈이 없어서 다에코의 집에 갔던 것을, 다에코는 자신을 사랑하여 자신의 집으로 오는 것이라고 착각한 것이다. 낭만적 요소가 결여된 사실적 이야기는 이후에도 계속 이어진다.

외교관인 남편을 따라 중국의 여러 곳을 이주하며 살던 다에코는, 그러는 사이에 네 명의 자녀를 둔 아이의 엄마가 되었으며, '신세대 법학사'였던 남편은 술고래가 되었다. '돼지처럼 살찐' 다에코는 '진실로 그녀와 사랑을 나눈 사람은 오직 다쓰오뿐이라고 생각하는 것'이다. 여기서 낭만적 요소는 어디에서도 찾아볼 수 없다. 지금의 술고래 남편과 뚱보 다에코의 모습으로는, 남편에게 상처를 주지 않기 위하여 자신이 다쓰오를 사랑한다는 사실을 숨긴 다에코의 모습도, 다른 남자를 사랑한다는 사실을 알면서도 그런 부인과 함께 중국으로 건너가는 남편의 순애보적 모습도 상상하기 어렵기 때문이다. 야스키치는 여기서 이야기를 마무리 지으며, '실제로 연애만큼 좋은 것이 없지요? 그렇지 않으면 도저히 다에코처럼 행복해질 수 없을 테니까요. 적어도 인생의 수렁을 증오하지 않고는 견딜 수 없을 테니까요.' 라면서 주필에게 지금까지 자신이 피력한 소설의 내용이 어떤지 의향을 묻는다. 낭만적 이야기를 기대하던 주필에게 거절당한 것은 물론이다.

이처럼 야스키치는 주필로부터 자신이 '요즘 부인잡지에 쓰고 싶은 소설'을 거절당하는데, 그러나 그는 '이 넓은 세상에 하나쯤은 내 주장을 들어줄 부인잡지가 있을 테니까.' 라면서 전혀 아랑곳하지 않는다. 그리고 웨인 C. 부스Booth, Wayne, C의 말을 빌자면, '극화되지 않은 화자'인 「어느 연애소설」의 서술자는, '이 대화가 여기에 실렸다는 것'을 제시함으로써 야스키치의 말—'이 넓은 세상에 하나쯤은 내 주장을 들어줄 부인잡지가 있을 테니까.'—을 몸소 입증한다.

웨인 C. 부스는 서술 효과의 가장 중요한 차이는 '화자가 개인적인 자격으로 극화되었는가 안 되었는가, 또는 화자의 신념이나 특성이 작자와 공통적이냐 그렇지 못하냐' 하는 데서 생겨난다고 주장하였다. 이 '극화되지 않은 화자'는, 경험이 부족한 독자에게 있어 그 이야기가 중재 없이 직접 전해져 온다고 오해하도록 만든다. 그러나 작자가 분명하게 하나의 화자를 이야기 속에 일단 집어넣고 난 순간부터는, 설사 그

화자에게 아무런 개인적 특성이 주어져 있지 않다 하더라도, 그런 오해는 생겨나지 않는다는 것이다.[194]

서술자와 작자, 그리고 독자가 인지할 작자의 의도성 등과 관련하여 김인환의 논의를 살펴보자. 그는 서술자의 목소리가 드러나지 않는 경우는, 객관 중립 서술로서 이것은 감춤의 수사학이라 논하였다. 객관 중립 서술은 명백한 주석 서술이 아니라는 점에서 성립하지만, 여기서도 서술자의 주석 자체를 완전하게 은폐하지는 못한다.[195] 본 절에서는, 위의 '극화되지 않은 화자'와 '객관 중립 서술'이라는 두 논의를 바탕으로, '매개자의 비매개성', 즉 '이야기가 중재 없이 직접 전해져 온다'고 독자가 인식하도록 만드는 서술효과에 주목하고자 한다.

아래의 인용문은 「어느 연애소설」의 마지막 부분이다.

> 주필 "농담이죠.…… 아무튼 우리 잡지에는 도저히 실을 수 없겠습니다."
>
> 야스키치 "그렇습니까? 그럼 어딘가 다른 곳에 부탁해보지요. 이 넓은 세상에 하나쯤은 내 주장을 들어줄 부인잡지도 있을 테니까요."
>
> 야스키치의 예상이 틀리지 않은 증거는 이 대화가 여기에 실린 것이다.[196]

마지막 지문에서 말하는 '이 대화'란 야스키치가 주필에게 들려준

194 웨인 C. 부스 전게서, pp.207~209

195 다만 객관 중립 서술은 작가의 주석을 모호하고 암시적으로 전달할 뿐이다. 객관 중립 서술은 무지라는 인식론적 전략을 이용하는 서술 방법이다. 무지의 기술, 지식 결여의 전략, 매개자의 비매개성이 바로 그것이다(김인환 『언어학과 문학』(고려대학교 출판부, 1999) pp.20~21).

196 「어느 연애소설」(『전집』 제7권, p.11)

'요즘 부인잡지에 쓰고 싶은 소설'의 줄거리를 말하며, '여기'란 『부인클럽』을 말한다. 왜냐하면 「어느 연애소설」이 1924년 5월 『부인클럽』에 발표되었다는 엄연한 사실이 존재하기 때문이다. 이로써 독자에게 있어 「어느 연애소설」의 서술자는 신빙성이 획득되며, 이야기의 내용은 사실성이 확보된다.

만약 본 텍스트가 부인잡지가 아닌 다른 미디어, 예를 들면 신문, 일반문예잡지, 단행본 등에 실렸다고 한다면, 텍스트에서 야스키치가 주필에게 말한 '내 주장을 들어줄 부인잡지'를 찾은 증거로서 '이 대화가 여기에 실렸다'는 서술자의 진술은 거짓이 될 것이다. '신빙성 있는 화자'[197]인 「어느 연애소설」의 서술자는, 이 짧은 지문에서 신뢰에 기초한 작자와 독자 간의 대화의 가능성을 여는 기능을 한다. 본 텍스트에서 지문만을 발췌하면 아래와 같다.

> ① 어느 부인잡지사의 면회실.
>
> ② 주필 뚱뚱하게 살찐 40대 전후의 신사.
>
> 호리카와 야스키치 뚱뚱한 주필만큼이나 더 마르게 보이는 30대 전후의 — 한마디로 형용하기는 힘들지만, 아무튼 신사라고 부르기에 주저되는 것은 사실이다.
>
> ③ 야스키치의 예상이 틀리지 않은 증거는 이 대화가 여기에 실린 것이다.[198]

197 웨인 C. 부스는 서술자가 그 작품의 규범(다시 말해서 내포작자의 규범)을 대변하고 거기에 따라 행동하는 서술자를 '신빙성 있는(reliable) 화자'로, 그러지 않은 서술자를 '신빙성 없는(unreliable) 화자'로 명명한 바 있다. 그러나 이들 서술자는 잠재적으로 독자를 속일 가능성이 있다는 점에서 모두 신빙성이 없다(웨인 C. 부스 전게서, pp.217~218).

198 「어느 연애소설」(『전집』 제7권, p.3, p.11)

①과 ②는 본 텍스트의 모두 부분에 해당하며, ③은 마지막 부분에 해당한다. ①에서 서술자는 '어느 부인잡지사의 면회실'이라는 공간을 설정하고 있다. 그리고 ②에서는 독자로 하여금 앞으로 전개될 등장인물(야스키치와 주필) 간의 대화가 대조적일 것임을 예측하도록 만든다. 서술자는 단지 등장인물들의 외견을 사실대로 묘사하는 것에 그치고 있지 않다. 이것은 서술자를 통하여 '신사가 아닌' 야스키치와 '신사'인 주필로 묘사된 등장인물들이 대화문에서 연애소설에 관한 상반된 의견을 개진하는 것에서 확인된다.[199]

그리고 ③에서 서술자는 '이 넓은 세상에 하나쯤은 내 주장을 들어줄 부인잡지가 있을 테니까.' 라는 등장인물인 야스키치의 말을 입증함—지문의 '여기'(상징계)가 『부인클럽』(실재계)을 가리킴—으로써, 문학텍스트와 실세계가 공존하는 장을 형성한다.[200] 여기서 독자는 지금까지 간접적인 이야기로 파악하던 「어느 연애소설」을 직접적인 이야기로 인지하게 되며, 이것은 독백적 소설에서 대화적 소설로 이행됨을

199 텍스트의 유일한 등장인물인 주필과 야스키치, 이 둘의 상이점은 크게 인상착의와 연애소설을 바라보는 시각의 차이라고 할 수 있는데, 인상착의는 지문에서, 시각의 차이는 대화문에서 확인이 가능하다. 지문에서는 '뚱뚱하게 살찐 40대 전후의 신사'인 주필에 반하여, 야스키치는 '뚱뚱한 주필만큼이나 더 마르게 보이는 30대 전후'의 인물로 대조적으로 묘사되어 있다. 이러한 지문에서의 인상착의의 상이점만큼이나 대화문에서의 이 둘의 연애소설에 대한 시각차이 또한 대조적이다. 주필이 말한 '아름답기 그지없는' 연애소설과 야스키치가 말한 '연애는 최상이다'의 내용은 낭만적 요소의 유・무라는 점에서 대조적이기 때문이다.

200 대화를 가능하게 하는 '타자'란 단지 타인이 아니라 자아나 세계의 동일성을 해체하는 상이한 코드의 이질적 존재를 말한다. 그 같은 타자의 침투에 의해 자아나 세계에 탈코드화된 공간이 나타나는 것이 바로 '대화'이다. 대화의 과정에서 나타나는 그 탈코드화된 공간은 상징계(초월적 기표에 의해 코드화된 공간)와 실재계 사이의 공간이기도 하다. 따라서 대화의 과정에서는, 상징계에 의해 코드화된 몰적 삶(선분)에 균열을 내면서 실재계와 접촉하는 분자적 선과 탈주선이 나타난다. 타자와의 '대화'는 분자적 선과 탈주선이 출현하는 '사건'이기도 한 것이다(나병철 『소설과 서사문학』(소명, 2008) p.399). 위의 논의를 따른다면 「어느 연애소설」에서 '대화'를 발생시키는 '사건'은 서술자가 말한 '여기'가 된다.

의미한다.

이를 좀 더 구체적으로 설명하면 다음과 같다. 본 텍스트는 총 세편의 스토리가 있는데, 첫째, 〈야스키치가 구상중인 연애〉 스토리, 둘째, 〈그런 야스키치와 주필 간의 이견에서 생겨나는〉 스토리, 그리고 셋째, 〈이들의 대화를 독자에게 제시하는 서술자에 의한〉 스토리가 그것이다. 이것은 단층적 스토리로 볼 수 있는데, ③에서 서술자가 등장인물인 야스키치의 말을 입증함으로써, 다시 말해서 서술자가 신빙성을 획득함으로써, 독자는 본 텍스트를 1920년대라는 문맥에서 재독再読하게 된다. 이로써 앞서 단층적 스토리는 각각 〈내용적 측면이 강조된 근대적인 연애소설〉과 〈1920년대 일본 다이쇼 시대의 문학계〉, 그리고 〈독자에게 말걸기〉로 중층적으로 확장되는 것이다. 그리고 '극화되지 않은 화자'와 '신빙성 있는 화자'를 통하여 획득하고자 하는 「어느 연애소설」의 서술효과가 바로 여기에 있다.

「어느 연애소설」의 대화문과 지문은 각각 독자에게 좌표를 제시하고 있다. 지문에서 제시된 '어느 부인잡지사의 면회실'에, 대화문에서 언급된 '구리야가와박사의 「근대연애론」', '구리야마 스미코栗島澄子', '미미카쿠시耳隠し', '크로즈업이라는 영화기법'이 더해져서, 독자는 '1920년대 일본의 문학계' 라는 구체적인 시 · 공간을 제공받는다. 대화문에서 주필은 구리야가와박사가 「근대연애론」을 발표한 이후 일반적으로 청년남녀의 마음이 연애지상주의로 경도되어 있기 때문에 '연애를 찬미'하는 소설을 쓰면 잘 팔릴 것이라고 판단한다.

대화문에서 말하는 이 평론은, 영문학자이자 평론가인 구리야가와 하쿠손(厨川白村:1880년~1923년)이라는 실존인물에 의하여 1922년 아사히신문에 『근대의 연애관』이라는 제목으로 연재된 바 있다. 여기서 그는 로버트 브라우닝의 시에서 나타난 연애의 순수한 감정표현에 의하여 지금까지 연애를 육욕시肉欲視하는 도의가道義家의 설에 대하여 근대적 인간관에 입각하여 연애를 주장하였다. 『근대의 연애관』은 이른바 연애지상주의를 고취시켜 베스트셀러가 되어 당시 지식층 청년들에게 큰 반향을 일으켰다고 한다. 그러나 구리야가와 하쿠손은 1923년 관동대지진으로 사망하였다. 그리고 구리야마 미스코는 쇼와 시대까지 활약한 여배우지만, 데뷔한 것은 1921년으로 이 두 사람 모두 '1920년대 일본'을 가리키는 기호로 사용되고 있음을 알 수 있다.

다음으로 귀가 가려지도록 다듬은 여성의 머리 모양인 '미미카쿠시'는 1921년경에 일본에서 유행하였다. 아래의 인용문은 야스키치의 구상안의 마지막 부분에 해당한다.

> 야스키치 "(지금까지의 이야기가—인용자) 살풍경이라도 어쩔 수 없습니다. 다쓰오는 변두리 카페의 테이블에서 다에코의 편지봉투를 뜯는 겁니다. 창밖 하늘에서는 비가 내린다. 다쓰오는 방심한 듯이 가만히 편지를 응시하고 있다. 어쩐지 그 편지지의 행과 행 사이로 다에코의 응접실이 보이는 듯하다. 피아노 덮개 위로 전등이 비추는 '우리들의 보금자리'가 보이는 듯하다.……"[201]

전혀 주필을 의식하지 않는 듯한 야스키치의 독백과도 같은 이 마지막 신은, '서양식 응접실'을 클로즈업하면서 이야기의 발단이 된 '우리들의 보금자리'인 '서양식 응접실'과 오버랩 된다. 이것은 주로 영화에서 사용하는 영상기법으로 이 부분만 놓고 보면 마치 시나리오 같다. '크로즈업이라는 영화기법이 일본에 도입되기 시작한 것이 1920년 전

201 「어느 연애소설」(『전집』 제7권, p.9)

후라고 하니,[202] 「어느 연애소설」의 시간적 범위는 1921년부터 1923년 사이로 상당히 좁다는 사실을 확인할 수 있다.

이때 '1920년대 일본의 문학계' 라는 좌표를 가지고 서사내용을 해독함에 있어 독자는 양방향으로 나아갈 수 있는데, 좌표를 잃은 독자는 텍스트 안에 갇히게 되고 다른 한편은 의미생성의 장으로서의 열린 텍스트를 지향한다.[203] 여기서 서술자가 제시하는 '여기'가 『부인클럽』임을 확인하는 독자는 「어느 연애소설」을 의미생성의 장으로 만든다. 모두 부분의 ①, ②의 서술자가 공간의 제시라든가 인물묘사를 통하여 독자로 하여금 앞으로 전개될 내용을 짐작 혹은 예측하도록 만든 것과 마찬가지로, 마지막 부분의 ③의 서술자는 독자로 하여금 행동하게 만든다. 여기서 독자는 서술자가 말하는 '여기'가 어디인지 손수 책장의 마지막 페이지를 넘기며 발행처를 찾고 있는 〈나〉의 모습을 발견하게 될 것이다. 지문의 지시성指示性이 독자를 텍스트의 공동작업장으로 끌어들이는 것이다.

이 행동하는 독자는 서술자가 제시한 지문을 통하여 이야기의 전개를 짐작 혹은 예측하고, 그의 지시에 따라 행동한다. 그리고 독자가 직접 찾은 발행처—여기서는 『부인클럽』—를 토대로 지금까지 옆에서 듣고 만 있던 내부 이야기—대화문—의 문제의식을 텍스트 밖으로 끌고 나온다. 텍스트가 가리키는 '여기'가 1920년대 일본에 현존하는 『부

202 佐藤忠男「特集谷崎潤一郎を読む—谷崎潤一郎と映画」(『国文学解釈と鑑賞』至文堂, 2001) p.8

203 이것은 독자가 지문에서 서술자의 말—이 대화가 여기에 실렸다는 것—을 확인하는 과정에서 발생한다. 예를 들어 '여기'가 어디를 가리키는지 확인하지 않는 독자는 「어느 연애소설」의 서사내용을 단지 대화문—어느 부인잡지의 주필과 야스키치 간의 대화—으로 국한시키고 만다. 대화문에서의 독자는 등장인물—주필과 야스키치—과 시간을 공유하며, 그들의 대화를 '옆에서 듣는' 스탠스를 취한다. 어떠한 생략이나 비약도 없는 주필과 야스키치 간의 대화는 독자의 개입을 필요로 하지 않는다. 여기서 독자는 이들의 대화를 수동적으로 듣고만 있으면 되는 것이다.

인클럽』을 가리킴으로써 텍스트에 사실성이 부여되기 때문이다. 이를 통하여 대화문은 1920년대 일본 다이쇼 시대 문학계의 축소판이 되는 것이다. 이러한 일련의 과정을 통하여 「어느 연애소설」의 서사내용은, '주필과 야스키치 간의 대화'에서 '1920년대 일본 문학계의 이야기'로 그 의미가 확장되는 것이다.

텍스트에서 야스키치와 주필의 이야기를 옆에서 듣는 이른바 '극화되지 않은 화자'인 본 텍스트의 서술자는 다만 '이 대화가 여기에 실렸다는 것'을 제시할 뿐이다. 그러나 서술자는 분명 야스키치의 의견에 찬동하고 있다. 이는 서술자가 의식적으로 자신이 의도하는 바를 드러내지 않아도 대상(『부인클럽』) 지시성—'여기'—이 그것을 유도하고 있는 것에서 확인할 수 있다. 여기서 독자는 주필로부터 출판이 거절당한 「어느 연애소설」이 『부인클럽』—'여기'—에 발표된 것이 확인됨으로써 '신빙성 있는 화자'와 심적 동반자가 되지만,[204] 한편으로는 의도를 드러내지 않는 서술자에 의해 자신도 모르게 자신의 가치판단에 영향을 받기도 한다.[205]

204 야스키치가 구상중인 소설이 '여기'—『부인클럽』—에 실림으로써 독자로부터 '신빙성'을 획득한 서술자는, 내부 이야기를 주필과 야스키치 간의 대화가 아닌, 야스키치만의 이야기로 만들어 버리기 때문이다. 독자의 기억 속에서 주필의 의견은 주변부로 밀려나는 것이다. 여기서 독자는 내부 이야기가 되어 버린 야스키치의 이야기를 마치 객관적 사실인 냥 믿게 되며, 출판의 여부를 결정지을 수 있다는 점에서 강자인 주필에 비하여 약자인 야스키치에게 심적인 동조를 느끼게 된다. 어쩌면 독자는 주필로부터 출판이 거절당한 「어느 연애소설」이 '여기'—『부인클럽』—에 발표된 것을 확인함으로써 일종의 통쾌함을 맛보게 될지도 모른다.
만약 주필과 야스키치가 주장하는 바가 반대라고 하더라도 독자는 내용과는 상관없이 야스키치의 의견에 동조하게 될 것이다. '극화되지 않은 화자'는 독자로 하여금 매개자 없이 텍스트를 읽고 있다고 착각하게 만들기 때문에 독자는 서술자가 의도하는 바대로 끌려가면서도 그것을 인지하지 못 하기 때문이다. 이처럼 「어느 연애소설」은 원리상으로 독자 스스로 스토리에 대한 가치판단을 내릴 수 있다는 점을 망각하게 만드는 구조를 취하고 있는 것이다.

205 '극화되지 않은 화자'는 경험이 부족한 독자로 하여금 매개자 없이 텍스트를 읽고 있다고 착각하게 만든다. 따라서 텍스트에 대한 가치판단도 독자 스스로 내린 것

히로세 아사미츠에 따르면 본 텍스트의 마지막 부분은, 아나톨 프랑스의 「에덤」에서 소재를 채택한 것이다. 지문 ③의 '야스키치의 예상이 틀리지 않은 증거는 이 대화가 여기에 실린 것이다.'는 부분은 「에덤」에서는 '피가로지紙는 『「에덤」—혹은 「성공을 거둔 자선」』을 게재하였다.'로 구체적으로 서술되어 있다. 「에덤」의 스토리가 텍스트 내에 봉합되고 마는 것에 반해,[206] 앞서 살펴보았듯이 「어느 연애소설」은 텍스트의 문제의식을 텍스트 밖으로 끌고 나온다. 패러디한 텍스트와 원텍스트와의 차이에서 텍스트의 의도성을 찾는다고 한다면, 「어느 연애소설」의 의도성은 '독자에게 말걸기'가 되는 것이다. 요컨대 「어느 연애소설」의 서술자는, 텍스트의 문제의식을 '1920년대 일본 문학계'의 문제로 확장시키는 동시에 독자 스스로 사고하고 판단하도록 유도하지만, 한편으로는 독자가 자신의 의견에 동조하기를 희망한다.

2. 텍스트의 문제의식과 〈1920년대 일본의 문학계〉

그렇다면 「어느 연애소설」의 서술자가 독자와 공유하고자 하는 문제의식은 무엇인가. 어느 부인잡지의 주필은 '요즘의 독자가 고급'이 되어서 '재래의 연애소설'로는 만족하지 않기 때문에 야스키치에게

이라고 믿게 되지만, 객관 중립 서술을 사용하고 있는 「어느 연애소설」의 서술자 또한 자신이 의도한 바대로 독자를 유인한다는 점에서 자신의 주석(의도)을 완전히 은폐하지는 못한다.

206 『피가로(Le Figaro)』는 대화문을 통하여 '서민적인 신문'임이 부연 설명되어 있는데, 이 잡지는 1826년에 창간된 프랑스의 일간 신문으로 프랑스의 유력지로서 세계적으로 권위 있는 신문이다. 「에덤」이 실제로 『피가로』에 게재되었는지는 확인하지 못 했지만, 게재지의 구체적인 명기로 인하여 「에덤」의 스토리는 작품 내에서 봉합되고 만다.

'요즘의 독자'가 만족할만한 소설을 의뢰한다. 여기에 덧붙여서 주필은 '보다 깊은 인간성에 뿌리를 내린, 진실한 연애소설'을 써주기를 희망한다.

> 주필 "이번에 우리 잡지에 소설을 좀 써주시겠습니까? 아무래도 요즘은 독자도 고급이 되었고, 재래의 연애소설로는 만족하지 않는 듯하니, ……보다 깊은 인간성에 뿌리를 내린, 진실한 연애소설을 써주면 좋겠습니다."
> 야스키치 "그거 쓸 수 있지요. 실은 요즘 부인잡지에 쓰고 싶은 소설이 있습니다."[207]

그러나 야스키치는, '아름답기 그지없는 연애소설'이라는 광고를 신문에 크게 내주겠다고 호언장담하는 주필에게, 자신이 쓰고 싶은 소설은 '연애는 최상이다' 라고 부연한다. 이어서 전개되는 대화문에서 야스키치와 주필은 '근대적'인 연애소설을 지향한다는 점에서 의견이 일치되지만, 주필이 형식적 측면—삼각관계와 같은 갈등구조나 드라마틱한 요소—을 중요시하는 반면, 야스키치는 내용적인 측면을 중요시한다는 점에서 상이하다.[208]

야스키치의 근대적 연애소설에서 이러한 드라마틱한 요소는 그다지 중요치 않다. 그가 구상 중인 소설 속에서 남편은 다쓰오에게 결투를

207 「어느 연애소설」(『전집』 제7권, p.3)

208 예를 들면 주필은 남편이 다에코로부터 다쓰오가 다에코를 사랑한다는 사실을 듣고 결투를 신청하기를 희망한다. 뿐만 아니라, 헤어진 지 1년 후 다에코로부터 연애편지를 받은 다쓰오가 그녀를 찾아 중국으로 떠나기를, 그리고 미치기를 기대한다. 삼각관계라는 갈등구조에 사랑을 위한 결투, 연인을 찾아서 떠나는 여행, 그리고 발광. 이러한 드라마틱한 요소야말로 주필의 입장에서 보면 근대적 연애소설이 갖추어야 할 필수조건인 것이다.

신청하지 않을뿐더러, 다쓰오는 다에코를 찾아 중국으로 떠나지도, 미치지도 않는다. 무엇보다 다쓰오는 다에코를 사랑한 적이 없고, 게다가 천재 음악가였던 다쓰오는 소시민으로 전락한다.[209] 나름대로 영상기법까지 동원한 연애소설이 아름답기는커녕, 다에코의 착각에서 비롯된 사랑이야기에, '소시민'이 되어 버린 다쓰오, 그리고 '돼지처럼 살찐' 다에코와 '술고래'가 된 그녀의 남편. 야스키치의 생각대로라면 이런 현실적인 내용으로도 연애소설은 얼마든지 가능한 것이다. 동화 속에서나 있을 법한 사랑이야기가 아닌, 현실 속에서 발견할 수 있는 사랑이야기. 그것이 야스키치가 지향하는 근대적인 연애소설인 것이다. 여기서 이해를 돕기 위하여 다시 대화문의 모두 부분으로 돌아가 보자.

> 주필 "그렇습니까? 그렇다면 좋습니다. 만약 써주신다면 신문에 크게 내겠습니다. '호리가와씨의 붓으로 그려질 아름답기 그지없는 연애소설'이라는 식으로 광고하겠습니다."
>
> 야스키치 "'아름답기 그지없는?' 그러나 제 소설은 '연애는 최상이다' 인데요."
>
> 주필 "그럼 연애를 찬미하는 것이군요. 그렇다면 더 좋지요. 구리야가와박사의 「근대연애론」이후, 대개 청년남녀의 마음은 연애지상주의로 기울어져있으니까요. ……물론 근대적 연애겠지요?"
>
> 야스키치 "글쎄요. 그건 의문입니다. 근대적 회의라든가, 근대적 도

209 다에코를 사랑한 적이 없는 다쓰오가 다에코의 집에 간 것은 돈이 없어서 피아노를 살 수 없었기 때문이다. 그녀의 집에 가면 피아노를 칠 수 있는 것이다. 그리고 밥벌이를 위해서 라고는 하나, 피아노를 치던 다쓰오에게서는 그나마 낭만적 느낌은 살아 있었는데, 관동대지진 이후 순사가 되어 도쿄시민들에게 두들겨 맞는 다쓰오의 모습에서는 그마저 사라지고 만다. 이러한 소시민으로 전락한 다쓰오는 순찰 중 어디선가 피아노 소리라도 들리라 치면, 그 집 밖에서 쭈그리고 앉은 채 부질없는 행복을 꿈꾸고 있는 것이 고작이다.

> 적, 근대적 염색약 따위, 뭐 그런 건 분명 존재하겠지만 말입니다. 그러나 아무래도 연애만큼은 먼 옛날 이자나기 아자나미 시대이후 별반 달라진 것도 없는 듯 합니다만."[210]

위의 대화문은 야스키치가 자신이 구상 중인 소설을 주필이 잘못 이해한 것에 대하여 '연애는 최상이다' 라고 정정하는 부분이다. 주필은 야스키치가 구상 중인 소설을 '연애를 찬미'하는 소설로 오해할 뿐만 아니라, 야스키치의 소설이 '근대적 연애'소설이냐면서 확인까지 한다. 여기서 〈혹은 「연애는 최상이다」〉 라는 부제는 주필과 야스키치 간의 이견을 나타내고 있다고 하겠다.

그런데 주필이 연애소설을 말하면서 그것이 '근대적 연애'를 다룬 것인지 아닌지가 왜 중요한 것일까. 그것은 이 연애소설이 '요즘'의 여성독자에게 읽힐 것이기 때문이다. 내부 이야기의 시 · 공간적 배경에는 '근대'라는 의식이 바탕에 깔려 있는 것이다. 그러나 야스키치는 연애만은 옛날과 별반 달라진 것이 없다며 주필의 질문에 미온적인 반응을 보인다. 철학적, 사상적, 기술적인 모든 것들이 새로운 개념을 필요로 하는 근대라는 이 시기에, 야스키치는 어째서 연애만큼은 그것과 관련이 없는 듯이 말하는 것일까.[211]

210 「어느 연애소설」(『전집』 제7권, pp.3～4)

211 야스키치에 따르면 '근대적 회의(懷疑)라든가, 근대적 도적(盜賊), 근대적 염색약 따위'는 분명 존재할 테지만, '연애만은 이자나기, 이자나미 시대 이후 그다지 변하지 않았다.'는 것이다. '근대적 회의'는 기존의 철학적 사유에서 전통적인 권위를 긍정하지 아니하고, 부정적인 태도로 의심하여 본다는 측면에서, '근대적 도적'은 자본주의 경제체제 하에서 프롤레타리아를 착취하며 생겨난 부르주아라는 측면에서, '근대적 염색약'은 근대산업사회를 이룩한 기술적인 측면에서 근대와는 떼려야 뗄 수 없는 관계이다.
이러한 철학적 인식의 전환과 사상체계, 그리고 기술적 측면에서 새로운 사유를 필요로 하게 된 시기가 바로 '근대'인 것이다. 그런 의미에서 위에서 열거된 사항

주필은 이러한 야스키치의 의견에 '그것은 논리상으로만 통하는 것'이라고 일축하면서 '삼각관계 등은 근대적 연애의 한 예'라고 말한다. 그러나 삼각관계와 같은 형식적인 측면은 비록 다에코의 착각에서 비롯되었을망정, 야스키치가 구상 중인 소설 속에서도 고려되어 있다. 부유한 외교관 남편과 젊고 예쁜 그의 아내, 그리고 그런 부인을 사랑하는 가난한 음악가. 이러한 삼각관계는 주필로부터 '요컨대 내가 말하는 근대적이라는 것이 그런 것'이라는 칭찬을 들을 정도다.

그러나 근대적 연애소설이라는 것이 앞서 주필이 말한 삼각관계와 같은 갈등구조나 드라마틱한 요소를 가리킨다면, 굳이 연애소설 앞에 '근대적'이라는 수식어를 붙이지 않아도 된다. 재래의 연애소설에서도 얼마든지 이러한 형식적인 측면은 찾아 볼 수 있다. 결국 야스키치가 구상 중인 소설이 '근대적'인 연애소설이 되기 위해서는, 내용적인 측면에서 현실에 바탕을 둔 사실적인 글쓰기가 불가결한 요소인 것이다. 이러한 논의를 뒷받침하는 것이 앞서 살펴본 '극화되지 않은 화자'인 동시에 '신빙성 있는 화자'인 본 텍스트의 서술자인 것이다. 이처럼 본 텍스트의 중점사안은 '근대적'에 있지 '연애소설'에 놓여있지 않다. 다시 말해서 텍스트가 문제시하고 있는 것은 '근대적인 글쓰기'인 것이다.

한편 「어느 연애소설」은 동시대 여성독자를 강하게 상정하고 있는 텍스트이다. 이것은 '어느 부인잡지사의 면회실'이라는 지문 ①의 공간적 제시 외에도 대화문에서의 스토리가 말하여 주는데, 무엇보다 본 텍스트가 『부인클럽』에 실렸다는 사실이 이를 입증한다. 왜냐하면 동시대 독자가 「어느 연애소설」을 접할 수 있는 곳은 『부인클럽』을 제외한

들은 당시—텍스트에서는 '요즘'—에 반드시 재고되어야 할 사항인 것이다. 그럼에도 야스키치는 연애만큼은 근대와 그다지 관련이 없는 듯 말하고 있다.

다른 곳은 상상할 수 없기 때문이다. 그리고 여성지인 『부인클럽』은 주로 여성독자를 대상으로 한 미디어다. 물론 「어느 연애소설」(『부인클럽』 1924년 5월)은 발표된 2달 후인 1924년 7월 단편집 『황작풍』에 실려서 여성지를 통하지 않고서도 당시 독자들은 본 텍스트를 접할 수 있었다. 그러나 단행본을 통하여 본 텍스트를 접한 독자에게 서술자는 신뢰성을 상실한다. 따라서 「어느 연애소설」에서의 서술자는 동시대 여성독자를 상정한 것임을 알 수 있다. 그렇다면 여성독자를 포섭하는 이러한 서술자가 본 텍스트를 통하여 여성독자와 공유하려는 1920년대 일본 문학계의 문제점은 무엇인가.

텍스트에서 주필이 야스키치가 구상 중인 소설을 '연애를 찬미'하는 소설로 오해하면서 그것이 '근대적 연애'를 다룬 것인지 아닌지 중요하게 여긴 것도, 야스키치가 연애소설을 구상하면서 '근대적 글쓰기'를 하려는 이유도, 모두 이 연애소설이 '요즘'의 여성독자에게 읽힐 것이기 때문이었다. 야스키치가 생각하기에 '요즘' 연애소설의 여주인공은 '마리아가 아니면 클레오파트라'로 그려져 있다. 그러나 현실 속의 여성은 반드시 '동정녀貞女'도 아니며, '요부婬婦'도 아니다. 이를 염두에 두고 1920년대 일본 연애소설의 여주인공의 모습이 어떠한지 살펴보자.

1920년경 여성지의 창작란은 기성작가들의 세력권에 맡겨져 있었다. 「어느 연애소설」이 개제된 『부인클럽』의 경우만 보아도 나카라이 도스이半井桃水, 치카마쓰 슈코近松秋江, 오카모도 기도岡本綺堂 등 베테랑들이 집필진이었다. 그 중 나카라이 도스이처럼 메이지 20년대부터 신문소설을 집필하기 시작한 자도 있어서 여성지의 연애소설은 판에 박힌 내용이 반복되고 있었다. 마에다 아이에 의하면 이들 여주인공은 '혈통적인 숙명에 몸부림치면서도 강력한 가문의 논리와 몰인정한 남자의

자의恣意에 농락당하며 오로지 인종忍從을 미덕으로 살아가는 피해자라는 그녀들의 모성 내지 처녀성'을 가진 유형일색이다.[212]

그러나 신문소설의 경우는 이와 같은 유형에 얽매이지 않은 여주인공이 나타나는데, 이른바 통속소설의 대명사인 기쿠치 간의「진주부인真珠婦人」[213]의 여주인공 루리코瑠璃子가 그러하다. 루리코는 '요부'의 표상으로, 종래 여성지의 연애소설에 등장한 여주인공의 처녀상·모성상이라는 전형을 깨고, 창부형의 여성으로 설정되어 있었다. 이와 관련하여 마에다 아이는 루리코가 '청순한 미소녀, 복수를 맹세하는 유디트, 창부형 교만한 미망인, 의붓딸을 비호하는 계모' 라는 네 개의 역할을 연기하는 여성으로 파악한 바 있다.[214] 조심스럽게 일반화시키면, 결국 야스키치가 지적한 대로 '요즘 연애소설'의 여주인공은, 여성지에서는 '동정녀'이며, 신문에서는 '요부'인 것이다. 그런 의미에서 본 텍스트는 그것이 발표된 당시의 현실에 대한 반영률이 높다고 하겠다.

한편 이러한 비판정신이 담긴「어느 연애소설」이『부인클럽』에 실렸다는 사실은 문학계에서 아쿠타가와가 차지했던 위상을 말하여주는 것이기도 하다. 순문학 진영에 있는 아쿠타가와의 작품을 게재함으로써『부인클럽』의 위상을 높이려는 집필진의 의도를 짐작할 수 있는데,

212 마에다 아이 전게서, pp.218~224

213 기쿠치 간의「진주부인」은『오사카마이니치신문』과『도쿄 니치니치신문』에 1920년 6월 9일부터 12월 22일까지 총 196회에 걸쳐 연재된 신문연재소설이다. 당시「진주부인」은 '진주부인현상'이라는 말이 등장할 정도로 인기가 있었으며, 기쿠치 간은 이 작품을 통해 통속작가로서의 지위를 확고히 하였다.

214 마에다 아이 전게서, p.225. 이와 관련하여 '루리코의 표상양식과 사회적 배경의 관계'를 규명한 김주현은 '요부', '카르멘', '뱀파이어', '유니트' 등 루리코를 악의적으로 표상하는 효과를 주었다고 생각되었던 여러 가지 단어들이, 그 이면에 단순한 매도나 비난이 아니라 '매혹'과 '동경'이라는 양가감정이 숨어 있다고 밝힌 바 있다(김주현『기쿠치 간『진주부인』연구—루리코의 표상양식과 사회적 배경의 관계』(고려대학교 대학원 석사학위논문, 2008) pp.109~110.).

이러한 사실은 당시 순문학은 문예잡지, 대중문학은 신문 내지 여성지라는 이분법적 사고가 확고했음을 반증하는 예이기도 하다.

일예로 다니자키 준이치로의 「치인의 사랑痴人の愛」(『오사카아사히신문』 1924년 3월~6월)은, 여주인공 '나오미'의 봉건성을 무시한 분방한 성생활의 묘사 때문에 당시『오사카아사히신문』의 '고급독자'의 반발을 사기에 충분했으며 검열당국을 의식한 편집간부에 의하여 마침내 중단하기에 이르렀다. 이에 다니자키 준이치로는 1924년 6월 14일 마지막 연재(87회째) 때 '이 소설(「치인의 사랑」—인용자)은 근래 저의 회심작인 동시에 대단히 감흥을 느끼고 있던 터이므로 기회를 봐서 가능한 빨리 다른 잡지나 신문지상에 다음호를 발표하겠습니다. 본 소설의 작자된 입장에서 한 마디 독자에게 양해를 구하며 재게再揭할 것을 약속드립니다.' 라며 어쩔 수 없이 중단하게 된 사정을 설명했는데, 「치인의 사랑」은 그의 약속대로 곧이어 11월부터 『여성』에 재게再揭되었다.[215]

당시 『여성』이 다른 여성지에 비하여 문학성을 중시하는 경향이 강한 여성지였다는 점을 고려할 때, 신문보다 여성지가 좀 더 허용범위가 넓었다기보다는 다니자키 준이치로의 문단적 위상을 역이용한 케이스라고 할 수 있다. 이와 관련하여 마에다 아이는 '부인 잡지는 신문과 마찬가지로 통속 장편소설의 매체이면서도 본래 보수적인 성격을 가지고 있다.'[216]고 밝힌 바 있다. 이러한 논의에서도 〈문예잡지=순문학〉, 〈신문, 여성지=대중문학〉이라는 도식이 당시 확고했음을 확인할 수 있다.

215 다카기 다케오 전게서, pp.235~236
216 마에다 아이 전게서, p.218

이러한 상황 속에서 「어느 연애소설」은 여성독자로 하여금 야스키치의 의견에 동조하도록 유도하거나, 텍스트의 문제의식을 공유하려는 자세를 취하고 있다. 즉, 여성독자를 향하여 '문학이란 무엇인가?', '여성독자들의 문학작품 읽기가 과연 지금처럼 흘러가도 되는 것인가?' 라는 식의 문제의식을 던지고 있는 것이다.

3. 대중문학의 형성기에 있어서 「어느 연애소설」의 의의

그렇다면 여성독자를 포섭하는 이러한 서술자가 1920년대 일본의 문학계에 나타난 연유는 어디에 있는가. 이러한 물음에 대한 답을 당시의 산업사회의 구조 속에서 모색하도록 하겠다.

미디어를 매개로 한 '순문학'과 '대중문학'이라는 이분법적 사고는 다이쇼 시대의 산업구조와 관련하여 생각해볼 수 있다. 일본에 산업사회가 도래하면서 도시로의 인구집중, 도시노동자의 증가는 당연한 귀결일 터인데, 1920년에 인구의 30%를 약간 넘는 수, 즉 1,800만 명이 6대 도시에서 거주하였으며, 이중 도쿄東京에는 340만 명이 거주하였다.[217] 1920년대 식료비 · 피복비 · 주거비의 3항목이 주축인 개인소비의 구조가 다양화, 고도화되었다는 것은 생활양식의 도시화와 소비지출의 양적 확대를 말하여 준다.[218]

217 1925년 일본의 총인구는 거의 6,000만 명이었으며, 국민소득도 1928년부터 1932년까지의 물가 수준으로 1890년의 23억 엔에서 1930년에는 127억 엔으로 늘어났다. 1인당 국민 소득은 1893년부터 1897년까지 연간 170엔이었던 것이 1918년부터 1922년에는 220엔까지 증가하였다. 이중 산업 노동자의 경우는 같은 기간 동안에 316엔에서 444엔으로 증가하여 평균보다 높은 수치를 보였다(W. G. 비즐리 지음, 장인성 옮김 『일본 근현대사』(을유문화사, 2006) pp.195~207).

218 武田晴人他『一九二〇年代の日本資本主義—一九二〇年代史研究会編』(東京大学出

1924년에 도쿄시 사회국이 공표한 〈직업 부인에 관한 조사〉에 따르면 당시 여성의 여성지 구독률은 약 93퍼센트에 육박했다 하니, 다이쇼 시대의 여성들에게 있어 독서 열풍은 대단한 것이었음을 짐작케 한다. 당시 문학작품의 구매자로서의 여성독자층은, 주로 기혼인 가정부인과 미혼인 직업여성으로 나누어 볼 수 있다. 이들 직업여성 속에는 가정부인도 포함되어 있는데, 1920년대 단행본 한 권의 값은 약 2엔에서 2엔 50전 사이, 신문대금은 1엔 20전, 여성지는 한 권에 40전에서 50전 정도였다 하니, 남편의 연 수입 800엔 전후의 중상층 가정부인이 한 달에 한 권정도의 여성지를 구매했다는 사실은 그리 놀라운 일이 아닐지도 모른다.[219] 그러나 직업여성 중 일당 1엔 정도의 여공 중 41%가 한 권에 4, 50전 하는 여성지를 읽었다는 통계는 과히 놀랄만하다.[220]

版会, 1983) pp.52~53

219 마에다 아이에 따르면 일본 다이쇼 시대 상위 5위 안에 드는 여성지의 발행부수는 적어도 10만 단위(1925년 여성지의 신년호 발행 부수는 약 120만 부였다)였으며, 이 발행부수를 소화한 것은 다이쇼 중기에 비약적으로 발전한 신중간층 여성들이었다. 이 시기에 여성지의 발전을 촉진시킨 유력한 요인은 신중간층의 등장과 여성에 대한 중등교육의 확대다. 1925년도에 고등여학교 졸업자는 같은 연령의 여자 인구의 약 10퍼센트에 달했다고 하니(마에다 아이 전게서, pp.206~209), 부국강병과 국민계몽이라는 미명 아래 시작된 메이지 시대의 개혁은 여성교육이라는 측면에서도 다이쇼 시대에 이르러 성공을 보았다고 할 수 있다. 마에다는 여성지를 구입할 수 있는 하한선을 연 수입 800엔 전후로 보고, 1925년 800~5,000엔의 연수입이 있는 '중등 계급'의 세대수 비율(140만)이 당시 여성지의 발행부수와 거의 맞먹는다는 점을 들어 '신중간층 여성'을 여성지의 구매자로 지목하고 있다. 그러나 교육을 받은 신중간층의 여성독자만으로 약 120만 부의 여성지가 소화되었다는 것은 재고의 여지가 있다.

220 마에다 아이는 여성지의 구매자로서 '신중간층'을 들고 있다. 이것은 '다이쇼 후기에 독자층의 확대는 남성 독자의 증가라기보다는 여성들의 처녀지에 대한 확대'라는 아오노 스에키치(青野季吉)(〈여성의 문학적 요구〉(게재지 불명, 1925년 6월, 1927년 2월 전환기의 문학》에 재수록)의 해석에 기초한 것으로서, 아오노는 부인잡지의 여성 독자를 노동계급 여성들도 아니고, 상류사회 부인들도 아닌, 중소 자본가계급의 부인들이거나 교원, 사무원, 타이피스트 같은 직업여성으로 보았다(마에다 아이 전게서, p.290).

그러나 1924년에 도쿄시 사회국이 공표한 〈직업 부인에 관한 조사〉에 따르면 당시 도쿄 시중의 여사무원, 전화 교환수, 여점원 등 직업여성의 인구는 대략 3만 2천

산업사회로 인하여 형성된 당시 도시노동자의 노동 시간은 전 산업을 통틀어 장시간이었는데, 1900년 이전에는 여성과 아동까지도 섬유공장에서 12시간 교대로 노동하였다. 그러던 것이 1916년 실행된 공장법으로 인하여 1923년에는 최고 10시간으로 단축되었다. 그러나 남자 노동자들은 이러한 법적 보호조차 받지 못하였다. 1920년대에 평균보다 2배 높은 1인당 국민소득을 보여준 일본의 6대 도시에 거주하던 1,800만 명의 도시노동자. 그리고 당시 남성노동자보다 더 수가 많았던 여성노동자. 그녀들은 법적 보호 아래 남성에 비하여 짧은 노동시간이 보장되었던 것이다. 이것은 여가 시간의 창출을 의미한다.[221] 요컨대 노동자계급에서도 도시중심가에 형성된 상권에서 상품을 구매할 수

명 정도로(마에다 아이, 전게서 p.210), 이것을 어림잡아 6대 도시로 확대해도 20만 명이 채 안 된다. 이러한 수치는 1920년대 전국 여공자수 87만 명과는 비교가 안 되게 적은 것이다. 또한 〈직업 부인에 관한 조사〉에서는 직업부인 900명 중 841명이 여성지를 구독하고 있는 한편, 여공도 41퍼센트(1,324명 중 544명)나 여성지를 읽고 있다고 조사되어 있다(마에다 아이 전게서, pp.205~212).

221 일본 상무성(商務省) 통계에 따르면 1910년 노동자 수의 약 84만 명 중, 남공(男工)은 37만 명, 여공은 47만 명으로 여자노동자가 약 10만 명 많았다. 그 중 섬유노동자는 37만 명, 20세 이상이 20만 명이었다(日本文学協会『日本文学講座 8 評論』(大修館書店, 1987) p.116).
이와 관련하여 '여공'을 중심으로 열악한 노동환경과 질병 · 사망의 관계를 밝힌 위생학자이자 노동의학의 선구자인 이시하라 오사무(石原修)의 〈여공과 결핵〉을 살펴보자. 이 보고서에 의하면 1913년 일본의 민간 공장 노동자 수는 80만 명이었고, 그중 여성은 50만 명을 차지하였다. 여성 노동자 가운데 30만 명이 20세 미만이었으니, 그런 의미에서 일본의 공업은 미성년 여성 노동자가 떠받치고 있었다고 해도 과언이 아니다. 50만 명 중 40만 명은 생사, 직물, 방적으로 구성되는 섬유공장에서 일하고 있었다. 또 여성 노동자의 70%인 35만 명은 공장 측의 '의도에 쉽게 속박되는' 기숙사에서 생활하였다. '여공'의 노동시간은 생사는 13~15시간, 직물은 14~16시간에 이르렀다. 방적은 12시간씩 주야 2교대제였다(가노 마사나오(鹿野政直)지음, 이애숙 · 하종문옮김 『근대 일본의 사상가들』(삼천리, 2009) pp.277~278).
그로부터 거의 10년 후인 1923년 공장법으로 인하여 여공의 노동시간이 단축된 것이다. 물론 여성노동자들의 임금은 남성에 비하여 절반수준에 해당했지만, 그녀들에게는 남성에 비하여 부양에 들어가는 경비가 적었다(W. G. 비즐리 전게서, pp.210~212).

있는 능력을 가진 여성이 형성된 것이다.[222] 「여공애사女工哀史」[223] 풍의 직물 공장 장면을 설정한 시라이 교지白井喬二의 「금난전金襴戰」은 여성독자 중에서도 직업여성, 그 중에서도 여공이 점했던 비중이 적지 않았음을 말하여 준다. 요컨대 다이쇼 시대 여성지의 엄청난 발행부수는, 전체 여성의 약 10퍼센트에 달하는 중등교육을 받는 여성과 그렇지 않은 여성, 그중에서도 주로 여성노동자가 더해져서 일구어낸 것이다.

이러한 여성들은 다이쇼 시대에 새로운 독자층을 형성하였고, 이들은 문학 장르의 가치마저도 재평가하는 존재가 되었다.[224] '한가구 한 권'을 표방한 고단샤의 『킹』은 1925년 100만 부를 넘는 부수를 정착시켰는데, 폭넓은 독자층을 형성했던 『킹』과는 달리 같은 고단샤의 『부인클럽』은 여성독자만으로도 1930년에 100만 부를 달성한 것이다.[225]

222 1920년대 공장 중심의 업종 중 대규모화를 이룩한 것이 여공(女工)의존이 가장 높은 제사업(製絲業)뿐이라는 점 또한 이를 뒷받침한다(武田晴人他, 전게서 p.75).
1920년 일본에는 대략 2,700만 명의 노동력이 있었고 그 중 6분의 1을 약간 넘는 수가 제조업에 종사하고 있었다. 약 160만 명(남자 74만 명, 여자 87만 명)이 공장 노동자였고 40만 명이 광산 노동자였다. 1900년에 남자 공장 노동자들은 일당 평균 40센(銭)을 받았고, 이 수치는 1920년에는 190센을 넘어섰다(100센=1엔). 여자는 남자의 약 절반을 받았다. 이것은 외양상 그들에게는 부양가족이 없었고, 그들 대부분이 젊고 미혼이었으며, 약정(約定) 노동보다 좋지 않은 계약 조건으로 섬유회사에서 일하기 위해 시골에서 충원되었기 때문이었다(W. G. 비즐리 전게서, p.210).
요컨대 1920년대 일본에는 일당 1엔 정도를 받는 87만 명의 여공이 문학작품의 구매자로서의 잠재력을 가지고 존재하고 있었으며, 실지로 화폐와 문학텍스트를 교환하지 않고서도 독서를 할 수 있는 '기숙사'에서 집단생활을 하고 있었던 것이다.

223 『여공애사』는 1925년 개조사에서 간행된 호소이 와키조(細井和喜蔵)의 르포르타주로서 방적공장에서 일하는 여성노동자(여공)들의 가혹한 생활이 극명하게 기록되어 있다.

224 예를 들면 1920년대 중반에 여류문학이 일본 고전의 반열에 오르게 되었는데, 이것은 여성 독자층의 급격한 증가에 따라 '여류문학'이라는 범주가 저널리즘 속에서 특정한 개념으로 정립된 것과 같은 맥락 속에 있음을 나타낸다(하루오 시라네 외 전게서, pp.94~95).

225 『킹』은 성별 · 지역 · 직업을 불문하고 폭넓은 독자를 확보한 일본최초의 대중잡지였으며 특히 지방농촌 남성의 두터운 지지를 받았다. 반면 하쿠분칸(博文館)은 도시의 노동자나 지방농촌의 독자 개척에 한 발 늦었으며 더욱이 구매력 있는 가

실지로 다이쇼 시대에 여성지가 작가에게 지불하는 원고료는 대개 종합잡지의 3, 4배를 더 지불했다고 하니, 문학작품의 구매자로서의 여성독자의 위상은 실로 대단한 것이었다.

가타가미 노부루片上伸는 「작가와 독자」(『신초』 1926년 3월)에서 통속문학의 독자를 '그 중 대부분이 여성이면서 넓은 의미에서의 인텔리겐치아이다.'[226] 라고 규정한 바 있다. 그러나 앞서 살펴본 바와 같이 대중문학의 독자인 여성 대부분을 '인텔리겐치아'라고 보기는 어렵다. 그녀들은 중등교육을 받은 여성과 그렇지 못한 여성으로 구성되어 있었던 것이다. 따라서 1920년 당시의 문학은 교육수준이 낮은 대다수의 여성독자들이 이해할 수 있는 읽을거리나 혹은 힘든 노동의 위안을 주는 읽을거리가 요구된 것이다.

일반적으로 '대중문학'의 명명자는 시라이 교지白井喬二로 알려져 있는데, 그가 1926년 1월 잡지 『사냥꾼猟人』에 발표한 논문 〈대중작촌언大衆作寸言〉에서 '대중', '민중', '대중문예' 라는 말을 처음 언급하였다. 그리고 '통속소설'이라는 말은 1920년 사토미 돈이 『오동나무밭桐畑』에서 사용했는데, 여기서는 주로 젊은 여성을 울리는 듯한 박복한 여성을 그린 소설이라는 의미로 사용되었다. 마지막으로 '대중문학'이라는 말의 초출은 박문관博文館 발행의 『강담잡지講談雜誌』(1924년 봄호)에서 '보라, 대중문학의 장관을'이라는 광고문구로 사용되었다. 이 조어에 의하여

정주부나 직업여성을 독자로 삼는 전략형성에도 실패했기 때문에 1920년경부터 급속도로 세력을 잃기 시작하였다. 이에 비하여 고단샤는 1920년에 여성독자를 대상으로 하는 『부인클럽』을 별도로 창간하여 1930년대에 이르러서는 100만부를 넘는 '맘모스잡지'로 성장하였다(江口圭一他 『岩波講座日本通史 第18巻近代3』(岩波書店, 1994) pp.293~294). 이러한 고단샤의 지속적인 성공은 잡지의 구매력 측면에서 남성독자에서 여성독자로 옮겨가는 흐름을 잘 간파한 때문이리라.

226 「작가와 독자」(『신초』 1926년 3월)와 「문학의 독자 문제」(『개조』 1926년 4월)는 후에 신초샤에서 『문학평론』(1926년 11월) 한 권으로 간행되었다.

당시까지 인정소설人情小説・풍속소설風俗小説이라고 불린 장르가 역사소설, 시대소설 등을 흡수하면서 대중소설로 통합되었다. 그러나 당시에는 탐정소설, 연애통속소설은 아직 '대중소설'이라고 불리지 않았으며, 주로 '고등강담高等講談'이라고 불린 시대소설, 역사소설을 가리켰다. 『신사조』를 창간했던 기쿠치 간에 힘입어 대중소설은 전성기를 맞이했으며, 대중작가는 연재소설을 신문에 내거나, 대중잡지인 『킹』, 『주간아사히週刊朝日』 등에서 활약하였다.[227]

이러한 '대중문학'의 형성과정에서 여성독자가 기여하는 바는 실로 크다고 할 수 있다. 이를 반증하듯 문학담론의 장에서 독자의 문제가 전면적으로 거론된 것은, 여성독자가 문학작품의 구매자로 등장한 1920년대 중반부터였으며, 이것은 문학이 그것을 담당하던 자들의 전유물로만 여겨졌던 기존의 틀에서 벗어나, 비로소 독자에게 그 자리를 내어주기 시작했다는 것을 의미한다. 따라서 여성독자를 포섭하는 「어느 연애소설」은 문학의 향수자를 '지식인'에서 '평범한 사람'으로 이동시킴으로써 대중을 위한 문학, 이른바 대중문학의 가능성을 열어놓은 1920년대의 일련의 문학담론의 연장선상에서 파악되어야 할 것이다.

'대중문학'이라는 개념이 모호했던 다이쇼 시대에 그것은 '통속소설' 혹은 '저속한 것', '대중문예', '통속물' 등으로 불렸다. 이러한 문단 시스템 속에서 「어느 연애소설」의 서술자는 여성독자를 향하여 '문학이란 무엇인가?' 내지는 '여성독자들의 문학작품 읽기가 과연 지금처럼 흘러가도 되는 것인가?' 라는 식의 문제의식을 던지고 있다. 그리고 이러한 서술자의 독려에 부응하는 독자는 「어느 연애소설」의 문제의식을 공유하고 확장한다. 여기서 독자는 더 이상 방관자가 아니다. 텍

227 尾崎秀樹『大衆文学の歴史(上)戦前篇』(講談社, 1989) pp.56～57

스트를 재생산하는 능동적인 독자는 문학이 작자의 전유물이라는 기존의 틀을 넘어서 문학작품의 공동제작자로서 거듭나는 것이다.

앞서 본론 제1장 제3절 중 〈1. 활자미디어를 통해서 본 아쿠타가와의 〈독자의식〉〉에서 확인한 바와 같이 아쿠타가와가 수많은 여성지에 글을 발표한 것은, 여성독자층이 중시되었던 당시의 시류에 편승하기 위함이지, 온전히 여성을 그의 글쓰기의 대상으로 삼고 있는 것은 아니어서, 그의 의식 속에 여성독자가 얼마만큼의 자리를 차지했는지는 알 수 없다. 그러나 실재 작자의 자각여부는 논외로 하더라도, 「어느 연애소설」의 서술자는 문학의 주변부에 있던 여성독자를 문학의 장으로 불러들이는 기능을 하고 있다. 이것은 당시 여성독자의 구성이 인텔리겐치아뿐만 아니라, 교육의 망으로 걸러지지 않은 독자, 특히 여성노동자도 상당수 포함되어 있었다는 사실을 감안할 때 그 의의하는 바가 크다고 하겠다.

요컨대 대중문학의 형성기에 있어서 「어느 연애소설」의 의의는 대중독자, 특히 여성독자와 어떠한 문제의식을 공유하려고 시도했다는 데 있으며, 이는 대중독자를 텍스트의 공동제작자의 반열에 올려놓았다는 것을 의미한다.[228]

228 1926년경 일본 근대문학의 장에서는, 문학이 사회적 현상이라는 입장을 명확히 한 가타가미 노부루에 의하여, 독자의 문제가 거론되었으며, 아쿠타가와 사후인 1935년경 요코미치 리이치(横光利一:1898년~1947년)에 의하여 독자를 텍스트의 공동참여자의 반열에 올릴 것이 제창되었다. 요코미츠 리이치는 「순수소설론(純粋小説論)」(『개조』 1935년 4월)에서 '순수소설'을 '순문학'과 '대중문학'의 종합이라고 파악한 바 있다. 그리고 다자이 오사무(太宰治)에 이르러서는 '독자에게 말걸기'가 자유로운 단계에 이르렀다.

제3절 야스키치시리즈의 문제의식과 서술방식 간의 상관관계

본 절에서는 총 10편의 야스키치시리즈가 '문학이란 무엇인가?' 라는 공통된 문제의식을 공유하고 있다는 사실과 텍스트의 성격과 서술적 특징 간의 상관관계를 밝히고자 한다. 나아가 1922년 11월 학습원에서 열렸던 강연 《일본 문예에 있어서 형식과 내용의 관계》에서 '문예의 형식과 내용'의 관계를 지시指示하기 위하여 사용된 '담배'가 야스키치시리즈에 산재散在되어 있다는 점에 주목하여 예의 강연에서 야스키치시리즈의 원형을 찾고자 한다. 이러한 과정에서 지금까지 논의에서 주되게 다루지 못한 야스키치시리즈에 대한 고찰도 함께 이루어질 것이다.

1. 야스키치시리즈가 공유하고 있는 문제의식

총 10편의 야스키치시리즈에서 공통적으로 등장하는 호리카와 야스키치는 현역 문필가 내지는 작가 지망생이다. 여기서 글쓰기에 관한 문제가 텍스트의 중심 테마가 되는 것은 어찌 보면 당연한 일일지도 모르겠다. 야스키치시리즈의 대표적 성격이 있는 「야스키치의 수첩에서」는 〈용감한 수위〉를 제외한 〈멍멍〉, 〈서양인〉, 그리고 〈수치심〉에서 글쓰기에 관한 문제의식이 공통적으로 자리 잡고 있다. 아래의 인용문은 〈멍멍〉의 일부이다.

인간은 주린 배를 채우기 위하여 어디까지 자기의 존엄을 희생할 수 있는가? ㅡ 라는 것에 관한 실험이다. 야스키치의 생각에 의하면 이것은 새삼스럽게 실험 따위를 할 필요도 없는 문제다. 에서는 고기를 위해서 장자권을 포기했고, 야스키치는 빵을 위해서 교사가 되었다. 이러한 사실로 충분한 것이다.[229]

〈멍멍〉에서는 인간의 존엄성과 관련하여, 거지로부터 먹을 것으로 개짓는 소리를 유도하는 해군의 만행이, 문학을 접고 생계를 위하여 교사가 된 야스키치 자신의 모습과 같은 레벨에서 다루어져 있다. 문학을 접고 생계를 위하여 교사가 된 야스키치의 모습이 자기의 존엄성을 희생한 것으로까지 표현되어 있으니, 야스키치가 세상을 파악하는 데 있어서 문학이 차지하는 위상은 실로 지배적이라 할만하다.

이러한 인식은 「야스키치의 수첩에서」 중 〈서양인〉에서도 나타난다. 〈서양인〉은 '이 학교'에 회화와 영작문을 가르치러온 '타운젠드'라는 영국인과 '스타렛'이라는 미국인 교사가 등장하는데, 이둘 서양인 교사를 양분하는 기준이 되는 것은 바로 문학을 아는 자와 문학을 모르는 자이다. 그러나 전자인 '문예의 문자도 안다고는 할 수 없는' 타운젠드씨에 비하여 '가끔은 신간서도 들여다보는' 후자에 해당하는 스타렛씨 또한 강연에서 영국의 소설가 겸 시인인 로버트 루이스 스티븐슨(Robert Louis Balfour Stevenson:1850년~1894년)[230]을 최근 미국의 대소설가로 소개할 만큼 문학의 문외한이기는 타운젠드씨와 마찬

229 「야스키치의 수첩에서」 중 〈멍멍〉(『전집』 제6권, p.90)

230 스코틀랜드 출신으로 영국의 소설가 겸 시인으로, 대표적 작품으로는 「보물섬(Treasure Island)」(1883), 「지킬 박사와 하이드씨(The Strange Case of Dr. Jekyll and Mr. Hyde)」(1886) 등이 있다.

가지다.

교과서의 사전조사를 하지 않고 생도를 가르치는 것에 대한 수치심을 주된 스토리로 하는 〈수치심〉에서도 글쓰기에 관한 문제의식은 여전히 자리 잡고 있다.

> 어느 날 그는 언제나처럼 2학년 생도에게 항해航海에 관하여 쓴 어떤 소품을 가르치고 있었다. 그것은 엄청난 악문惡文이었다. 돛대에 바람이 윙윙거리거나 해치에 파도가 들이쳐도 그 파도나 바람은 조금도 문자로 살아나지 않았다.
>
> — 중략 —
>
> 그러나 그의 가르치는 모습은, — 야스키치는 지금도 믿고 있다. 태풍에 맞서 싸우는 돛단배보다도 더욱 장렬한 것이었다.[231]

야스키치에게 있어서 악문인 소품을 '생도'에게 가르치는 행위는, '태풍에 맞서 싸우는 돛단배보다도 더욱 장렬한 것'이었다. 야스키치가 '생도'에게 시켰던 '역독訳読'을 중지하고 그 자신이 이미 사전조사를 마친 부분을 읽는 동안에도 '동사의 시제를 놓치거나 관계대명사를 틀리거나' 하는 등 '어려움을 겪으면서 진도를 나간' 것을 감안할 때, 아마도 그것은 교과서의 사전조사를 하지 않은 탓보다는 오히려 '그 파도'나 '바람'이 조금도 문자로 살아나지 않는 악문을 '돛대에 바람이 윙윙거리거나 해치에 파도가 들이치게' 되살리는 작업이었기 때문일 것이다.

「10엔지폐」의 스토리는 야스키치가 어쩔 수 없이 '아와노씨'에게 10

231 「야스키치의 수첩에서」 중 〈수치심〉(『전집』 제6권, pp.98~99)

엔지폐를 빌리게 되는 에피소드가 근간을 이룬다. 아래의 인용문은 빌린 돈을 되갚을 길이 없는 야스키치가 '아와노씨'가 그에게 준 10엔지폐를 쓰지 않고 그대로 되돌려주기로 결심하는 장면이다.

> 아니, 단연코 도덕적 문제 때문이 아니다. 그는 단지 아와노씨 앞에서 자신의 위엄을 지키고 싶은 것이다. 물론 위엄을 지키는 것이 빌린 돈을 갚는 것 외에 달리 방도가 없는 것은 아니다. 만약 아와노씨도 예술을 — 적어도 문예를 사랑했다면 작가 호리카와 야스키치는 한편의 걸작을 저술하는 것으로 위엄을 지키려고 시도했을 것이다.[232]

여기서 야스키치가 위엄을 지킬 수 있는 방법은, 오직 '아와노씨'가 빌려준 돈을 쓰지 않고 그대로 갚음으로써 '사회인다운 위엄'을 지키는 것뿐이다. 만약 '아와노씨'도 야스키치처럼 '문예'를 사랑했다면 '한 편의 걸작을 저술하는 것'으로 이를 대체했을 것이라는 서술은, 야스키치와 '아와노씨' 라는 텍스트의 등장인물이 '문예'를 사랑하는 이와 그렇지 않은 이로 이분되어 있음을 의미한다.

'문예'를 사랑하는 야스키치는 그렇지 않은 '아와노씨'에게 빌린 돈을 갚기 위하여 그 자신의 '딸을 매춘부로 파는 것'과 마찬가지로 여기는 '어느 잡지사'에 그의 '작품을 파는 것'마저 고려한다. 그러나 '어느 출판서점'이 야스키치에게 보내온 인세印稅 덕에 '그의 영혼을 거는 일'은 겨우 면하였다.

여기서 「어시장」이 야스키치시리즈에 편입된 연유에 대하여 생각해 보자. 1922년 8월 『부인공론』에 발표된 「어시장」은 1924년 7월 『황

232 「10엔지폐」(『전집』 제7권, p.79)

작풍』에 재수록 되면서, 모두에 있던 '이 이야기는 소설이 아니다. 실제로 있었던 이야기다.' 라는 문구의 삭제와 더불어 본래 '나'였던 작중화자가 '야스키치'로 정정, 야스키치시리즈에 편입되었다. '작년 여름밤'에 '로사이露紫', '후초風中', '조탄如丹' 등 세 명의 친구와 함께 '어시장' 근처의 '양식당'을 찾은 야스키치는, 그곳에서 본 '손님'이 '한마디 인사도 없이' 그들 자리에 동석하는 거동에 '싫은 녀석'이라고 느낀다.

> 그게 이즈미 교카泉鏡花의 소설이라면 의협심에 불타는 이에게 퇴치될 놈이라고 생각하였다. 그러나 동시에 현대의 니혼바시日本橋에서는 도저히 이즈미 교카의 소설과 같이 움직여줄 것이라고 여겨지지 않았다.[233]

그러나 이 '손님'은 야스키치의 일행 중 '가시의 마루세이河岸の丸清'라고 하면 모를 사람이 없는 집안의 '로사이'를 알아보고는 '이상할 정도로 로사이의 눈치를 본다'. 그것을 본 야스키치는 다음과 같이 느낀다.

> 교카의 소설은 죽지 않았다. 적어도 도쿄의 어시장에는 아직껏 예의 사건도 일어나는 것이다.
>
> 그러나 양식당 밖으로 나왔을 때, 야스키치의 마음은 침울하였다. 물론 그는 '고씨幸さん'에게 아무런 동정도 일지 않았다. 게다가 로사이의 말에 의하면 손님은 인격도 나쁜 듯하였다. 하지만 그럼에도 이상하게도 기분은 밝아지지 않았다. 야스키치의 서재 책상 위에는 읽다만 라로슈푸코의 어록이 있다. — 야스키치는 달빛 속을 밟으면서 어

233 「어시장」(『전집』 제5권, p.463)

느새 그런 생각을 하고 있었다.[234]

여기서 '예의 사건'이란 안하무인격으로 행동하던 '손님'이 상당한 가문이라는 '의협심'에 퇴치되는 것을 말한다. 그러나 어찌된 일인지 '로사이'의 눈치를 보는 '손님'을 보고도 야스키치의 침울한 심정은 전혀 밝아지지 않는다. 그리고는 읽다만 '라로슈푸코의 어록'을 떠올린다.[235] 그러한 야스키치가 이 모든 상황을 이즈미 교카의 소설 속에서 찾고 있다. 어쩌면 「어시장」이 야스키치시리즈에 편입된 것은 이러한 측면 때문일지도 모르겠다.

이와 같이 야스키치시리즈가 공유하고 있는 문제의식은 글쓰기에 관한 사항에 놓여있다. 이를 좀 더 자세히 들여다보면, 그것은 크게 〈문예의 형식과 내용〉에 관한 문제, 〈근대적 글쓰기〉에 관한 문제, 그리고 〈작자와 독자 간의 소통〉에 관한 문제로 나누어진다.

(1) 불가분의 관계에 놓여있는 '문예와 형식과 내용'에 관한 문제

사실 텍스트를 전체로 놓고 보았을 때, 불가분의 관계에 놓여있는 '문예의 형식과 내용'은 극히 작은 부분으로 표출되어 있다. 예를 들어 「야스키치의 수첩에서」 중 〈점심시간〉에서는 괴테의 파우스트의 대사로, 「소년」에서는 '12월 25일', '目出度なる' 등으로, 「추위」에서는 '핏덩이가 뭉클 고인 광경'으로 나타나있다. 「야스키치의 수첩에서」와

234 「어시장」(『전집』 제5권, p.464)

235 프랑스의 모럴리스트 문학자인 프랑수아 드 라로슈푸코(François de La Rochefoucauld :1613년~1680년)는 1665년에 발표된 『잠언과 성찰』의 저자로 유명하다. 텍스트에서 야스키치가 떠올렸다는 '라로슈푸코의 어록'이 무엇인지에 대한 기술은 없지만, 내용상 어쩌면 그가 떠올렸다는 어록은 「라로슈푸코 잠언록」 중 〈도덕적 반성〉에서의 '우리들의 미덕은 대부분의 경우, 위장한 악덕에 지나지 않는다'일지도 모르겠다.

「소년」이 인식대상과 인식주체 간의 문제로 불가분의 관계에 있는 '문예의 형식과 내용'을 구현했다고 한다면, 「추위」는 표현 레벨에서 이를 다룬 텍스트라고 할 수 있다. 여기서 「아바바바바」(『중앙공론』 1923년 12월)와 「10엔지폐」(『개조』 1924년 9월)의 경우는 전자에 해당할 것이다.

아래에 인용한 「아바바바바」의 에피소드는 '여자'가 '젠마이커피'를 의아하게 여기는 것으로부터 시작된다.

> 야스키치는 그쪽으로 향하려다가 그만 발길을 멈추었다. 그녀는 그에게 등을 보인 채, 그녀의 남편에게 이런 것을 묻고 있다.
>
> "여보, 좀 전에 말이죠. 젠마이커피를 찾는 손님이 있었어요. 젠마이커피도 있어요?"
>
> "젠마이커피?"
>
> 남편의 말투는 손님을 대할 때와 마찬가지로 아내에게도 무뚝뚝하였다.
>
> "현미커피를 잘 못 들은 거겠지."
>
> "겐마이커피? 아하, 현미로 만든 커피. — 어쩐지 이상하다 했어. 젠마이는 채소가게에 있는 걸 말하죠?"
>
> 야스키치는 그들의 뒷모습을 바라보았다. 동시에 또 다시 천사가 찾아온 것을 느꼈다. 천사는 햄이 매달려있는 천장 언저리를 날아오른 채, 아무것도 모르는 두 사람 위에 축복을 내리고 있을 것임에 틀림없다. 물론 훈제된 청어 냄새에는 살짝 얼굴을 찡그리고 있다. — 그때 문득 야스키치는 청어를 사야한다는 걸 생각해냈다. 청어는 그의 코앞에서 형체만 있을 뿐 빈껍데기에 불과한 비참한 몰골을 포개고 있다.

"이봐요, 거기. 이 청어 좀 줘요."

여자는 금세 돌아봤다. 그때는 이미 젠마이(고비)가 채소가게에 있다는 걸 알아차린 직후다. 여자는 그들이 나눈 이야기를 야스키치가 당연 들었다고 여겼음이 분명하다. 고양이를 닮은 눈을 들었는가 싶었는데, 점점 부끄러운 듯 물들기 시작하였다. 야스키치는 앞에서도 말했다시피 여자가 얼굴을 붉히는 것은 지금까지 종종 보아왔다. 그러나 이때만큼 새빨개진 것은 본 적이 없다.

"뭐라고요, 니신요?"

여자는 작은 소리로 되물었다.

"그래요. 청어."

야스키치도 그때만큼은 무척 자신 있게 대답하였다.[236]

그녀가 '젠마이커피'를 이상하게 생각한 것은 채소인 고비薇로 만든 커피가 있다는 것이 이상했기 때문이다. 일본어 발음 상 고비는 '젠마이'다. 물론 이는 '그녀의 남편'의 정정에 의하여 '현미玄米'를 일컫는 '겐마이'임이 판명된다.

그런데 여기서 주목할 사항은 그녀가 이후에도 야스키치가 주문한 청어鯡를 그녀가 임신妊娠으로 잘 못 알아듣는다는 것이다. 일본어 발음 상 청어와 임신은 각각 '니신ニシン'과 '닌신ニンシン'으로 유사하다. 물론 텍스트 어디에도 '여자'가 청어를 임신으로 잘 못 알아듣는다는 내용은 기술되어있지 않다. 실지로 텍스트에서 이 장면은 "뭐라고요. 니신요?" 라고 청어를 나타내는 '鯡'로 표기되어 있다. 그러나 청어를 임신으로 듣지 않고서야 '이봐요, 거기. 이 청어 좀 줘요.' 라는 야스키치의

236 「아바바바바」(『전집』 제6권, pp.246~247)

말에 야스키치가 '이때만큼 새빨개진 것은 본 적이 없다'고 느낄 만큼 '여자'가 부끄러움을 탈 리가 없다.

이는 이후 '일정한 자극을 주면' 즉각 '반응을 나타내는' '함수초'와 같이 부끄러움을 잘 타던 '여자'가, '갓난아기를 앉은 채' '남 앞에서도 부끄러워하지 않고' '아바바바바바바바, 바아!'를 반복하는 것에서도 확인된다. 그녀는 위의 에피소드가 발생한 이후, '두 달가량 경과된 즈음'인 '다음 해 정월'에 홀연히 자취를 감추는데, 그로부터 그녀가 다시 가게에 나타난 것이 이듬 해 '2월 말'인 점을 감안할 때, 에피소드의 발생 시점 전후로 그녀는 임신을 했던 것이다.

이와 같이 「아바바바바」는 '여자'의 오청誤聽이기는 하나, '현미'와 '고비', '청어'와 '임신'이라는 인식대상을 놓고 '여자'와 '그녀의 남편', 그리고 '야스키치'라는 인식주체 간의 상이점을 이야기하고 있다. 이러한 양상은 「10엔지폐」에서도 나타난다.

> "아사히 줘요."
>
> "아사히 말입니까?"
>
> 행상인은 언제나 그렇듯 눈을 내리깐 채로 비난하는 듯 되물었다.
>
> "신문이요? 담배요?"
>
> 야스키치는 미간이 떨리는 것을 느꼈다.
>
> "맥주!"
>
> 예상했던 대로 행상인은 놀랐는지 야스키치의 얼굴을 쳐다본다.
>
> "아사히맥주는 없습니다."
>
> 야스키치는 후련한 기분으로 행상인을 뒤로하고 걷기 시작했다. 그러나 아사히는 어쩌고, ― 아사히 따위 이제 피지 않아도 좋다. 못마땅했던 행상인을 물리친 것은 하바나를 핀 것보다 더 유쾌했다. 그는 바지

> 주머니 속 돈이 고작 60전 정도라는 사실도 잊어버린 채, 플랫폼 앞으로 걸어갔다. 마치 바그람Wagram에서 있었던 일전一戰에 대승大勝을 거둔 나폴레옹이라도 되는 양…….[237]

언제나 '그저 무심히' 그의 목에 걸려있는 상자 속만 바라보고 있는 '행상인'의 태도를 못마땅하게 여기던 야스키치는, '신문이요? 담배요?' 라고 되묻는 '행상인'에게 일부러 '맥주' 라고 말한다. 서일본에서 아사히맥주가 처음 판매된 해는 1949년으로 「10엔지폐」가 발표된 1920년대 당시 '아사히맥주'는 존재하지 않았다. 존재하지도 않는 '아사히맥주'를 '행상인'에게 주문한 것은, 평소 무심한 듯한 행상인의 태도를 '우리들의 생명을 저해하는 부정적 정신의 상징'으로까지 여기며 '조바심'을 느끼던 야스키치가 그에게 일격을 가하기 위함이리라.

이러한 에피소드는 '행상인'과 '야스키치'라는 인식주체가 '아사히'라는 인식대상을 놓고, 이를 서로 어떻게 상이하게 인식하는가를 놓고 풍자적으로 전개되어 있다. 이러한 인식대상이 의미 해석적인 성격이 강하게 사용되는 경우도 있다.

> 다음날 일요일 저녁 무렵이다. 야스키치는 하숙집 낡은 등의자 위에 앉아 유유히 궐련에 불을 붙였다.
>
> ―중략―
>
> 이렇게 손때만 묻지 않았어도 이대로 액자 속에 넣어도 ―― 아니, 손때만이 아니다. 커다란 10자 위에 뭔가 잉크로 쓴 자잘한 낙서도 있다. 그는 조용히 10엔지폐를 들어 올려 입속으로 그 문자를 읽어 내려

237 「10엔지폐」(『전집』 제7권, p.70)

> 갔다.
> ‘ヤスケニシヨウカ(초밥으로 할까?—역자)’
> 야스키치는 10엔지폐를 무릎 위에 되돌려 놓았다. 그리고는 뜰 앞 저녁 어스름 속에서 오래도록 엽궐련 연기를 뿜어냈다. 이 한 장의 10엔지폐도 낙서를 한 작자에게는 단지 초밥이라도 먹을까 하는 망설임을 나타내는 것에 지나지 않았겠지. 허나 넓은 세상 가운데서는 이 한 장의 10엔지폐 때문에 비극이 일어났을지도 모른다. 그만해도 어제 오후에는 이 한 장의 10엔지폐 위에 그의 영혼을 걸고 있었던 것이다. 하지만 이제 그런 건 아무래도 좋다. 어쨌든 그는 아와노씨 앞에서 그 자신의 위엄을 세웠다. 5백부에 해당하는 인세도 월급날까지 용돈으로 충당하기에는 충분하다.
> ‘초밥으로 할까?’
> 야스키치는 이렇게 중얼거린 채, 다시 한 번 찬찬히 10엔지폐를 바라보았다. 마치 어제 답파踏破한 알프스를 뒤돌아보는 나폴레옹이라도 되는 양.[238]

본문 10엔지폐에 씌어진 ‘야스케니시요우카ヤスケニシヨウカ’에서 ‘야스케ヤスケ’는, 조루리浄瑠璃「요시쓰네 천 그루의 벚나무義経千本桜」에 나오는 초밥집 주인 이름에서 유래한 것으로 ‘초밥寿司’의 별칭이다. 이 낙서는 그것의 ‘작자’에게는 ‘초밥으로 할까?’ 정도로, 야스키치에게는 ‘그 자신의 위엄을 지켜낸’, 그래서 ‘이상하게도 아름다운 지폐’로 여겨지는 것으로 기능한다.

이상에서 살펴본 바와 같이 표현 레벨에서 다룬「추위」를 제외한,

238「10엔지폐」(『전집』 제7권, pp.81~82)

「야스키치의 수첩에서」, 「소년」, 「아바바바바」, 「10엔지폐」 등에서 불가분의 관계에 놓여있는 '문예의 형식과 내용'은, 언어유희 혹은 말장난처럼 보이며 텍스트 내 에피소드의 근간을 형성하며 구현되어 있다.

(2) 근대적 글쓰기에 관한 문제

야스키치시리즈의 문제의식은 단순한 글쓰기가 아니라, 근대적 글쓰기에 놓여있다. 앞서 논의의 전개과정에서 확인한 바와 같이 「어느 연애소설」의 중점사안은 '근대적'에 있지 '연애소설'에 놓여있지 않다. 「어느 연애소설」은 어떤 것을 '근대적인 글쓰기'로 볼 것인지 주필과 야스키치를 논쟁시키면서 드러내고 있는데, 이 둘의 견해 차이는 한마디로 말해서 '내용'과 '형식'에 놓여있다. 주필이 삼각관계 등 형식적인 측면을 중시하는 것에 반해 야스키치는 내용적인 측면, 즉 현실에 바탕을 둔 사실적인 글쓰기를 중시한다. 따라서 처음 야스키치의 낭만적 이야기에 크게 호응하며 좋아하던 주필은 이야기가 사실적으로 전개됨에 따라 점점 난색을 표하다가 급기야는 야스키치가 제시한 '요즘 부인잡지에 쓰고 싶은 소설'을 거절하기에 이른다.

「어느 연애소설」에서 근대적인 글쓰기에 있어서 형식과 내용의 문제가 이처럼 중요시되는 연유는, '1920년대 일본의 문학계'에서 찾아볼 수 있다. 1920년대 문학에 관한 담론의 논점은 대개 '문학의 형식과 내용'으로 요약된다. 예를 들면 아쿠타가와는 1922년 11월 학습원에서 《일본 문예에 있어서 형식과 내용의 관계》라는 주제로 1920년대 당시 문단상황을 논했으며, 《문예의 내용적 가치논쟁》과 《예술대중화논쟁》, 그리고 《사소설논쟁》의 주된 쟁점 또한 문학의 형식과 내용으로 대별할 수 있다. 그리고 이것은 「어느 연애소설」의 주된 문제의식과 일치한다.

당시 문학에 있어서 형식과 내용의 관계를 묻는 담론들은, 거대자본주의 경제체제 하에 형성된 대중이라는 무리가 기존의 문학 개념을 간섭한 탓이라고 할 수 있다. 그리고 〈작자—작품〉이라는 구도 속에서 문학을 파악한 문학담당자들은 '문학의 형식'을, 〈작자—작품—독자〉라는 구도 속에서 문학을 파악한 문학담당자들은 '문학의 내용'적인 측면을 강조하였다. 「어느 연애소설」에서의 글쓰기에 관한 문제의식도 이런 연장선상에서 파악되어야 할 것이다. 다시 강조하지만, 「어느 연애소설」이 문제시하고 있는 것은 단순한 글쓰기가 아니라, 근대적인 글쓰기인 것이다.

근대적인 글쓰기에 관한 문제는 「인사」에서도 중점적으로 다루어져 있다. 여기서는 '기존의 인식의 틀을 깨는 것'을 의미한다. 텍스트 전반부에서 야스키치는 '아가씨'를 묘사함에 있어서 '얼굴은 미인이라고 할 정도는 아니다. 그러나' 라고 서술하고 있다. 그리고 이렇게 서술하는 것이 근대소설의 글쓰기 방식에 근거함을 밝혀두었다. 근대소설 속에서 여주인공은 무조건적인 미인으로 묘사되지 않는다는 것이다. 야스키치가 이러한 근대적인 글쓰기를 채택한 연유는, '완전한 미인이 있다고 인정하는 것은 근대인의 체면이 걸린 문제'이며, 때문에 야스키치도 이 여성에게 '그러나' 라는 조건을 붙이는 것이다. 여기서는 「인사」에서의 근대적 글쓰기가 '완전한 미인이 있다'고 하는 인식의 틀을 깨는 것으로부터 출발하고 있다는 사실을 확인할 수 있다. 이처럼 야스키치시리즈의 무게중심은 단순한 글쓰기가 아닌, 근대적 글쓰기에 관한 사항에 놓여있다. 그리고 이는 1920년대 당시 문학에 관한 인식의 틀을 깨는 것을 의미한다.

(3) 작자와 독자 간의 소통에 관한 문제 — 지금 · 여기 1920년대 일본문단

야스키치시리즈에서 지금 · 여기는 일본 근대문학의 장에 있어서 대중독자로 인하여 1910년대에 비하여 확대된 1920년대 일본문단을 말한다. 이러한 사실은 〈전열작용의 법칙〉이 물체와 물체 간의 전열에서 시작하여 남녀 간의 〈소통〉, 그리고 작자와 독자 간의 〈소통〉으로 그 의미가 중층적으로 확대되는 「추위」가, 일본 근대문학의 장에 있어서 독자와의 공감대 형성의 요소에서 문학적 가치를 찾으려 한 1920년대의 움직임, 즉 문학개념의 전환기라는 연장선상에 놓여있다는 사실에서 이미 확인한 사항이다.

괴테의 파우스트의 대사를 접점으로 1922년 11월 18일 학습원에서 열렸던 강연 《일본 문예에 있어서 형식과 내용의 관계》와 연결되어 있는 「야스키치의 수첩에서」 중 〈점심시간〉 또한 텍스트의 문제의식은 1920년대 일본문단에 놓여있다. 자연주의, 유미주의, 인도주의라는 잣대로 상대의 예술을 비판하는 당시 문단에 대한 아쿠타가와의 비평에서, 그것이 발표된 1920년대 당시의 현실에 대한 반영률이 높다는 점에서도 확인된다.

마찬가지로 「소년」 각장의 시점視点 인물 야스키치의 문제의식 또한 지금 · 여기에 놓여있다. 〈1 크리스마스〉에서 '대지진 후의 도쿄 도로'가 '자동차를 놀라게' 할 정도로 엉망이 되었다는 야스키치의 진술과 〈6 어머니〉에서 '상하이'에 대한 진술은, 텍스트 내 현재 시점時点을 「소년」이 발표된 1924년 4월과 5월경에 가깝게 상정케 한다.

그리고 텍스트에 따라서는 1921년부터 1923년 사이로 텍스트 내 시간적 범위가 상당히 좁은 경우도 있다. 「어느 연애소설」이 이에 해당한다. 그렇다면 야스키치시리즈의 문제의식은 지금・여기, 즉 1920년대 일본문단에 놓여있다고 할 수 있을 것이다.

2. 글쓰기의 대상 여하에 따른 작품세계의 상이점

여기서는 그 기저基底에 '문학이란 무엇인가?' 라는 공통된 문제의식이 깔려있는 야스키치시리즈가, 언뜻 보면 각기 다른 작품 세계를 보여주는 듯한 연유를 글쓰기에 있어서 명제에 해당하는 '누구(독자)에게 무엇(소재)을 어떻게(문체) 쓸 것인가?'에서 찾도록 하겠다.

일견 총 10편의 야스키치시리즈는 공통된 작품세계를 보여주고 있지 않다. 대부분의 야스키치시리즈가 1916년 12월부터 1919년 3월까지 요코스카에 있는 해군기관학교의 촉탁교관으로 재직한 적이 있는 아쿠타가와의 전력에 근거하여 시・공간 설정이 가능한 것에 비하여, 「소년」의 경우는 아쿠타가와의 어린 시절로, 「어느 연애소설」의 경우는 아쿠타가와가 작가 활동을 하는 지금・여기로 시・공간이 설정, 그에 따라 텍스트별로 작품세계의 시・공간도 달리 상정된다. 이러한 다양한 작품세계를 보여주는 야스키치시리즈에서 공통점을 찾자면, 등장인물이 야스키치라는 점 외에는 없는 듯하다.

그러나 총 10편의 야스키치시리즈를 자세히 들여다보면, 텍스트의 성격이 그 서술적 특징과 관계를 맺거나 텍스트의 서술적 특징이 게재지와 관계를 맺고 있기도 하다. 본서는 논의의 전개과정에서 「야스키치의 수첩에서」 중 〈점심시간〉과 「어느 연애소설」에서 1920년대 당시의 일본문단 내지는 글읽기에 있어서 그릇된 경향에 대한 비평적 성격이 있음을 밝혔는데, 이와 같이 비평적 성격이 강한 텍스트인 경우는 상징계와 실재계가 혼재되는 경향이 있다. 구체적으로 「야스키치의 수첩에서」 중 〈점심시간〉에서 괴테의 파우스트의 대사와 「어느 연애소설」에서의 '여기'가 이에 해당한다. 이를 도해하면 아래와 같다.

상징계 (야스키치시리즈)	혼재된 상징계와 실재계	실재계 (1920년대 근대문학의 장)
「야스키치의 수첩에서」 중 〈점심시간〉	괴테의 파우스트의 대사	강연《일본 문예에 있어서 형식과 내용의 관계》
「어느 연애소설」	'여기'	『부인클럽』

다음으로 텍스트의 서술적 특징이 게재지와 관계를 맺고 있는 경우는 독자의 능동적 읽기를 유도하는 성격이 강한데, 이러한 텍스트는 대중문학 형성에 상당수 기여한 여성독자를 대상으로 하는 미디어에 발표되었다. 「인사」와 「어느 연애소설」이 이에 해당한다.

앞서 고찰한 바와 같이 야스키치시리즈의 문제의식은, 크게 〈문예의 형식과 내용〉에 관한 문제, 〈근대적 글쓰기〉에 관한 문제, 그리고 〈작자와 독자 간의 소통〉에 관한 문제로 나누어진다. 그중 텍스트가 〈문예의 형식과 내용〉에 관한 문제를 다룰 경우에는 '무엇을'에, 〈근대적 글쓰기〉와 〈작자와 독자 간의 소통〉에 관한 문제를 다룰 경우에는 '누구에게'로 그 무게중심을 달리한다. 여기서 후자의 경우는 대상—누구(독자)에게—이 의식의 표면에 드러나는데, 이러한 양상을 가장 잘 나타내고 있는 텍스트가 바로 글쓰기의 대상을 여성독자로 한정, 텍스트의 문제의식을 그녀들과 공유하려는 「어느 연애소설」이다. 그렇다면 '무엇('문예의 형식과 내용이 불가분의 관계에 있다'는 문학관)'을 '어떻게(변주시키면서)' '쓸 것인가?'를 극명하게 보여준 「소년」은 그 대척점에 있다고 하겠다.

그렇다면 총 10편의 야스키치시리즈가 글쓰기라는 공통된 문제의식을 공유하고 있으면서도 작품세계에 있어서 유사점이 없는 듯 보인 것은, 개별 텍스트가 각기 글쓰기의 대상 여하에 따른 무게중심을 달리한 결과라고 하겠다. 문예지 『중앙공론』, 『개조』 등 문학마니아를 대상으로 하는 미디어에서는 문학관의 구현의 장—무엇을 어떻게 쓸 것인가?—으로서, 여성지 『부인클럽』, 『여성』 등 대중독자를 대상으로 하는 미디어에서는 문학관의 실천의 장—누구에게 무엇을 어떻게 쓸 것인가?—으로서 기능하고 있는 것이다. 요컨대 야스키치시리즈는, 일본 근대문학의 장에 있어서 독자의 존재가 가시권에 들어오기 시작한 시기에, 때로는 작자의 문학관을 피력하는 장으로서, 때로는 독자와의 커뮤니케이션을 시도하는 장으로서 기능했던 것이다.

3. 야스키치시리즈의 원형 — 강연《일본 문예에 있어서 형식과 내용의 관계》

야스키치시리즈의 집필과정은, 1922년 11월 18일 학습원에서 열렸던 강연에서 당초 강연주제를 아쿠타가와가 아무런 사전 준비도 없이 즉석에서 논리 정연하게 대체했던 것처럼, 절필할 수 없었던 아쿠타가와가 평소 자신이 문제시 삼고 있던 '문학'을 픽션화하면서 만들어진 것으로 생각해 볼 수 있다. 강연에 앞서 아쿠타가와는 자신의 건강상의 문제로 당초 〈천재에 관하여〉였던 강연 주제를《일본 문예에 있어서 형식과 내용의 관계》로 대신하게 된 점에 대하여 양해를 구했는데, 이는 문예의 형식과 내용의 관계가 아쿠타가와에게 있어 평소의 문제의식이었다는 것을 반증하는 예라고 할 수 있다.

야스키치시리즈 중 가장 먼저 발표된 「어시장」(『부인공론』 1922년 8월)이 『황작풍』(신초샤, 1924년 7월)에 재수록되면서 야스키치시리즈에 편입되었다는 점을 감안할 때, 야스키치시리즈의 실질적 첫 발표작은 「야스키치의 수첩에서」(『개조』 1923년 5월)라고 할 수 있다. 앞서 밝힌 바와 같이 「야스키치의 수첩에서」 중 〈점심시간〉은 괴테의 파우스트의 대사를 접점으로 강연 《일본 문예에 있어서 형식과 내용의 관계》와 연결되어 있는데, 여기서 주목할 사항은 강연에서 '문예의 형식과 내용'의 관계를 지시하기 위하여 사용된 '담배'가 야스키치시리즈에 산재되어 있다는 점이다.

아쿠타가와는 강연에서 '문예의 형식과 내용이 불가분의 관계에 있다'는 것을 설명하기 위하여 '담배'로부터 이야기를 시작한다. 다소 긴 문장이지만, 야스키치시리즈 전체를 이해함에 있어서 중요하다고 판단되므로 아래에 이와 관련된 부분을 인용하도록 하겠다.

> 기다리면서 무엇을 이야기할까 생각했습니다. 그때 마침 내 눈에 들어온 것은 내 입에 물려있던 담배였습니다.
>
> — 중략 —
>
> 두서없이 그런 생각을 하고 있는 와중에 이 담배가 말이죠, 내가 피고 있는 것은 12전錢 하는 아사히朝日입니다만, 이 아사히를 궐련으로서 성립하게 만드는 것은 과연 무엇일까라는 생각이 들었습니다. 보통은 그런 생각을 하지 않지만, 아무튼 전차를 기다리는 동안에는 그런 생각을 했습니다. 그런데 이것 궐련, 종이에 감싸인 것 말이죠. 종이에 싸여있는 형식이 아사히라는, 아사히든 뭐든 상관없지만, 아무튼 궐련을 성립하고 있습니다. 동시에 또한 궐련이라는 내용도 됩니다. 그럴 경우 종이에 싸여있는 형식과 궐련이라는 내용은 떨어져 있는 듯

> 하지만 떨어져 있지 않은, 불즉불리의 관계에 놓여있다고 이해됩니다. 그것은 궐련으로는 다 설명할 수 없는, 그저 담배를 감싸고 있는 엽궐련의 형식이 그 엽궐련인 것을 성립하고 있는 것입니다. 여기서 궐련은 궐련의 변형일 것입니다. 이러한 불즉불리의 관계가 곧 문예의 내용과 형식의 관계에 들어맞지 않을까하고 생각합니다. 그것은 예를 들면 쉽게 이해할 수 있다고 생각합니다만, 괴테의 파우스트 중 메피스토펠레스가 말한 것 중에서 모든 이론은 잿빛이고 푸른 것은 황금색 생활의 나무다! 라는 대사가 있습니다. 예전에 배운 것이라 기억이 정확하지는 않지만, 원어를 말씀드리자면 분명
> "Grau ist alle Theorie,
> Und grün Des Lebens goldner Baum."
> 일겁니다.[239]

위에서 마지막 인용된 괴테의 파우스트의 대사가 바로 「야스키치의 수첩에서」 중 〈점심시간〉에서도 등장하는 문구이다. 그런데 강연에서 사용된 '담배', '아사히', '궐련'에 대한 서술은, 「어시장」과 「어느 연애소설」을 제외한 〈점심시간〉을 비롯한 야스키치시리즈 전체에서 공통적으로 나타난다.[240] 이하 각 텍스트에서 '담배'가 등장하는 부분만을 발췌하여 텍스트에서 그것이 어떤 기능을 하는지 살펴보도록 하겠다.

우선 「야스키치의 수첩에서」 중 '담배'가 등장하는 장은 〈점심시간〉, 〈서양인〉, 그리고 〈용감한 수위〉뿐인데, 〈점심시간〉에서는 두 장면, 〈서

239 「문예잡감」(『전집』 제6권, pp.132~133)
240 「어시장」에서도 '담배'에 대한 서술은 나오지만, 그것을 피운 주체는 야스키치가 아니라, '손님'이다. 그리고 「어느 연애소설」의 경우는 모두 4줄과 마지막 1줄을 제외한 모든 부분이 주필과 야스키치 간의 대화문으로 구성되어 있다.

양인〉과 〈용감한 수위〉에서는 각각 한 장면이다.

교정에는 무화과나무와 비자나무 사이로 목련이 꽃을 피우고 있다. 목련은 어째서인지 애써 피운 꽃을 햇볕이 잘 드는 남쪽으로는 향하지 않으려는 듯 보였다. 반면 신이辛夷는 목련을 닮았으면서도 고집스럽게 남쪽으로 꽃을 향하고 있다. 야스키치는 궐련에 불을 붙이면서 목련의 개성을 축복했다. 거기에 돌이 날아들 듯 할미새가 한 마리 내려앉았다. 할미새도 그에게는 소원하지 않다. 저 작은 꼬리를 흔드는 것은 그를 안내하는 신호다.

"여기, 여기! 그쪽이 아네요. 이쪽, 이쪽이라니까!"

그는 할미새가 일러주는 대로 자갈이 깔린 좁다란 길을 걸어갔다. 그러나 할미새는 어찌된 일인지, 돌연 하늘로 다시 날아올랐다. 대신에 키 큰 기관병이 한명, 좁다란 길 저편에서 걸어왔다. 야스키치에게 이 기관병의 얼굴은 어디선가 본 적이 있는 듯 여겨졌다. 기관병 역시 경례를 한 후, 재빨리 그의 옆을 빠져나간다. 그는 담배 연기를 뿜으면서 '누구였더라.' 하고 계속 생각했다. 두 걸음, 세 걸음, 다섯 걸음 — 열 걸음 째에 이르러 야스키치는 발견했다. 그는 폴 고갱이다. 혹은 고갱이 전생轉生한 것이다. 지금쯤 샤부르 대신에 화필을 잡고 있을 것임에 틀림없다. 그리고 종국에는 정신이 이상해진 친구로부터 뒤에서 총을 맞을 것이다. 가엽지만 어쩔 도리가 없다.[241]

「야스키치의 수첩에서」 중 〈점심시간〉

241 「야스키치의 수첩에서」 중 〈점심시간〉(『전집』 제6권, p.95)

> 그러고 나서 두 번째 궐련에 불을 붙였다. 이미 한차례 자동차가 지나간 자갈 위에는 도마뱀이 한 마리 빛나고 있다. 인간은 다리를 잘리면 그것으로 끝, 다시 만들 수 없다. 그러나 도마뱀은 꼬리가 잘려도 금방 새로운 꼬리를 제조한다. 야스키치는 입에 담배를 문채로 도마뱀은 분명 라마르크보다 더 용불용설用不用說주의자임에 틀림없다고 생각했다. 허나 그도 잠시, 도마뱀은 어느새 자갈에 떨어진 한 줄기 중유로 변하고 말았다.[242]
>
> 「야스키치의 수첩에서」 중 〈점심시간〉

첫 번째 인용문은 〈점심시간〉에서 야스키치가 처음 '궐련'에 불을 붙이는 장면이고, 두 번째 인용문은 '두 번째 궐련'에 불을 붙이는 장면이다. 이후 괴테의 파우스트가 나오는 장면으로 이어진다. 앞선 논의에서 확인했다시피 「야스키치의 수첩에서」 중 〈점심시간〉에서 등장하는 '연금술'은, 본질은 같지만 외형이 다른 '응용화학'과 대비되면서 인식대상이 인식주체에 따라 저마다 달리 인식되는 것을 보여주면서 '문예의 형식과 내용이 불가분의 관계에 있다'는 아쿠타가와의 문학관을 구현하고 있다. 이러한 문학관은 텍스트 내 공상의 세계 속에서 구현되는데, 여기서 야스키치는 이러한 공상에 빠져들기 직전에 '궐련'에 불을 붙인 것이다.

처음 '궐련'에 불을 붙인 야스키치는 '기관병'을 '폴 고갱'으로 착시하는 현상을 일으키는데, 이러한 현상은 '두 번째 궐련'에 불은 붙인 이후에도 발생한다. 여기서 야스키치가 발견한 '도마뱀'은 이미 자동차에 치어 죽고 마는데, 야스키치는 그러한 '도마뱀'을 검은 갈색의 걸쭉

242 「야스키치의 수첩에서」 중 〈점심시간〉(『전집』 제6권, p.96)

한 찌꺼기 기름인 '중유'에 비유한다. 어두운 갈색을 띤다는 점에서 '도마뱀'과 '중유'가 유사한 때문이리라. 그러나 이는 〈점심시간〉에서 '문예의 형식과 내용이 불가분의 관계에 있다'는 아쿠타가와의 문학관이, 본질은 같지만 외형이 다른 '연금술'과 '응용화학'이 대비되면서 구현되었다는 점을 감안할 때, '기관병'과 '폴 고갱' 및 '도마뱀'과 '중유' 또한 예의 문학관을 지시하고 있다는 측면에서 생각할 여지가 있다. '기관병'과 '폴 고갱' 및 '도마뱀'과 '중유'는 착시현상으로 인하여 야스키치에게만 그렇게 보이는 것일 뿐, 그 본질에 있어서는 동일한 것이라는 점에서 그러하다. 다음으로 〈서양인〉에서 '담배'가 등장하는 장면을 살펴보자.

> 야스키치는 이러한 타운젠드씨와 같은 피서지에 살고 있어서, 학교를 오갈 때도 같은 기차에 탔다. 기차는 그럭저럭 삼십분 정도 걸린다. 둘은 그 기차 안에서 글래스고산産 파이프를 입에 물면서 담배라든가 학교, 유령 따위의 얘기를 나누었다. 신지학자神智學者:theosophist다운 타운젠드씨가 햄릿에는 흥미가 없어도, 햄릿 부친의 유령에 대해서는 흥미를 갖고 있었기 때문이다. 그러나 마술이나 연금술, 오컬트 사이언스 등의 이야기가 나오면 씨는, 어김없이 슬픈 듯 머리와 파이프를 동시에 흔들면서 '신비의 문은 속인들이 생각하는 것처럼 열기 어려운 것이 아니다. 그것이 두려운 까닭은 오히려 닫기 어려운 것에 있다. 그런 것에는 손대지 않는 편이 좋다.'고 한다.[243]
>
> 「야스키치의 수첩에서」 중 〈서양인〉

243 「야스키치의 수첩에서」 중 〈서양인〉(『전집』 제6권, p.93)

「야스키치의 수첩에서」 중 〈서양인〉에서 '글래스고산産 파이프'는 타운젠드씨와 야스키치가 기차 안에서 '마술이나 연금술, 오컬트 사이언스' 등의 이야기를 나눌 때 등장한다. 여기서 타운젠드씨는 이러한 이야기가 나올 때마다 야스키치에게 '신비의 문은 속인들이 생각하는 것처럼 열리기 어려운 것이 아니다. 그것이 두려운 까닭은 오히려 닫기 어려운 것에 있다.'며 '마술이나 연금술, 오컬트 사이언'을 가리키는 '그런 것'에는 '손을 대지 않는 편이 좋다.'며 충고한다.

그런데 〈서양인〉에 등장하는 '마술', '연금술', '오컬트 사이언'[244]을 포함한 '그런 것'과 그것을 비유하여 말한 '신비의 문'은, 「예술, 그 밖의 것」에서 아쿠타가와가 말한 '문예'—'예술'—와 관련하여 생각할 여지가 있다. '신비의 문'은 '오히려 닫기 어려운 것'이라는 타운젠드씨의 발언에서 아쿠타가와가 「예술, 그 밖의 것」에서 '형식은 내용 속에 있는 것이다. 혹은 그 반대'라면서 '문예의 형식과 내용'의 관계를 이해하지 못하는 사람에게 '예술은 영원히 닫힌 책에 불과할 것이다.' 라는 단언을 연상할 수 있기 때문이다. 앞서 〈점심시간〉에서 '연금술'이 '문예의 형식과 내용이 불가분의 관계에 있다'는 것을 지시하고 있으며, 그러한 문학관이 구현되는 장면에 앞서 '궐련'이 등장했다는 점을 감안할 때, 〈서양인〉에서 말하는 '연금술' 또한 '문예'와 관련지어 생각할 여지가 있다.

이어서 〈용감한 수위〉를 살펴보자.

> 야스키치는 잠시 오우라大浦를 봤다. 오우라의 말에 의하면 그는, 보통의 용사와 달리, 한목숨 바쳐 도둑을 잡으려 덤빈 건 아니다. 그에게

244 연금술 · 점성술 · 마법 · 수상술(手相術) 등을 일컬음.

돌아올 대가를 생각하니 아니다 싶어 잡아야할 도둑을 놓친 것이다. 그러나 —— 야스키치는 궐련을 꺼내면서, 가능한 크게 고개를 끄덕여 보였다.

"그래야겠지. 그렇잖으면 너무 어리석잖아요. 위험을 무릅쓰는 만큼 손해를 보게 되니까요."

오우라는 '그런가요?'하며 얼버무린다. 그러면서도 이상하게 기운이 없어 보인다.

"그러나 만약 상여금만 나온다면야 …… "

야스키치는 다소 우울한 듯 말했다.

"그래도 상여금이 나온다고 하여 모두 위험을 무릅쓸지 어떨지? …… 그것 역시 의문이군요."

오우라는 이번에는 침묵했다. 그러나 야스키치가 담배를 입에 물자 급히 자신의 성냥을 그어 야스키치에게 내밀었다. 야스키치는 벌겋게 타든 불꽃을 담배 끝으로 옮기면서 자신도 모르는 사이 입가에 떠오른 미소를 그가 알아차리지 않도록 꾹 눌러 참았다.

"고마워요."

"고맙긴요."

오우라는 아무렇지 않은 듯 답하더니 성냥갑을 포켓에 도로 넣는다. 그러나 야스키치는 지금도 그날 자신이 이 용감한 수위의 비밀을 간파했다고 믿고 있다. 예의 한 점의 성냥불은 야스키치만을 위한 것이 아니다. 사실인즉 오우라의 무사도를 잘 보이지 않는 어둠 속에서도 똑똑히 보실 신들을 위하여 그어진 것이다.[245]

「야스키치의 수첩에서」 중 〈용감한 수위〉

245 「야스키치의 수첩에서」 중 〈용감한 수위〉(『전집』 제6권, pp.102~103)

위의 인용문에서 '용감한 수위'가 위한다는 '신들'은 비유적으로 사용되고 있는데, 「야스키치의 수첩에서」 중 '신들'이 등장하는 곳은 〈점심시간〉뿐이다. 〈점심시간〉에서의 '신들'이 사람들의 눈을 피해 '샴페인을 터트리는' '무관교관'을 가리키는 것임을 감안할 때, '용감한 수위'가 잡으려다 놓친 '철 도둑'은 이들 '무관교관'들일 가능성이 높다. 즉 '용감한 수위'가 '철 도둑'을 놓아준 것은 그의 말처럼 '대가'가 없어서가 아니라, 이들 '무관교관'을 비호庇護하기 위함인 것이다. 그렇다면 '용감한 수위'가 야스키치에게 붙여준 '한 점의 성냥불'은 이를 눈감아 달라는 의미라고 할 수 있겠다.

그러나 야스키치가 '궐련'을 꺼내든 것은, '대가'가 없어서 '철 도둑'을 놓아주었다는 '용감한 수위'의 진술이 의심쩍어서였다. 여기서 '담배'는 '용감한 수위의 비밀'을 간파한 것을 나타내는 것으로서, 어떠한 사건의 진위眞僞에 접근하기 위한 과정에서 등장한다. 즉 〈용감한 수위〉에서 '담배'는 어떠한 사항의 본질에 다가서기 직전에 등장하는 것이다.

이처럼 「야스키치의 수첩에서」에서의 '담배'는, 어떠한 사항의 본질—〈점심시간〉과 〈서양인〉에서는 '문예'—에 다가서기 직전에 그 실체에 대하여 규명糾明하고자할 때 나타난다. 이러한 패턴은 강연 《일본 문예에 있어서 형식과 내용의 관계》에서 '문예의 형식과 내용이 불가분의 관계에 있다'는 것을 설명하기 위하여 그에 앞서 '담배'로부터 이야기를 시작하는 것과 유사하다.

한편 텍스트에서 '담배'가 어떠한 사항의 본질을 규명하는 것과 전혀 무관하게 나타나는 경우도 있는데, 「아바바바바」가 이에 해당한다.

> 여자는 여성용 게다下駄를 아무렇게나 신고는 걱정스러운 듯 가게로 찾으러 왔다. 멍하니 있던 어린 점원도 하는 수 없이 통조림 언저리를

> 들여다보고 있다. 야스키치는 담배에 불을 붙인 후, 어떻게 그들에게 박차를 가할까 고심 끝에 이렇게 지껄여댔다.
>
> "벌레가 끓는 것(코코아—인용자)을 애들에게 주면 배탈이 나서 말이죠(그는 어느 피서지의 셋방에서 홀로 생활하고 있다). 아니, 애들뿐만이 아녜요. 한번은 집사람도 단단히 혼났어요(물론 아내 따위 맞아본 적도 없다). 무엇보다 주의를 게을리 할 수 없으니까요……"
>
> — 중략 —
>
> 그러나 다행히도 그것(받아들인 암시—인용자)을 되돌려주지 않으면 — 아니, 고양이는 길러도 좋다. 그러나 고양이를 닮은 여자를 위하여 영혼을 악마에게 팔아넘기는 짓은 아무래도 좀 생각해봐야겠다. 야스키치는 피다만 담배와 함께 옮겨 탄 악마를 털어냈다. 뜻밖의 일을 당한 악마는 마치 공중제비라도 넘는 양 어린 점원의 콧구멍으로 뛰어들었나보다. 점원은 목을 움츠리기 바쁘게 연달아 크게 재채기를 해댔다.[246]
>
> 「아바바바바」

그러나 여기서도 '담배'는, '일정한 자극을 주면' 즉각 '반응을 나타내는' '함수초'와 같은 '여자'의 본성을 발견하기 직전에 모색 단계에서 등장한다. 무엇보다 이후 전개되는 에피소드는, 앞서 확인한 바와 같이 「야스키치의 수첩에서」, 「소년」, 그리고 「10엔지폐」와 마찬가지로, '문예의 형식과 내용이 불가분의 관계에 있다'는 것을 지시하는 인식대상과 인식주체 간의 문제가 핵심을 이룬다.

인식대상과 인식주체 간의 문제를 다루기 전에 '궐련'이 등장한다는

246 「아바바바바」(『전집』 제6권, pp.244~245)

것은 「10엔지폐」도 마찬가지다.

> 다음날 일요일 저녁 무렵이다. 야스키치는 하숙집 낡은 등의자 위에 앉아 유유히 궐련에 불을 붙였다.
>
> — 중략 —
>
> 이렇게 손때만 묻지 않았어도 이대로 액자 속에 넣어도 —— 아니, 손때만이 아니다. 커다란 10자 위에 뭔가 잉크로 쓴 자잘한 낙서도 있다. 그는 조용히 10엔지폐를 들어 올려 입속으로 그 문자를 읽어 내려갔다.
>
> ‘ヤスケニショウカ(초밥으로 할까?—역자)’
>
> 야스키치는 10엔지폐를 무릎 위에 되돌려 놓았다. 그리고는 뜰 앞 저녁 어스름 속에서 오래도록 엽궐련 연기를 뿜어냈다. 이 한 장의 10엔지폐도 낙서를 한 작자에게는 단지 초밥이라도 먹을까 하는 망설임을 나타내는 것에 지나지 않았겠지. 허나 넓은 세상 가운데서는 이 한 장의 10엔지폐 때문에 비극이 일어났을지도 모른다. 그만해도 어제 오후에는 이 한 장의 10엔지폐 위에 그의 영혼을 걸고 있었던 것이다. 하지만 이제 그런 건 아무래도 좋다. 어쨌든 그는 아와노씨 앞에서 그 자신의 위엄을 세웠다. 5백부에 해당하는 인세도 월급날까지 용돈으로 충당하기에는 충분하다.
>
> ‘초밥으로 할까?’
>
> 야스키치는 이렇게 중얼거린 채, 다시 한 번 찬찬히 10엔지폐를 바라보았다. 마치 어제 답파踏破한 알프스를 뒤돌아보는 나폴레옹이라도 되는 양.[247]

247 「10엔지폐」(『전집』 제7권, pp.81~82).

다음으로 총 6편으로 구성되어 있는 「소년」에서 '궐련'은 첫 소품에 해당하는 〈1 크리스마스〉에서만 등장한다.

> 야스키치는 식사를 마친 후, 홍차를 앞에 두고 멍하니 궐련을 피우면서 오가와 건너편에 살던 사람이 되어 이십년 전의 행복을 꿈꾸기 시작하였다.……
>
> 이 수편의 소품은 한 개비의 궐련이 연기가 되어 사라지는 동안 야스키치의 마음을 잇달아 스치고 지나가는 추억 두세 개를 적은 것이다.[248]
>
> 「소년」 중 〈1 크리스마스〉

위의 인용문은 〈1 크리스마스〉의 마지막 부분인데, 앞서 텍스트 분석에서 확인한 바와 같이 야스키치의 '추억 두세 개를 적은' '이 수편의 소품', 즉 「소년」은 '불가분의 관계에 있는 문예의 형식과 내용'을 언어유희처럼 혹은 회상처럼 보이며 각각의 에피소드를 형성하며, 변주되어 있다. 위의 〈1 크리스마스〉에서의 '궐련'은 '12월 25일'이라는 인식대상을 놓고 '선교사'와 '소녀'라는 각기 다른 인식주체가 이를 저마다 달리 인식하고 있는 에피소드의 발생 직후에 등장한다.

이어서 표현 레벨에서 불가분의 관계에 있는 '문예의 형식과 내용'이 구현되어 있는 「추위」를 살펴보자

> 길옆으로 난 보리밭은 점점 산울타리로 변하기 시작하였다. 야스키치는 '아사히' 한 개비에 불을 붙이고는 전보다 편한 마음으로 걸어갔다.

248 「소년」(『전집』 제6권, pp.431~432)

> 석탄 찌꺼기 따위가 깔린 완만한 오르막길은 막다른 곳으로 인도한다, — 별 생각 없이 거기에 다다랐을 때였다. 야스키치는 건널목 양쪽으로 많은 사람들이 모여 있는 것을 발견하였다. 그 광경을 보는 순간 역사가 떠올랐다. 마침 건널목 울타리 쪽에 짐을 실은 자전거를 세우고 있는 이는 알고지내는 고기 집 점원이었다. 야스키치는 궐련을 든 손으로 뒤에서 점원의 어깨를 두드렸다.[249]
>
> 그는 두 개비 째 '아사히'에 불을 붙이며 플랫폼 앞으로 걸어갔다. 거기는 선로를 두세 정町 앞으로 하고 예의 건널목이 보이는 곳이었다. 건널목 양쪽에 모여들었던 사람들도 지금은 거지반 흩어진 모양이다. 단, 전신주 아래에는 철도인부가 피워놓은 모닥불이 한 점, 노란 불꽃을 피우고 있었다.
> 야스키치는 멀리 있는 그 모닥불에 무언가 동정에 가까운 감정을 느꼈다. 그러나 건널목이 보인다는 사실은 역시 불안하지 않을 수 없었다. 그는 발길을 돌려 다시 한 번 인파 속으로 들어갔다. 그러나 열 걸음도 채 떼기 전에 문득 붉은 가죽 장갑 한 짝을 떨어뜨렸다는 사실을 알아차렸다. 장갑은 궐련에 불을 붙일 때 벗어놓은 오른쪽 장갑이 도중에 떨어진 것이었다.[250]
>
> 「추위」

여기서 '아사히' 내지는 '궐련'은, 예의 강연에서 '예술적인 것'을 설명하기 위하여 제시된 '어린이가 전차에 치이려고' 하는 순간 '몸을 던

249 「추위」(『전집』 제6권, pp.422~425)
250 「추위」(『전집』 제6권, p.424)

져서 그 어린이를 구한 노동자', 그 '순간의 광경'이 텍스트에서 '핏덩이가 뭉클 고인 광경'으로 표현되기 직전과 직후에 등장한다.

다음으로 텍스트 속에 「인사」라는 그와 같은 제목의 텍스트를 배태하면서 메타픽션적 글쓰기 양상을 가장 극명하게 보여준 「인사」에서 '글래스고산 파이프'는 구상 단계에서 나타난다.

> 야스키치는 하숙으로 돌아가지 않고, 인적이 드문 바닷가 모래밭으로 갔다. 이는 흔한 일이다. 그는 한 달에 5엔円 하는 셋방과 한 끼 식사에 50전錢 하는 도시락에 세상살이가 귀찮아지면, 늘 이 모래언덕으로 글래스고산産 파이프를 피우러오곤 한다. 그날도 흐린 날씨의 바다를 보면서 먼저 파이프로 성냥불을 갖다 붙였다.
>
> — 중략 —
>
> 그로부터 7, 8년이 경과된 지금, 그때의 바다의 고요함만은 묘하게 선명하게 기억하고 있다. 야스키치는 그런 바다를 앞에 두고 언제까지나 그냥 멍하니 불 꺼진 파이프를 물고 있었다. 물론 그가 생각하고 있는 것은 여성에 대한 것만은 아니다.[251]
>
> 「인사」

> 이십분 정도 지난 후, 야스키치는 기차에 흔들리면서 글래스고산 파이프를 입에 물고 있다. 아가씨는 눈썹만 아름다운 것이 아니었다. 눈동자가 두드러진 눈도 역시 시원스레 아름다웠다. 기분 좋게 위를 향한 코도, …… 이런 생각을 하는 게 과연 연애일까? — 그가 그러한 물음에 어떻게 답했는지 그 역시 생각나지 않는다. 단지 야스키치의 기

251 「인사」(『전집』 제6권, pp.169~170)

억에 남아있는 것은 언젠가 그를 엄습했던 어슴푸레한 우울함뿐이다. 그는 파이프에서 피어오르는 한 줄기 연기를 지켜본 채로 얼마간 이 우울함 속에서 계속 아가씨만 생각했다. 기차는 물론 그러는 사이에도 아침햇살을 반쪽만 받고 있는 산골짜기를 달리고 있다.

'트라타타, 트라타타, 트라타타, 트라라라치'[252]

「인사」

대부분의 야스키치시리즈에 나오는 담배가 '담배' 내지는 '궐련'인 것에 비하여 「문장」에 등장하는 담배는 구체적인 담배명인 '뱃'으로 표기되어 있다.

대좌와 헤어진 야스키치는 흡연실에 들르지 않고, 아무도 없는 교관실로 돌아갔다. 십일월의 햇살은 오른쪽으로 창을 낸 야스치키의 책상을 향하여 곧바로 비추고 있다. 그는 그 앞에 앉아 한 개비의 뱃에 불을 붙였다. 조사를 짓는 것은 오늘로 벌써 두 번째다.

— 중략 —

그러나 이번에 조사를 짓기로 한 혼다本多 소좌少佐는 식당에 갔을 때, 대머리수리를 닮은 얼굴을 언뜻 본 게 다다. 게다가 조사를 짓는 일에는 아무런 흥미도 없다. 말하자면 현재 호리카와 야스키치는 주문을 받은 장의사다. 몇 월 며칠 몇 시까지 용등龍燈이나 조화造花를 가져오라고 주문받은 정신생활 상의 장의사다. — 야스키치는 뱃을 입에 문 채로 점점 우울함에 빠져들기 시작하였다.………[253]

252 「인사」(『전집』 제6권, pp.171~172)
253 「문장」(『전집』 제6권, pp.407~408)

> 야스키치는 혼자가 되자, 다시 한 개비의 뱃에 불을 붙이면서 실내를 어슬렁거리기 시작하였다. 앞에서 쓴 대로 그는 영국어를 가르치고 있다. 하지만 그것은 본업이 아니다. 적어도 본업이라고는 믿고 있지 않다. 어쨌든 그는 창작을 일생의 사업이라고 생각한다.[254]
>
> 「문장」

평소 아쿠타가와가 골든 뱃Golden Bat을 애용했다는 점을 감안할 때, 여기서의 '뱃'은 골든 뱃을 가리킨다고 할 수 있다. 그리고 텍스트에서 '뱃'은 글쓰기—'조사를 짓는 것' 내지는 '창작'—에 관하여 고심하는 과정에서 등장한다. 이렇게 놓고 보면, 야스키치시리즈의 원형은 강연 《일본 문예에 있어서 형식과 내용의 관계》에 있으며, 야스키치시리즈는 예의 강연과 파우스트의 대사로 연결되어 있는「야스키치의 수첩에서」의 다른 버전에 불과하다고 할 수 있을 것이다.

254 「문장」(『전집』 제6권, p.410)

제4장

일본 근대문학에 있어서의 야스키치시리즈

제1절 1920년대 글쓰기의 패러다임에 대한 도전 – 「문장」[255]

지금까지 야스키치시리즈는 1916년 12월부터 1919년 3월까지 요코스카의 해군기관학교의 촉탁교관으로 재직한 적이 있는 아쿠타가와의 전력에 근거하여 〈등장인물=서술자=아쿠타가와〉라는 구도 속에서 읽혀왔다. 「문장」(『여성』 1924년 4월) 또한 예외는 아니어서, '이 학교 생도에게 영국어 역독訳読을 가르치고 있는' 등장인물 호리카와 야스키치와 '오늘 날'의 야스키치가 '언젠가 이 마을 사람들을 「장례식葬式」정도의 제목으로 된 단편 속에 쓰고 싶다고 여긴다.'고 판단하는 서술자는, 작가라는 직업을 가진 아쿠타가와와 그의 촉탁교관으로서의 전력과 중첩되면서 독자로 하여금 「문장」 속의 등장인물과 서술자를 실제 작자인 아쿠타가와로 상정케 한다.

특히 본 텍스트에서 「크리스토퍼상인전きりしとほろ上人伝」(『신소설』 1919년 3월 · 5월)을 연상케 하는 '무슨 퍼상인인가 하는 소설'에 대한 서술은, 「문장」을 실제 작자의 사적인 문제를 다룬 텍스트, 즉 사적 글

255 본 절은 졸고 「1920년대 글쓰기의 패러다임 안에서 본 아쿠타가와 류노스케(芥川龍之介)의 「문장(文章)」론」(『日本學報』제87집, 한국일본학회, 2011, pp.123~136)의 내용을 일부 수정, 가필한 것이다.

쓰기로 규정하기에 충분하다. 「문장」에서 실제 작자인 아쿠타가와의 창작태도를 엿보는 논의[256]는 이러한 문맥에서 이루어진 작업이라 할 수 있다.

그러나 텍스트를 면밀히 살펴보면, 아쿠타가와의 사적인 전력과 텍스트 내 시간 사이의 불일치가 발견된다. 야스키치시리즈 중 하나인 「인사」에서도 현재 시점時点에 대한 이중서술이 행해진 점을 감안할 때, 이를 단순한 작자의 오기로 보기는 어렵다. 그렇다면 1920년대 텍스트에서 어째서 이러한 양상이 나타나는지 「문장」이 발표된 당시의 문맥을 살펴볼 필요가 있겠다. 이에 본 절에서는 우선 당시 문학담당자들의 인식의 틀을 지배했던 글쓰기에 대한 패러다임이 구체적으로 무엇인지 살펴보고, 이를 바탕으로 1920년대 일본 근대문학의 장이라는 공시적 틀 속에서 본 텍스트의 서술적 특징이 갖는 의미를 고찰하도록 하겠다.

256 예를 들어 야스키치가 남의 집 문에 소변을 보는 마지막 장면에서 아쿠타가와가 지은 '콧물이여, 오직 코끝에서만 어스레하구나.(水洟や鼻の先だけ暮れ残る)' 라는 하이쿠(俳句)를 연상한 기쿠치 히로시는, 「문장」을 '짧은 삽화(挿話)를 이야기하면서 문장이 끝난 데서 독자의 상상력을 야스키치(아쿠타가와)의 일상적 현실이나 감정으로 향하도록 유도하는 듯한 종류의 소설'로 파악하면서, 여기서 표현자 아쿠타가와의 일종의 새로운 방법적 시도를 읽어낸 바 있다(菊地弘(1982)『芥川龍之介—意識と方法—』(明治書院) pp.174~175).
같은 맥락에서 이시타니 하루키는 야스키치시리즈에서 '야스키치가 아쿠타가와의 분신으로 여겨지는 가장 큰 연유는 작가인 야스키치가 등장하기 때문'이라면서, '창작의 문제를 정면으로 거론한 작품'으로 「문장」을 들었으며(石谷春樹(1998)「芥川文学における〈保吉物〉の意味」(『三重法経』) pp.107~109), 권희주는 〈『문장』론—작자의 사소설관을 중심으로—〉에서 「문장」은 호리카와 야스키치라는 가공의 인물을 내세워 아쿠타가와가 창작 태도를 나타낸 작품이라고 밝혔다(권희주(2005)『아쿠타가와 류노스케(芥川龍之介)의 예술관 연구』(고려대학교 대학원 일어일문학과 박사학위논문) pp.133~134).

1. 1920년대 글쓰기의 패러다임

스즈키 도미에 따르면 1920년대 글쓰기의 패러다임은 〈사소설〉이다. 그러나 당시 주요 문학논쟁에서 《사소설논쟁》이 일부를 차지했다는 점을 상기할 때, 재고의 여지가 있다. 앞서 확인한 바와 같이 구메 마사오가 말하는 '사소설'은 '진짜'—'사실'—라는 필요조건에 '예술적'인 것이라는 충분조건이 더해진 장르라고 이해할 수 있다. 여기서는 나 아닌 타인이 '사소설'을 쓴 경우에 내릴 수 있는 '그것의 진위 여부'를 확인할 길이 없는 '사소설'의 필요조건인 '진짜'에 대한 논의는 차치하고, 그것의 충분조건인 '예술적'인 것에 초점을 맞추어 논의를 전개시키도록 하겠다.

구메 마사오에 의하면 '사소설'이란 '그것이 여실히 표현된' 것을 말하는데, 여기서 '여실히 표현'되어야하는 '그것'은, 언뜻 '나'인 것처럼 보이지만 실상은 그렇지 않다. 그는 '나를 이야기하는' 소설은 곧 '심경소설心境小説'이라고 적시하고 있다. 그렇다면 '사소설'의 기반이 되는 사고는 무엇인가.

> 무엇보다 나는 예술이 진정한 의미에서 특별한 인생의 '창조'라고는 아무래도 믿어지지 않는다. 그런 한 시대 전의, 문학청년의 과장된 지상감은 아무래도 가질 수 없다. 그리고 <u>나에게 있어서 예술은 그저 사람들마다 밟아온 한 평생의 '재현'이라고밖에 여겨지지 않는다.</u>
>
> — 중략 —
>
> 사람의 생활이라는 것은 완전히 취생몽사로 나날을 보냈다하더라도 <u>그것이 여실히 표현되면</u> 가치를 만들어낸다. 일찍이 지상에 존재했던

그 누구라도 그것이 여실히 재현되어있는 한, 장차 인류의 생활을 위하여 도움이 되지 않을 리 없다. 예술을 심심풀이 오락의 도구로만 보고 지상에 존재했던 한 사람의 생존의, 애처로운 발자취로 보지 않는 자는 어쩔 수 없지만, 적어도 그것을 인간 생활사의 한 부분으로 보았을 경우, 각자는 그 누구라도 각각의 페이지를 요구할 수 있는 권리를 가지고 있는 것이다.

단, 이때 문제가 되는 것은 '그것을 여실히 표현할 수 있으면'이라는 조건이다. 그런고로 나는 앞의 기쿠치의 주장에 비평을 가한 사토미 돈의 의견에 찬성하지 않을 수 없는 것이다.[257]

(밑줄 인용자)

구메 마사오가 '표현'을 '재현'과 같은 의미로 사용하는 것에서 확인할 수 있듯이, 그는 '예술'을 그저 '사람들마다 밟아온 한 평생의 재현'으로 인식하고 있으며, 그가 말하는 '사소설'은 '그것', 즉 '사람의 생활'이 '여실이 재현되어 있는' 것이다. 여기서 '사소설'을 '사소설'이도록 만드는 것—'가장 직접적으로 신뢰'하고 읽을 수 있도록 만드는 것—은, 물론 '그것'—'사람들마다 밟아온 한평생' 내지는 '사람의 생활'—이 '진짜真物'이어야할 터이다. 요컨대 '사소설'은 〈'그것이 여실히 표현된' 것='여실히 재현되어 있는' 것〉이 되는 셈이다. 이는 '사소설'이 〈현실의 재현으로서의 소설 관〉에 기반을 두고 있음을 의미한다.

〈현실의 재현으로서의 소설 관〉에 기반하고 있는 구메 마사오의 문학에 대한 인식의 틀은, 기쿠치 간도 공유하고 있다. 이들은 작자나 문학이 표현할 인물을 '천재영웅'에서 '범용한 사람'으로 이동시켰다. 그

257 久米正雄 「사소설과 심경소설」(『문예강좌』 1925년 1월과 5월)

러나 구메 마사오의 '사소설'이 표현 레벨에 무게중심이 놓여있는 것에 비하여 기쿠치 간의 그것은 기존의 문학의 범주—외연—를 확대시키는 것이었다. 이는 구메 마사오가 「사소설과 심경소설」에서 기쿠치 간의 견해를 소개하면서 기쿠치 간이 언급하지 않은 '여실히 표현할 수 있으면'이라는 문구를 덧붙이는 과정에서도 엿보인다.

사실 「문예작품의 내용적 가치」에서 문학에 대한 기쿠치 간의 인식의 틀은 그리 뚜렷이 나타나지 않는다. 그가 말하는 '내용적 가치'를 담은 소설이 '생생하게vivid' 표현한 것도 아니며, '귀중한 실감이 씌어있는' 내지는 '얻기 힘든 체험이 씌어있는' 소설도 아니라는 애매한 주장을 통해서는, 그의 인식의 틀이 다만 표현 레벨에 머물러있는 구메 마사오의 그것과 다소 차이를 보이고 있다는 점만을 확인할 수 있다. 그의 소설관은 오히려 이를 반박한 사토미 돈의 발언에서 보다 분명히 드러난다.

사토미 돈은 「기쿠치 간씨의 「문예작품의 내용적 가치」를 논박함」(『개조』 1922년 8월)에서 기쿠치 간이 '문예작품의 내용적 가치'가 있는 텍스트로 아쿠타가와의 「밀감蜜柑」이나 자신의 「은혜와 원한의 저편恩讐の彼方」을 예로 든 것에 대하여 다음과 같이 반박한다.

> 그런데 「밀감」이나 「은혜와 원한의 저편」이 완전히 작자의 공상으로 만들어진 것이라고 한다면 어떻게 되는가.

「밀감」이나 「은혜와 원한의 저편」 등의 소설이 사토미 돈이 반문하듯 작자의 공상이 아니라면, 현실에 존재하는 사실을 기술한 논픽션nonfiction이 될 터이다. 이어서 '문예작품에는 예술적 가치 이외의 가치가 엄존한다'는 기쿠치 간의 주장에 대하여 이를 '외재적 가치' 라며 다음과 같이 반박한다.

> 그것 '이외의 가치'란 말하자면 '재량'이라든가 '모델' 등 아무튼 세상에 존재하거나 존재한 것을 가리키는 것이 된다.

기쿠치 간이 말한 '예술적 가치 이외의 가치'를 '세상에 존재하거나 존재한 것'을 가리킨다는 사토미 돈의 발언에서는, 그의 눈에 비친 기쿠치 간의 문학에 대한 인식의 틀은 분명해진다. 그것은 바로 〈현실의 재현으로서의 소설 관〉인 것이다.

그렇다면 프로진영에 속한 문학담당자들의 인식의 틀은 어떠했는가. 아래의 인용문은, 도쿄전문학교(와세다대학 전신)에서 쓰보우치 쇼요와 시마무라 호게쓰島村抱月에게 지도를 받고 재학 중 러시아문학 및 러시아 사회운동가에 많은 관심을 기울인, 오가와 미메이가 1920년 5월 『요미우리신문』에 발표한 「문예의 사회화」의 일부다.

> 요컨대 예술이 그 자신의 생활에 대한 표현인 이상, 실감이 나지 않는다면 표현할 방도가 없는 것이다.
> 금후, 만약 우리 문단에 진정한 의미에서의 노동문학자가 나온다면, 그 작가는 필시 오랜 기간 이러한 예술을 낳는 데 충분한 체험을 어떤 식으로든 깊이 맛보고 온 사람이다.

'예술이 그 자신의 생활에 대한 표현'이라는 것을 전제로 하는 오가와 미메이의 발언 속에서도 〈현실의 재현으로서의 소설 관〉은 나타나 있다. 이러한 인식의 틀은 그에 이어 1920년 6월 『요미우리신문』에 「문예의 사회화」를 발표한 아리시마 다케오有島武郎의 발언 속에서도 찾아진다.

> 그러나 예술이 표현하는 것인 이상, 예술가는 그 표현의 연고가 될 재료를 가질 필요가 있다. 그리고 그 가장 주요한 재료 중 하나는 적어도 그가 살고 있는 사회라고 할 수 있을 것이다.

'예술가에게 있어서 가장 중요한 것'은 '우리들의 생활을 (외면적 생활을 비롯하여) 시대의 정신과 꼭 맞는 것'으로 만드는 것이라고 주장하는 아리시마 다케오가 말하는 '시대의 정신'이란 사회주의적 정신을 말한다.

물론 한편에서는 무샤노코지 사네아쓰처럼 '예술이라는 것은 순수하게 인간의 정신을 표현하는 것'[258]이라고 주장하는 이도 있었다. 그러나 이는, 문예를 '현실을 초월하여 실재의 거칠고 불순함으로부터 탈출한 이상적 세계'로 파악하는 '값싼 예술론'[259]이라고 지적한 마에다코 히로이치로나 '문학과 사회주의 간에 필연적 관계가 없다'고 보는 태도를 취하는 것은 '인류에 대하여 너무나도 냉담한 처사'[260] 라고 지적한 히라바야시 하쓰노스케平林初之輔에 의하여, 곧바로 반박된다.

히로츠 가즈오는 1924년 9월에 기쿠치 간과 사토미 돈 사이에 벌어진 《문예의 내용적 가치논쟁》을 정리한다는 취지에서 「산문예술의 위치」를 『신초』에 발표한다. 그는 여기서 사토미 돈의 의견에 '반대의견을 개진할 생각은 없다'면서도 '산문예술'은 '시, 미술, 음악'에 비하여 '가장 인생에 직접적으로 가까운 성질을 가지고 있다'[261]는 점을 강조,

258 武者小路実篤 「문학의 사회주의적 경향」(『요미우리신문』 1921년 5월)
259 前田河広一郎 「문학의 영원성과 현실」(『요미우리신문』 1921년 5월)
260 平林初之輔 「문학과 사회주의」(『요미우리신문』 1921년 5월)

기쿠치 간의 의견에 동조하고 있다. 이에 대한 반론으로 사토 하루오佐藤春夫는 동년 11월 『신초』에 「산문정신의 발생」을 발표한다.

요컨대 1920년대 일본문단은 소설을 현실의 재현으로서 인식하는 진영과 그렇지 않은 진영으로 나누어져 있었다고 할 수 있다. 그리고 그 무게중심은 1920년대 주요 문학논쟁을 이끈 구메 마사오, 기쿠치 간, 그리고 프로진영의 일부 문학담당자들에 의하여 〈현실의 재현으로서의 소설 관〉에 쏠려있었다.

2. 부정되는 〈재현으로서의 현실〉

여기서는 작자의 실제 경험을 이야기하고 있다는 것을 전제로 하는, 에피소드가 행해진 시점時点에 주목하는 것에 대한 문제제기로부터 다시 논의를 시작하도록 하겠다. 우선 시점時点에 주목하는 것은 야스키치시리즈에서 발생한 에피소드가 〈자기 패러디화〉되었을 가능성을 완전히 배재할 수 없다는 문제점이 있다. 「장의기葬儀記」(『신사조』 1917년 3월), 「가레노쇼枯野抄」(『신소설』 1918년 10월), 그리고 「문장」(『여성』 1924년 4월)에서는 장례식에서 울음소리를 웃음소리로 착각한다는 결코 흔한 일이라고는 할 수 없는 상황이 공통적으로 설정되어 있는데, 이는 야스키치시리즈가 1916년 12월부터 1919년 3월까지 요코스카 해군기관학교의 촉탁교관으로 재직한 시절의 작자의 실제 경험을 이야기하고 있다는 사실을 의심케 한다.

261 広津和郎 「산문예술의 위치」(『신초』 1924년 9월)

(1) 〈자기 패러디화〉의 가능성

야스키치시리즈에 속하는 「문장」은 호리카와 야스키치라는 '해군 XX학교의 교관'이 어느 날 과장인 후지타藤田) 대좌大佐로부터 죽은 혼다本多 소좌少佐의 조사弔辞를 지으라는 지시를 받는 것으로부터 시작된다.

> 교장은 조용히 읽기 시작하였다. 목소리는 다소 안정된 저음이었지만, 거의 필설을 초월한 애절한 감정을 담고 있다. 도저히 남이 만든 조사를 대신 읽고 있는 것이라고는 여겨지지 않는다. 야스키치도 살며시 교장의 배우적인 재능에 탄복하였다. 본당은 처음부터 조용하였다. 좀처럼 몸을 움직이는 이조차 없다. 교장은 이윽고 침통하게 '그대여, 타고나기를 남보다 영오穎悟하여 벗을 형제와 같이' 라고 읽어나갔다. <u>그런데 갑자기 친족 자리에서 누군가 소리죽여 킥킥 웃는 이가 나왔다. 게다가 그 웃음소리는 점점 높아지는 듯하였다</u>. 야스키치는 내심 흠칫 놀라면서 후지타 대좌의 어깨너머 저편에 있는 사람들을 물색하였다. <u>그와 동시에 상황에 맞지 않는 웃음소리라고 여겼던 것이 정작은 울음소리라는 사실을 발견하였다</u>.
> 소리의 주인은 여동생이다.[262]
>
> (밑줄 인용자)

야스키치는 자신과 별로 상관도 없는 사람을 위하여 조사를 짓게 된 것에 대하여 불만을 품었다. 그러나 죽은 혼다 소좌에 대해서 '음, 형제

262 「문장」(『전집』 제6권, p.415)

와 같이 여겼던 사람입니다. 그리고 음, 언제나 반에서 우두머리를 했던 사람입니다' 라는 정보밖에 얻지 못한 야스키치가 아무런 감정도 없이 쓴 그 조사는, 의외로 사람들을 감동시키고 죽은 이의 여동생을 호읍号泣하게까지 만든다. 그때 어째서인지 야스키치는 그 여동생의 울음소리를 웃음소리로 착각한다. 그런데 이러한 에피소드는 「문장」 이전인 1917년에 발표된 「장의기」에서도 엿보인다.

> 나는 식에 임해도 마음이 슬퍼지지는 않을 것이라고 여겼다. 그런 기분에 빠져들기에는 모든 것이 너무나도 형식에 치우쳐있고 거창하였다. — 그런 생각에 마음 놓고 송연노사宗演老師의 힌코법어秉炬法語를 듣고 있었다. 때문에 마쓰우라군의 우는 소리를 들었을 때에도 처음에는 누군가 웃고 있는 것은 아닌가 하고 의심했을 정도였다.[263]
>
> (밑줄 인용자)

「장의기」는 1916년 12월 9일에 죽은 나쓰메 소세키를 추모하기 위하여 집필한 글인데, 여기서 아쿠타가와는 자신의 스승이었던 나쓰메 소세키의 장례식 분위기에 압도되어, 한순간 마쓰우라松浦의 울음소리조차 웃음소리로 착각을 일으킬 정도였다고 회상하고 있다. 「장의기」에서의 이러한 에피소드는 「가레노쇼」에서도 등장한다.

> 그런데 이 엄숙한 순간 갑자기 좌석 한구석에서 기분 나쁜 웃음소리가 들려오기 시작하였다. 아니 적어도 그때는 분명 그렇다고 믿었다. 그것은 마치 뱃속으로부터 끓어오르는 홍소哄笑가 목과 입술에 막히

263 「장의기」(『전집』 제1권, p.360)

> 면서, 설상가상 가소롭다는 듯이 불쑥불쑥 콧구멍으로 치받쳐 오르는 듯한 소리였다. 물론 이런 상황에서 실소를 터트리는 이는 아무도 없을 것이다. 실제로 그 소리는, 조금 전부터 흐르는 눈물에 어찌할 바를 몰라 한 마사히데正秀의 참고 또 참던 통곡이, 바로 가슴을 찢고 흘러나온 것이었다. 그 통곡은 물론 말할 수 없이 비통한 심정에서 나온 것임에 틀림없다.[264]
>
> (밑줄 인용자)

「가레노쇼」는 마쓰오 바쇼(松尾芭蕉:1944년~1694년)의 임종을 지키고 있던 다양한 인물상을 그린 소설이다. 텍스트에서 '자신들 제자는 모두 스승의 최후를 애도하는 것이 아니라, 스승을 잃은 자신들을 가여워하고 있는 것이다.' 라는 '기카구其角'의 말이 등장했다는 사실을 감안할 때,「가레노쇼」는 나쓰메 소세키의 실재 임종했을 당시의 상황을 염두에 두고 집필되었을 가능성이 높다.[265] 그러나 장례식에서 울음소리를 웃음소리로 착각한다는 것은 그리 흔한 일이 아니다. 이러한 상황이 공통적으로 설정되어 있는 「장의기」, 「가레노쇼」, 「문장」에서 텍스트가 〈자기 패러디화〉되었을 가능성을 완전히 배재하기는 어려울 것이다.

(2) 〈등장인물=서술자=아쿠타가와〉라는 읽기모드를 훼손하는 서술방식

「문장」의 읽기에 있어서 〈등장인물=서술자=아쿠타가와〉라는 읽

264 「가레노쇼」(『전집』 제2권, p.288)

265 이와 관련하여 『아쿠타가와 류노스케 대사전』은 '바쇼의 임종 장면에는 아쿠타가와의 스승 나쓰메 소세키의 죽음이 투영되어있다'고 밝히고 있다(志村有弘編 『芥川竜之介大事典』(勉誠出版, 2002) p.421).

기모드를 유도하는 것은, 「크리스토퍼상인전」을 연상케 하는 '무슨 퍼상인인가 하는 소설'에 대한 서술이 수행하고 있다고 해도 과언이 아니다. 텍스트에서 이와 관련된 부분만을 발췌하면 아래와 같다.

> ① 야스키치는 혼자가 되자, 다시 한 개비의 뱃에 불을 붙이면서 실내를 어슬렁거리기 시작하였다. 앞에서 쓴 대로 그는 영국어를 가르치고 있다. 하지만 그것은 본업이 아니다. 적어도 본업이라고는 믿고 있지 않다. 어쨌든 그는 창작을 일생의 사업이라고 생각한다. 실제로 교사가 되고 나서도 대개는 두 달에 한편씩 짧은 소설을 발표해왔다. 그 중 하나—장 크리스토프의 전설을 게이초판慶長版 이소호이야기伊曾保物語풍으로 정확히 반 정도 새로 고쳐 쓴 것은 이번 달 어느 잡지에 실려 있다. 다음 달에도 역시 같은 잡지에 남은 반절을 쓰지 않으면 안 된다. 이번 달도 이제 칠일이 지나면 다음 달 호의 마감일은—조사 따위를 쓰고 있을 계제가 아니다. 본래 일하는 데 시간이 많이 드는 그로서는 밤낮 가리지 않고 부지런히 써도 가능할지 어떨지 의문이다. 야스키치는 점점 조사를 짓는 것에 대한 분함을 느꼈다.[266]
>
> ② "이번 달에 무슨 퍼상인인가 하는 소설을 쓰셨지요?"
> 붙임성이 좋은 다나카중위는 쉴 새 없이 혀를 놀리고 있다.
> "그것에 대한 비평이 나왔어요. 오늘 아침 시사時事,—아니, 요미우리讀売에요. 좀 있다 보여줄게요. 외투 포켓에 있으니까."[267]
>
> (강조점 원문)

266 「문장」(『전집』 제6권, p.410)
267 「문장」(『전집』 제6권, pp.412~413)

> ③ 거기에 또 다시 같은 기차를 탄 재롱둥이 다나카 중위는 야스키치의 소설을 비평한 요미우리신문의 월평을 꺼내보였다. 월평을 쓴 이는 그때는 아직 작가로서의 명성을 떨치고 있던 N씨다. N씨는 마음껏 매도한 후, 야스키치에게 이렇게 결정적 타격을 가하였다. — '해군XX학교 교관의 여기餘技는 문단에 전혀 필요치 않다!'[268]

「크리스토퍼상인전」에 대한 서술만을 놓고 보았을 때, 「문장」에서의 〈등장인물=서술자=아쿠타가와〉라는 읽기모드는 유효하다. 텍스트의 ①에서 '장 크리스토프 전설을 게이초판 이소호이야기풍으로 정확히 반 정도 새로 고쳐 쓴 것은 이번 달 어느 잡지에 실려 있다. 다음 달에도 역시 같은 잡지에 남은 반절을 쓰지 않으면 안 된다.'는 야스키치의 발언, ②에서 '이번 달에 무슨 퍼상인인가 하는 소설을 쓰셨지요?'라는 다나카 중위의 발언, 그리고 ③에서 다나카 중위로부터 받은 '해군XX학교 교관의 여기는 문단에 전혀 필요치 않다!'는 요미우리신문의 N씨의 월평이, 「문장」을 〈등장인물=서술자=아쿠타가와〉라는 읽기모드로 유도하고 있는 점에서 그러하다. 즉 독자로 하여금 다나카 중위가 말하는 '무슨 퍼상인인가 하는 소설'은 「크리스토퍼상인전」이라는 실제 텍스트로, N씨는 난부 슈타로라는 실제 인물로 간주하도록 만드는 것이다.[269]

「크리스토퍼상인전」은 아쿠타가와가 1919년 3월과 5월 두 번에 걸쳐 잡지 『신소설』에 실제로 발표한 소설이다. 「문장」에서의 서술의 신

268 「문장」(『전집』 제6권, p.416)

269 예를 들어 고마샤쿠 기미는 〈야스키치물〉에서 N씨가 야스키치의 작품을 비방한 것을 들면서, '이 작품은 아쿠타가와가 요코스카의 해군기관학교 교관을 하고 있던 때의 회상으로서 쓴 것'이라고 지적하고 있다(駒尺喜美『芥川龍之介の世界』(法政大学出版局, 1992) pp.150~152).

빙성을 확인하기 위하여 「크리스토퍼상인전」이 발표된 이후인 1925년 12월경 아쿠타가와가 자신의 텍스트에 대하여 어떠한 발언을 했는지 살펴보자. 아래의 인용문은 「색다른 작품 두 점에 대하여」의 일부이다.

> 내 소설의 대부분은 현대 보통 사용되고 있는 말로 쓴 것이다. 예외로 「봉교인의 죽음」과 「크리스토퍼상인전」이 있다. 양쪽 모두 분록쿠게이초文禄慶長 즈음의 아마쿠사天草나 나가사키長崎에서 나온 일본야소회출판日本耶蘇会出版의 여러 서적의 문체를 본떠서 창작한 것이다.
>
> 「봉교인의 죽음」은 종도宗徒가 되는 중심인물의 당시 구어역訳 헤이케平家이야기를 본뜬 것이고, 「크리스토퍼상인전」은 이소호伊曾保이야기를 흉내 낸 것이다. 그러나 원문처럼 잘 쓰지는 못하였다. 그 간고소박簡古素朴한 분위기를 내지 못하였다.
>
> 「봉교인의 죽음」은 일본 성교도聖教徒의 일사逸事를 짜서 만든 것으로 완전히 내 상상의 작품이다. 「크리스토퍼상인전」은 장 크리스토프의 전설을 재료로 만든 것이다.
>
> 쓴 걸 다시 읽어보니, 「크리스토퍼상인전」이 더 잘 만들어진 것 같다.[270]
>
> (밑줄 인용자)

「크리스토퍼상인전」이 발표된 즉시 난부 슈타로는 「실록의 창에서 」(『요미우리신문』 1919년 5월)에서 「크리스토퍼상인전」에 대하여 다음과 같이 평한다.

270 「색다른 작품 두 점에 대하여」(『전집』 제8권, pp.101~102)

> 아쿠타가와 류노스케씨의 「크리스토퍼상인전」은 이번 달로 완결되었다. 나는 이 작품을 통하여 아쿠타가와씨가 얼마나 표현에 고심하고 있는지, 또한 아쿠타가와씨가 얼마나 스타일리스트로서 뛰어난 기능技能을 지니고 있는지 절절히 느꼈다. 그리고 이와 같이 특수한 재료를 다루면서도 읽는 이의 마음을 흥미 속으로 끌어들이고, 로맨틱 · 판타지의 경지로 매혹하는 점, 분명 아쿠타가와씨만이 가능한 것이리라. 그러나 이런 소위 「황금전설」이야기는 기교의 세련됨과 형식미에는 찬탄해 마지않지만, 그 창작적 동기가 아쿠타가와씨의 어느 취미에 지나지 않는다는 것이 여실히 느껴진다. <u>기탄없이 말하자면, 그것은 지나치게 지교智巧하고, 작품 그 자체로서는 재미와 기교 이상의 것을 느낄 수 없다(신소설).</u>[271]
>
> (밑줄 인용자)

사실 「문장」에 기술되어 있는 '해군XX학교 교관의 여기는 문단에 전혀 필요치 않다!'는 말은 위의 난부 슈타로의 평에서는 등장하지 않는다. 그는 단지 '그것은 지나치게 지교하고, 작품 그 자체로서는 재미와 기교 이상의 것을 느낄 수 없다'고 평했을 뿐이다. 그러나 난부 슈타로의 평이 호평이 아닌 것만은 분명하다.

이와 관련하여 주목할 점은 이러한 텍스트에서의 혹평이 나카무라 고게쓰中村孤月의 평에서 발견된다는 사실이다. 그는 「1월의 문단」(『요미우리신문』 1917년 1월)에서 아쿠타가와의 「운運」(『문장세계文章世界』 1917년 1월)과 「오가타 료사이의 메모尾形了斎覚え書」(『신초』 1917년 1월)에 대하여 '능란히 그렸어도 문학적 가치는 상당히 모자라니, 대충

271 南部修太郎 「若葉の窓にて 五月号創作の印象(九)」(『読売新聞』 1919년 5월)

써서는 아무리 해도 안 된다. 해군기관학교 교관의 여기는 문단에 필요치 않다.' 라고 혹평하였다.

즉「색다른 작품 두 점에 대하여」에서의「크리스토퍼상인전」에 대한 아쿠타가와의 발언은,「문장」의 ①에서의 서술에 신빙성을 더해주고 있지만, ②, ③에서의 서술에는 의구심을 품게 한다. 난부 슈타로와 나카무라 고게쓰의 평이 모두『요미우리신문』에 실린 점에서 ②에서의 서술을 완전히 부정할 수는 없지만, ③에서의 서술이 나카무라 고게쓰의 평가와 일치한다는 점과 그것이「문장」이 아닌,「운」과「오가타료사이의 메모」에 대한 평이라는 사실은, 본 텍스트의 진술이 신빙성을 확보하고 있지 않다는 사실을 말하여 준다.

무엇보다「크리스토퍼상인전」을 기준으로 텍스트 내 시간을 상정했을 경우, 그것은 아쿠타가와의 사적인 전력과 불일치를 가져온다. 사실 텍스트 내 년도에 대한 적확한 기술은 어디에도 없다. 독자가 텍스트에서 얻을 수 있는 정보는, 야스키치가 과장인 후지타 대좌로부터 죽은 혼다 소좌의 조사를 지으라는 지시를 받는 달이 '11월'의 어느 날이며, 장례식은 그로부터 '이삼일'이 경과한 시점時点에 치러진다는 사실뿐이다. 실제로「크리스토퍼상인전」이『신소설』에 발표된 것은 1919년 3월과 5월 두 차례에 걸쳐서이며, 아쿠타가와가 해군기관학교의 촉탁교사를 그만두고 오사카마이니치신문사의 촉탁사원이 된 것은 1919년 3월의 일이다.

이렇게 놓고 보았을 때, 텍스트 내에서 장례식이 치러진 시점時点은「크리스토퍼상인전」이 실제로 발표된 1919년 3월에서 5월 전 어느 날로 상정된다. 그러나 텍스트는 분명 3월도 4월도 아닌, '11월'의 어느 날로 기술하고 있으며, 그러한 과거를 회상하는 현재 시점時点의 서술자는 '오늘 날'을 '7, 8년이 경과'한 시점時点으로 설정하고 있다.

> 야스키치는 이런 안 된 마음으로 한 시간에 걸친 장례식에서 처음으로 초연히 머리를 숙였다. 혼다 소좌의 친족들은 분명 이런 영국어 교사 따위의 존재가 있는지 몰랐을 것이다. 그러나 야스키치의 마음속에는, 익살꾼 차림을 한 라스콜리니코프가 한명, 7, 8년이 경과된 오늘날에도 진창길 양쪽으로 가랑이를 벌린 채 부디 그들이 자신을 용서해주기를, 빌고 싶은 것이다.……[272]

여기서 텍스트 내 현재 시점時点을 상정하는 방법은 두 가지가 있는데, 하나는 텍스트에 기술되어 있는 '무슨 퍼상인인가 하는 소설'을 「크리스토퍼상인전」으로 간주, 이를 근거로 산출하는 것이며, 다른 하나는 아쿠타가와가 요코스카의 해군기관학교에 있었던 시기를 근거로 산출하는 것이다. 이중 전자의 경우는 〈등장인물=서술자=아쿠타가와〉라는 읽기모드가 훼손된다. 「크리스토퍼상인전」이 발표된 것은 실제로 1919년 3월과 5월인데, 이를 근거로 텍스트 내 현재 시점時点을 상정했을 경우, 장례식이 있은 날로부터 '7, 8년이 경과'한 현재 시점時点은 「문장」이 실제로 발표된 1924년 4월 이후인 1926년에서 1927년 사이가 되기 때문이다.

한편 '무슨 퍼상인인가 하는 소설'을 실제 텍스트인 「크리스토퍼상인전」이 아닌, 「문장」 속 가공의 텍스트로 간주하고, 텍스트 내 현재 시점時点을 상정했을 경우, 「문장」은 실제 작자와의 관련성 속에서 논의될 수 있다. 아쿠타가와가 요코스카의 해군기관학교에 있었던 시기인 1916년 12월부터 1919년 3월까지를 근거로 그로부터 '7, 8년이 경과'한 현재 시점時点을 텍스트 내 현재 시점時点으로 설정했을 경우, 1923년

272 「문장」(『전집』 제6권, p.415)

12월부터 1924년 12월 사이와 1926년부터 1927년 사이가 되는데, 이 중 전자가 「문장」이 실제로 발표된 1924년 4월 범위 내에 존재하기 때문이다. 아마도 이러한 읽기를 통하여 1924년경에 본 텍스트를 접했을 당시의 독자에게 있어서 「문장」은 동시성이 확보되었으리라.

그러나 '무슨 펴상인인가 하는 소설'이 「크리스토퍼상인전」이 아닌, 「문장」 속 가공의 텍스트로 기능하는 여기에서, 〈등장인물═서술자═아쿠타가와〉라는 읽기모드는 역시 훼손된다. '무슨 펴상인인가 하는 소설'이 가공의 텍스트인 이상, 그것을 이야기하는 「문장」 또한 아쿠타가와가 요코스카 시절에 직접 경험했던 사실이 아닌, 허구의 세계가 되기 때문이다. 결국 어느 쪽도 '오늘 날'을 '7, 8년이 경과'한 시점時点으로 설정하는 서술자로 인하여 〈등장인물═서술자═아쿠타가와〉라는 읽기모드는 훼손되고 만다.

앞서 밝힌 바와 같이 1920년대 문학담당자들의 인식의 틀을 지배했던 글쓰기에 대한 패러다임은 〈현실의 재현으로서의 소설 관〉이다. 이러한 연장선상에 「문장」을 놓고 보았을 때, 독자로 하여금 「크리스토퍼상인전」을 연상케 하여, 일견 실제 작자의 사적인 문제를 다룬 텍스트로 가장하는 듯하면서도 실상은 그것이 허구임을 명백히 보여주는 「문장」은, 1920년대 글쓰기의 패러다임에 도전하는 텍스트라고 할 수 있겠다.

3. 「문장」의 시간적 오차(誤差)가 의미하는 바

이와 같이 「문장」 속의 '무슨 펴상인인가 하는 소설'에 대한 서술은 1920년대 글쓰기의 패러다임인 〈현실의 재현으로서의 소설 관〉에 도전하는 기제로 작동한다. 그러나 이에 대한 서술이 「크리스토퍼상인전」

을 지시指示한다는 사실 또한 완전히 부정할 수는 없을 것이다. 그런데 이는 단순한 작자의 시간적 착오錯誤를 의미하지 않는다. 「문장」과 마찬가지로 야스키치시리즈에 속하는 「인사」(『여성』 1923년 10월)와 「10엔지폐」(『개조』 1924년 8월)에서도 에피소드가 발생한 시점時点으로부터 '7, 8년이 경과된 오늘날'로 텍스트 내 현재 시점時点을 설정하는 서술이 나타나기 때문이다.[273] 이와 관련하여 아쿠타가와 문체의 특징 중 '공간적 확실함과 시간적 불안정성'[274]을 든 후쿠다 쓰네아리福田恆存의 논의는 주목할 만하다.

이중 「인사」와 「문장」의 차이를 들자면, 「인사」의 전반부에서 '5, 6년 전에 얼굴을 마주친 적이 있는 어느 아가씨에 대한 기억'이라고 서술한 서술자가 '그로부터 7, 8년이 경과된 지금'으로 그 서술시점時点을 뒤집는 이중서술이 나타나는 것에 비해, 「문장」에서는 단지 현재 시점時点을 장례식이 있은 날로부터 '7, 8년이 경과'한 지금으로 설정하고 있다는 것 정도다. 그러나 「문장」과 「인사」 어느 쪽도 본 텍스트에서 아쿠타가와가 요코스카 시절에 경험했던 현실을 재현한 것, 즉 〈재현

273 1924년 8월 『개조』에 발표된 「10엔지폐」의 경우도 야스키치가 아와노선생으로부터 10엔지폐를 빌린 '그로부터 7, 8년이 경과된 오늘날'로 텍스트 내 현재 시점(時点)을 설정하고 있다. 아쿠타가와가 해군기관학교에 있었던 시기인 1916년 12월부터 1919년 3월 사이에 '7, 8년'을 더하면 1923년부터 1926년까지와 1924년부터 1927년까지가 된다. 이중 일부는 「10엔지폐」가 실제로 발표된 1924년 8월 범위 내에 존재한다. 그러나 「10엔지폐」의 경우는 텍스트 내에서 〈등장인물=서술자=아쿠타가와〉라는 읽기를 유도할만한 적확한 정보가 없어서 「인사」와 「문장」과 달리, 실제 텍스트가 발표된 이후로 텍스트 내 현재 시점(時点)을 상정할 수는 없다.

274 후쿠타 쓰네아리(福田恆存)는 〈4 문체에 대하여〉에서 아쿠타가와 문체의 특징을 '이들 이율배반이 상호 견제, 반발하는 사이에 얽혀 펼쳐지는 긴장미'라고 밝힌 바 있다. 여기서 그가 말하는 '이들 이율배반'이란 '넘어서려는 것과 지키려는 것, 나타나려는 것과 숨으려는 것, 자기주장과 자기억압, 양광(陽光)의 징명(澄明)과 습지대의 암울, 형태를 만들려는 선의(善意)와 부수려는 악의(惡意), 공간적 확실함과 시간적 불안정성'을 일컫는다(福田恆存 『福田恆存全集 第一巻』(文藝春秋, 1995) p.130).

으로서의 현실)이 부정되는 것은 마찬가지다. 그렇다면 「문장」과 「인사」처럼 실제 텍스트가 발표된 이후로 텍스트 내 현재 시점時点을 상정하는 것은 어떤 의미가 있는가.

(1) 영원성의 발로

앞서 밝힌 바와 같이 「문장」에 기술되어 있는 '무슨 피상인인가 하는 소설'을 「크리스토퍼상인전」이라는 실제 텍스트로 간주했을 경우, 텍스트 내 현재 시점時点은 「문장」이 실제로 발표된 1924년 4월 이후인 1926년에서 1927년 사이로 상정된다. 「문장」에서는 다음과 같은 장면이 등장한다.

> 장례 행렬은 벌써 마을 끝 절 근처로 접어들었다. 야스키치는 중위와 이야기를 나누면서도 장례식을 보러 나온 사람들에게 시선을 보내는 것 또한 잊지 않았다. 이 마을 사람들은 어릴 때부터 수많은 장례식을 보아왔기 때문에 장례식 비용을 어림잡는 것에는 이상하리만치 재능을 갖고 있다. 실제로 여름방학 하루 전날, 수학을 가르치고 있는 기리야마桐山 교관의 아버지 장례에 갔을 때에도 어느 집 처마 밑에서 서성거리고 있던 민소매 겉옷 하나 걸친 노인 등은 감물 먹인 부채로 이마를 가린 채, '음, 15엔 든 장례로군.'하였다. 오늘도, — 오늘은 공교롭게도 그때와 같은 재능을 발휘하는 이가 아무도 없다. 그러나 오모토교大本教의 신주神主가 한명, 그의 아이인 듯한 피부가 하얀 어린애를 목말 태우고 있는 모습은 오늘날 다시 생각해도 기이한 광경이다. 야스키치는 언젠가 이 마을 사람들을 「장례식葬式」정도의 제목을 붙인 단편 속에 쓰고 싶다고 생각하였다.[275]

여기서 서술자는 '오늘날'의 야스키치가 '언젠가 이 마을 사람들을 「장례식」정도의 제목을 붙인 단편 속에 쓰고 싶다고 생각했다.'고 서술하고 있다. 그런데 위의 인용문에서 확인할 수 있듯이 「문장」이라는 텍스트 속에는 이미 야스키치가 쓰고 싶다고 여긴 스토리가 전개되어 있다. '어느 집 처마 밑에서 서성거리고 있던 민소매 겉옷 하나 걸친 노인'이 장례식 비용에 대하여 어림을 잡는다거나 '오늘날 다시 생각해도 기이한 광경'으로 여겨지는 '오모토교의 신주'가 '그의 아이인 듯한 피부가 하얀 어린애를 목말 태우고 있는' 모습 등이 「문장」에 이미 서술되어 있는 것이다.

이 둘은 단지 단편 제목이 「장례식」이 아니라, 「문장」이라는 차이가 존재할 뿐이다. 즉 독자가 읽고 있는 완성된 소설로서의 「문장」이라는 텍스트는, '태아 속의 태아'처럼 그 속에 이미 「문장」을 배태胚胎하고 있는 것이다. 이러한 「문장」은 동시대 글쓰기를 지배했던 인식의 틀, 즉 〈현실의 재현으로서의 소설 관〉을 깨는 것을 넘어서 텍스트 속에 그와 같은 텍스트를 삽입하는 새로운 형식의 글쓰기를 시도한 것이라 할 수 있다.

이러한 양상은 「인사」라는 텍스트 속에 같은 제목의 소설을 탄생시키고 있는 「인사」 또한 마찬가지로 나타난다. 그렇다면 실제 텍스트가 발표된 이후로 텍스트 내 현재 시점時点을 상정하는 것은 텍스트가 동시대성을 초월한 영원성을 향한 발로에서 비롯된 것이 아닐까. 이와 관련하여 아쿠타가와문학에서 만년으로 갈수록 사후의 명성에 대하여 의식하는 글들이 발견된다는 점은 주목할 만하다.

「갓파」(『개조』 1927년 3월)에 등장하는 갓파 돗쿠는 그가 권총 자살

275 「문장」(『전집』 제6권, p.412)

을 결행한 이후 유령으로 나타나는 이유를 다음과 같이 밝히고 있다.

> 우리 회원들은 연령순에 따라 부인에게 빙의한 돗쿠군의 심령과 아래와 같이 문답을 개시하였다.
>
> 물음 자네는 어째서 유령이 되어 나타나는가?
>
> 대답 사후의 명성을 알기위해서다.
>
> — 중략 —
>
> 그러나 불행히도 돗쿠군은 상세한 대답은 하지 않은 채, 자신에 관한 가십 몇 가지를 물어왔다.
>
> 물음 내 사후의 명성은 어떤가?
>
> 대답 어느 비평가는 '군소시인 중 한사람'이라 하였다.
>
> 물음 그는 내가 시집을 보내지 않은 것에 대하여 원한을 가진 자다. 내 전집은 출판되었는가?
>
> 대답 자네의 전집은 출판되었으나, 팔림새는 거의 없는 것과 마찬가지다.
>
> 물음 내 전집은 삼백년 후, — 즉 저작권이 소멸된 후, 만인이 구입할 것이다.[276]

자신의 텍스트가 '삼백년 후', 즉 '저작권을 상실한 후에도 만인이 구입할 것'이라고 호언장담하면서도 '사후의 명성을 알기 위해서' 유령이 되어 나타나는 돗쿠. 「문예적인, 너무나 문예적인」 중 1925년 8월에 쓰인 〈문단불평〉에서의 '여기서 30년간이라는 것은 저작권이 아직 남아있기 때문이다.' 라는 아쿠타가와의 발언을 감안할 때, 1920년대 당

276 「갓파」(『전집』 제8권, pp.361~364)

시 저작권은 통상적으로 30년 정도라는 추산推算이 나온다. 그런데 「갓파」에서는 이를 '삼백년'으로 기술하고 있다. 이는 시간을 초월하려는 영원성의 희구希求와 더불어 미래의 독자를 갖고자 하는 의식의 발로라 할 수 있을 것이다.

영원성을 희구하는 이러한 의식은 아쿠타가와 사후에 발표된 「암중문답暗中問答」(「문예춘추文藝春秋」 1927년 9월)에서도 나타난다.

> 어느 목소리 말만 그럴듯하게 잘 하는 교활한 놈! 더 이상 아무도 너를 상대하지 않을 걸.
>
> 나 나는 아직 나에게 감격을 준 수목과 물을 가지고 있다. 그리고 화한동서和漢東西의 책 삼백 권 이상을 가지고 있다.
>
> 어느 목소리 그러나 너는 영원히 너의 독자를 잃게 될 걸.
>
> 나 나는 장래에 독자를 가지고 있다.
>
> 어느 목소리 장래의 독자가 빵을 주는가?
>
> 나 지금의 독자도 제대로 주지 않는다. 내 최고 원고료는 한 장에 10엔이 고작인걸.
>
> — 중략 —
>
> 어느 목소리 너는 어쩌면 사라질지도 모른다.
>
> 나 그러나 내가 만든 것은 제2의 나를 만들겠지.
>
> — 중략 —
>
> 어느 목소리 너는 네 자아를 잊고 있다. 네 개성을 존중하여 속악俗惡한 민중을 경멸하라.
>
> 나 네가 말하지 않아도 나는 내 개성을 존중하고 있다. 그러나 민중을 경멸하지는 않는다. 나는 언젠가 이런 말을 하였다. — '구슬은 깨져도 기와는 깨지지 않는다' 셰익스피어, 괴테, 치카마쓰 몬자에몬近松門左衛

門 등은 언젠가 한번은 잊히겠지. 그러나 그들을 낳은 자궁은, — 위대한 민중은 사라지지 않는다. 모든 예술은 형태가 바뀌어도 반드시 그 속에서 태어날 것이다.

어느 목소리 네가 쓴 것은 독창적이다.

나 아니, 결코 독창적이지 않다. 무엇보다 독창적이었던 이가 있는가? 고금의 천재가 쓴 것에도 원형原型은 곳곳에 존재한다. 나는 누구보다도 자주 훔쳤다.

— 중략 —

어느 목소리 너는 너무 단순하다.

나 아니, 나는 지나치게 복잡하다.

어느 목소리 그러나 안심하라. 네 독자는 끊이지 않을 것이다.

나 그것은 저작권이 없어진 후의 일이다.[277]

「암중문답」 마지막에 '혼자가 되자' 지금까지 '어느 목소리'와 문답을 나누던 '나'는, 돌연 자신을 향하여 '아쿠타가와 류노스케! 아쿠타가와 류노스케, 끝까지 네 뜻을 관철시키는 거다.' 라고 외친다. 물론 여기서 '나'가 자신을 향해 외치는 '아쿠타가와 류노스케'를 「암중문답」의 실제 작자인 아쿠타가와로 간주, 위에서의 '나'의 말을 백퍼센트 아쿠타가와의 견해라고 여겨서는 안 될 것이다. 그것은 어디까지나 픽션인 것이다. 그러나 「갓파」와 「암중문답」 등 만년으로 갈수록 사후의 명성에 대하여 의식하는 글들을 내놓는 아쿠타가와문학에서, 유한한 인간이 문학을 통하여 영원을 추구하고자 하는 의식만은 엿볼 수 있을 것이다.

277 「암중문답」(『전집』 제9권, pp.283~291)

(2) 아쿠타가와문학의 현재성

본서의 대상인 야스키치리시즈의 실제 작자인 아쿠타가와는, 일본 다이쇼 시대를 대표하는 근대작가 중 한사람이다. 그의 소설은 고등학교 교과서에 실려 있으며,[278] 1935년에 제정된 아쿠타가와상[279]은 소설가들의 등용문 역할을 담당하고 있다고 해도 과언이 아니다. 또한 그의 소설은 지금도 많은 연구자들에 의하여 끊임없이 재해석되고 있다. 즉 현재에도 청소년, 소설가, 연구자라는 각각의 독자층을 확보하고 있는 셈이다.

아쿠타가와문학에 현재성이 있다고 한다면, 그것은 문단네트워크의 활동—기쿠치 간에 의한 아쿠타가와상 창설—과 제도권 내에 포진된 결과—교과서 및 전집에 실린 것—등 다양한 요소가 작용한 결과일 것이다. 아래의 인용문은 「문예적인, 너무나 문예적인」 중 1925년 8월에 쓰인 〈문단불평〉의 일부이다.

> 이미 그의 사후의 명성이 — 적어도 30년간의 명성이(감히 여기서 30년간이라고 말한 것은 저작권이 아직 남아있기 때문이다.) 묘혈을 지키는 자의 힘에 의한다고 한다면 고붕을 기르는 것도 헛된 일이 아닐 것이다.[280]

278 아쿠타가와의 초기 소설 「라쇼몬」은 2003년 4월부터 등장한 고등학교 국어교과서 『국어총합(國語總合)』 20종 모두에 실려 있다.

279 아쿠타가와상은 아쿠타가와 류노스케를 기념하기 위하여 1935년 문예춘추사가 설립한 문학상이다. 이 상은 나오키 산쥬고(直木三十五:1891년~1934년)의 대중문학에 기여한 공적을 기념하기 위하여 같은 해에 창설된 나오키상과 더불어 일본의 순수문학과 대중문학의 상징이다. 참고로 이 둘은 모두 1945년에 중단되었다가 1949년에 부활하였다.

280 「문예적인, 너무나 문예적인」(『전집』 제12권, p.291)

어느 한 작가의 사후의 명성을 유지하는 것은 작자 자신뿐만이 아니라 '고붕'의 힘도 빼놓을 수 없다는 아쿠타가와. 일본어 '고붕'은 자식, 제자, 부하, 이자 등 여러 가지 의미로 해석이 된다. 하지만 아쿠타가와에게 있어서 '고붕'이란, 제일고등학교와 도쿄제국대학 동급생, 그리고 『신사조』동인 및 나쓰메 소세키의 문하생을 거쳐 문단에 등단한 구메 마사오, 기쿠치 간 등, 같은 여정을 밟아온 나카마仲間, 즉 문단네트워크를 가리킨다고 보아도 무방할 것이다. 일찍이 그의 문단네트워크는 초기 아쿠타가와의 문단적 입지를 굳히는 역할을 수행한 바 있다.[281]

아쿠타가와는 유서와 유고를 그와 문단네트워크를 형성하고 있던 구메 마사오와 기쿠치 간에게 남겼는데, 이와 관련하여 가토 슈이치加藤周一는 '기쿠치 간이 문예춘추사의 사장이 되어 문단에 있어서 아쿠타가와의 성공을 확대하고 조직화하였다'[282]고 지적한 바 있다. 아쿠타가와라는 작가의 명성을 유지한다는 점에서 그의 사후, 저작권 처리 및 아쿠타가와상 제정 등 그의 문단네트워크는 실로 아쿠타가와문학이 현재성을 유지하게 한 배경이라 할 수 있을 것이다.

여기에 하나 더 작자의 전략적 측면을 생각해보자. 아쿠타가와의 만년의 행적은 자살을 결심한 자의 행동으로 보기에 이상異狀적인 면이 없지 않다. 아래는 아쿠타가와가 남긴 유서 다섯 통 중 아쿠타가와 후미코芥川文子 앞으로 남긴 내용의 일부다.

281 「코」나 「라쇼몬」등 아쿠타가와의 초기 소설은 대개 동시대 비평가들로부터 호의적으로 받아들여졌으나, 의외로 『신사조』 동인들로부터는 호평을 받지 못하였다. 그러나 초기에는 네거티브한 비평을 가한 아쿠타가와의 문단네트워크는 점차 호의적인 입장을 취한다. 당시 문단의 대가인 다야마 가타이가 아쿠타가와에게 가한 혹평에 『신사조』 동인들 모두가 비판하는 등 아쿠타가와의 문단네트워크는 그의 입지를 굳히는 역할을 수행하였다.

282 加藤周一 『日本文学史序説下』(筑摩書房, 1999) p.466

아쿠타가와 후미코 앞

추기. 이 유서는 나의 죽음과 함께 후미코가 세 사람에게 보여줄 것. 덧붙여서 또한 우측의 조건이 실행된 후에는 불에 태울 것을 잊지 말 것.

재추기. 신초사新潮社로부터 항의가 나올 것이 분명함으로 나는 이를 염려하여 별지에 4를 적어 동봉하려 한다.

4 내 작품의 출판권은(만약 출판할 것이 있다면) 이와나미 시게오岩波茂雄씨에게 양여한다(신쵸사에 대한 내 계약은 파기한다). 나는 나쓰메선생을 흠모하는 탓에 선생과 출판서점을 같이할 것을 희망한다. 단, 장정은 오아나 류이치小穴隆一씨 손에 맡길 것을 조건으로 한다(만약 이와나미씨의 승낙을 얻지 못할 때는 이미 책으로 나오기로 한 것 이외에는 어떤 서점에서도 출판하지 말라). 물론 출판할 기한 등은 전부 이와나미씨에게 일임할 것. 이 문제도 대부분 다니구치谷口씨의 의견을 따를 것.[283]

아쿠타가와는 그의 사후의 모든 저작권을 이와나미서점에 위임한다는 내용을 유서에 남겼다. 그는 어째서 신초샤와의 계약을 파기하고 이와나미서점에 출판권을 넘긴다는 유서를 남긴 것일까.

그의 말대로 나쓰메 소세키와 같은 출판서점을 희망했기 때문인지 어떤지 그 이유에 대해서는 확인할 수 없지만, 눈길을 끄는 것은 그 후 이와나미서점에서 최초로 『아쿠타가와 류노스케전집』이 간행되었다는 사실이다. 자살을 결심한 상태에서도 『일본현대문학전집』 홍보를 위하여 홋카이도로 강연여행을 간 것 등 독자층 파급효과가 예상되는

283 「유서」(『전집』 제12권, p.427)

전집간행에 죽는 날까지 심혈을 기울인 것을 보면 지금의 현재성은 자신의 작품을 영원히 남기고 싶어 하는 작자의 의도와 무관하다고 할 수는 없을 것이다.

또한 유서에서 아쿠타가와는 오아나가 장정을 맡는 조건을 제시하며, '만약 이와나미씨의 승낙을 얻지 못할 때는 이미 책으로 나오기로 한 것 이외에는 어떤 서점에서도 출판하지 말라.'고 단호히 말하고 있다. 그 이유는 무엇인지 「내 친구 두세 명僕の友だち二三人」(『문장클럽』 1927년 5월)에서 찾아보자.

> 오아나 류이치군의 일하는 솜씨는 보통이 아니다. 만약 내 이름이 남는다면, 그것은 내 작품의 작자로서보다는 오아나군이 장정한 책의 작자로서 남겠지.
>
> — 중략 —
>
> 조형예술과 문예와의 차이를 염두에 두고 하는 말이다(문예라는 것은 —특히 소설 등은 삼백년이 지나면 좀처럼 통용될 물건이 아니다). 그러나 대지진이나 대화재 탓에 오아나군의 그림이 타서 없어진다면, 이번에는 어쩌면 오아나군의 이름이 나와의 악연 덕에 남을 수도 있겠지.[284]

오아나 류이치라는 장정가가 현재까지 이름이 남아 있는지 어떤지는 알 수 없으나, 아쿠타가와가 유서에 그와 같은 조건을 단 이유는 분명하다. 당대뿐만 아니라, 먼 미래에도 오아나 류이치의 실력이 인정받아 그 덕에 자신의 작품이 남을 것임을 확신한 데서 비롯된 것이다. 문

284 「내 친구 두세 명」(『전집』 제8권, p.464)

학작품에서 장정이나 삽화가 중요시 되었던 시기에 아쿠타가와가 오아나 류이치의 이름을 그의 유서에 남긴 것은 시사하는 바가 크다.[285]

한편 아쿠타가와는 당시로부터 '삼백년 후'에는 '문예', 특히 '소설'은 통용되지 않을 것이라고 예견하고 있다. 아쿠타가와 사후, 백년이 채 안 된 오늘날 앨빈 커넌Kernan, Alvin B.의 『문학의 죽음*The Death of Literature*』(Yale University Press, 1990년) 등의 서적들이 발간, 문학에게 공공연히 사형선도를 내리거나 소설이 서적이 아닌, 인터넷상에 올라와 읽혀지고 있는 실정을 감안할 때, 아쿠타가와의 예견은 어느 한 작가의 사적 전망이라고 치부할 수만은 없는 선견력先見力이 있다고 하겠다.

이와 같이 아쿠타가와문학의 현재성을 구축하는 데는 그의 문단네트워크가 일조했으며, 그것이 유지 가능했던 것은 전집홍보와 판권계약 등 아쿠타가와의 만년의 행적이 많이 작용하였다. 뿐만 아니라 아쿠타가와문학은 그의 사후에도 교과서에 실리거나 영화로 제작되는 등 문학의 장에서의 헤게모니 쟁탈전에서 살아남아 지금껏 일본국민에게 읽히고 있다.

역사학자 에릭 홉스봄Hobsbawm, Eric 등이 주도한 공동결과물인 『만

285 고노 겐스케(紅野謙介)는 「신문소설과 삽화의 접합」 중 〈1920년대의 전환을 둘러싸고〉에서 신문소설가 나카쟈토 가이잔(中里介山:1885년~1944년)과 삽화가 이시이 쓰루조(石井鶴三:1887년~1973년) 간의 논쟁을 예로 들며 작가와 삽화가의 힘의 역학관계를 고찰하였다. 그는 여기서 '근대문학도 또한 최종적으로는 그림이나 도판, 장정을 포함한 시각적 효과를 모두 사상(捨象)한 채 책의 형태를 만들 수는 없다'며 신문소설가과 삽화가와의 관계를 규명함으로써 미디어의 시각에 입각하여 근대문학의 형성과정을 파악하려 시도하였다. 그에 따르면 삽화가의 위상이 변천을 가져온 것은 다이쇼 중기부터 관동대지진(1923년) 전후인데, 이는 그전과는 반대로 아카데미에 속해 있던 화가들이 매스미디어에 편입하여 삽화를 그리는 일을 하게 됨으로써 삽화의 질이 향상되어, 신문소설에 있어서 삽화의 비중이 늘어났다(小森陽一 · 紅野謙介外 『メディアの力学 岩波講座 文学2』(岩波書店, 2002) p.149).

들어진 전통*The Invention of tradition*』(Cambridge Univ. Press, 1983년)과 그것의 일본식 버전인 『창조된 고전創造された古典』(신요사新曜社, 1999년) 등과 같은 서적에서 말하는 '전통' 내지 '고전'은, 국민국가의 권위와 국민의 정체성을 형성하기 위한 '전략'의 일환으로서 만들어진 것에 불과하다. 즉 고전은 '현재'의 필요를 위해 만들어낸 과거의 이미지인 셈이다. 그러나 교과서나 전집에 실리지 않고서도 여전히 읽히고 있는 서적이 있다는 사실은, 고전이 고전일 수 있는 까닭이 그것이 다는 아니라는 사실을 말하여 준다. 그렇다면 아쿠타가와문학을 고전일 수 있게 만든 텍스트 내 요소는 무엇일까.

예의 「암중문답」에서는 '네가 쓴 것은 독창적이다.' 라는 '어느 목소리'의 발언에 대하여, '나'는 '아니, 결코 독창적이지 않다.'며 '무엇보다 독창적이었던 이가 있는가? 고금의 천재가 쓴 것에도 원형은 곳곳에 존재한다. 나는 누구보다도 자주 훔쳤다.' 라는 대목이 나온다. 세키구치 야스요시関口安義가 '다른 다양한 주제의 인용이라는 형태로 주제를 부흥復興시키는 것'에서 아쿠타가와문학의 '선견성'[286]을 발견한 것도 이 때문이리라. 참고로 그는 아쿠타가와 소설이 현재에도 읽히는 연유를 '독자적 창작기법'[287]에서 찾은 바 있다.

한편 읽기에 주목하여 총 10편의 야스키치시리즈의 특징을 말하자면, 그것의 가장 큰 특징은 순서대로 읽기를 강요하지 않는다는 점이

286 세키구치 야스요시는 〈선견성〉에서 『장미의 이름』에서의 '다른 다양한 주제의 인용이라는 형태로 주제를 부흥(復興)시키는 것'이라는 움베르토 에코의 말을 인용하면서, 아쿠타가와를 '20세기 최초의 포스트모던작가의 한명'이라고 간주하는 러시아의 어느 연구자의 주장에서 아쿠타가와문학의 '선견성'을 발견한 바 있다(関口安義『芥川竜之介の復活』(洋々社, 1998) pp.14~15).

287 세키구치 야스요시는 〈아쿠타가와는 어째서 평가되는가〉에서 아쿠타가와 소설이 현재 재평가되는 연유를 그가 '현실을 있는 그대로 쓰라'는 '자연주의문학으로부터 이륙(離陸)한 것'에서 찾은 바 있다(関口安義『芥川竜之介永遠の求道者』(洋々社, 2005) pp.210~211).

다. 야스키치시리즈는 옴니버스식이며, 개별 텍스트 내에서도 서로 연관성이 없는 듯 보이는 에피소드가 플롯을 형성하지 못한 채 아무렇게나 배치되어 있다. 여기서 스토리 위주의 기존의 고전적 읽기는 아무런 효력을 갖지 못한다. 이런 점에서 도날드 킨이 '줄거리다운 줄거리의 구조가 없고, 구성은 서툴다'고 혹평한 것도 무리는 아니다.

순서대로 읽기를 강요하지 않는 이러한 글쓰기는, 1920년대 당시 독자의 입장에서 보면 전혀 실현 가능한 일이 아니었을 것이다. 〈현실의 재현으로서의 소설 관〉이 재배했을 당시 소설의 읽기는, 처음부터 끝까지 스토리를 따라가는 것이 상식이었을 터이기 때문이다. 그리고 이러한 읽기는 현재에도 유효하다. 그러나 문학에 어느 정도 관심이 있는 독자라면 순서대로 읽기가 텍스트 읽기의 전부가 아니라는 사실을 알고 있을 것이다. 현재의 전위적인 소설, 예를 들어 독자와의 소통가능성을 중요시하는 메타픽션에서 스토리는 그다지 큰 의미가 없다.

아쿠타가와의 문학관이 독자의 개입 여지를 열어놓는 성질의 것이라는 점은 앞서 밝혔다. 야스키치시리즈는, 그러한 문학관을 일관적으로 지속해온 작자가 일본 근대문학의 장에서 독자의 존재가 가시권에 들어오기 시기와 맞닥뜨렸을 때, '독자에게 말걸기'식 서술방식과 독자의 능동적인 읽기를 유도하면서 출현하였다. 만년으로 갈수록 사후의 명성을 의식하는 글들을 남긴 아쿠타가와라는 작가와 자신의 문학이 지속되기를 염원한 그의 행적. 그렇다면 독자와의 소통가능성을 중요시하는 메타픽션적 글쓰기 양상을 보여주는 야스키치시리즈에서 아쿠타가와문학의 현재성을 푸는 한 가지 단초를 발견할 수 있지 않을까.

제2절 청각성을 살린 글쓰기 모델 제시 — 「이른 봄」[288]

아쿠타가와는 1918년 「어느 나쁜 경향을 물리치다」를 필두로, 1927년 「문예적인, 너무나 문예적인」에 이르기까지 일관적으로 '문예의 형식과 내용이 불가분의 관계'임을 주장해왔다. 발표된 시기에 주목하면 1918년부터 1922년 사이와 1924년부터 1927년 사이에 집중적으로 주장되었음을 확인할 수 있다. 그리고 이 두 시기의 한가운데 해당하는 지점인 1922년부터 1924년 사이에, '문예의 형식과 내용'을 〈불가분의 관계〉로 파악하는 아쿠타가와의 문학관이, 야스키치시리즈에 구현되어 있다. 이러한 사실은, 소설이 평론을 대체하여 문학관을 피력하는 장으로서 기능하고 있다는 점에서 야스키치시리즈에서 '소설에 관한 소설'로 요약되는 메타픽션적 글쓰기로서의 가능성을 타진케 한다.[289]

288 본 절은 졸고 「아쿠타가와 류노스케(芥川龍之介)의 문예의 〈내용과 형식〉론」(『日本學硏究』 제33집, 단국대학교 일본연구소, 2011, pp.309~328)의 내용을 일부 수정, 가필한 것이다.

289 야스키치시리즈가 구상, 집필, 발표된 1922년부터 1925년 사이는 일본 근대문학의 장뿐만 아니라, 아쿠타가와문학을 이해함에 있어서도 중요한 시기이다. 이 시기는 여성지의 폭발적인 창간으로 인한 문학의 장의 지각변동기와 겹치는 것 외에도 아쿠타가와 라는 작자의 사적 레벨에서는 글쓰기에 있어서 과도기적인 시기를 맞이하기 때문이다. 후자에 역점을 두어 야스키치시리즈를 파악한 것이 기존의 선행연구의 입장이라고 할 수 있겠다. 그러나 작자의 사적 레벨에서 야스키치시리즈는 문학관의 피력의 장의 이동이라는 또 다른 측면에서 생각해 볼 수 있다.
'문예의 형식과 내용이 불가분의 관계에 있다'는 아쿠타가와의 문학관은 평론으로 1918년에 처음 피력된 이후, 야스키치시리즈가 주로 발표된 시기인 1923년 5월(「야스키치의 수첩에서」)부터 1924년 9월(「10엔지폐」) 사이에 자취를 감추다가 1924년 9월에 이르러 「문예일반론」을 통하여 다시 모습을 나타내고 있다. 이러한 사실은 야스키치시리즈가 '문예의 형식과 내용이 불가분의 관계에 있다'는 아쿠타가와의 문학관의 피력의 장이 평론에서 소설로 일정 기간 대체되었음을 말하여 준다. 이러한 점에 있어서 작자의 사적 레벨에서 야스키치시리즈는 평론의 형식을 취하여 논의했던 문학관을 야스키치시리즈가는 픽션의 형식을 빌려 구현했다는 대체적 의미를 갖는다고 할 수 있겠다.

아쿠타가와문학을 논함에 있어서 '문예의 형식과 내용'은 비교적 최근에 주목받기 시작했는데, 이에 대하여 관심을 가진 연구자로는 1965년 요시모토 다카아키의 논의[290]를 이은 1992년 시노자키 미오코와 2004년 야마가타 가즈미정도를 꼽을 수 있다. 그중 요시모토 다카아키와 시노자키 미오코는 아쿠타가와의 '문예의 형식과 내용'을 나쓰메 소세키의 『문학론』을 들어 설명하고 있다는 점에서 공통적이다. 여기서 그들은 나쓰메 소세키가 문학의 '내용'을 설명할 때 사용한 공식 'F(인식적 요소)+f(정서적 요소)'에 준하여 아쿠타가와가 말하는 문예의 '내용'이 '문예'의 동어반복이라는 점을 들어 비판을 가하였다.[291] 이와 달리 야마가타 가즈미는 아쿠타가와의 '내용과 형식론'이 미국의 소설가이자 시인인 포(Edgar Allan Poe:1809년~1849년)로부터 주입되었다[292]고 밝힌 바 있다.

290 요시모토 다카아키(吉本隆明)는 〈2 문학의 내용과 형식〉에서 아쿠타가와가 말한 '생명을 전하는 형식'이나 '말의 의미와 소리가 하나가 된 전체'는 '문학을 예술로 볼 경우, 이미 배열된 말을 그러한 것(문학—인용자)으로 생각하는 것을 전제로 하고 있기 때문'에 '스콜라적 동의반복(同義反覆)'이라고 지적한 바 있다(요시모토 다카아키 전게서, p.553. 초판 1965년).

291 시노자키 미오코는 '생명을 불어넣고 전할 수 있는 것으로서의 내용'에는 이미 '생명을 불러일으키는 것'으로서의 '내용이 결정되어있다'면서 그러한 '내용 전체 속에 형식도 포함되어 있을 터'라고 주장하였다. 즉 아쿠타가와는 '내용'이라는 용어를 가지고 '문예' 그 자체를 정의하고 말았다는 것이다. 참고로 그녀는 요시모토 다카아키의 논의에 대하여 본래 나쓰메 소세키의 'F+f'도 '문예' 자체에 대한 공식으로서 결코 '내용'과 '형식'을 나누었을 경우의 '내용'에 대한 공식은 아니라며 반론을 제기하였다(篠崎美生子 「芥川龍之介の表現意識の転換—『文芸一般論』など」(『年刊日本の文学』, 1992) pp.250~271).
나쓰메 소세키의 문학론에서 아쿠타가와의 '문예의 내용과 형식'을 찾는 것은 최근의 논의(千田実 「芥川龍之介の内容形式論-「文芸一般論」を中心として」(『文学研究論集』, 2009) pp.311~321)에도 이어지고 있다.

292 그러나 야마가타 가즈미는 비록 아쿠타가와의 '내용과 형식론'이 포로부터 주입된 것은 사실이나 그것은 어디까지나 아쿠타가와의 작품론에 영향을 준 것일 뿐, 실제 창작에 있어서는 영향을 미치지 않았다고 명기(銘記)한 바 있다. 그에 의하면 아쿠타가와가 포에 준하여 확인한 〈이지〉와 〈감수성〉, 〈이성〉과 〈정열〉, 나아가 〈차가운 지성〉과 〈열렬한 바람〉 등의 융합은 사실 T · S엘리엇이 강하게 주장한 사상

그러나 아쿠타가와의 문학관을 이해함에 있어서 그가 '문예의 형식과 내용'을 〈불가분의 관계〉에 놓고 있다는 사실은 간과되어서는 안 될 사항이다. 이러한 인식의 틀이 나쓰메 소세키나 포뿐만 아니라, 아쿠타가와가 직접적으로 접한 동시대 인물, 예를 들어 무샤노코지 사네아쓰와 언어학자인 후지오카 가쓰지박사와 관련하여 생각할 여지가 있으며,[293] '예술표현설'이 크로체(Benedetto Croce:1866년~1952년)[294]와 조엘 스핑간(Joel Elias Spingarn:1875년~1939년)[295]을 통하여 일본으로 유입되었다는 사실 또한 염두에 두어야 할 것이기 때문이다.[296] 그렇다면 과연 기존의 선행연구에서 말하듯 아쿠타가와가 말하는 문예의 '내용'이 '문예'의 동어반복일까.

과 감성, 감정의 지성화 · 관념의 정서(情緖)화와 겹친다(야마가타 가즈미 전게서, pp.77~89).

293 「그 시절의 나」에서의 아쿠타가와의 발언을 고려했을 때, '문예의 형식과 내용'을 〈불가분의 관계〉에 놓는 인식의 틀은, 무샤노코지 사네아쓰의 「잡감」과 후지오카 가쓰지박사의 언어학 강의에서 비롯되었을 가능성이 있다.

294 이탈리아의 철학자이자 역사가인 크로체는 자신의 철학을 '정신의 철학'이라고 불렀으며, 모든 현실에 내재(內在)하는 정신에는 예술과 논리라는 이론적 활동과, 경제와 윤리라는 실천적 활동이 있다고 보고, 이들 네 가지 활동은 서로 밀접한 연관성을 갖는다고 생각하였다. 보편적인 것과 개별적인 것, 관념적인 것과 구체적인 것, 이론적인 것과 실천적인 것이 근저(根底)에서 결합되어 있다는 생각에서, 역사는 현실에 대한 철학적 인식 이외의 아무것도 아니며, 철학은 역사 속에서 생겨나 조건 지어지고 가꾸어진다는 역사주의가 나온다는 것이다. 이 역사를 움직이는 것으로서 윤리와 자유가 강조됨으로써 그의 철학은 강한 실천적 색채를 띠게 된다. 주요저서로는 「정신의 철학」(1902)과 「역사의 이론과 역사」(1915)가 있다.

295 미국의 교육자이자 문예평론가인 조엘 스핑간은 1899년부터 1911년까지 콜롬비아대학 문예평론 교수였다.

296 기쿠치 간은 「문예작품의 내용적 가치」에서 '작품에는 예술적 가치 이외에 다른 가치가 있다'는 것을 주장하면서 '크로체나 스핑간이 제창한 예술은 표현이다 라는 설'—기쿠치의 말을 빌자면 '예술표현설'—이 진실에 가깝다는 것은 인정하면서도, 어느 작품에서는 예술표현설과는 전혀 별개의 가치가 존재한다고 주장하였다. 그러면서 내용적 가치를 주장하는 자신의 견해에 예술지상주의자 내지는 그런 경향이 있는 사람들이 반대를 할 것이라는 말을 덧붙였다. 따라서 기쿠치가 말하는 '예술은 표현이다.' 라는 말은 흔히 예술지상주의에서 추구하는 '형식미'나 '기교'를 의미한다고 보아야 할 것이다.

본 절에서는 이러한 논의에 대한 문제제기를 겸하여, 아쿠타가와의 평론 중 '문예의 형식과 내용'에 대한 문제를 가장 핵심적으로 다루고 있는 「문예일반론」을 중심으로, 우선 아쿠타가와가 인식하고 있는 '문예'·'내용'·'형식'의 개념을 명확히 규명함으로써 그의 문학관을 분명히 하고자 한다. 다음으로 '문예의 형식과 내용'을 〈불가분의 관계〉에 놓는 문학관이, 야스키치시리즈 중 하나인 「이른 봄」(『도쿄일일신문』 1925년 1월)에 구체적으로 구현되어 있음을 입증하고자 한다. 이러한 과정에서 아쿠타가와가 말하는 문예의 '내용'이 '문예'의 동어반복이라는 기존의 논의에 반론을 제기할 수 있을 것이며, 나아가 그의 문학관이 글쓰기라는 실천적 단계에서 어떠한 프로세스를 거치는지 밝혀질 것이라 사료된다.

1. '내용'과 청각성의 문제

(1) '문예'·'내용'·'형식'의 개념

여기서는 아쿠타가와가 말하는 '문예'·'내용'·'형식'이 어떠한 개념을 갖고 있는지 구체적으로 살펴보자. 「문예일반론」은 〈1 언어와 문자〉, 〈2 내용과 형식〉, 〈3 내용〉, 〈여론〉으로 구성되어 있으며, 이를 통해서는 아쿠타가와의 언어관뿐만 아니라, 그것이 문학관과 어떠한 관계를 맺고 있는지에 대한 전반을 고찰할 수 있다. 우선 〈1 언어와 문자〉에서는 '문예'를 '언어 혹은 문자에 의한—언어 혹은 문자를 표현의 수단으로 하는 하나의 예술이다.' 라고 적시하고 있어서 그의 문학관 내지는 글쓰기가 언어에 국한된 문제임을 확인할 수 있다. 실지로 아쿠타가와는 논의의 전개과정에서 시종일관 이점을 누누이 강조하고 있다.

아쿠타가와는 '(1)언어의 의미'와 '(2)언어의 소리', 그리고 '(3)문자의 형태' 라는 삼요소가 갖추어져야만 '문예를 문예답게 한다'고 주장했는데, 여기서 '언어'와 '문자'는 엄밀히 구별된다. 전자가 '의미와 음성'을 갖춘 것이라고 한다면, 후자의 경우는 '문자'가 '언어를 나타내는 부호符号' 라는 점이 강조되면서 여기서 '형태', 즉 '시각적 효과'를 보고자 하는 의식이 두드러지게 나타난다.

그러나 이어지는 논의에서 이러한 '시각적 효과'는 후퇴, '청각적 효과'로 그 무게중심이 옮겨간다. 이는 '문예'에 '생명을 불어넣기' 위하여 위의 삼요소가 상호 어떠한 관계를 형성해야하는지에 대한 논의에서 분명히 나타나는데, 아쿠타가와는 〈2 내용과 형식〉에서 다음과 같이 언급한다.

> 이를 단가로 말할라치면 한 수의 의미와 한 수의 소리는 미묘하게 얽혀있습니다. 예를 들어 '足びきの山河の瀬の鳴るなべに弓月が嶽に雲立ち渡る'라는 히토마로人麻呂의 노래를 보세요. 이 웅혼雄渾한 경정景情은 이 웅혼한 격조를 갖지 않고서는 나타날 수 있는 것이 아닙니다. 혹은 이 한 수의 단가로부터 우리들의 마음에 전달되는 감명—경정과 격조가 하나가 된 '전체'가 아니면 진정으로 웅혼을 다한 감명은 생겨나지 않는 것입니다. 물론 비교적 청각적 효과를 중시하지 않는 형식—즉 산문은 단가와 같이 언어의 소리에 부합하는 부분이 많지 않은 것이 사실입니다. 좀 성급한 결론이지만, 나쓰메선생의 「도련님」이나 「나는 고양이로소이다」를 보세요. 그 경묘한 문장의 격조는 그 경묘한 작품의 효과를 적잖이 살리고 있습니다. 그렇다면 산문에도 단가와 마찬가지로 언어의 의미와 언어의 소리가 하나가 된 '전체'가 존재한다

> 고 해야 할 것입니다. 내가 내용이라고 이름붙인 것은 이 '전체'에 다름 아닙니다.[297]
>
> (강조점 원문)

아쿠타가와에 따르면 가키노모토노 히토마로(柿本人麻呂:660년경~720년경)의 단가短歌에서 느껴지는 '이 웅혼한 경정'은 '이 웅혼한 격조'로, 나쓰메 소세키의 소설에서 느껴지는 '그 경묘한 작품의 효과'는 '그 경묘한 문장의 격조'로밖에 나타낼 수 없는 것이다. 여기서 '이 웅혼한 경정' 내지는 '그 경묘한 작품의 효과'는 바로 그가 말하는 '내용', 즉 '언어의 의미와 언어의 소리가 하나가 된 전체'이다.

그는 소설 '한편의 줄거리'나 단가 '한수의 대의'로 간주하는 기존의 일반적인 '내용'과 구별하여, 그가 말하는 '내용'이 '내용의 전체中味の全体)' 라고 부연 설명한다. 여기서 '작품에 포함되어 있는 사상 혹은 도덕'은 전자에 해당하여 그가 말하는 '내용의 전체'로서의 '내용'에는 포함되지 않는다. 이러한 문예의 '내용'은 선행연구에서 '문예'의 동어반복이라고 비판을 받았는데, 실지로 「문예일반론」에서 아쿠타가와는 '실제로 내용은 문예 그 자체와 거의 차이가 없는 것'이라고 논한 바 있다. 그러나 굳이 이러한 사실을 밝힌 것은 그가 말하는 '문예'와 '내용'이 동일한 것이 아니기 때문이 아닐까. 이를 염두에 두고 이어서 아쿠타가와가 말하는 '형식'이 어떠한 개념을 갖고 있는지 좀 더 살펴보자.

> 즉 문예상의 작품은, 작게는 십칠 음에 상당하는 몇 개의 말로 이루어진 하이쿠俳句로부터 크게는 몇 천구, 몇 백절, 몇 십장에 상당하는 몇

297 「문예일반론」(『전집』 제7권, p.106)

> 만개의 말로 이루어진 장편소설에 이르기까지, 모두 어느 배열방식에, — 혹은 그 작품을 지배하는 어느 구성상의 원칙에 좌우됩니다. 이 구성상의 원칙에 따르지 않는 이상, 어떠한 내용도 목적한대로 바로 문예상의 작품이 될 수는 없습니다. 단순한 내용은 — 이 구성상의 원칙이 결여된 내용은, 책상의 형태를 갖추지 못한 책상이나 의자의 형태를 갖추지 못한 의자와 같이 요령부득한 말로 끝나고 맙니다. 즉 문예상의 작품은 한편으로는 내용을 가지고 있는 동시에 다른 한편으로는 그 내용에 형태를 부여하는 어느 구성상의 원칙을 가지지 않으면 안 됩니다. 위에서 논한 내용에 대하여 내가 형식이라고 이름붙인 것은 이 구성상의 원칙을 가리키는 것입니다.[298]
>
> (강조점 원문)

위의 인용문을 통해서는 아쿠타가와가 말하는 '형식'이 '구성상의 원칙'을 가리키며, '문예상의 작품'은 '몇 개의 말'이 '내용'과 '형식'을 모두 가진 것이라는 사실을 확인할 수 있다. 즉 '문예상의 작품'이 되기 위해서는 '몇 개의 말'이 구성하는 '어느 배열방식'이 '구성상의 원칙'을 갖출 것이 요구되는 것이다. 그리고 아쿠타가와가 말하는 '내용'이 '형식'의 기반이 되는 '몇 개의 말'에 의하여 개념 지워지는 성질의 것인 이상, 문예의 '내용과 형식'은 아쿠타가와가 일관되게 주장하듯 〈선후관계〉가 아닌, 〈불가분의 관계〉가 될 것이다.

(2) '내용'과 '언어기호' 간의 유사점

여기서 본서가 주목하고자 하는 사항은, 이러한 아쿠타가와의 문학

298 「문예일반론」(『전집』 제7권, pp.108~109)

관이 '언어보다 앞에 존재하는 기성개념을 예상하는 것'에 대하여 문제제기를 한 소쉬르와 맥을 같이 한다는 점이다. 『일반언어학강의一般言語学講義』의 〈언어기호의 성질〉에서 '언어는 하나의 용어집에 불과하다'는 기존의 언어관에 대한 소쉬르의 문제제기의 핵심은, '언어보다 앞에 존재하는 기성개념을 예상'하는 것에 있다. 소쉬르에 따르면 '언어기호'가 대응하는 것은 '사물의 수에 상당하는 명칭의 표'인 '사물과 이름'이 아니라, '개념과 청각영상'이다. 여기서 '청각영상'은 '물리적인 자료적 음성'이 아니라, '그러한 음성의 심적 각인'이며, '우리들의 감각을 통해서 증명되는 그것의 표상'이다. 아래에 제시한 그림은 이러한 내용을 포괄한 것이다.[299]

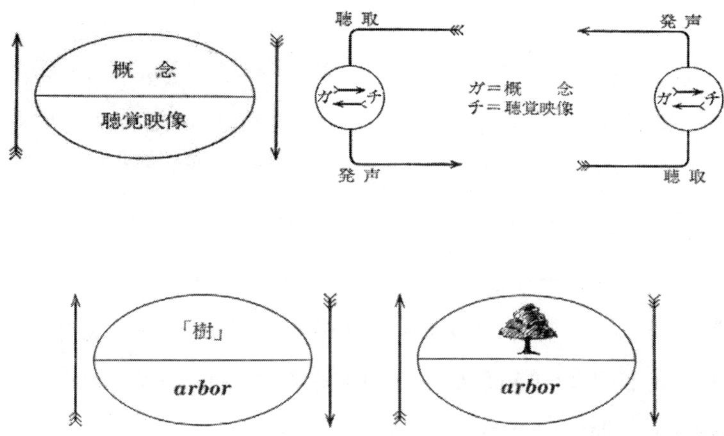

이어서 소쉬르는 '기호'라는 말이 '감각적 부분의 관념이 전체를 포함한다'는 모순점을 들어 다음과 같이 용어를 재정리한다.

299 소쉬르 전게서, p.24, pp.96~97

이상의 정의는 중요한 용어문제를 제기한다. 우리들은 개념과 청각영상의 결합을 기호signe라고 부른다. 그러나 일반적으로 이 명칭은 청각영상만을 나타내는 것으로 사용된다. 예를 들어 말(arbor 등)을. arbor가 기호라면 그것이 '樹' 라는 개념을 짊어지고 있는 것에 다름 아니라는 사실을 사람들은 잊고 있다. 그 결과, 감각적 부분의 관념이 전체를 포함하고 마는 것이다.

이러한 애매함은 당면한 세 개의 개념을 서로 대립시키면서 서로 호응하는 이름으로 나타낸다면 해결될 것이다. 나는 기호라는 말은 전체를 나타내기 위하여 보존하고, 개념concept과 청각영상image acoustique을 각각 소기signifié와 능기signifiant로 대체할 것을 제창한다.[300]

여기서 '전체'로서의 '기호'는 '개념'과 '청각영상'의 연합이다. 그런데 흥미롭게도 아쿠타가와가 말하는 '내용'은 소쉬르의 '언어기호'와 매우 유사하다.

* 소쉬르의 '언어기호' : 개념과 청각영상의 연합
* 아쿠타가와의 '내용' : 언어의 의미와 언어의 소리가 하나가 된 전체

이처럼 소쉬르가 말하는 '개념'과 '청각연상'은 각각 아쿠타가와가 말하는 '언어의 의미'와 '언어의 소리'에 대응되는 것이다. 이와 관련하여 시노자키 미오코는 '〈말〉과 물자체는 숙명적으로 완전하게 일치하지 않기' 때문에 '표현하려는 것'과 '표현된 것' 사이에는 어긋남이 발생한다면서 아쿠타가와가 이러한 '〈말〉과 물자체와의 어긋남에 대하여

300 소쉬르 전게서, p.97

완전히 무자각한 태도'를 취했다[301]고 밝힌 바 있다. 여기서 그녀가 말하는 '표현하려는 것', 즉 '물자체'와 '표현된 것', 즉 '〈말〉'은 소쉬르식으로 말하자면 '기호내용'과 '기호표현'인데, 그녀의 주장대로라면 아쿠타가와가 '기호표현'—〈말〉—과 '기호내용'—물자체—를 일대일 대응관계로 파악하고 있는 셈이 된다. 그러나 아쿠타가와에게 '문예의 내용'—'기호내용'—은, '문예의 형식'—'기호표현'—에 의하여 생겨나는 개념인 점을 감안할 때, 그가 '〈말〉'과 '물자체'가 일대일 대응관계를 형성할 것이라고 믿었다는 견해는 재론의 여지가 있다. 왜냐하면 아쿠타가와의 문학관은 소쉬르와 마찬가지로 '언어보다 앞에 존재하는 기성개념'을 갖고 있지 않기 때문이다.

(3) '기호의 자의성'을 지시하는 「야스키치의 수첩에서」 중 〈명명〉

'개념'과 '청각영상'과 관련하여 소쉬르는 이어지는 〈2. 제2원리: 기호의 자의성恣意性〉에서 다음과 같이 주장한다.

> 능기를 소기에 연결하는 유대는 자의적이다. 다시 말해서 기호가 능기와 소기의 연합으로부터 발생하는 전체를 의미하는 이상, 우리들은 보다 간단히 이렇게 말할 수 있다: 언어기호는 자의적이다.
>
> — 중략 —
>
> 자의성arbitraire이라는 말에도 주의가 필요하다. 그것은 능기가 말하는 이의 자유선택에 달려있는 것처럼 생각되어서는 안 된다(하나의 언어집단 속에서 일단 성립된 기호에 대하여 개인은 추호만큼도 변화를 일으킬 힘이 없다는 것은 다음 장에서 보게 될 것이다); 나는 말하

301 시노자키 미오코 전게서, pp.251~253

고자 한다: 그것은 무연immotivié하다. 즉 소기와의 관계 속에서 자의적인 것이며, 현실에 있어서 이것과는 아무런 자연적인 일치점이 없다.[302]

여기서 '소기(시니피에)'와 '능기(시니피앙)'로 재정리된 '기호내용(개념)'과 '기호표현(청각영상)'은, 전체로서의 '언어기호'를 이루는 것으로 소쉬르가 말하는 '기호의 자의성'의 핵심은, 기호표의작용은 사회제도적으로 규정된 것으로서 '기호내용'과 '기호표현'과는 '무연하다'는 것이다.

'기호의 자의성'이 이러한 성질의 것이라면 결국 '기호내용'은 그것을 인식하는 주체의 구성원에 따라 만들어지는 것이며, '기호표현'은 그러한 구성원의 합의에 의하여 얻어진 결과물에 지나지 않는다. 어떠한 사항, 즉 '개념'도 구성원의 필요에 의하여 만들어질 수도 사라질 수도 있는 것이다. 그리고 만들어진 '개념' 또한 그것을 사용하는 구성원의 성향性向에 따라 달리 표현될 수 있다. 그런데 「야스키치의 수첩에서」 중 〈멍멍〉에서는 이러한 '기호의 자의성'을 지시하는 서술이 엿보인다. 아래의 인용문은 〈멍멍〉의 도입 부분이다.

어느 겨울날 저녁, 야스키치는 구중중한 레스토랑 이층에서 기름내 나는 구운 빵을 뜯어먹고 있었다. 그가 앉아있는 테이블 앞에 놓여있는 것은 금이 간 흰 벽이었다. 거기에는 비스듬히 '핫(따뜻한) 샌드위치도 있어요.' 라고 쓴 길쭉한 종이도 붙어있었다. (그의 동료 중 한사람은 이것을 '후유 (따뜻한) 샌드위치'라고 읽으며 진심으로 의아스러

302 소쉬르 전게서, pp.98~99

> 워했다.) 그리고 왼쪽은 아래로 내려가는 계단 오른쪽은 바로 유리창이 있었다. 그는 구운 빵을 뜯어먹으며 때때로 멍하니 창밖을 바라보았다. 창밖에는 거리 건너편으로 함석지붕을 얹은 헌옷 가게가 한 채, 직공용 청색 무명 작업복이나 카키색 망토 따위를 내걸고 있었다.
>
> 그날 밤 학교에서는 여섯시 반부터 영어 모임이 열리기로 되어있었다. 거기에 출석할 의무가 있는 그로서는, 이 마을에 살고 있지 않은 탓에 싫어도 방과 후 여섯시 반까지는 이런 데 있을 수밖에 없었다. 도키 아이카土岐哀果씨의 노래 중에 분명 — 틀렸다면 미안합니다 — '멀리까지 와서 이따위 비프스테이크나 먹어야하다니. 아내여, 아내여, 그립구나.' 라는 구절이 있다. 그는 여기에 올 때마다 언제나 이 노래가 떠올랐다. 뭐, 그리워해야할 아내는 아직 없다. 허나 헌옷 가게를 바라보면서 기름내 나는 구운 빵을 뜯으며 '핫(따뜻한) 샌드위치'를 보고 있으면 '아내여, 아내여, 그립구나.' 라는 말이 저절로 입 밖으로 흘러나오는 것이었다.[303]
>
> (밑줄 인용자)

여기서 'ホット (あたたかい) サンドウヰッチ'라는 공통된 문구는 야스키치에게는 '핫(따뜻한) 샌드위치'로, 그의 동료에게는 '휴우 (따뜻한) 샌드위치' 내지는 '홋토 (따뜻한) 샌드위치'로 이해되고 있다. 전자가 'ホット'를 '따뜻한あたたかい'이라는 의미를 가진 영어의 'Hot'에 연결 지은 것에 반하여 후자의 경우는 'ホット'를 'Hot · 따뜻한'과는 무관한, 긴장이 풀려서 한숨지을 때 나오는 일본어의 '후유ほっと' 내지는 단어 자체로서는 아무런 의미를 가지지 못하는 '홋토ほっと · hotto'로 해석하고

303 「야스키치의 수첩에서」(『전집』 제6권, pp.88~89).

있는 것이다.

여기서 후자가 이해하는 'ほっど'는 전자의 'ホット · Hot · 따뜻한'이라는 의미를 가지지 못하는 'ほっど'로서, 필시 '휴우 (따뜻한) 샌드위치' 내지는 '홋토 (따뜻한) 샌드위치'로 이해했을 야스키치의 동료로서는 '샌드위치'에 전치前置하지만 '샌드위치'와는 아무런 문맥을 형성하지 못하는 'ほっど'가 놓인 'ホット(あたたかい)サンドウヰッチ'라는 문구를 보고 의아해한 것은 당연할 터이다.

이처럼 〈멍멍〉은 'ホット'라는 공통된 사항이 인식주체—야스키치와 그의 동료—에 따라 '따뜻한'과 '휴우' 내지는 '홋토'로 달리 해석될 수 있음을 나타내고 있다. 그런 점에서 기호표현과 기호내용과는 아무런 관계가 없다는 '기호의 자의성'을 지시하고 있다고 할 수 있는데, 이는 텍스트가 일본에서 로마자운동의 중심적 존재였던 도키 젠마로(土岐善麿:1885년~1980년)[304]를 지시하고 있다는 점에서 뒷받침된다.

〈멍멍〉은 야스키치가 '구중중한 레스토랑 이층'에서 '헌옷 가게를 바라보면서 기름내 나는 구운 빵'을 뜯으며 예의 'ホット(あたたかい)サンドウヰッチ'라는 문구를 보고 있으면 '아내여, 아내여, 애처롭다'는 도키 아이카의 노래가 떠오른다고 서술하고 있다. 텍스트에서의 도키 아이카[305]는 도키 젠마로라는 실존인물의 호号로 그는 일본어를 로마자로 표

304 도키 젠마로(土岐善麿:1885년~1980년) : 가인(歌人)·국문학자로 호(号)는 아이카(哀果) 등 다수 있다. 사회에 눈을 돌린 생활파 가인으로서 활약, 로마자운동의 중심적 존재였다. 가집(歌集)으로는 「울고 웃음(NAKIWARAI)」, 「황혼에(黄昏に)」, 「봄들판(春野)」, 평론으로는 「다야스 무네타케(田安宗武)」 등이 있다.

305 도키 젠마가 도키 아이카라는 호로 활약한 시기는 제1 가집(歌集) 『울고 웃음(NAKIWARAI)』(로마자알리기모임, 1910년)을 출판한 때부터이다. 이 가집은 '로마자철(Roma字綴り)'의 일수삼행(一首三行)쓰기 라는 이색적인 방식을 취하고 있는데, 그는 이 가집에서 로마자로 쓴 시를 발표한 이후부터 로마자운동이나 에스페란토 보급에 깊이 관여했었다. 『옛날이야기(MUKASIBANASI)』(로마자알리기모임, 1911년) , 『백인 일수(HYAKUNIN ISSYU)』(일본 로마자사, 1924년), 『일

기하는 것에 주력한 인물로서 'NAKIWARAI', 'MUKASIBANASI', 'HYAKUNIN ISSYU' 등의 제목으로 작품을 발표하였다. 이 표제는 각각 '울고 웃음', '옛날이야기', '백인일수'라는 일본어의 로마자표기라는 의미는 있으나, 영어로서는 음성적 발화 이외에 아무런 의미를 갖지 못한다. 뿐만 아니라, 일본어의 '泣き笑い', '昔話', '百人一首' 등과도 동일하지 않다. 1910년대 일본인들이 공유했을 언어체계 속에서 일본어의 로마자표기는, 이화異化, 즉 '낯설게 하기'에 불과했을 터이기 때문이다. 일본어의 공시적・통시적 언어체계 속에서 'NAKIWARAI'라는 기호표현은 영어로는 아무런 기호내용을 갖지 못하며, 일본어로도 '泣き笑い'라는 기호내용과는 다른 낯선 기호내용을 갖는 것이다.

일본 근대문학의 장에서 로마자운동이나 에스페란토 보급에 깊이 관여한 도키 젠마로. 그리고 이러한 그가 〈멍멍〉에서 'ホット (あたたかい) サンドウヰッチ'라는 문구로 연상된다는 서술에서, 기호표의작용은 사회제도적으로 규정된 것으로서 기호표현과 기호내용과는 아무런 관계가 없다는 소쉬르의 '기호의 자의성'을 상기하는 것은 그리 어려운 일이 아닐 것이다. 나아가 언어체계를 지탱하고 있는 것은 사회적인 약속이라는 소쉬르의 말을 상기할 때, 그와 흡사한 문학관에 기초한 아쿠타가와문학은 독자와의 관계성 속에서 존재할 수밖에 없는 성질의 것이라는 점도.

본식이 될 때까지(日本式になるまで)』(도쿄로마자회, 1931년) 등 이후 발표한 가집의 표제와 출판한 곳에서 확인할 수 있듯이 도키 젠마로가 주력한 것은 일본어를 로마자로 표기하는 것에 있었다.

2. 아쿠타가와에게 있어서 글쓰기

앞서 「문예일반론」에서는 '언어'와 '문자'를 구별하는 과정에서 아쿠타가와가 '시각적 효과'보다는 '청각적 효과'를 중시하고 있음을 확인하였다. 그러나 문학이 활자로 되어 있는 이상, 여기서 시각적 효과를 완전히 배제할 수는 없을 것이다. 그럼에도 아쿠타가와는 청각성에 주목하고 있는데, 그렇다면 이처럼 청각성을 중요시하는 아쿠타가와의 문학관은 글쓰기라는 실천적 단계에서 어떠한 프로세스를 거쳐서 발현發顯되는가.

(1) 글쓰기라는 실천적 단계에 이르는 프로세스

이해를 돕기 위하여 1917년경 『신초』가 당시 문학담당자들을 대상으로 '당신은 어떤 요구에 의하여 어떤 태도로 창작을 하는가?' 라는 앙케트에 대한 회답인 「분명한 형태를 취하기 위하여はつきりした形をとる為めに」(『신초』 1917년 11월)의 일부를 인용하도록 하겠다.

> 그렇다면 그 쓰고 싶다는 마음은 왜 생기는 것인가? — 당신은 그렇게 질문하겠지요. 그것은 나도 잘 모릅니다. 다만 내가 알고 있는 범위에서 답하자면, 내 머리 속에는 무언가 혼돈混沌된 것이 있는데, 그것이 분명한 형태를 취하고 싶어 합니다. 그래서 그것은 분명한 형태를 취하는 것 그 자체를 목적하는 것이기도 합니다. 때문에 그 무언가 혼돈된 것이 한 번 머릿속에 떠오르면 싫어도 쓸 수밖에 없게 됩니다. 그것은 뭐랄까. 그럴듯한 모양새의 공박관념恐迫觀念에 엄습당하는 것과 같습니다.
>
> 당신이 한발 더 나아가 그 혼돈된 것이 무엇이냐고 묻는다면, 나는 다시 대답이 막힐 것입니다. 사상思想도 정서情緖도 아닙니다. — 아무래

> 도 역시 혼돈된 것이기 때문입니다. 단, 그 특색은 그것이 분명한 형태를 취하기 전까지는 완전히 그 자체가 되지 않는다는 점이겠지요. 아니, 단정적으로 그렇습니다. 이 점만은 다른 정신활동에서는 찾아볼 수 없습니다. 그렇기 때문에 (조금 옆길로 새면) 나는 예술이 표현이라는 것은 정말이라고 생각합니다.
>
> 우선 대개 이러한 사항이 나로 하여금 소설을 쓰게 하는 직접적인 요구입니다. 물론 간접적으로는 다른 여러 가지 요구가 있겠지요. 혹은 그 속에는 인도적人道的이라는 형용사가 붙을 법한 요소가 섞여있을지도 모릅니다. 그러나 그것은 어디까지나 간접적 요구입니다. 나는 시종, 평범히, 통속적으로(일반적으로—인용자) 말해서, 단지 쓰고 싶기 때문에 써왔습니다. 금후에도 역시 그렇겠지요. 또한 그렇게 하는 수밖에 달리 방도가 없습니다.[306]
>
> (밑줄 인용자)

아쿠타가와로 하여금 '소설을 쓰게 하는 직접적인 요구'는 '무언가 혼돈된 것'이 '분명한 형태'를 취하고 싶어 하기 때문이다. 여기서 '무언가 혼돈된 것'은 '사상'도 '정서'도 아닌, '무언가 혼돈된 것' 그 자체로서 소설을 쓰는 작업은, 이 '무언가 혼돈된 것'을 '분명한 형태'로 만드는 것을 목적으로 한다. '나는 예술이 표현이라는 것은 정말이라고 생각한다'는 「분명한 형태를 취하기 위하여」에서의 아쿠타가와의 발언이 '문예의 형식과 내용'을 〈불가분의 관계〉에 놓는 문학관의 다른 표현이라는 점을 감안할 때, 여기서의 '무언가 혼돈된 것'이란 바로 「문예일반론」에서 아쿠타가와가 말한 '내용', 즉 '언어의 의미와 언어

306 「분명한 형태를 취하기 위하여」(『전집』 제2권, p.83).

의 소리가 하나가 된 전체'이며, '분명한 형태'로 만드는 것은 '형식'을 부여하는 작업일 터이다.

「문예일반론」 중 〈3 내용〉에서 아쿠타가와는 재차 '내용'이 '언어의 의미와 언어의 소리가 하나가 된 전체'임을 강조하며, '足びきの山河の瀬の鳴るなべに弓月が嶽に雲立ち渡る'라는 히토마로의 단가를 예로 들면서 '이 한 수의 단가의 내용은 이 한 수가 우리들에게 전하는 어느 감명의 전체' 라고 환언換言한다. 결국 '언어의 의미와 언어의 소리가 하나가 된 전체'로서의 '내용'은 '우리들에게 전하는 어느 감명의 전체'이며, 이때 '감명'은 '足びきの山河の瀬の鳴るなべに弓月が嶽に雲立ち渡る'라고 했을 때 느껴지는 '어느 정경情景'을 '포착하는 것'과 '느끼는 것'이라 할 수 있다.

그리고 이는 다시 '인식적 방면'과 '정서적 방면'으로 환언된다. 아쿠타가와에 따르면 이중 '소설', '희곡'은 전자를, '단가'와 '서정시'는 후자를 살린 '문예'에 해당한다. 아쿠타가와는 '문예상의 문제가 되는 것은 어떤 사상을 갖고 있는가보다는 얼마나 그 사상을 표현하고 있는가, 즉 문예적 전체로서 어떤 감명을 발생하는가에 달려있다'면서 「문예일반론」의 마지막 장인 〈여론〉에서 이상의 내용을 동시대적 문맥에서 다음과 같이 정리하고 있다.

<table>
<tr><td colspan="4">내용</td></tr>
<tr><td colspan="2">인식적 요소
(어느 사상의 철학적 가치)
희박 ←··············→ 농후</td><td colspan="2">정서적 요소
희박 ←··············→ 농후</td></tr>
<tr><td>단가, 서정시 ←···········→</td><td colspan="2">소설, 희곡</td><td>←··············→ 단가, 서정시</td></tr>
<tr><td colspan="2">······ → 프롤레타리아문학</td><td colspan="2"></td></tr>
</table>

또한 그는 '기교란 어느 내용을 표현하는 수련—즉 이 형식을 부여하는 수련'이라고 밝히고 있다. '내용'을 표현하는 것이 이러한 의미에서의 '기교'라면, '기교'는 결국 '언어의 의미와 언어의 소리'를 하나가 되게 만드는 것을 목적으로 한다고 할 수 있다. 요컨대 아쿠타가와가 지향한 글쓰기는 태생적으로 '인식적 요소'는 농후하고 '정서적 요소'는 희박한 소설을 인공적으로 '인식적 요소'는 희박하고 '정서적 요소'는 농후한 서정시에 가깝게 쓰고자 하는 데 있는 것이다. 그리고 이러한 글쓰기를 가능케 하는 것은 소설에서 청각성을 얼마나 잘 살리느냐가 관건關鍵일 터이다.

(2) 청각성을 살린 글쓰기 모델 제시 —「이른 봄」

아쿠타가와 만년에 해당하는 1927년에 발표된 「문예적인, 너무나 문예적인」에서 이러한 청각성을 살린 글쓰기는 ''이야기'다운 이야기가 없는 소설' 내지는 '시적 정신을 살린' 글쓰기로 달리 표현된다. 이와 관련하여 도이 미치코는 「문예일반론」에서 정서적 요소가 높은 소설과 인식적 요소가 높은 소설에 가치의 높고 낮음을 두지 않고, 양자 모두 존재가치가 있다고 파악했던 아쿠타가와가 「문예적인, 너무나 문예적인」에 이르러서는 '통속적 흥미'가 적은, 즉 인식적 요소를 극히 배제한 '시에 가까운' 소설에 대하여 특별한 관심을 나타내게 되었다고 밝힌 바 있다.[307]

그러나 앞서 살펴본 바와 같이 「문예일반론」에서도 아쿠타가와가 지향한 글쓰기는, 태생적으로 '인식적 요소'는 농후하고 '정서적 요소'

307 土井美智子「芥川龍之介論—表現形式の変遷とその芸術観—」(東京大学大学院人文社会系研究科修士課程修士論文, 2001)

는 희박한 소설을 인공적으로 '인식적 요소'는 희박하고 '정서적 요소'는 농후한 서정시에 가깝게 쓰고자 하는 데 있었다. 이는 아쿠타가와의 문학관이 일관된 것임을 말하여 준다.

아쿠타가와는 〈4 대작가〉에서 "'이야기'다운 이야기가 없는 소설'을 '순수한'이라는 말로 논하면서 '가장 순수한 작가'로 시가 나오야를 들고 있다. 이와 관련하여 〈5 시가 나오야씨〉를 살펴보자.

> (3) 그러나 묘사상의 리얼리즘은 반드시 시가 나오야씨에 한한 것은 아니다. 시가씨는 이 리얼리즘에 동양적 전통 위에 선 시적 정신을 살리고 있다. 이점에 있어서는 시가씨를 따를 자가 없다고 해도 과언이 아니다. 그것이야말로 또한 우리들 — 적어도 내가 가장 따라가기 어려운 특색이다. 시가 나오야씨 자신이 이점을 의식하고 있는지 어쩐지는 나도 장담할 수 없다. (모든 예술적 활동을 작가의 의식 범위 안에 둔 것은 십년 전의 나다.) 그러나 이점은 설령 작가 자신은 의식하지 못하더라도 분명 시가씨의 작품에 독특한 색채를 부여하고 있는 것이다.[308]
>
> (밑줄 인용자)

그러나 사실 "'이야기'다운 이야기가 없는 소설' 내지는 '시적 정신'을 살린 글쓰기를 이해하기란 그리 쉽지 않다. 그런데 야스키치시리즈 중 하나인 「이른 봄」에서는 이러한 프로세스가 구체적으로 드러나 있다. 여기서는 실제 텍스트에서 청각성을 살린 글쓰기가 어떤 식으로 발현되는지를 염두에 두고 「이른 봄」을 고찰하고자 한다.

308 「문예적인, 너무나 문예적인」(『전집』 제9권, pp.12~13)

「이른 봄」은 ①나카무라中村의 이야기, ②그와 호리카와堀川 간의 대화, 그리고 ③호리카와의 이야기로 구성되어 있다. 텍스트는 '조용한' 파충류 표본실에서 두시에 만나기로 한 미에코三重子가 나타나지 않는 것과 그것을 '절절한 추위'로 느끼는 나카무라의 심정이 묘사되어 있는 ①이 주를 이룬다. ①, ②, ③을 서술층위로 나누어보면, ①서술자가 나카무라의 심리에 따라 그가 경험했던 사건에 대한 서술, ②그러한 나카무라의 이야기를 듣고 이를 소설로 만드는 호리카와의 작업, ③그러한 사건이 발생한 때로부터 '십년'이 경과된 '지금' 호리카와의 심리에 대한 서술로 이루어져있다. 그중 아래의 인용문은 ②로 여기서는 대화문의 형식을 빌려 소설가 지망생인 호리카와가 친구인 나카무라로부터 그가 경험했던 사건을 들은 것을 소설로 만드는 과정이 서술되어 있다.

> "나, 바보 같지?"
>
> 이야기를 끝낸 나카무라는 별일 아니라는 듯 이렇게 덧붙였다.
>
> "그래, 스스로를 바보로 여기는 것이 가장 바보스럽군."
>
> 호리카와는 대수롭지 않은 듯 냉소하였다. 그리고는 갑자기 낭독하는 듯 이렇게 읊조리기 시작하였다.
>
> "그대는 이미 돌아갔다. 파충류가 있는 표본실은 텅 비어있다. 거기에 — 시간은 멈춰서있다. 정확히 세시 십오 분쯤일까. 거기에 창백한 얼굴의 여학생이 한명 들어온다. 간수는 물론 아무도 없다. 여학생은 뱀과 도마뱀 속에서 언제까지고 꼼짝 않고 멈춰서있다. 그곳은 일찍도 해가 저물겠지. 그러는 사이 빛은 엷어진다. 문 닫을 시간도 다가온다. 그러나 여학생은 아까와 마찬가지로 언제까지나 꼼짝 않고 서있다. — 이러면 소설인데 말이지. 정말로 멋진 소설이잖아? 미에코는 그렇

다 치고 너를 주인공으로 하는 날에는……"[309]

(밑줄 인용자)

그렇다면 실제 텍스트에서 청각성을 살린 글쓰기는 어떤 식으로 발현되는가. 이를 살펴보기 위하여 아래에 ①의 마지막 부분을 인용하도록 하겠다.

두시 사십분.

두시 사십오분.

세시.

세시 오분.

세시 십분이 됐을 때다. 나카무라는 봄 오버코트 아래로 추위를 절절히 느끼면서, 인기척 없는 파충류 표본실을 뒤로하고 돌계단을 내려갔다. 언제라도 마치 해질녘 같이 어스름한 돌계단을.[310]

위의 대략 5분 간격의 시각의 알림은, 기다려도 오지 않는 여인에 대한 나카무라의 초조한 심정을 대변하고 있는 듯하다. 앞서 살펴본 바와 같이 아쿠타가와에게 있어 글쓰기란, '무언가 혼돈된 것'을 '분명한 형태'로 만드는 작업이다. 그리고 이 '무언가 혼돈된 것'은 '내용', 즉 '언어의 의미와 언어의 소리가 하나가 된 전체'에 다름 아니다. 기다려도 오지 않는 미에코에 대한 나카무라의 심정이 엿보이는 ①이 아쿠타가와가 말하는 '내용', 즉 '무언가 혼돈된 것'이라면, '분명한 형태'를 취

309 「이른 봄」(『전집』 제7권, p.197)
310 「이른 봄」(『전집』 제7권, p.196)

한 것은 ②, 즉 그러한 나카무라의 이야기를 듣고 '낭독하는 듯 읊조린 것'이라 할 수 있다. 한국어로 번역하는 과정에서 텍스트에서 느껴지는 '격조'가 훼손될 것이 분명하므로 행간行間만을 삽입하여, 아래에 ②의 일본어 원문을 그대로 인용하도록 하겠다.

②의 일본어 원문

君はもう帰つてしまふ。爬虫類の標本室はがらんとしてゐる。其処へ, —時間はいくらもたゝない。やつと三時十五分位だね, 其処へ顔の青白い女学生が一人はひつて来る。勿論看守も誰もゐない。女学生は蛇や蜥蜴の中にいつまでもぢつと佇んでゐる。あすこは存外暮れ易いだらう。そのうちに光りは薄れて来る。閉館の時刻もせまつて来る。けれども女学生は同じやうにいつまでもぢつと佇んでゐる。

②의 일본어 원문에 행간 삽입

君はもう帰つてしまふ。

爬虫類の標本室はがらんとしてゐる。

其処へ, —時間はいくらもたゝない。

やつと三時十五分位だね,

其処へ顔の青白い女学生が一人はひつて来る。

勿論看守も誰もゐない。

女学生は蛇や蜥蜴の中にいつまでもぢつと佇んでゐる。

あすこは存外暮れ易いだらう。

そのうちに光りは薄れて来る。

閉館の時刻もせまつて来る。

けれども女学生は同じやうにいつまでもぢつと佇んでゐる。

'뱀'과 '도마뱀' 등 박제剝製된 것들이 나열되어 있는 '표본실'과 거기에 들어온 '한명의 여학생'. '정확히 세시 십오분'을 적시한 위의 인용문에서는 움직임이 정지된 상태가 느껴진다. 그러한 '표본실'과 '한명의 여학생'이 '텅 비어있다(がらんとしてゐる)'와 '언제까지고 꼼짝 않고 멈춰서있다(いつまでもぢつと佇んでゐる)'와 호응, 여기에 '빛'과 '문 닫을 시간'이 '엷어지고(薄れて来る)' '다가온다(せまつて来る)'가 더해지면서 ①의 마지막 부분에서 느껴지는 초조한 심정이 좀 더 강화되어 일종의 음률—아쿠타가와의 말을 빌자면 '격조'—과 함께 전해지는 듯하다.

「문예일반론」에서 말하는 '내용'에서 '인식적 요소'와 '정서적 요소' 중 후자가 농후한 서정시와도 흡사한 ②에서 청각성이 살아나는 것은 물론이다. 여기서 「문예적인, 너무나 문예적인」에서 시가 나오야 소설의 특색으로 '동양적 전통 위에 선 시적 정신을 살린 것'으로 표현하는 것 내지는 「문예일반론」에서 가키노모토노 히토마로의 단가와 나쓰메 소세키의 소설을 들어 '이 웅혼한 경정'은 '이 웅혼한 격조'로, '그 경묘한 작품의 효과'는 '그 경묘한 문장의 격조'로밖에 나타낼 수 없다고 밝힌 아쿠타가와의 언급을 상기해도 좋을 것이다.

사실 「이른 봄」은 지금까지 주된 연구의 대상이 되어본 적이 없다. 본 텍스트의 특징을 꼽자면, 다른 야스키치시리즈에서 야스키치가 주된 인물로 다루어진 것에 비하여 여기서는 주변인으로 등장한다는 정도이다. 이시타니 하루키가 '야스키치가 아쿠타가와의 분신으로서의 역할을 충분히 다하지 못했다'[311]고 평한 것도 이 때문이리라. 그러나 이상에서 고찰한 바와 같이 ①, 즉 '언어의 의미와 언어의 소리가 하나

311 이시타니 하루키 전게논문, p.119

가 된 전체'로서의 '내용'에 '형태를 부여하는 어느 구성상의 원칙'인 '형식'이 어떤 식으로 하나가 되어 ②, 즉 '내용의 전체'로서의 '문예'를 만들어내는지를 보여주는 「이른 봄」은, '문예의 형식과 내용'이 〈불가분의 관계〉에 있다는 아쿠타가와의 문학관을 구현한 텍스트라고 할 수 있겠다.[312] 나아가 「이른 봄」에서 '내용'을 지시하는 ①과 그것에 '형식'을 부여한 '문예'를 나타내는 ②가 동일하지 않다는 사실은 요시모토 다카아키와 시노자키 미오코 등 선행연구에서 주장하듯 아쿠타가와가 말하는 '문예'와 '내용'이 동일하지 않다는 사실을 입증하는 것이기도 하다.

아쿠타가와가 말하는 '내용'이 청각성에 준한 것이고 그러한 청각성을 어떻게 잘 살리느냐를 보여주는 텍스트가 「이른 봄」이라는 사실은 서정시와도 흡사한 호리카와의 '읊조림'이 미에코의 심정이 아니라, ①에서의 나카무라의 심정을 대변하고 있는 데서도 확인할 수 있다. 텍스트에서 호리카와는 '이러면 소설인데 말이지. 정말로 멋진 소설이잖아? 미에코는 그렇다 치고 너를 주인공으로 하는 날에는……'이라고 덧붙이고 있다. 그런 점에서 「이른 봄」은, '언어의 의미와 언어의 소리'를 하나가 되게 만드는 과정을 직접적으로 보여주는 것을 목적으로 하는 텍스트라고 할 수 있다.

312 「야스키치의 수첩에서」, 「소년」, 「추위」가 인식대상과 인식주체 간의 문제 내지는 표현 레벨에서 '문예의 형식과 내용'을 〈불가분의 관계〉로 파악하는 아쿠타가와의 문학관을 구현한 텍스트라고 한다면, 「이른 봄」은 이러한 문학관이 구체적으로 어떠한 프로세스를 거쳐서 구현되는지를 보여주고 있다는 점에서 또 다른 의미에서의 문학관의 구현의 장이라고 할 수 있다.

제3절 근대적 글쓰기에 관한 문제 — 청각성의 복원과 관련하여

본 절에서는 우선 '사소설'을 포함한 1920년대 글쓰기의 패러다임인 〈현실의 재현으로서의 소설 관〉이 일본 근대문학이 시작된 이래, 지속되어온 것임을 밝히고자 한다. 이러한 인식의 틀을 제공한 쓰보우치 쇼요의 문학론은, 텍스트에서 작자의 모습 내지는 목소리를 제거하는 것이라 할 수 있는데, 1920년대 텍스트인 일부 야스키치시리즈에서는 독자에게 말걸기식 서술방식이 엿보인다. 이에 독자와의 커뮤니케이션 행위라는 관점에서 텍스트의 발신적 기능의 직・간접성의 문제에 대하여 생각함으로써 이러한 야스키치시리즈의 서술방식이 일본 근대문학의 장에서 어느 지점에 위치하는지 가늠해보고자 한다.

1. 일본의 근대적 글쓰기 관 형성과정

앞서 1920년대 '사소설'의 인식의 틀이 〈현실의 재현으로서의 소설 관〉에 근거하고 있음을 확인하였다. 여기서는 쓰보우치 소요를 필두로, 다야마 가타이, 하세가와 덴케이長谷川天鶏, 시마무라 호게쓰, 가타가미 노부루 등 일본 자연주의의 유력한 이론가들의 발언을 고찰함으로써 〈현실의 재현으로서의 소설 관〉이 일본 근대문학의 지평이 열린 이래, 1920년대에 이르기까지 지속된 것임을 확인하고자 한다.

(1) 지속되어온 〈현실의 재현으로서의 소설 관〉

아래는 「창작과 실행」이라는 제목으로 1909년에 『신성新声』에 실린 다나카 우켄田中雨軒의 창작에 관한 발언이다.

> 창작과 실행은 일치해야 하는 것이라고 생각한다. 즉 자기가 쓴 창작물은 자기의 예전, 혹은 과거에 있어서, 어느 곳 어느 때의 추억 및 경험이지 않으면 안 된다.
>
> — 중략 —
>
> 예술을 위하여 실행하라는 말이 아니다. 자기가 실행한 것을 창작하라는 말이다.
>
> — 중략 —
>
> 단, 자기가 이전에 경험했던 것 내지는 추억을 충실하게 쓰면 된다. 그런고로 나는 창작과 실행은 일치해야 한다고 말하는 것이다.
>
> (밑줄 인용자)

다나카 우켄의 의식 속에 있는 글쓰기—'창작'—는 '자기가 이전에 경험했던 것 내지는 추억을 충실하게 쓴 것'에 지나지 않는다. 여기서 소설은 현실을 재현한 것이 된다. 〈현실의 재현으로서의 소설 관〉이라고도 할 수 있는 이러한 인식의 틀은, 일본 근대문학의 장에서 다음과 같이 전개된다.

시마무라 호게쓰에 의하면 일본 문학의 장에서 '자연주의'라는 말을 처음 사용한 사람은 고스기 텐가이小杉天外이다. 시마무라 호게쓰는 1908년 1월 〈문예상의 자연주의〉에서 고스기 텐가이가 말하는 자연주의가 사실주의와 같은 뜻으로 사용되었다면서, 여기서는 '단지 있는 그대로 베낀 것이 진실한 인간이다'라는 입장이 취해졌다[313]고 밝힌 바 있다.

> 현실로부터 받은 이미지印銘를 가감 없이 재현하려는 시도는 사실주의의 새로운 전화轉化임에 틀림없다. 그와 달리 자연주의는 자연을 하나의 완전한 것一全円으로서 묘출描出하는, 그 방법은 객관으로부터 자극을 받은 주관의 경향, 즉 정취情趣에 의하여 그 자연을 완전한 형태全円の形로 만들기에 충실充実하려는 것에 있다.

위에서의 시마무라 호게쓰의 발언은 독일의 폰 슈타인Von Stein의 『신미학계제新美學階梯』에서의 논의를 바탕으로 한 것인데, 여기서 그는 '사실주의가 자연에 대한 묘사인 것에 반하여 자연주의는 단순히 묘사라는 방법으로 자연을 베낀 것이 아닌, 그 이상의 어느 조건이 덧붙여진 것'으로 파악하였다. 그러나 자연주의와 사실주의의 차이를 비교하는 시마무라 호게쓰의 논의에서는 오히려 이 둘의 유사점이 발견된다. 그에 따르면 사실주의는 '현실로부터 받은 이미지'를 '가감 없이 재현하려는 시도'이며, 자연주의는 '그 자연을 완전한 형태로 만들기에 충실하려는 것'인데, 이는 재현이라는 측면에서 보면 자연주의가 사실주의를 더욱 강화한 것에 다름 아니기 때문이다.

이러한 〈현실의 재현으로서의 소설 관〉은 메이지 시대의 문학담당자

313 여기서 시마무라 호게쓰는 시마자키 도손의 「파괴」와 구니키다 돗포의 단편 이후 고쿠리 후요(小栗風葉), 도쿠다 슈세이(徳田秋声), 다야마 가타이, 하세가와 후타바테이(長谷川二葉亭), 마사무네 하쿠쵸(正宗白鳥) 등을 후기 자연주의로 든 것에 대해 고스기 텐가이를 전기 자연주의라고 구분하였다(本間久雄 『現代日本文學大系 96 文藝評論集』(筑摩書房, 1987) pp.45~46).

들을 지배한 일종의 패러다임이었던 것 같다. 아래의 인용문은 각각 1908년 하세가와 덴케이와 1909년 「이불」(『신소설』 1907년 8월) 집필에 있어서의 다야마 가타이의 발언이다.

> 아니, 현실계와 몰교섭하는 환상幻像을 바라보는 것으로 만족할 수 없다. 그렇다면 우리들은 단지 우리가 볼 수 있는 현실계를 바탕으로 하여 인생을 논해야 할 것이다. 자각적 현실주의로서 철학계에 나타난 최근의 형식인 프래그머티즘(실제実際주의 혹은 인간본위人間本位주의라고 번역해야 하나?)으로서 문예계에 나타난 것이 자연주의다.[314]
>
> (강조점 원문)

> 내가 쓴 『이불』은 작자에게는 별다른 의미가 없다. 참회懺悔도 아니고, 일부러 그런 추한 사실事実을 골라서 쓴 것도 아니다. 단지, 자기가 인생 속에서 발견한 어느 사실事実, 그것을 독자의 눈앞에 펼쳐 보인 것뿐이다. 독자가 읽어서 심기가 불편해지거나 불쾌한 느낌을 받거나 혹은 거기서 작자의 위대한 마음의 깊이를 보거나 교훈을 얻거나 그런 것은 작자에게는 아무래도 좋은 것이다. 또한 독자가 호기심으로 그것을 작자의 경험에 적용하여 인격이니 책임이니 사상이니 하는 것으로 평가하든 말든 그런 것은 아무래도 좋다. 작자는 단지 그 발견한 사실을 어디까지 그려냈는가, 실로 그 지점까지 육박하여 썼는지 단

314 하세가와 덴케이는 1908년 1월 〈현실폭로의 비애〉 중 〈6 자연파문학의 배경〉에서 위와 같이 주장했는데, 그는 여기서 문학을 함에 있어서 현실을 바탕으로 해야 한다는 입장을 분명히 하면서, 쓰보우치 쇼요의 저술 『신곡우라시마(新曲浦島)』를 거론, '우리들은 현실의 상을 말하는 것일뿐'이라며 현실을 재현하는 자로서 문학자의 역할을 파악하였다.

지 그것을 고려할 뿐이다.

(밑줄 인용자)

여기서 소설은 '현실계를 바탕으로 하여 인생을 논'한 것이며, 작자는 그가 발견의 '현실의 상相'을 독자에게 전하는 자로서 혹은 '사실을 독자의 눈앞에 충실히 펼쳐 보이는 자'로서 기능할 뿐이다.

자연주의의 거목으로 일컬어지는 다야마 가타이는 『소설작법小說作法』(박문관博文館, 1909년 7월)에서 「이불」의 창작태도에 대하여 위의 인용문에서와 같이 밝혔는데, 여기서 그가 말하는 '사실'이 작자의 실제 경험인지의 유·무는 그리 중요하지 않다. 오히려 「이불」 집필에 있어서 다야마 가타이가 가장 역점을 둔 것은, 작자가 발견한 '사실'을 독자의 눈앞에 충실히 펼쳐 보이는 것에 있었다. 이는 그의 인식 범위 내에서도 소설은 〈현실을 재현한 것〉이라는 사고가 지배하고 있었음을 의미한다.

이와 관련하여 소마 쓰네오相馬庸郎는 외면의 세계와 내면의 세계, 즉 젊은 연인들이 신뢰할 수 있는 사람으로 선생을 바라보도록 하는 구조와 선생의 추악한 에고이즘이나 성적 관심을 드러내는 구조가 공존하는 「이불」은, 신·구 어느 세대에도 속하지 않는 '중간에 끼인 세대'로서 과도기적인 시대를 살던 당시의 독자들에게 자연스럽게 받아들여지는 서술구조를 취하고 있다[315]고 밝힌 바 있다. 하세가와 덴케이와 다야마 가타이의 이러한 발언을 통해서도, 그들이 메이지 시대 주류를 형

315 이어서 그는 다야마 가타이의 체험적 사실이 상당 부분 그대로 고백의 방법으로 취해진 「이불」이, 위의 서술구조를 가능하게 만들었다면서 이것이 당시 문단을 떠들썩하게 했던 연유는, 작자의 체험적 사실 여부보다는 주인공의 외면의 세계와 내면의 세계의 균열에 서술의 중심이 놓여있기 때문이라고 덧붙였다(田山花袋『日本近代文学大系 第19巻 田山花袋集』(角川書店, 1972) pp.432~433).

성하던 문학담당자들이었다는 점을 감안할 때, 당시 글쓰기의 패러다임은 〈현실의 재현으로서의 소설 관〉이었다는 사실을 재차 확인할 수 있다.

안도 히로시安藤宏 또한 다야마 가타이의 「이불」과 시마자키 도손의 「봄春」 이후, 사소설의 전개에 있어서 중시된 과제는 '예술과 실생활, 작품과 제재題材 간의 거리를 어떻게 좁힐 것인가에 있었다'면서 다음과 같이 언급하고 있다.

> 이러한 일련의 문학현상의 배경에는, 메이지 2, 30년대, 공부를 위하여 고향을 떠나 상경했을 젊은이들이 도쿄東京 생활에서 맛보았을 좌절과 절망이 있었다는 것은 분명한 사실이다. 봉건적인 「가정家」의 질곡桎梏에 맞서 지방에서 상경한 젊은이가 도쿄에서 빈곤생활을 보내고 작가 지망을 이루지 못 한 채 병(대부분의 경우는 결핵)에 걸리는, 그러한 프로세스 자체를 독자에게 실천實踐 보고報告해 가는 것은 일본의 자연주의문학의 가장 보편적인 패턴이기도 하였다.[316]

위에서 '이러한 일련의 문학현상'이란 히라노 겐平野謙이 말한 자기파괴형自己破壞型의 사소설로 기우는 현상을 말하는데,[317] 여기서는 메이지

316 安藤宏 · 野山嘉正 『近代の日本文学』(放送大学教育振興会, 2001) p.102

317 히라노 겐(平野謙)은 『예술과 실생활(芸術と実生活)』(1958년)에서 작자는 자신의 실생활을 재제로 삼는 한, 그것을 완성한 후에는 의도적으로 생활에 위기(危機)를 초래하지 않으면 안 되는 숙명에 놓인다고 논한 바 있다. 안도 히로시(安藤宏)는 이러한 히라노 겐의 논의를 바탕으로 〈예술과 실생활〉에서 메이지 말기부터 다이쇼 중기까지 걸쳐서 발표된 시마자키 도손의 「신생(新生)」을 예로 들면서 이때부터 과거의 사건을 안전한 입장에서 보고(報告)하는 것이 아니라, 작품을 통하여 고백함으로써 자신이 처해 있는 위기를 해결하려 경향이 나타났으며, 이로부터 자연주의계통의 작가들 대부분이 집필을 위하여 자신의 생활을 의도적으로 위기에 빠뜨리는 자기파괴형 사소설로 기울기 시작했다고 덧붙였다(安藤宏 · 野山嘉正 『近

시대 자연주의계열의 문학담당자들 사이에서 '독자에게' 작가 지망생들의 좌절과 절망을 '실천 보고해 가는 것', 즉 르포르타주의 형식이 선호되었다는 사실을 확인할 수 있다. 이러한 글쓰기의 전형으로는 1909년에 발표된 다야마 가타이의 「시골교사田舎教師」를 들 수 있다.

소설하면 〈현실을 재현한 것〉이라는 사고는 다이쇼 시대에 들어서도 그대로 이어진다. 자연주의 이론가이자 초기 프롤레타리아문학의 평론을 이끈 가타가미 노부루는 1924년 1월 〈현대 일본문학의 문제〉에서 '현대 일본문학'에서 결여되어 있는 사항은 '의지意志'라면서 다음과 같이 주장하였다.

> 현대 일본문학에서 하나의 경향을 만들려고 하는 시도는 최근에는 프롤레타리아문학의 주장이었다. 그것은 여러 가지로 복잡하게 얽혀있는 것 같지만, 주된 취지는 극히 명백한 것으로 요컨대 사회적 현실에 철저하자는 의지에 다름 아니었다. 사회적 현실에 철저하여 질식窒息할 것 같은 분위기 속에서 자타自他를 발견함과 동시에 올바르게 살기 위한 의지를 키우지 않으면 안 된다.

여기서 메이지와 다이쇼 시대의 차이를 발견하자면, 문학이 재현해야 할 현실이 작자가 발견한 '현실의 상' 내지는 '사실'에서 '사회적 현실'로 확대되었다는 정도이다. 소설은 〈현실을 재현한 것〉이라는 자명성은 1924년 2월 〈현실관의 성장〉에서의 가타가미 노부루의 논의에서 보다 극명히 드러난다. 가타가미 노부루가 바라보는 '현실'은 어디까지나 '문학의 제재'인데, 여기서 그는 리얼리즘이 현실을 표현함에 있

代の日本文学』(放送大学教育振興会, 2001) pp.101~110).

어서 제재 면에서만 주력했다고 비판하면서, 소설이 현실의 단편斷片뿐만 아니라 시대의 변화에 따른 독자의 요구를 담아야 한다고 역설하였다.

요컨대 글쓰기에 있어서 메이지 시대 자연주의계열의 문학담당자들의 주된 관심은 '현실을 어떻게 재현할 것인가?'에 놓여있었다고 할 수 있다. 그들의 글쓰기가 종종 작자의 실제 경험을 살린 르포르타주 형식을 취하는 연유가 여기에 있다. 그리고 소설하면 〈현실을 재현한 것〉이라는 사고를 전제로 한 이러한 문학관은, 메이지 시대에 그치지 않고 다이쇼 시대로 이어졌다. 이상의 논의에서 확인한 바와 같이 일본의 근대적 글쓰기 관은 한마디로 〈현실의 재현으로서의 소설 관〉이라고 할 수 있다. 이러한 인식의 틀은 1920년대에 '사소설'이라는 다른 형태로 지속되어 왔던 것이다.

(2) 텍스트의 발신적 기능 — 직・간접성의 문제

쓰보우치 쇼요가 '독자의 마음의 눈'에 호소하는 점을 들어 소설의 범위를 연극보다 우위에 둔 것에서도 확인할 수 있듯이, 「소설신수」는 '오로지 소설의 독자로 하여금 싫증이 나지 않도록 하기' 위하여 소설에 수많은 법칙을 마련하는 것을 목적으로 한다. 실지로 그는 논의의 전개과정에서 시종일관 이를 누누이 강조하고 있다. 이러한 점에서 쓰보우치 쇼요의 문학론(소설이론)은 독자를 의식한 것이라 할 수 있다.

그러나 「소설신수」에서 '소설의 독자로 하여금 싫증이 나지 않도록 하기' 위하여 고안되어야 한다고 지목된 사항들은, 결국 텍스트에서 작자의 모습 내지는 목소리를 제거하는 것에 있다. 이는 게사쿠戱作와 관련된 그의 논의에서 더욱 분명해진다.

에도 시대 후기의 통속소설류를 일컫는 게사쿠는 부녀자나 어린이를 대상으로 하는 소설로서 여기서는 자주 '변사弁士'의 모습을 취한 서술자가 자주 이야기 중간에 끼어들어 스토리 위주의 고전적인 읽기를 방해하며, 독자에게 말을 거는 서술방식이 취해진다. 그런데 쓰보우치 쇼요가 「소설신수」에서 의도한 것은, 에도 시대 이후의 게사쿠로 대표되는 전근대적 소설 문학을 개량하여 소설을 예술의 한 분야로 위치 지우는 것에 있었다. 아래의 인용문은 〈주인공의 설치〉에서 소설작자와 등장인물의 관계에 관하여 논한 쓰보우치 쇼요의 발언 중 일부이다.

> 그러므로 (소설은—옮긴이) 다른 보통의 문장에서 하듯이 작자 자신의 감정, 사상을 있는 그대로 죄다 드러내는 것은 소용에 닿지 않는다. (소설은—옮긴이) 애써 작자의 감정과 사상을 밖으로 보이지 않도록 감추고 여타 인간의 정합情合을 끝없이 천변만화千變萬化하여 마치 보고 있는 것처럼 그려 내고 살아 있는 것처럼 베끼는 것을 그 본분으로 한다. 이를 사물에 비유해 말하면 보통의 문장가는 당연히 노련한 연설가처럼 행해야 한다. 자기의 만강滿腔의 열의를 그 문장 위에 표현하여 독자들을 감동시키면 그 본분도 묘기妙技도 함께 달성하였다고 할 수 있다. 소설작자는 이에 반하여 변사弁士에 닮은 자는 가장 졸렬하며 닌교쓰카이人形遣에 닮은 자는 한층 졸렬하다. 오로지 조화주가 천하의 중생을 움직이듯이 해야 한다. 어쩔 수 없다면 (소설가는—옮긴이) 노련한 마술사가 여러 간間(한 간은 약 1.82m-옮긴이) 떨어져서 무정한 기물器物을 뛰어다니게 하거나 또는 튀어 오르게 하는 것처럼 한다면 어쩌면 그 묘에 가까울 것이다. 요컨대 소설작자와 등장인물의 관계를 독자들에게 알린다는 것은 불묘不妙의 극치이다. 이는 안목의 비결로서 만일 소설을 쓰려고 한다면 등한히 해서는 안 되는 중요한 일이다.[318]
>
> (밑줄 인용자)

작자의 감정과 사상을 '밖으로 보이지 않도록 감추고', 여타 인간의 정합을 마치 보고 있는 것처럼 '그려 내고', 살아 있는 것처럼 '베끼는 것'을 작자의 본분으로 삼고, 작자와 등장인물의 관계를 '독자들에게 알린다는 것은 불묘의 극치'라고까지 표현한 쓰보우치 쇼요.

물론 현재적 의미에서 텍스트는 발신자—작자의 모습—가 부재하더라도 그 자체로서 발신적 기능을 한다. 그러나 작자의 모습이 제거된 텍스트의 세계는 원리상 작품 내로 한정되고 만다. 왜냐하면 이러한 텍스트는 독자와의 직접적이지 않은 간접적 커뮤니케이션 행위를 수행할 수밖에 없기 때문이다. 쓰보우치 쇼요의 문학론이 아무리 〈독자〉를 의식한 것이라 하더라도, 이처럼 텍스트에서 작자의 모습이 제거된 상태로는 텍스트의 세계는 결국 작품 내로 한정되고 말 것이다.

그렇다면 쓰보우치 쇼요 이후, 글쓰기의 장에서 〈독자〉가 배제된 상태는 언제까지 지속되었는가. 이는 일본 근대문학이 시작된 이후부터 문학 텍스트에서 〈독자〉가 상정되기 시작한 것은 언제부터인가로 달리 물을 수 있을 것이다. 이와 관련하여 1919년도 텍스트인 우노 고지의 「곳간 속蔵の中」(『문장세계』 1919년 4월)을 살펴보자.

> 그리고 내가 전당포에 가려고 한 것은 — 이야기가 자주 샛길로 빠지는 것에 대하여 양해하시기 바랍니다. 아무쪼록 두서없는 나의 이야기를 여러분께서 잘 이해해주세요. 부탁드립니다.
>
> 그것은 올 여름 삼복기간에 처음으로 생각해낸 것입니다.
>
> — 중략 —
>
> 그리고 내가 지금 다시 전당포에 가려고 한 것은 — 그게 그 삼복기간

318 쓰보우치 쇼요, 정병호 옮김 전게서, pp.209~210

부터 생각했던 것은, 이야기가 엉뚱한 곳으로 튑니다만, 아무쪼록 편 할 대로 취사, 안배하여 들어주세요.

텍스트에서 서술자는 직접적으로 등장하여 독자에게 말을 걸고 있는데, 이러한 글쓰기는 쓰보우치 소요의 입장에서 보면 일본의 근대문학이 그 이전의 시대로 회귀하는 것을 의미한다. 즉 일본 근대문학의 장이 열린 이래, 지속되어온 '보여주기' 방식은 1920년경 전후에 이르러 '독자에게 말걸기' 방식으로 전환되기 시작한 것이다. 그리고 이는 근대에서 배제되어온 〈독자〉가 부활함을 의미한다. 이와 관련하여 제2차 세계대전(1939년 9월~1945년 8월) 이후 등장한 '무뢰파無頼派'가 '신게사쿠파新戯作派'와 같은 의미로 사용되었다는 사실은 시사하는 바가 크다.[319]

다시 야스키치시리즈로 돌아가 보자. 여기에는 접속기호 '—' 이하의

319 무뢰파는 제2차 세계대전 후, 근대 기성문학 전반에 대한 비판에 기초한 작풍을 보인 일군(一群)의 일본작가들을 총칭하여 부르는 말이다. 상징적 동인지는 없으며, 범위가 명확 혹은 구체적인 집단이 아니다. 신게사쿠파와 거의 같은 의미로 쓰이나 현재는 무뢰파라는 호칭이 일반적으로 쓰이고 있다.
무뢰파의 범주를 만들어낸 신게사쿠파라는 말은 사카구치 안고(坂口安吾:1906년~1955년)의 게사쿠에 대한 여러 발언에 기초한다. 에세이 「게사쿠자 문학론」(1947년 1월), 오다 사쿠노스케(織田作之助:1913년~1947년)에게 보내는 추도문(追悼文)인 「오사카의 반역-오다 사쿠노스케의 죽음-」(『개조』 1947년 4월) 등에서 사카구치 안고는 문학에 있어서 게사쿠성의 중요성을 강조하였다. 한문학이나 와카(和歌) 등 정통이라고 여겨졌던 문학에 반하여 속세의 비위를 맞추는 익살(洒落)이나 골계(滑稽)라는 취향을 기초로 한 에도시대의 '게사쿠'의 정신을 부활시키려고 하는 논지(論旨)이다. 여기서 하야시 후자오(林房雄:1903년~1975년)가 에도시대의 게사쿠문학에 연관시켜 '신게사쿠파'라고 명명했다 한다.
이러한 '게사쿠복고' 사상은 사카구치 안고의 논문 「FARCEに就て」(1932년 3월), 다자이 오사무의 「오토기조시(お伽草紙)」(치구마서방(筑摩書房), 1945년 10월) 등의 패러디 작품과 1936년 『만년(晩年)』에서 1948년 『굿·바이(グッド·バイ)』까지의 저작에서 엿보이는 익살을 부리는(道化) 정신, 오다 사쿠노스케의 「가능성의 문학(可能性の文学)」(『개조』 1946년 12월) 등에서 현저하다.

서술 내지는 '( )' 속의 부연 설명으로 '독자에게 말걸기'를 함으로써 스토리 위주의 고전적인 읽기를 방해하고 있다. 〈현실의 재현으로서의 소설관〉을 파괴하는 서술방식이 채택되어 있는 것이다. 「인사」의 경우는 과거 기억 속의 '아가씨'에 대한 묘사 장면에서 엿보인다.

> 아가씨는 열여섯, 일곱 살일 것이다. 언제나 은회색 양복에 은회색 모자를 쓰고 있다. 키는 어쩌면 생각보다 작을지도 모르겠다. 그러나 한 눈으로 보아서는 훤칠하게 커보였다. 특히 다리는, — 같은 은회색 양말에 굽 높은 구두를 신은 다리는 사슴 다리처럼 가늘었다. 얼굴은 미인이라고 할 정도는 아니다.
>
> — 중략 —
>
> — 확인 차 다시 한 번 일러두면 얼굴은 미인이라고 할 정도는 아니다. 그러나 살짝 코끝이 올라간 애교 있어 보이는 둥근 얼굴이다.[320]
>
> (밑줄 인용자)

위의 접속기호 '—' 이하 '확인 차 다시 한 번 일러두면'이라는 서술은 독자를 상정하고 있다. 나아가 쓰인 것을 읽는 이—독자—를 직접적으로 의식하는 장면도 있다.

> 그러나 오후에는 정월 이렛날부터 삼월 이십 몇 칠 경까지 한 번도 마주친 기억이 없다.
>
> — 중략 —
>
> 그런데 — 의외로 아가씨였다. 야스키치는 앞서도 썼지만, 오후에는

320 「인사」(『전집』 제6권, p.167)

아직 이 아가씨와 한 번도 얼굴을 마주친 적이 없다.[321]

(밑줄 인용자)

이러한 서술은 「문장」과 「10엔지폐」에서도 나타난다.

"호리카와씨. 조사 하나만 지어주지 않겠어요? 토요일에 혼다 소좌의 장례식이 있어요. — 그때 교장이 읽을 건데 말이죠.……"

후지타 대좌는 식당을 나가려던 참에 야스키치에게 이렇게 말을 걸었다. 호리카와 야스키치는 이 학교에서 생도에게 영국어 역독訳読을 가르치고 있다.

— 중략 —

야스키치는 혼자가 되자, 다시 한 개비의 뱃에 불을 붙이면서 실내를 어슬렁거리기 시작하였다. 앞에서 쓴 대로 그는 영국어를 가르치고 있다. 허나 그것은 본업이 아니다. 적어도 본업이라고는 믿고 있지 않다. 어쨌든 그는 창작을 일생의 사업이라고 생각한다.[322]

(밑줄 인용자)

야스키치는 모레 월요일에 반드시 이 10엔지폐를 아와노씨에게 돌려주리라 결심하였다. 확인 차 다시 한 번 일러두면, 틀림없이 이 한 장의 10엔지폐다.[323]

(밑줄 인용자)

321 「인사」(『전집』 제6권, pp.167~168)
322 「문장」(『전집』 제6권, pp.406~410)
323 「10엔지폐」(『전집』 제7권, p.78)

물론 「소년」 중 〈4 바다〉처럼 텍스트의 수신자로 불특정 다수의 온전한 독자를 상정한 것이라고 볼 수 없는 경우도 있다.

> 그러나 이것은 사실이 아니다. 뿐만 아니라, 만조는 오모리의 바다에도 푸른빛의 물결을 일으킨다. 그렇다면 현실이란 적갈색 바다인가, 그렇지 않으면 푸른빛 바다인가? 필경 우리들이 믿고 있는 리얼리즘도 심히 불안정한 것이라고밖에 할 수 없을 것이다. 한편으로 야스키치는 전과 동일하게 무기교로 이야기를 끝내기로 하였다. 그러나 이야기의 체재는? — 예술은 여러 사람이 말하는 바대로 무엇보다 우선 내용이다. 형용 따위 아무래도 좋다.[324] (밑줄 인용자)

위의 인용문은 〈4 바다〉의 마지막 부분인데, '그러나 이야기의 체재는? — 예술은 여러분이 말하는 바대로 무엇보다 우선 내용이다. 형용 따위 아무래도 좋다.'는 마지막 서술은, 1922년 기쿠치 간과 사토미 돈 사이에서 벌이진 《문예의 내용적 가치논쟁》을 의식한 것으로서, 여기서 텍스트의 수신자로 불특정 다수의 온전한 독자를 상정한 것이라고 볼 수는 없다. 그러나 〈2 길 위의 비밀〉에서의 '( )' 속의 부연설명은 분명 일반 독자의 이해를 돕는 데 기능한다.

> "도련님, 이게 뭔지 아세요?"
> 쓰야(야스키치는 그녀를 이렇게 불렀다)는 그를 돌아보면서 손가락으로 사람들의 왕래가 뜸한 길 위를 가리켰다.[325]
>
> (강조점 원문, 밑줄 인용자)

324 「소년」(『전집』 제6권, pp.442~443)
325 「소년」(『전집』 제6권, p.432)

일반 독자를 상정한 글쓰기는 「야스키치의 수첩에서」 중 〈멍멍〉에서도 나타난다. 여기서는 '열두, 세 살 되어 보이는 거지'가 '멍, 멍' 하고 개짓는 소리를 낸 대가로 '해군 무관'으로부터 오렌지를 받은 이야기를 서술한 이후, 접속기호 '—' 이하 '그 후의 이야기는 더 이상 쓰지 않아도 될 것이다.' 라는 서술이 부연되어 있다. 일반 독자를 상정한 글쓰기는 〈멍멍〉의 도입 부분에 보다 극명히 나타나있다.

> 그날 밤 학교에서는 여섯시 반부터 영어 모임이 열리기로 되어있었다. 거기에 출석할 의무가 있는 그로서는, 이 마을에 살고 있지 않은 탓에 싫어도 방과 후 여섯시 반까지는 이런 데 있을 수밖에 없었다. 도키 아이카土岐哀果씨의 노래 중에 분명 — 틀렸다면 미안합니다 — '멀리까지 와서 이따위 비프스테이크나 먹어야하다니. 아내여, 아내여, 그립구나.' 라는 구절이 있다. 그는 여기에 올 때마다 언제나 이 노래가 떠올랐다.[326]
>
> (밑줄 인용자)

위에서 '—' 이하 '틀렸다면 미안합니다'는 문구의 삽입은, 분명 독자를 향하여 양해를 구하는 것이다. 텍스트에 따라서는 「아바바바바」처럼 '( )' 속에 서술자의 부연 설명이, 독자의 이해에 도움을 주는 것을 넘어서 일종의 유머를 일으키는 데 기능하기까지 한다.

> 야스키치는 그로부터 반년정도 학교로 오가는 길에 종종 이 가게에 물건을 사러 들렀다.

326 「야스키치의 수첩에서」(『전집』 제6권, pp.88~89).

— 중략 —

그러나 지루한 것은 사실이다. 야스키치는 때때로 이 가게에 오면 이상하게도 교사생활을 한지도 오래됐구나 하고 생각하곤 하였다(하긴 그런 것을 말하기에는 앞서 말했다시피, 그가 교사생활을 시작한 지는 아직 채 일 년도 지나지 않았다!).[327]

(밑줄 인용자)

"벌레가 끓는 것(코코아—인용자)을 애들에게 주면 배탈이 나서 말이죠(그는 어느 피서지의 셋방에서 홀로 생활하고 있다). 아니, 애들뿐만이 아녜요. 한번은 집사람도 단단히 혼났어요(물론 아내 따위 맞아본 적도 없다). 무엇보다 주의를 게을리 할 수 없으니까요……"[328]

(밑줄 인용자)

여기서 독자는 '( )'의 부연 설명으로 인하여 야스키치가 억지를 부리고 있음을 확인하게 된다. 특히 인용문 두 번째 부분에서 아쿠타가와는 꽤나 궁리한 듯하다. 1995~98년도 판 『아쿠타가와 류노스케전집芥川龍之介全集』 중 「아바바바바」초고」에서는 이러한 흔적이 엿보인다.

Ⅰ 배탈이 나서 말이죠(그는 어느 피서지의 셋방에서 홀로 생활하고 있다). 아니, 애들뿐만이 아녜요. 한번은 집사람도 단단히 혼났어요(물론 아내 따위 맞아본 적도 없다). 무엇보다 주의를 게을리 할 수 없으니까요……

327 「아바바바바」(『전집』 제6권, pp.239~240).
328 「아바바바바」(『전집』 제6권, p.244).

— 중략 —

Ⅱ "벌레가 끓는 것(코코아—인용자)을 애들에게 주면 배탈이 나서 말이죠. 아니, 애들뿐만이 아녜요. 한번은 집사람도 단단히 혼났어요. 아무튼 잘 못 먹으면 큰일 나니까요."

야스키치는 어느 피서지의 셋방에서 홀로 생활하고 있다. 그러나,[329]

위의 인용문에서 확인할 수 있듯이 독자로 하여금 유머를 자아내게 하는 '( )'의 부연 설명은 작자의 궁리 끝에 삽입된 것이다. 그리고 아래와 같이 어떠한 문장 부호 없이 독자의 이해를 돕는 경우도 있다.

고양이를 닮은 눈을 들었는가 싶었는데, 점점 부끄러운 듯 물들기 시작하였다. 야스키치는 앞에서도 말했다시피 여자가 얼굴을 붉히는 것은 지금까지 종종 보아왔다. 그러나 이때만큼 새빨개진 것은 본 적이 없다.[330]

이와 같이 야스키치시리즈에는 독자를 의식한 글쓰기 내지 접속기호 '—' 이하의 부연 서술로 인한 '독자에게 말걸기'식 글쓰기 방식이 채택되어 있다. 이러한 서술방식은 분명 '보는 자'가 아닌, '듣는 자'를 상정한 것이다.

메타적이라고도 할 수 있는 이러한 수법은, 1920, 30년대 동·서양을 막론하고 나타난 경향이기도 하다. 예를 들어 독일 토마스 만(Thomas Mann:1875년~1955년)[331]의 「마魔의 산*Der Zauberberg*」(1924

329 「아바바바바」초고」(1995~98년도 판『전집』 제21권, pp.360~361)

330 「아바바바바」(『전집』 제6권, p.247)

331 토마스 만은 독일의 소설가·평론가로서 주요작품으로는 「베네치아에서의 죽음

년), 프랑스 아나톨 프랑스의 「에덤」과 앙드레 지드(Andre Gide:1869년~1951년)의 「사전꾼들*Les faux—Monnayeurs*」(1926년), 한국 이상(李箱:1910년~1937년)[332]의 「종생기」(1937년), 대만 룽잉쭝龍瑛宗의 「자오부인의 희화趙婦人的戱畵」(1939년) 등은 포스트모더니즘의 한 형태로 20세기 후반에 등장한 새로운 소설장르인 메타픽션적 글쓰기의 적용 대상이 되고 있다.[333] 이중 「에덤」의 경우는 히로세 아사미츠에 의하여 「어느 연애소설」이 패러디했음이 주장된 바이다.

어쩌면 본서의 대상인 1920년대 일본 근대문학의 장뿐만 아니라, 공

(*Der Tod in Venedig*)」(1912), 「마(魔)의 산(*Der Zauberberg*)」(1924), 「선택받은 사람(*Der Erwählte*)」(1951) 등이 있다. 그 중 프랑스의 앙드레 지드가 높이 평가한 대작 「마의 산」(1924)은, 1910년도 경에 집필이 진행되다 제1차 세계대전으로 인해 일시 중단, 대전 후에 완성되었다. 「마의 산」은 초기의 우울한 귀족적 의식을 억제하고 사랑의 휴머니즘으로 향해 간 정신적 변화과정을 묘사한 작품으로, '바이마르 공화국의 양심'으로 국내·외에 널리 퍼져, 1929년에는 노벨문학상을 받게 되었다.

332 한국의 시인 및 소설가로 주로 실험정신과 자의식이 강한 작품을 발표하였다. 1934년 김기림·이태준·박태원 등과 '구인회'에 가입했으며, 1936년 구인회의 동인지 『시와 소설』을 편집하였다. 1936년 9월 도쿄에 건너갔다가 1937년 2월 불령선인(不逞鮮人)으로 일본 경찰에 체포·감금되었다. 이로 인해 건강이 더욱 악화되어 1937년 4월 17일 도쿄제국대학 부속병원에서 죽었다. 그의 문학사적 뜻을 기리기 위해 문학사상사에서 1977년 '이상문학상'을 제정해 시상하고 있다.

333 예를 들어 송민정은 『마의 산』이 '이야기의 시작과 결말에서 서술자는 전통적인 서술자와 달리 자신의 허구성과 소설의 작위성을 독자에게 노출'시키고 있으며, '이야기를 꾸며내는 권위적 서술자의 서술 행위 자체에 대해 서술하는 메타적 소통 층위'가 나타난다고 밝힌 바 있다. 이 점을 들어 '장르 연구에서 중시되는 작품의 소재와 내용 중심적 고찰을 벗어나 서사학적 방법론을 도입'했다고 논하였다(송민정 『토마스 만의 〈마의 산〉에 나타난 서사적 구조—서술자와 독자의 이중적 소통성을 중심으로—』(고려대학교 대학원 독어독문학과 박사학위논문, 2007) pp.2~3). 임명진은 〈이상 소설과 메타픽션〉에서 이상 소설을 '스토리와 담론이라는 소설의 두 기둥 중'체험자에 의해서 유지되었던 전자가 약화되고, 서술자에 의하여 견지되었던 담론이 강화되는 모더니즘적 현상의 적절한 전범'에 위치 지웠다. 즉 1990년대 이후 이인성, 최수철, 양귀자, 하일지 등 한국문단에서 발견할 수 있는 메타픽션적 현상의 전단계로서 말이다(임명진 전게서, pp.217~233). 룽잉쭝(龍瑛宗)에 관해서는 류수친(柳書琴)의 「'쇼와 모던'에서 '전시 문화'까지—「자오 부인의 희화」 중 대중 문학 현상에 대한 관찰과 반사—」를 들 수 있다(식민지 일본어문학·문화연구회 편『제국일본의 이동과 동아시아 식민지문학 2』(도서출판 문, 2011) pp.47~103).

간을 달리하는 문학의 장에서도 〈현실의 재현으로서의 소설 관〉에 반하고 독자의 역할이 중시되는 메타픽션적 글쓰기가 출현하게 된 동일한 조건이 지워졌던 것일지도 모르겠다.

1930년대 다자이 오사무로 대표되는 '무뢰파'가 '신게사쿠파'로 불렸다는 점을 감안할 때, 일본 근대문학의 장에서 독자와의 직접적인 대화법, 즉 '독자에게 말걸기' 방식을 채택한 글쓰기는, 1885년 쓰보우치 쇼요의 「소설신수」에 의하여 단절되었다가 1930년대에 이르러 다시 부활했다고 할 수 있을 것이다. 그리고 이는 일본 근대문학의 장에서 독자의 복권을 의미하기도 한다. 1920년대 텍스트인 야스키치시리즈 중 일부에서 엿보이는 '독자에게 말걸기' 내지는 독자의 능동적인 읽기를 유도하는 서술방식은 바로 그 지점에 놓여있는 것이다.

2. 시각성과 청각성의 문제

일본의 근대적 글쓰기는, 〈현실의 재현으로서의 소설 관〉이라는 인식의 틀 이외에도 '보여주기描く · showing'와 '말하기語る · telling'라는 이항 대립구도 속에서도 접근이 가능하다. 청각성의 복원이라는 측면에서 여성독자가, 야스키치시리즈와 같은 메타픽션적 글쓰기 양상을 초래한 1920년대 문학의 장의 변환의 원인 제공자라는 사실에 주목한다면, 이들 여성독자와 '사소설', 그리고 수필을 포함한 사적 글쓰기와의 관련 가능성에 대해서도 짚어보아야 할 것이다.

일부 야스키치시리즈에서 엿보이는 '독자에게 말걸기'식 서술방식은 '보는 자'가 아닌, '듣는 자'를 상정한 것이다. 앞서 「문예일반론」에서 확인한 바와 같이, 아쿠타가와가 말하는 '내용'은 청각성을 문제시한다는 점에서 소쉬르의 '언어기호'와 유사점이 있다. 그러나 이들은

상호 영향관계를 논할 수 있는 접점이 전혀 없다. 아쿠타가와가 치사량의 수면제 복용으로 자살로 생을 마감한 것은 1927년 7월 24일인데, 제자들의 강의 노트를 바탕으로 편집하여 소쉬르 사후死後인 1916년에 출판된 『일반언어학 강의*Cours de linguistique générale*』가 일본에 처음 소개된 것은 1928년 1월 15일(ソッスュール述, 小林英夫訳 『言語学原論』(岡書院, 1928))의 일이다.

그렇다면 청각성을 문제시하는 아쿠타가와의 문학관은 어디에서 비롯된 것일까. 우선은 국외적으로는 포, 크로체, 조엘 스핑간을, 국내적으로는 나쓰메 소세키, 무샤노코지 사네아쓰, 시가 나오야, 언어학자인 후지오카 가쓰지박사를 염두에 두고 생각해 볼 수 있다. 그러나 1919년경 「예술, 그 밖의 것」에서 아쿠타가와가 문예의 형식과 내용을 〈선후관계〉로 파악한 쓰보우치 쇼요를 그의 대척점에 놓고 있다는 사실을 상기할 필요가 있다. 즉 아쿠타가와가 청각성에 주목하는 연유는 그가 속해있는 일본 근대문학의 장이라는 틀 속에서 파악되어야 하는 것이다. 이와 관련하여 다카사키 게이이치高嵜啓一는 청각성에 주목한 아쿠타가와의 '가타리語り'를 '초기 일본의 언문일치 소설이 항상 독자를 의식하는 강담講談이나 라쿠고落語와 깊은 관계가 있다'면서 '구승문예口承文藝'와 '연설演說' 등 '일본의 전통적 와게이話藝', 즉 재치 있는 화술로 남을 즐겁게 하는 예능과 관련하여 논한 바 있다.[334]

334 다카사키 게이이치 전게서, p.37

(1) '보여주기(描く · showing)'와 '말하기(語る · telling)'식 서술방식

동아시아에 있어서 근대적 글쓰기에 관한 문제는 곧 '문학이란 무엇인가?'와 같은 물음이 될 터인데, 일본의 경우 이에 대한 물음은 쓰보우치 쇼요에 의하여 시작되었다고 할 수 있다. 가메이 히데오亀井秀雄에 따르면 쓰보우치 쇼요는 인간의 진실을 사적인 영역에서 구하는 '근대적'인 문학관을 만들어 냈다. 공공/개인이라는 이분법과 관련지어 말하자면, 그것을 역사/소설, 혹은 공/사라는 형태로 바꾸고, 소설의 특징 혹은 우위성의 근거를 '나'의 영역에 구하는 전환을 이룬 것이다.[335]

근대적 글쓰기가 '인간의 내면을 표현하는 것'이라고 정의된다면, 동아시아에서 근대적 글쓰기의 형성과정은, '서양'의 주체—객체라는 이분법적 사고와 음성중심주의 사고를 '동양'에 적용시킨 것에 다름 아니다. 가라타니 고진에 따르면 '주체subject'란, '주인임을 포기하고 신에게 완전히 복종subject to Lord함으로써 인간으로서 획득'된 것이다. 그리고 이러한 근대적 '주체'는 처음부터 존재하는 것이 아니라 일종의 전도로서 나타났다.[336] 결국 '주체'란 실체가 아니라 역사적으로 형성된 개념이며, 근대적 글쓰기의 형식과 내용, 그리고 쓰기 방법은 근대적 세계관 및 제도의 형성과 밀접하게 연관되어 있다. 예컨대 근대 이후에 개인적 자아의 내면을 말소리로 외부에 드러내는 행위를 가리키는 '표현'이라는 용어는, 서양의 음성중심주의적 언어관을 답습한 것에 다름 아니다. 서양의 '표현'에 대한 이해는 언제나 철저히 '인간

335 가메이 히데오 전게서, p.109
336 가라타니 고진 전게서, pp.115~116

중심적', '음성 중심적'이었다.

그러나 동아시아 고전 글쓰기에서는 〈음성=문자=표현〉이라는 등식이 성립하지 않았다. 근대 이전의 동아시아의 말은 '청각 정보의 표기'가 아니라, '본질부터 시각적인 것'이었기 때문이다.[337] 이와 관련하여 가라타니 고진은 '언문일치'의 확립에 의하여 그전의 '말言'과 '글文'이 아닌 새로운 '글文'이 형성되었으며, 이로 인하여 사람들은 글쓰기가 단순히 '말言'을 '글文'로 옮기는 것이라고 생각하기 시작했다고 밝힌 바 있다.[338] 이처럼 '주체가 객체(대상)를 표현하는 수단으로 전락한 글쓰기에서 형식은 주변부로 밀려나고 대신에 주체가 표현할 내용이 부각'된다.

배수찬은 〈글쓰기의 본질과 환경〉에서 '근대에 들어와 인간의 인식에서 전통의 제한이 사라지고 투명한 주체가 부각된 것은 문학사의 상식'이라면서, 과거의 모든 한문 글쓰기 전통은 청산해야할 잔재로 간주되었다고 밝혔다. 이어서 그는 이러한 글쓰기 환경에서 글쓰기는 쓰기 목적과 내용에 대한 고민이 강조되어, 개인의 정서詩, 개인적 체험의 허구적 기록小說 등 새로운 내용을 향해 줄달음쳐 갔고, 형식은 극도로 자유로워졌다고 논하였다.[339] 그리고 일본에서의 그것은 단시간 내에 '시각성'에 대한 '청각성'의 승리로 귀결되었다.

가라타니 고진에 따르면 일본 근대문학은 구니키다 돗포에 의해 처음으로 '자기표현'이 가능해졌으며, 이때 '표현'은 '개인적 자아의 내면을 말소리로 외부에 드러내는 행위'를 가리키는 것으로서 '청각성'에 기준 한다. 일본 근대문학은 구니키다 돗포에 의해 1897년도 경에 처음으로 쓰기의 자유로움을 획득했으며, 이 자유는 '내면'이나 '자기표

337 배수찬 전게서, pp.31~57
338 가라타니 고진 전게서, p.104
339 배수찬 전게서, p.81

현'이라는 것의 자명성과 연관되어 있다는 것이다.

여기서 그는 '내면이 내면으로 존재한다는 것은 자기 자신의 목소리를 듣는다는 현정성이 확립되는 것'이며, '내면'이 '내면'으로 존재하기 위해서는 언어가 투명한 것으로 존재해야 한다고도 논하였다. 예를 들어 한자에서는 형상이 직접 의미로 존재하나, 표음주의에서는 설사 한자를 사용한다고 하더라도 문자가 음성에 종속될 뿐이다. '언문일치'로서의 표음주의는, '사실'이나 '내면'의 발견과 근원적으로 연관되어 있는 것이다. 따라서 메이지 20년대 말에 '언문일치'가 확립되었을 때, 즉 이미 '언문일치'라는 의식조차 사라질 정도로 그것이 정착되었을 때 결정적으로 '내면'이 나타난 것이다.[340]

한편 이효덕은 '세계'의 시각적 균질화를 활자 문화의 침윤이외에 메이지유신부터 메이지 중반에 걸쳐 진행된 '시각의 혁명'에서 찾은 바 있다. 여기서 그는, 마에다 아이가 「근대문학과 활자적 세계」에서 지적한 폰타네지나 라구자, 그리고 카페레티가 교사로 초빙된 공업미술학교의 개설, 지폐 제작을 위한 석판·동판기술의 수입, 육군성의 지도제작, 내국권업박람회 등, 메이지 정부의 식산흥업 정책 이외에도 보다 일상적인 수준에서 '시각의 혁명'의 발전과 침투에 공헌했을 것들, 즉 서적의 양장화洋裝化, 메이지 후반에 유행했던 파노라마화, 그리고 사진에 대해서 다루었다.[341] 이러한 논의에서 흥미로운 점은, 20세기 초반 일본에서 획득된 '표현'이 '청각성'을 중시하는 '속어혁명'과 '시각성'을 중시하는 '시각혁명'이라는 서로 양립할 수 없는 상황 속에서 획

340 가라타니 고진 전게서, pp.78~95

341 이효덕, 박성관 옮김 『표상 공간의 근대』(소명출판, 2002) pp.190~199. 『前田愛著作集』 第二卷, 筑摩書房, 1989에 수록된 마에다 아이의 논의는 이효덕 전게서에서 재인용.

득되었다는 사실이다.

예를 들어 일본은 근대적 글쓰기의 형성과정 초기에 '속어혁명'에 해당하는 '언문일치운동'이 일어나는 한편, 쓰보우치 소요의 '모사模写 이론', 후타바테이 시메이二葉亭四迷의 '객관客観묘사', 다야마 가타이의 '평면平面묘사', 마사오카 시키正岡子規의 '사생문写生文' 등 '시각성'에 역점을 둔 글쓰기가 진행되었다.

이와 관련하여 마에다 아이는 쓰보우치 소요가 『소설신수』에서 전개하는 모사이론의 '모사'란 소위 근대문학에서 말하는 리얼리즘이 아니라, 구체적인 의미에서의 시각성을 의미한다고 지적한 뒤, 쓰보우치 쇼요가 그러한 이론을 전개하는 배경에는 메이지유신부터 메이지 중반에 걸쳐 진행된 '시각의 혁명'이 존재했다고 주장한 바 있다.[342] 이에 대한 문제제기로 마쓰이 다카코松井貴子는 일본 근대문학의 장에서 사생이 '미술로부터 시사받아 성립되었다'는 것은 인정하면서도 스케치와 사생写生이 구별되어 사용되었다고 논하였다.[343]

342 마에다 아이에 따르면 마사오카 시키는 아시히 츄우(浅井忠)・시모무라 이잔(下村為山)・나카무라 후세쓰(中村不折) 등 양화가들로부터 시사(示唆)를 받아 스케치 혹은 데생의 번역어였던 양화의 '사생'을 '사실(写実)'과 그의 같은 뜻으로 사용하면서, '실물・실경을 있는 그대로 구상적으로 그려낼 것을 주창하였다. 이는 하이쿠(俳句) 분야에서 새로운 바람을 일으켰으며 단가(短歌)에도 영향을 미쳤는데, 그러한 방법이 산문에 적용된 것이 바로 사생문'이라는 것이다. 즉, 사생문이란 실물・실경을 있는 그대로 구상적으로 그리는 산문을 말한다. 그리고 이 사생문은 일본 리얼리즘의 원류로 받아들여지고 있다(前田愛「近代文学と活字的世界」(『前田愛著作集』第二巻, 筑摩書房, 1989)

343 마쓰이 다카코(松井貴子)는 〈들어가며—미술과 문학의 관련〉에서 일본 근대문학에 있어서 사생이 '미술로부터 시사받아 성립되었다'는 것은 인정하면서도, 미술용어로서의 스케치가 어디까지나 '미완성작품'이라는 의미가 내재되어 있는 것과 관련하여 스케치와 사생(写生)이 구별되어 사용되었음을 밝힌 바 있다. 그에 따르면 마사오카 시키로부터 비롯된 사생은 다카하마 교시(高浜虚子), 나쓰메 소세키, 그리고 시가 나오야에 이르기까지 영향을 미쳤는데, 이러한 영향 하에 시각성, 단편성, 일상성이라는 사생문의 특질을 토대로 시가문학이 완성되었다(松井貴子『写生の変容ーフォンタネージから子規, そして直哉へ』(明治書院, 2002) pp, ⅰ ~ ⅴ).

여기서 근대소설의 독자는 이야기를 '듣는 자'가 아닌, 작자에 의하여 묘사된 풍경을 '보는 자'이며, 그 원리는 '보여주기'에 있다. 그리고 20세기 초에 획득된 '표현'은, 근대적 글쓰기가 극복해야하는 한자문화권이라는 제약뿐만 아니라, 내부적으로 메이지 유신부터 메이지 중반에 걸쳐 진행된 '시각혁명'에 의하여 시각적 요소가 함의된 '재현'이 우세한 상황 속에서, '청각성'을 획득해야하는 이중 작업을 요하는 것이었다.

배수찬에 따르면 '재현再現, representation'이란 어떤 사물(말/글 포함)이 대상과 흡사하게 여겨지도록 드러내는 행위이다. 이에 반해 '표현表現, expression'은 외현(쓰기)의 역사에서 가장 후대에 나온 것으로, '재현'의 정반대에 서 있는 외현의 활동이다.[344] 여기서 '재현'과 '표현'은 한마디로 말해서 시각적이냐 청각적이냐의 차이라고 할 수 있다. 그는 서양의 근대화가 '재현에 대한 표현의 승리'를 향한 점진적인 과정인 것에 반해 한국의 경우는 서양화의 영향을 받아 재현의 전통이 급속하게 몰락하고 표현 중심 외현(쓰기)관으로 변모했다[345]고 밝혔다. 이러한 논의는 일본의 경우에도 적용된다고 할 수 있다. 그런 와중에서도 일본 근대문학의 장에서 비교적 짧은 기간 내에 근대적 글쓰기가 '시각성'에서 '청각성'이 우세한 쪽으로 기울기 시작했다는 사실은, 근대적 글쓰기와 '청각성'의 관계가 뿌리 깊은 것임을 반증하는 예라 하겠다.

한편 마에다 아이는 근대독자가 음독音読에서 묵독黙読으로 이행하는 과정에서 탄생했다고 밝혔는데,[346] 이에 따르면 독자에게 있어서 문학은 본래 '청각적'이었다고 할 수 있을 것이다. 그러던 것이 활판 인쇄술

344 배수찬 전게서, pp.381~383
345 배수찬 전게서, p.384
346 마에다 아이 전게서, pp.162~200

의 이입으로 인하여 '청각성'은 배제되고 '시각성'이 그 자리를 대신하게 된 것이다. 그런데 시각에 의한 경험의 균질화는 '청각을 비롯한 오관이 교직해 내는 감각복합을 저 뒤켠으로 밀어'낸다.

마샬 맥루한Marshall McLuhan은 그의 저서 『구텐베르크의 은하계』에서 독립적인 문자의 배열 및 구성으로 이루어진 활자 출판물을 일상적으로 읽는다는 것이 경험을 선형적線型的 연속체로 파악하는 습관을 낳았고, 시각에 의한 경험의 이러한 균질화가 청각을 비롯한 오관이 교직해 내는 감각복합을 저 뒤켠으로 밀어냈다고 지적한 바 있다. 말하자면 인쇄 문화가 '세계'의 시각적인 균질화를 초래했다[347]는 것이다. 이와 관련하여 도야마 시게히코外山滋比古의 논의를 살펴보면, 그는 작자의 육성은 활자본을 매개로 하는 전달에서는 채널channel이 되지 못하므로, 독자는 끊임없이 작자의 음성을 들을 수 없다는 사실을 호소할 수밖에 없게 된다고 논하였다.[348] 그렇다면 이처럼 독자로부터 소원해진 '작자의 음성'은 어디에서도 복원될 수 없는 것인가.

(2) 여성독자와 청각성, 그리고 1920년대 사적 글쓰기 — 가설에 부쳐

이완 와트Ian Pierre Watt는 〈독서대중과 소설의 발생〉에서 18세기말 소설이 발생한 원인을 '독서대중의 구성이 바뀌고 서적상이 새로이 지배하게 된 현상'에서 찾은 바 있다. 그는 여기서 가정생활에 대한 실질적인 정보와 더불어 유흥거리가 가미된 자기계발 기사를 함께 제공한 『젠틀먼즈 매거진*Gentleman's magazine*』이 1731년 출간된 것은, 독서대중의 구성이 심대하게 변화한 것을 상징하는 지표라고 주장하였다.[349] 이러

347 Marshall McLuhan・森常治訳 『グーテンベルクの銀河系ー活字人間の形成』(みすず書房, 1986)

348 外山滋比古『近代読者論』(みすず書房, 1976) pp.20~21

한 논의는 1920년대 일본 근대문학의 장에도 적용할 수 있을 것이다.

당시는 여성지의 폭발적인 간행이 말해주듯이 여성독자로 인하여 문학의 대중화현상이 일어났으며, 같은 시기에 '사소설'과 수필이 발생하였다. 그리고 여성은 남성이 시각에 예민하게 반응하는 것에 비하여 청각에 예민하며, 공적 이야기보다는 '사소설'과 수필처럼 사적 글쓰기를 선호한다. 이를 염두에 두고 여기서는 가설에 부쳐 여성독자와 청각성, 그리고 1920년대 사적 글쓰기의 등장이 상호 관련되어 있음에 대하여 생각해보고자 한다.

① 수필과 사소설의 원리적 유사점

일본문학의 영향을 많이 받은 이광수에 따르면 소설은 '충실하게 사진写眞하여 독자로 하여금 직접으로 그 세계를 대하게 하는 것'이며, 논문(평론)은 작자의 상상내의 세계를 '작자의 말로 번역하여 간접으로 독자에게 전하는 것'이다. 이광수는 『문학이란 하何오』(『매일신보每日申報』 1916년 11월) 중 〈新舊意義의 相異〉에서 '今日, 所謂 文學이라 함은 西洋人이 사용하는 文學이라는 語義를 取의함이니, 西洋의 Literatur 或은 literature라는 語를 文學이라는 語로 飜訳하였다 함이 適當하다.'라면서, 그가 말하는 문학이 '西洋語에 文學이라는 語意를 表하는 것'임을 밝혔다. 이어서 〈文學의 種類에서〉와 〈文學의 材料에서〉에서 각각 이광수가 말하는 소설이란, '正하게, 精하게 描写하는 것' 내지는 '眞인듯하게 描写하는 것'으로 어디까지나 시각적인 것이다. 이를 들어 김행숙은 소설과 관련해서 이광수에게서 중시된 것은 작가의 '상상력'이 아니라 '관찰력'이었다고 지적하였다.[350]

349 이완 와트, 강유나 · 고경하 옮김 『소설의 발생』(강, 2009) pp.53~86

그런데 흥미롭게도 이광수는 논문(평론)을 소설과 마찬가지로 문학적 작품으로 간주한다. 그는 〈文學의 種類〉에서 문학을 형식과 내용으로 구분하면서 또한 문학의 형식이라는 측면에서 '散文文學(論文, 小說, 劇, 散文詩)'과 '韻文文學(詩)'으로 세분하였다. 그에 따르면 논문(평론)이란 '批評文 혹은 評論文으로 소설, 시, 극과 마찬가지로 문학적 작품'이다. 여기서 논문(평론)은 다음과 같이 소설에 비교된다.

> 論文은 作者의 想像內의 世界를 作者의 言으로 飜訳하여 間接으로 讀者에게 傳하는 것이로되, 小說은 作者의 想像內의 世界를 充実하게 写眞하여 讀者로 하여금 直接으로 其世界를 對하게 하는 것이다.[351]

소설이라는 장르의 원리가 '보여주기' 라고 한다면, 논문(평론)은 '말해주기'이며, 이런 원리는 '말을 적어낸 것'인 수필도 마찬가지다.

차주환은 수필을 '산문문학의 한 유형으로 생활과 관련되는 모든 사물을 소재로 하고, 자아ego의 표출을 기본'으로 하되, '대체로 독백의 양식이고 미지의 가장 이상적인 상대를 상정한 일방적인 대화의 한계에 머문 것'이라고 정의한 바 있다. 그에 따르면 산문의 원초 형태는 크게 사실기술事実記述과 언설기술言說記述로 나뉘는데, 수필은 자아의 표출, 독백, 일방적 대화 등 원칙적으로 언설기술의 산문에 속한다. 작가의 개인적인 언설, 즉 말을 적어낸 것이 수필인 것이다. 또한 수필에 있어 사실기술이 끼어드는 것은 필연적인 일이기는 하지만,

350 김행숙 『문학이란 무엇이었는가-1920년대 동인지 문학의 근대성』(소명출판, 2005) pp.138~139
351 이광수 『李光洙全集』 第一卷(三中堂, 1962) pp.507~513

그 사실기술은 어디까지나 언설기술의 일부로 예속되는 한계를 벗어날 수 없다.[352]

수필이 사소설과의 관련성 속에서 논해지는 것은 그만큼 이 둘의 경계가 모호하다는 것을 말하여 준다. 앞서 나카무라 무라오는 구메 마사오의 '사소설'을 '작자가 직접 말을 하고 있는 것이 작품으로 된 것'으로 비판했는데, 이는 수필과 논문(평론)의 '말해주기' 원리가 사소설에도 그대로 작동되고 있음을 말하여준다. 다만, 수필과 사소설이 논문(평론)과 다른 점은 그것이 사적 이야기라는 점이다.

손봉호는 〈수필과 논설문 형식〉에서 '서양에서 논문 형식으로 쓴 글을 에세이Essay 혹은 에세Essai라고 부르는 예가 없지 않다'며 수필과 논문의 유사함을 지적하면서도, 이 둘의 차이를 다음과 같이 지적하였다. 논문이 어디까지나 독자의 지적인 능력에만 호소하는 반면에 수필은 지적인 것 외에 감성적, 심미적, 의지적인 것 등 인간의 모든 정신적 능력에 호소한다. 그리고 논문은 비록 개인의 생각을 펴면서도 그것은 반드시 공적인 것이라고 주장해야 하는 반면, 수필은 모든 사람이 다 동의할 수 있는 내용을 내걸더라도 그것은 어디까지나 수필가의 사견인 것처럼 표현되는 것이다.[353]

② 사적 글쓰기의 출현과 청각성 복원 간의 관련 가능성

미디어의 확대로 인하여 작가와 독자의 심적 거리가 최장이 된 시점인 1920년대는, 일본문학에서 '표현(청각성)'이 획득된 지 대략 2, 30년 경과한 시점으로, 문학의 장에서 독자로부터 소원해진 '작자의 음

352 김태길 외 『수필문학의 이론』(춘추사, 1991) p.16
353 김태길 외 전게서, pp.125~128

성'이 복원될 제반조건이 갖추어져있었다. 그리고 앞서 살펴본 바와 같이 당시 일본의 문학계는 여성독자의 급부상으로 인하여 여류 일기문학(수필)이 재평가된 시점에 해당한다.

수필은 종종 〈사소설〉과의 관련성 속에서 논해지곤 한다. 1920년대 구메 마사오에 의하여 제창된 '사소설'의 등장과 같은 시기에 여류 일기문학, 즉 수필이 일본 문학계에서 재평가되기 시작하였다. 이와 관련하여 스즈키 도미는 1920년대 중반에 여류문학이 일본 고전의 반열에 오르게 되었는데, 이것은 여성 독자층의 급격한 증가에 따라 '여류문학'이라는 범주가 저널리즘 속에서 특정한 개념으로 정립된 것과 같은 맥락 속에 있음을 나타낸다[354]고 밝힌 바 있다.

제1차 세계대전 후, 저널리즘의 급속한 발전과 다이쇼 시대의 개성존중주의가 서로 작용하여 작가의 개성이 그대로 묻어 나오는 수필이 성행하였다. 수필은 1921년 9월 금성당金星堂의 『수필감상총서』를 필두로, 1923년에는 수필잡지의 기선을 잡은 『문예춘추文芸春秋』가 창간되었고, 같은 해 개조사의 『수필총서随筆叢書』와 신초샤의 『감상소품총서』 등이 간행되는 등 점점 더 독자층을 넓혀갔으며, 서구의 에세이의 요소도 포함한 문학 장르로서의 지위를 확립하였다. 이러한 현상은 물론 당시 구매력이 있는 여성독자가 등장했기 때문이다.

앞서 스즈키 도미는 1920년대 중반 무렵 여류 일기문학을 진지한 자기고백, 자기 관조의 문학으로서 "일본문학의 주류"로 자리매김하려는 분위기가 조성된 것은 당시 여성 독자층의 급격한 확대와 함께 여류문학이라는 범주가 마케팅 등과 관련된 저널리즘상의 특정한 범주—주로 여성 작가가 쓴 문학을 가리키며, 통속적 · 대중적이라는 의미가

354 하루오 시라네 · 스즈키 토미 외 전게서, pp.94~95

담겨 있는—로서 형성되었기 때문이라고 밝혔다. 그녀에 의하면 수필의 활성화는, 사회적 · 문화적 변동기에 통속문학, 대중문학, 프롤레타리아문학에 맞서서 문학의 순수성과 일본문학의 정도를 환기시키고 장려한 국문학자가, 때마침 여성 독자층 · 작가층—1920년대 중반 무렵부터 자전적 · 고백적 소설을 쓰기 시작한 미야모토 유리코宮本百合子, 히라바야시 다이코平林たい子, 하야시 후미코林芙美子 등—의 확대와 더불어, 저널리즘 안에서 대중문학이라는 범주와 서로 교차하면서 나타나기 시작한 여류문학의 순수한 원형 또는 이상적인 규범으로서의 여류일기문학이라는 장르상像을 제시하였다. 또한 그녀는 여류 일기문학(수필)을 사소설 계보에 속한다고 파악하며, '1920년대 중반 사소설이라는 개념과 같은 맥락에서 나온 일기문학이라는 범주에서는 전통적 일본 고전인 일기문학의 작품으로서의 자립성과 보편성을 주장하기에 이르렀다'[355]고 밝혔다.

당시 《사소설논쟁》을 이끈 나카무라 무라오는, 수필을 쓰는 입장으로서 「청한清閑」이라는 상황이 필요한지 아닌지를 논점으로 아쿠타가와도 논쟁을 벌였다. 경위는 아쿠타가와의 「야인의 생계」(『선데이마이니치』 1924년 1월 6일) → 나카무라의 「수필이 유행하는 것」(『신소설』 1924년 2월) → 아쿠타가와의 「해조解嘲(『신소설』 1924년 4월) → 나카무라의 「아쿠타가와류노스케씨」(『신소설』 1924년 5월)로 종결되었다. 사소설 담론과 한 달 사이에 이루어진 수필과 소설에 대한 나카무라 무라오의 주장은 결코 우연이 아니다. 그것은 당시의 독자의 독서관습의 변동과 관련한 시대상을 반영하는 것이다.

이와 관련하여 이토 세이는 마쿠라노 소시枕草子의 「세이쇼나곤의

355 하루오 시라네·스즈키 토미 외 전게서, pp.124~132

단상清少納言の断想」이라는 수필이 일본에 나타난 것은, 제한된 가운데 자유로운 인간성을 서로 인정하는 분위기가 성립된 헤이안조平安朝의 궁정의 사교계에서 찾은 바 있다.[356] 이어서 그는 전형적인 수직계열의 작품인 시가 나오야의 「기노사키에서」는, 의지적인 상승성이라는 측면에서 자포자기적인 하강성인 다자이 오사무나 다나카 히데미쓰田中英光의 작품과 대비적으로 보았다. 여기서 특이할 만한 사항은 이토 세이가 「기노사키에서」를 소설과 수필의 경계에 놓고 있다[357]는 점이다.

간바라 아리아케蒲原有明는 후타바테이 시메이의 번역서인 「밀회あひびき」에 대하여 '무심코 읽어보니 속어를 능숙하게 사용한 언문일치체 — 그 보기 드문 문체가 귓전에서 친근하게 맴돌고 있는 듯한 느낌'이 든다고 언급한 바 있다. 이를 들어 마에다 아이는, '독자는 타인과 교섭없이 고독하게 작가와 마주하며, 그가 속삭이는 내밀한 이야기에 귀를 기울인다. 이렇게 비밀리에 참여할 자격을 허락받은 독자야말로, '근대소설의 독자가 아닐까?' 라며, 야마다 비묘山田美妙가 말하는 외재적 리듬인 성조聲調가 아닌, 후타바테이 시메이가 말하는 내재적 리듬인 산문의 리듬, 즉 문조文調에서 문학의 '청각성'을 찾고 있다. 그에 따르면 문학의 청각성은 '음독으로만 비로소 현재화懸在化되는 것이 아니라, 묵독으로도 감지할 수 있는 것'[358]이다.

그러나 마에다 아이는 이어지는 논의에서 '간바라 아리아케의 회상에서는 언급되어 있지 않지만, 이 작가와 독자의 심리적 거리가 소실되는 감각을 만들어낸 요건으로써 《밀회》의 시점이 '엿보기'라고 하는,

356 이토 세이 전게서, pp.48~49
357 이토 세이 전게서, pp.147~148
358 마에다 아이 전게서, pp.195~198

일인칭 중에서도 가장 자극적인 효과를 가진 시점이었음을 덧붙여두고 싶다. 작가와 함께 밀회의 장면을 엿보는 독자는 공범자의 입장에 서도록 꾸며진 것이다.' 라고 언급하고 있다. 이는 분명 '보여주기'이지 '말해주기'의 원리는 아니다.

이토 세이는, 다자이 오사무와 다나카 히데미쓰를 예로 들면서, 처음 사소설은 가사이 젠조葛西善藏의 「아이를 데리고子をつれて」처럼 '사회로부터 도망한 체험담'으로 시작되었지만, 나중에는 '인간생활의 의미를 탐구하는 순수한 것'이 되었다고 밝힌 바 있다. 그에 따르면 쇼와기에 들어서부터 작가는, 허구를 많이 가미한 사소설을 썼는데도 불구하고 독자는 가공의 소설 속에서도 생활담이 내재되어 있으면 사소설, 즉 작가의 생활체험담이라고 받아들이는 습관이 생겨났다는 것이다. 그래서 다자이 오사무의 「비용의 아내ヴィヨンの妻」처럼 대부분 허구인 소설이 고백적인 사소설로서 읽혔다. 이러한 읽기는 다나카 히데미츠의 「들여우野狐」와 「안녕さようなら」(1947년)도 마찬가지로 행해진다.[359]

흔히 다자이 오사무를 사소설 작가로, 혹은 그의 문학을 여성적이라고 표현하는 경우가 있다. 안도 히로시의 경우가 그러한데, 그는 헤이안平安시대의 모노가타리物語 주석 이래, 일본문학에는 '누가 누구에게 이야기하는가' 라는 구체적인 상황설정이 중시되어온 전통이 있다고 밝힌 바 있다. 그에 따르면 일본문학은 '묘사하는 것'보다 오히려 '이야기하는 것'을 중심으로 독자적인 발달을 달성해온 역사적 경위가 있다. 따라서 객관적인 사실을 표방하는 언문일치체로 '이야기하는 것'을 실현하는 것은 심히 어려운 일인 것이다.

359 이토 세이 전게서, pp.93~104

이어서 안도 히로시는, 주인공을 '이 소설'의 작자 본인으로 설정함으로써 독자에게 '누가 왜 이야기하는가'를 말하는 '사소설'이, 일본의 '이야기語り' 전통과 묘사의 이념의 사이의 사생아라고 주장하였다. 이어 1920, 30년대의 '사소설'부터 '이야기'가 복권되었다고 밝혔다. 다카미 준高見順, 이시가와 준石川淳, 다자이 오사무 등 '객관적 묘사'에 반발하며 문단에 데뷔한 '신게사쿠파新戱作派'로 인하여. 그리고 이러한 게사쿠적인 주석註釋의 부활에는 동시에 일본문학에 있어서 근대에서 현대로 전환점, 소위 포스트모더니즘의 과제가 가탁되어 있으며, 다자이 오사무는 필시 그 산물申し子로서 문단에 등장한 것이다.[360] 이러한 논의를 따른다면, 독자가 다자이의 『비용의 아내』를 사소설로 읽고 싶어 하는 것에는 '독자에게 말걸기', 즉 '청각성'이 개입되어 있다고 할 수 있을 것이다.

구메 마사오는 '사소설'을 제창하면서 '진짜'만이 독자에게 '신뢰'를 얻을 수 있다고 주장하였다. 이러한 글읽기와 글쓰기의 구도 속에서 제창된 '사소설'은, 독자에게 있어 작자의 일상을 들여다'보는 것'이 아닌, 작가의 일상을 '듣는 것'으로서, 그리고 그로 인하여 작자와 독자가 대화하는 것으로서 공감대를 형성하는 장르라고 할 수 있다. 만약 그렇다고 한다면 독자로부터 소원해진 '작자의 음성'은, 1920년대 '사소설'을 포함한 〈사적 글쓰기〉에서 복원된 것일지도 모른다는 조심스러운 추측도 가능해지리라.

360 安藤宏『太宰治　弱さを演じるということ』(筑摩書房, 2002) pp.62~66

제Ⅲ부

결 론

일본 대중문학 형성기와 아쿠타가와문학

본서는 어떠한 현상現象이 나타나기 위해서는 어떠한 조건이 지워져야 한다는 사고에 기초하여, 일본 근대문학의 장에 있어서 독자의 존재가 가시권에 들어오기 시작한 시기에, 문학은 그 개념을 어떤 식으로 변모시켜갔으며, 소설은 어떤 양상을 띠었을까 라는 문제의식에서 출발하였다. 연구의 대상이 대중문학의 형성기에 해당하는 1920년대에 발표된 텍스트인 야스키치시리즈인 연유가 여기에 있다. 이러한 문제의식은, 글쓰기에 있어서 독자를 상정하는 문학관의 소유자가 독자의 존재가 가시권에 들어오기 시작한 대중문학의 형성기라는 외부 상황과 맞닥뜨렸을 때, 그의 텍스트가 어떠한 양상을 띠는지 살펴보는 것을 가능케 하였다.

우선 제1장의 내용을 정리하면 다음과 같다. 1920년대에 〈작자—작품〉에서 한발 나아가 〈작자—작품—독자〉라는 구도 속에서 문학을 파악하고자 한 문학담당자들은, 주로 문예의 형식보다는 문예의 내용에 역점을 둘 것을 주장하였다. 이처럼 새로운 구도 속에서 문학개념의 재정립을 시도했을 때, '문예사조' 혹은 '형식미'라는 의미로 사용된 문예의 형식은, 결국 '예술적인 것', '보편적인 것', 그리고 1920년대를 기점으로 '과거의 모든 것'이었다. 그에 반하여 문예의 내용은, 문학이 앞으로 담아야 할 '그 무엇'으로 '통속', '일상', '생활', 그리고 '나'였다.

이처럼 1920년대 문학논쟁의 장에서 사용된 문예의 형식과 내용은, 기존의 문학개념, 즉 〈작자—작품〉과 새로운 문학개념, 즉 〈작자—작품—독자〉를 이야기할 때 사용된 문학의 서로 다른 이름이었다. 한편 아쿠타가와가 말한 문예의 형식과 내용은, 문학의 보다 근본적인 성질에 대한 물음과 답이었다. 문예의 내용은 가시화될 수 없는 '그 무엇'으로서 다만 형식을 빌려 현재顯在되는 것이라는.

또한 1920년대라는 문맥을 놓고 그 안에서 아쿠타가와의 문학관을 고찰하는 과정에서 그의 문학관이 처음부터 독자를 상정한 언어관에 기초하고 있음을 확인하였다. 그에게 문예의 형식과 내용은 일관되게 〈불가분의 관계〉였는데, 이는 당시 문단의 주류를 형성하던 자연주의 계열의 문학담당자들이 인식한 문학관과 대별되는 견해이다. 그들은 문예의 형식과 내용을 〈선후관계〉로 인식하고 있었던 것이다. 그리고 이러한 이분법적 사고는, 1920년대 문학논쟁의 장에서 문학에 독자를 개입시키며 새로운 문학개념을 제시한 문학담당자들의 견해와도 일치한다. 독자를 의식하며 소설이 '통속', '인생', '생활,' '나'를 담아야 한다고 주장한 그들의 문학관은 문학이 담아야 할 내용을 미리 상정한 것에 다름 아니다. 그들에 반해 아쿠타가와의 경우는 독자에게 해석의 여지를 열어놓고 있다. 그에게 있어서 문예의 내용은, 문예의 형식에 의하여 개념 지워지는 것으로, 이를 개념 지을 수 있는 주체는, 일본어의 언어체계에 지배받는 당시의 독자들이기 때문이다. 이러한 점을 감안할 때, 아쿠타가와문학은 처음부터 독자를 상정한 것이라 할 수 있다.

다음으로 제2장의 내용을 정리하면 다음과 같다. 「야스키치의 수첩에서」 중 〈점심시간〉에서는 '괴테의 파우스트의 대사'를 단초로 그것이 텍스트 외적으로는 아쿠타가와의 문학관과 문단비평을, 텍스트 내적으로는 「야스키치의 수첩에서」 중 〈점심시간〉에 그러한 아쿠타가와의 문학관과 당시의 문단상황이 그대로 구현되어 있음을 확인하였다. 이러한 과정에서 다이쇼 시대의 문단시스템과 아쿠타가와의 문학관을 살펴보았으며, 야스키치시리즈의 또 다른 해석의 가능성을 보았다.

〈점심시간〉은 본질은 같지만 외형이 다른 '악마와 동료', '연금술과 응용화학', '나비와 비행기'를 나열하고 있는데, 이는 '문예의 형식과 내용의 관계'를 논하기 위한 장치로 기능하고 있다. 텍스트는 두 마리의 벌레로 하여금 나비의 세계를 잣대로 인간세계의 비행기를 견주게 함으로써 당시의 패쇄적인 문단상황을 그대로 구현하고 있는 것이다. 이는 〈점심시간〉이 아쿠타가와의 실제 경험이 이기보다는 작자로서의 최대 관심사인 '문학이란 무엇인가?' 라는 문제가 픽션화한 것임을 의미한다. 아쿠타가와문학에서 「야스키치의 수첩에서」 중 〈점심시간〉과 같이 글쓰기에 관한 문제의식을 담은 텍스트가 등장한 배경에는, 소재의 결핍과 당시 사소설의 영향력 이외에도 독자층의 급격한 변화를 인지한 아쿠타가와가 문학개념에 대한 재정립의 필요라는 보다 직접적인 동기가 작용한 결과라고 할 수 있다.

다음으로 「소년」에서는 '불가분의 관계에 있는 문예의 형식과 내용'이 언어유희 혹은 회상처럼 보이며 각각의 에피소드를 형성하며, 변주되어 있음을 확인하였다. 「소년」 중에서도 〈4 바다〉와 〈5 환등〉, 그리고 〈6 어머니〉는, 〈1 크리스마스〉, 〈2 길 위의 비밀〉, 〈3 죽음〉에서처럼 공통된 사항이 인식하는 주체에 따라 달리 인식됨을 보여주는 것으로 그치는 것이 아니라, 동일한 주체가 공통된 사항을 인식하더라도 그것을 인식하는 시 · 공간에 따라 달리 인식될 수 있음을 보여주고 있다. 이러한 서술은 4, 5, 6장이, '불가분의 관계에 있는 문예의 형식과 내용'을 구현하고 있는 것 이외에도, 어떠한 사항의 본질—문학—은 우리가 이해할 수 있다고 믿고 있을 뿐 그 실체에 대해서는 파악할 수 없음을 확인시키고 있다고 하겠다.

「추위」에서도 '문예의 형식과 내용이 불가분의 관계에 있다'는 문학관은 여전히 구현되어 있다. 강연 《일본 문예에 있어서 형식과 내용의 관계》와 《문예의 내용적 가치논쟁》에서 아쿠타가와는 '예술은 표현이다'를 역설했는데, 이는 예의 문학관의 다른 표현이며, 이러한 문학관을 설명하기 위한 예로서 제시된 〈전차에 치이려는 어린이를 어느 노동자가 구한다〉는 것이 「추위」에서 '핏덩이가 뭉클 고인 광경'이라는 말로 압축적으로 형상화되어 있었던 것이다.

그런데 이러한 「추위」의 문제의식은 1920년대 일본 근대문학의 장의 확대와 연동되어 독자와 작자 간의 소통에 있다. 여기서 텍스트는 독자와의 〈소통〉을 희망하는데, 이는 야스키치시리즈가 독자를 상정하는 아쿠타가와의 문학관의 구현의 장에 그치는 것이 아니라, 실천의 장으로서의 가능성을 타진케 한다. 커뮤니케이션 행위인 글쓰기가 「인사」와 「어느 연애소설」에서 실천적 양상을 띠고 있으니 말이다. 1920년대 문단시스템 속에서 독자를 상정한 문학관의 소유자로부터 독자와의 커뮤니케이션을 희망하고 시도하는 글쓰기가 출현하는 것은 정해진 귀결이었다고 해도 좋을 것이다.

제3장에서는 아쿠타가와의 사적 경험을 「인사」에 과도하게 밀착시킨 기존의 사고에서 벗어나, 그의 문학관과 동시대를 문맥에 놓고 「인사」의 서술효과와 그 서술방식이 갖는 의의를 고찰하였다. 이러한 작업을 통하여 그동안 사소설적 글쓰기 내지는 사적 글쓰기로 간주되었던 「인사」의 서술방식이, 소설의 창작 및 독서과정을 논하기 위하여 채택되었음을 확인하였다. 「인사」의 자의식적 서술자는 스토리의 전달보다는 그것을 독자에게 서술하는 행위 자체에 주력하고 있는 것이다.

이러한 점은 「어느 연애소설」의 중개되지 않은 서술자와 대조적인데, 「어느 연애소설」의 서술자가 자신을 드러내지 않음으로써 독자의 가치판단에 은밀히 관여한다고 한다면, 「인사」의 서술자는 오히려 자신을 드러냄으로써 독자의 독서과정에 관여한다. 서술시점을 뒤집는 「인사」의 이중서술은 독자로 하여금 본 텍스트가 현실을 재현한 허구임을 의심토록 하는 동시에 독자의 능동적인 역할을 촉구하는 데 기능한다. 이러한 메타픽션적 요소는 본 텍스트가 모더니즘계열에 속하는 소설임에도 불구하고 포스트모더니즘의 소설 양상을 띠고 있다고 하겠다.

「인사」에 이러한 요소가 포함되어 있는 배경은, 당시 대중이라는 무리의 독자의 출현으로 인한 문학개념의 변환과 관련지어 생각해 볼 수 있을 것이다. 〈작자—작품〉에서 〈작자—작품—독자〉라는 구도로 넘어가는 과도기에서 생겨난 결과물로서 말이다. 그러나 한편 「인사」를 통한 문학관의 실천이라는 측면도 고려되어야 할 것이다. 소설 창작의 실제를 통하여 소설의 이론을 탐구하는 자의식적 경향의 소설을 가리키는 메타픽션에서 '메타meta-'란 말은 대체로 'after, with, change' 등의 의미를 지니고 있으며, 여기서 메타픽션적 글쓰기는 기존의 소설 양식에 〈반〉하여 나타났다. 그러한 특성상 소설 속에 소설 제작의 과정 자체를 노출시키는 글쓰기 양상을 보여주는 것이다. 이와 유사한 글쓰기를 보여주는 야스키치시리즈의 실제 작자인 아쿠타가와의 문학관이, 문예의 형식과 내용을 〈선후관계〉로 파악한 자연주의계열의 문학담당자들에 반하여 이를 〈불가분의 관계〉로 파악하고 있다는 점에서 「인사」는, 본 텍스트를 사소설적 글쓰기 내지는 사적 글쓰기로 규정짓고 싶어하는 1920년대 당시의 패러다임에 대한 도전이며, 동시에 새로운 글쓰기와 새로운 읽기를 시도한 실험적 소설이라 하겠다.

다음으로 「어느 연애소설」의 서술자가 1920년대 당시 '맘모스잡지'였던 여성지 『부인클럽』의 여성독자로 하여금 등장인물 야스키치의 의견에 동조하도록 유도하거나, 텍스트의 문제의식을 그녀들과 공유하려는 자세를 취하고 있음을 살펴보았다. 이러한 과정에서 야스키치가 문제시하고 있는 것이, 현실 속의 여성과 너무나도 동떨어진 '요즘' 연애소설의 여주인공의 양상이었으며, 텍스트가 1920년대 일본 문학계의 문제점을 그대로 구현하고 있음도 확인할 수 있었다. 이런 점에서 「어느 연애소설」은, 그것이 발표된 당시의 현실에 대한 반영률이 높은 텍스트라 하겠다.

1920년대 일본에서 「어느 연애소설」의 서술자처럼 여성독자를 포섭하는 서술자가 등장한 배경에는, '광대한 신식민지의 발견'에 비견할만한 문학작품의 구매자로서의 여성독자의 등장이 있다. 그녀들은 문학 장르의 가치마저도 재평가하도록 만드는 존재로서 미디어의 타깃이었으나, 문예잡지에 실리면 순문학, 여성지에 실리면 대중문학—통속소설—이라는 이분법적 사고가 형성되는 요인으로 작용하기도 한다.

한편 1920년대 문학비평과 문학논쟁은 '지식인의 지식인을 위한 문학'에서 '지식인의 일반인을 위한 문학'으로 이행하는 과정에서 돌출된 것인데, 이는 당시 대중독자의 상당수를 여성독자가 점했다는 사실을 감안할 때, 작가 · 비평가 등 문학 담당자들의 시선이 문학의 주변부에 있던 여성독자에게 향하기 시작했음을 말하여 준다. 여성독자를 포섭하는 「어느 연애소설」 또한 이런 맥락에서 바라보아야 할 것이다.

또한 제3장에서는 그 기저에 '문학이란 무엇인가?' 라는 공통된 문제의식이 깔려있는 야스키치시리즈가 각기 다른 작품 세계를 보여주는 연유를 글쓰기에 있어서 명제에 해당하는 '누구(독자)에게 무엇(소재)을 어떻게(문체) 쓸 것인가?'에서 찾고자 시도하였다. 야스키치시리즈의 문제의식은 크게 〈문예의 형식과 내용〉에 관한 문제, 〈근대적 글쓰기〉에 관한 문제, 그리고 〈독자와 작자 간의 소통〉에 관한 문제로 나누어볼 수 있다. 지금까지의 논의에서 확인한 바로는 텍스트가 〈문예의 형식과 내용〉에 관한 문제를 다룰 경우에는 '무엇을'에, 〈근대적 글쓰기〉와 〈독자와 작자 간의 소통〉에 관한 문제를 다룰 경우에는 '누구에게'로 그 무게중심을 달리하였다. 여기서 후자의 경우는 대상—누구(독자)에게—이 의식의 표면에 드러나는 것을 의미하는데, 이러한 양상을 가장 잘 나타내고 있는 텍스트가 바로 글쓰기의 대상을 여성독자로 한정, 텍스트의 문제의식을 그녀들과 공유하려는 「어느 연애소설」이다. 그리고 '무엇('문예의 형식과 내용이 불가분의 관계에 있다'는 문학관)'을 '어떻게(변주시키면서)' '쓸 것인가?'를 극명하게 보여준 「소년」은 그 대척점에 있다.

그렇다면 총 10편의 야스키치시리즈가 공통된 문제의식을 공유하고 있으면서도 작품세계에 있어서 유사점이 없는 듯 보인 것은, 개별 텍스트가 각기 글쓰기의 대상 여하에 따른 무게중심을 달리한 것에서 비롯된 것이라 하겠다. 『중앙공론』, 『개조』 등 문학 마니아를 대상으로 하는 미디어에서는 문학관의 구현의 장—무엇을 어떻게 쓸 것인가?—으로서, 『부인클럽』, 『여성』 등 대중독자를 대상으로 하는 미디어에서는 문학관의 실천의 장—누구에게 무엇을 어떻게 쓸 것인가?—으로서 기능하고 있는 것이다. 요컨대 야스키치시리즈는, 일본 근대문학의 장에 있어서 독자의 존재가 가시권에 들어오기 시작한 시기에, 때로는 작자의 문학관을 피력하는 장으로서, 때로는 독자와의 커뮤니케이션을 시도하는 장으로서 기능했던 것이다.

제1장이 대중문학의 형성기에 해당하는 1920년대라는 공시적인 틀 속에서 아쿠타가와의 문학관과 야스키치시리즈의 좌표축을 그린 것이라고 한다면, 마지막 제4장은 일본 근대문학의 장이라는 통시적인 틀 속에서 이를 가늠해본 것이라 할 수 있다. 일본 근대문학의 지평을 열었다고 평가되는 쓰보우치 소요를 필두로, 다야마 가타이, 시마무라 호게쓰 등 일본 자연주의의 유력한 이론가들이라고 불리는 문학담당자들의 발언 속에서도 1920년대 글쓰기의 패러다임인 〈현실의 재현으로

서의 소설 관〉은 지속되고 있었다. 즉 〈현실의 재현으로서의 소설 관〉이 바로 〈일본의 근대적 글쓰기 관〉이었던 것이다. 그러나 이러한 인식의 틀은 비단 과거 일본에서만 국한된 사고는 아니다. 지금도 소설하면 현실을 재현한 것이라는 사고는 여전히 유효하다. 그리고 그러한 인식의 틀을 깨는 것이 바로 소설 속에 소설 제작의 과정 자체를 노출시켜서 소설이 허구적 산물임을 명백히 하는 메타픽션적 글쓰기이다. 그렇다면 이러한 글쓰기와 유사한 야스키치시리즈는 일본 근대문학의 장이 형성된 이래, 1920년대에 이르기까지 지속되어 온 〈현실의 재현으로서의 소설 관〉에 반하는 특수한 위치를 점하는 텍스트로 자리매김할 수 있지 않을까.

이상으로 본서는, 아쿠타가와문학을 이해함에 있어서 핵심 사항이지만 아직껏 주목받지 못한 '문예의 형식과 내용이 불가분의 관계에 있다'는 문학관과 야스키치시리즈라는 두 개의 중심축으로, 대중문학 형성기에 있어서 아쿠타가와 류노스케의 문학을 논하였다. 논의의 전개과정에서 도출한 '문예의 형식과 내용이 불가분의 관계에 있다'는 문학관이 독자를 상정한 것이며, 그러한 문학관의 소유자의 텍스트인 야스키치시리즈가 그의 문학관의 구현의 장이며, 실천의 장이라는 결론은, 아직껏 역사물에서 현대물로 이행한다는 과도기적인 성격밖에 부여받지 못한 야스키치시리즈의 성격을 규정하고자 하는 작업에 다름 아니었다.

그러나 야스키치시리즈의 총체적인 고찰을 목적으로 하는 본서에서 총 10편의 야스키치시리즈는, 균일한 비중으로 다루어지지 못하였다. 그것의 대표적 성격이 있다는 측면에서 「야스키치의 수첩에서」가, 대중문학의 형성기에 초점을 맞춘 관계로 텍스트에서 독자의 역할이 부각되는 「인사」와 「어느 연애소설」이, 야스키치시리즈의 문제의식이 표출되는 방식을 극명하게 보여준다는 측면에서 「소년」이, 다른 텍스트에 비하여 좀 더 비중 있게 다루어졌다. 또한 야스키치시리즈를 공시적으로 고찰하고자 하는 본서에서는, 아쿠타가와문학 안에서의 통시적 고찰에 대한 한계점이 있다. 야스키치시리즈의 서술적 특징을 1920년대뿐만 아니라, 일본 근대문학의 장이라는 보다 거시적인 틀 속에서 조망했다는 점에서 약간의 위안을 느끼며 본서를 마무리하고자 한다.

일본 대중문학 형성기와
아쿠타가와문학

참고문헌

『芥川龍之介全集』, 第1巻-第12巻, 岩波書店, 1977-1978
『芥川龍之介全集』, 第1巻-第24巻, 岩波書店, 1995-1998

〈국내〉

단행본

가노 마사나오(鹿野政直) 지음, 이애숙 · 하종문 옮김 『근대 일본의 사상가들』(삼천리, 2009)
가라타니 고진, 박유하 역 『일본근대문학의 기원』(민음사, 1997)
가메이 히데오 지음, 신인섭 옮김 『「소설」론 『小説神髄』와 근대』(건국대학교 출판부, 2006)
김인환 『언어학과 문학』(고려대학교 출판부, 1999)
김태길 외 『수필문학의 이론』(춘추사, 1991)
김행숙 『문학이란 무엇이었는가』(소명출판, 2005)
나병철 『소설과 서사문학』(소명, 2008)
W. G. 비즐리 지음, 장인성 옮김 『일본 근현대사』(을유문화사, 2006)
롤랑 바르트 · 김희영 옮김 『텍스트의 즐거움』 (東門選, 2002)
롤랑 바르트, 옮긴이 유기환 『문학은 어디로 가고 있는가?』(강, 1998)
마에다 아이, 옮긴이 유은경외 『일본 근대 독자의 성립』(이룸, 2003)
미요시 유키오, 정선태 옮김 『일본문학의 근대와 반근대』(소명, 2005)
배수찬 『근대적 글쓰기의 형성 과정 연구』(소명출판, 2008)
식민지 일본어문학 · 문화연구회 편 『제국일본의 이동과 동아시아 식민지문학 2』(도서출판 문, 2011)
신인섭 『동아시아의 문화 표상』 (박이정, 2007)
스즈키 사다미, 김채수 역 『일본의 문학개념』(보고사, 2001)
스즈키 토미, 한일문학연구회 옮김 『이야기된 자기』(나무의생각, 2004)
쓰보우치 쇼요 지음, 정병호 옮김 『소설신수(小説神髄)』(고려대학교출판부, 2007)
A. 아이스테인손, 임옥희 역 『모더니즘문학론』(현대미학, 1996)

윤상인 『문학과 근대와 일본』(문학과지성사, 2009)
이광수 『李光洙全集』第一卷(三中堂, 1962)
이완 와트, 강유나 · 고경하 옮김 『소설의 발생』(강, 2009)
이토 세이(伊藤整), 유은경 역 『일본문학의 이해』(새문社, 1999)
이화영 편역 『소설이란 무엇인가?』(문학사상사, 1986)
이효덕, 박성관 옮김 『표상 공간의 근대』(소명, 2002)
임명진 『한국 근대소설과 서사전통』(문예출판사, 2004)
웨인 C. 부스, 옮긴 이 최상규 『소설의 수사학』(예림, 1999)
제레미 M, 호돈, 정정호 『현대 문학이론 용어사전』(동인. 2003)
조정래 · 나병철 『소설이란 무엇인가』(평민사, 1991)
조진기 편역 『일본프롤레타리아문학론』 (태학사, 1994)
퍼트리샤 워, 김상구 역 『메타픽션』(열음사, 1989)
하루오 시라네 · 스즈키 토미, 왕숙영 옮김 『창조된 고전』(소명출판, 2002)

▌논문(잡지)

권희주 『아쿠타가와 류노스케(芥川龍之介)의 예술관 연구』(고려대학교 대학원 일어일문학과 박사학위논문, 2005)
김주현 『기쿠치 간 『진주부인』연구』(고려대학교 대학원 석사학위논문, 2008)
김효순 『아쿠타가와 류노스케(芥川龍之介)의 문학에 나타난 타자에 대한 연구』(고려대학교 대학원 일어일문학과 박사학위논문, 2003)
손순옥 『아쿠타가와 류노스케 작품연구』(동의대학교 일어일문학과 박사학위논문, 2009)
송민정 『토마스 만의 〈마의 산〉에 나타난 서사적 구조』(고려대학교 대학원 독어독문학과 박사학위논문, 2007)
윤상현 「아쿠타가와 작품에 나타난 예술지상주의의 변화」『세계문학비교연구』 제20집(2007년 가을호)
曺紗玉 「芥川の中国旅行と女性像」(『日本学報』 한국일본학회, 2005)
曺紗玉 「芥川竜之介の『支那游記』考」(『日本言語文化』 한국일본언어문화학회, 2008)
曺紗玉 「芥川竜之介の「馬の脚」における「春風」考」(『日本学報』 한국일본학회, 2008)

〈국외〉

▌단행본

荒木巍 「『保吉物』に連関して」(1942)(大正文学研究会編『芥川龍之介研究』(河出書房, 日本図書センター, 1983年7月復刻)
安藤宏・野山嘉正『近代の日本文学』(放送大学教育振興会, 2001)
安藤宏『太宰治 弱さを演じるということ』(筑摩書房, 2002)
志村有弘編『芥川竜之介大事典』(勉誠出版, 2002)
イルメラ・日地谷, 訳者三島憲一・山本尤『私小説』(平凡社, 1992)
宇野浩二・広津和郎『現代日本文学大系 46』(筑摩書房, 1985)
江口圭一・山本武利他『岩波講座日本通史第18巻 近代3』(岩波書店, 1994)
江後寛士『芥川龍之介研究』(明治書院, 1981)
尾崎秀樹『大衆文学の歴史(上)戦前篇』(講談社, 1989)
片上伸他『現代日本文學大系54』(筑摩書房, 1987)
加藤周一『日本文学史序説下』(筑摩書房, 1999)
菊地弘『芥川龍之介』(明治書院, 1982)
菊地弘, 久保田芳太郎, 関口安義『芥川龍之介研究』(明治書院, 1983)
菊地弘, 久保田万田郎, 関口安義編『芥川龍之介事典』(明治書院, 1985)
國木田獨歩・田山花袋『現代日本文学大系』(筑摩書房, 1985)
久保田淳・浜田雄介他『岩波講座 日本文学史第 13巻』(岩波書店, 1996)
駒尺喜美編著『芥川龍之介作品研究』(八木書店, 1969)
駒尺喜美『芥川龍之介の世界』(法政大学出版局, 1992)
小森陽一『構造としての語り』(新曜社, 1994)
小森陽一・紅野謙介外『メディアの力学　岩波講座　文学2』(岩波書店, 2002)
佐藤泰正編『語りとは何か』(笠間書院, 1982)
新村出編『広辞苑』(岩波書店, 1998)
関口安義編『新潮日本文学アルバム　芥川龍之介』(新潮社, 1983)
関口安義『芥川竜之介』(岩波書店, 1995)
関口安義『芥川竜之介の復活』(洋々社, 1998)
関口安義・庄司達也編『芥川龍之介全作品事典』(勉誠出版, 2000)
関口安義編集『芥川龍之介 その知的空間』([国文学解釈と鑑賞]別冊, 2004)
関口安義『芥川竜之介永遠の求道者』(洋々社, 2005)

ソッスュール述, 小林英夫訳『言語学原論』(岡書院, 1928)
大正文学研究会編『芥川龍之介研究』(河出書房, 1983)
高木健夫『新聞小説史　大正編』(国書刊行会, 1976)
田中保隆注釈他『日本近代文学大系第58巻近代評論集Ⅱ』(角川書店, 1972)
谷崎潤一郎『谷崎潤一郎全集　第十二巻』(改造社, 1931)
千葉俊二, 坪内祐三『日本近代文学評論選 明治·大正篇』(岩波書店, 2003)
土田知則・神郡悦子・伊藤直哉『現代文学理論』(新曜社, 1996)
ドナルド・キ-ン, 徳岡孝夫訳『日本文学の歴史⑫』(中央公論社, 1996年)
外山滋比古『近代読者論』(みずず書房, 1976)
中谷克己·吉村稠『芥川文芸の世界』(明治書院, 1977)
日本文学協会『日本文学講座８　評論』(大修館書店, 1987)
松井貴子『写生の変容』(明治書院, 2002)
松本哉他『新文芸読本　芥川龍之介』(河出書房新社, 1990)
武田晴人他『一九二〇年代の日本資本主義』(東京大学出版会, 1983)
三好行雄『芥川龍之介論』(筑摩書房, 1976)
三好行雄, 竹盛天雄編『近代文学4 大正文学の諸相』(有斐閣, 1977)
山本武利他『日本通史 第18巻』(岩波書店, 1994)
山本文雄編著『日本マス・コミュニケーション史』(東海大学出版会, 1998)
日比嘉高『〈自己表象〉の文学史』(翰林書房, 2002)
平岡敏夫『芥川龍之介　抒情の美学』(大修館, 1982))
平岡敏夫「日本文学研究」(『大東文化大学』, 1963)(日本文学研究資料刊行会編『芥川龍之介Ⅰ』(有精堂, 1980)
平野謙「私小説の二律背反」(『昭和文學全集』小学館, 1989)
福田恆存『福田恆存全集　第一巻』(文藝春秋, 1995)
藤森淳三「芥川龍之介稱讃」(中央公論社, 1922)
本間久雄『現代日本文學大系96 文藝評論集』(筑摩書房, 1987)
横山春一『改造目次総覧上巻』(新約書房, 1967)
吉田精一『芥川竜之介Ⅰ』(桜楓社, 1979)
吉田精一『芥川竜之介Ⅱ』(桜楓社, 1981)
吉田精一『近代文芸評論史 一大正篇』(至文堂, 1980)
吉本隆明『言語にとって美とはなにか 第Ⅱ巻』(勁草書房, 1976)
和田繁二郎『芥川龍之介』(創元社, 1956)

▌논문(잡지)

安藤公美「一九二三年のクリスマス–芥川龍之介「少年」」(『キリスト教文学研究』, 2003)

石谷春樹「芥川龍之介「少年」論」(『叙説』, 1997)

石谷春樹「芥川文学における〈保吉物〉の意味」(『三重法経』, 1998)

石割透「第七短篇集『黄雀風』」(『国文学』, 1977)

江後寛士『芥川龍之介研究』(明治書院, 1981)

遠藤久美江「芥川龍之介『寒さ』の位置」(『藤女子大国文学雑誌』, 1975)

荻久保泰幸「「春」の周辺」(『国文学解釈と批評』第48巻4号, 1983)

高啟豪「芥川龍之介保吉物之研究」(臺灣大學文學院, 碩士學位, 2007)

梶木剛「芥川龍之介の位相をめぐって」(「試行」1967.12～1970.1)(『思想的査証』國文社, 1971)に再収録)

片岡哲「日本の短編小説の形式的特色」(『国文学解釈と鑑賞』至文堂, 1978)

佐藤忠男「特集谷崎潤一郎を読む」(『国文学解釈と鑑賞』至文堂, 2001)

篠崎美生子「芥川龍之介の表現意識の転換」(『年刊日本の文学』, 1992)

篠崎美生子「芥川『少年』の読まれ方」(『繍』, 1993)

篠崎美生子「特集芥川竜之介再発見」(『国文学解釈と鑑賞』, 至文堂, 2007)

清水康次「芥川龍之介『少年』論」(『叙説』, 1997)

高嵜啓一「芥川龍之介における「語り」についての一考察」(『近代文学試論』, 2008)

千田実「芥川龍之介の内容形式論-「文芸一般論」を中心として」(『文学研究論集』, 2009)

陳玫君「芥川「将軍」,「桃太郎」,「金将軍」にみる戦争」(『芥川竜之介研究』国際芥川竜之介学会, 2009)

「特集 芥川龍之介作品の世界」(『国文学解釈と鑑賞』, 1999)

土井美智子「芥川龍之介論」(東京大学大学院人文社会系研究科修士課程修士論文, 2001)

中村文雄「芥川龍之介「保吉物」に頻出する「退屈」についての一観察」(『解釈』, 1988)

長沼光彦「芥川龍之介「寒さ」の空間」(『京都ノートルダム女子大学研究紀要』, 2008)

松本満津子「芥川龍之介の現代小説」(『女子大国文』, 1989)

宮坂覺「芥川文学にみる〈ひとすぢの路〉」(『玉藻』, 1990)

羽鳥一英「「少年」論」(『国文学　解釈と教材の研究』學燈社, 1972)

広瀬朝光「芥川龍之介『或恋愛小説』の素材について」(『国語国文』, 1962)

藤森淳三「芥川龍之介稱讚」(『中央公論』中央公論社, 1922)
横田俊一「芥川龍之介論」(『国語国文』, 1936)
横田俊一「続芥川龍之介論」(『国語国文』, 1936)
森本修「芥川「保吉物」について」(『立命館文学』, 1955)
渡邊拓「芥川龍之介「少年」の表現構造」(『論樹』, 1990)

▌초출일람▌

이민희「「어느 연애소설」에 관한 일고찰」(『日本研究』 중앙대학교 일본연구소, 2009)

______「아쿠타가와 류노스케의「인사」에 관한 일고찰」(『日本學研究』 단국대학교 일본연구소, 2010)

______「대중문학 형성기에 있어서의 아쿠타가와 류노스케의 문학관」(『日本研究』 고려대학교 일본연구소, 2010)

______「아쿠타가와 류노스케의「야스키치의 수첩에서」에 관한 일고찰」(『日本學報』 한국일본학회, 2010)

______「아쿠타가와 류노스케의「소년」에 관한 일고찰」(『日本語文學』 한국일본어문학회, 2010)

______「芥川龍之介の「寒さ」に関する一考察」(『日本研究』 중앙대학교 일본연구소, 2010)

______「아쿠타가와 류노스케의 문예의 〈내용과 형식〉론」(『日本學研究』 단국대학교 일본연구소, 2011)

______「1920년대 글쓰기의 패러다임 안에서 본 아쿠타가와 류노스케의「문장」론」(『日本學報』 한국일본학회, 2011)

저자약력

▌이민희(李敏姬)

성신여자대학교 일어일문과 졸업에 이어, 고려대학교 대학원에서 석·박사 학위를 받았다. 이후, 고려대학교 BK21중일언어문화교육연구단 연구원을 거쳐, 현재 한림대학교 일본학연구소에 연구원으로 재직 중에 있다. 최근에는 식민지기 신화와 문학텍스트의 식민지 지배논리로의 수렴 과정 및 번역하는 과정에서 개입되는 언어·민족·사상·검열 등의 제 문제를 고찰하고 있다.

논문으로는 「아쿠타가와 류노스케의 「스사노오노 미코토」론—1920년대 내셔널리즘 창출로서의 스사노오 신화와 관련하여—」, 「야담잡지를 통한 역사소설가로서의 김동인 재조명: 일제강점기 단군 소설화 양상과 관련하여」, 「일제강점기 제국일본 문학의 번안 양상—1920년대 『매일신보』 연재소설 「汝等의 背後로서」를 중심으로—」, 「식민지기 제국 일본문학의 번역 양상—1920년대 신문 연재소설 「불꽃(火華)」과 「불옷」을 중심으로—」 외 다수가 있다. 또한 2009년부터 2014년 현재에 이르기까지 『아쿠타가와 류노스케 전집』 공역에 참여하고 있으며, 『완역 일본어잡지 『조선』문예란』, 『일본 프로문학지의 식민지 조선인 자료 선집』 등 일련의 공동번역서를 출간하는 등 식민지기 텍스트를 한국 내에 소개하는 데에도 일조하고 있다.

일본 대중문학 형성기와 아쿠타가와문학
야스키치(保吉)시리즈·사소설(私小說)·메타픽션(meta-fiction)

초판인쇄 2014년 5월 15일
초판발행 2014년 5월 23일

저 자 이 민 희
발 행 인 윤 석 현
발 행 처 제이앤씨
책임편집 최인노·김선은
등록번호 제7-220호

우편주소 ㊐ 132-702 서울시 도봉구 창동 624-1
북한산 현대홈시티 102-1106
대표전화 02) 992 / 3253
전 송 02) 991 / 1285
홈페이지 http://www.jncbms.co.kr
전자우편 jncbook@hanmail.net

ISBN 978-89-5668-432-1 93830 정가 26,000원